Du même auteur chez le même éditeur :

Un petit homme de dos, 1995. Première édition, Ramsay, 1988.
Bébé-Jo, 2000.
La demoiselle aux crottes de nez, collection Arcanes, 2001.
Mon petit garçon, collection Arcanes, 2002.
Mondial cafard, collection Arcanes, 2005.
Les hommes, 2017.
Le Cherokee, 2019 ; « Folio Policier » n° 919.
Cimetière d'étoiles, 2021 ; « Folio Policier » n° 948.

Chez d'autres éditeurs :

Allez les verts, Albin Michel, collection Sanguine, 1980.
Branqu'à part, Albin Michel, collection Sanguine, 1981.
Chrysler 66, Albin Michel, collection Sanguine, 1982.
Sympathies pour le diable, Albin Michel, collection Sanguine, 1983.
Gare indienne de la paix, Fleuve noir, Engrenage n° 79, 1984.
Des femmes et des boulons, Ramsay, 1987.
Fausto, Robert Laffont, 1990.
Andrée, Robert Laffont, 1993.

Suite des œuvres de Richard Morgiève en fin de volume

La fête des mères

COLLECTION DIRIGÉE PAR JOËLLE LOSFELD

ISBN : 978-2-07-302757-3

Richard Morgiève

La fête des mères

Roman

ÉDITIONS JOËLLE LOSFELD

À celui que j'ai appelé Jacques Bauchot
et qui un jour m'a demandé d'écrire son histoire.
À Michel Nadel qui riait mieux que personne.
À Louise, Vitaline Colomb, dite « Lili »,
je pense à toi tous les jours.

LE TRÈFLE À CINQ FEUILLES

Après un grand silence qui m'a fait battre le cœur pour toute la vie, je me suis éveillé. J'ai touché mon visage, mon crâne, pour me rassurer. Vérifier si j'étais moi. J'étais perdu dans mon pyjama, perdu de partout. Comme si je venais d'essayer de photographier l'instant d'avant la création du monde. Je suis resté comme ça je ne sais combien de temps. Je suis sorti de la chambre. Par la fenêtre, la clarté de la nuit éclairait l'escalier aux marches peintes en blanc, je n'ai plus bougé. Je ne voyais que le palier, le tapis bleu qui recouvrait en partie les marches, les appliques en bronze doré imitant des torchères, mon ombre sans trop d'ambition d'enfant. Je n'étais pas vieux, ça se lisait sur le mur. Je ne pouvais pas regagner mon lit, ça m'était interdit par une force inconnue. J'ai traversé le palier, découvert mon père, assis, plus bas. Je voyais ses épaules voûtées, sa nuque. Je l'ai rejoint et me suis assis à côté de lui, écrasé par un poids qui venait je ne sais d'où. Je me disais que je devais faire quelque chose pour lui, c'était capital. Sinon nous irions en enfer. J'ai posé ma main sur sa cuisse, tout doucement pour qu'elle ne soit pas lourde, gênante. Je devais avoir dix ans. Je crois que c'était l'automne. Mon père s'est levé, il m'a tendu la main. C'était rare, j'étais heureux et triste, bien sûr, parce que je devais savoir que le bonheur ne durait pas. Ne s'éternisait pas. On est descendus sans bruit, en passant devant la chambre au premier, j'ai aperçu un rai de lumière, sous la porte, comme une lettre anonyme. Mon père a marqué le pas.

— Tu es stupide, a dit ma mère invisible, je me demande pourquoi je perds mon temps avec toi, Jean… Pauvre pisseur.

La main de mon père a frémi, m'a serré plus. J'ai compris que je n'aimais pas ma mère comme mon père. Peut-être que je ne l'aimais pas vraiment ? Ça m'a fait peur. C'était un blasphème ou un sacrilège, je ne faisais pas la différence. Il fallait oublier. Nous avons traversé sans bruit le vestibule au carrelage de marbre blanc, nos ombres bleutées ont glissé dessus comme sur une piste de ski. J'ai eu le sentiment, lorsqu'elles ont remonté et se sont brisées sur le mur, comme du verre silencieux, qu'un mariage avait été prononcé et que nous étions déclarés fantômes pour toujours. Nous sommes sortis dans le jardin en empruntant les trois marches de pierre qui s'arrêtaient sur l'allée de graviers. Je connaissais ce petit jardin par cœur et je peux encore le réciter comme une supplique aux espoirs perdus : il y avait deux marronniers, un bouleau, un cognassier, un cèdre, un pêcher, un houx panaché, le père et le fils, abandonnés. Tout me disait que si Dieu avait existé, il était mort ou très malade, couché quelque part sans pouvoir bouger. J'ai levé les yeux, le ciel était là, la lune comme un nid d'argent dans les branches du bouleau. J'aurais aimé que maman nous épie mais elle devait dormir, déjà. C'était triste de savoir qu'elle ne nous convoitait pas, ne chuchotait pas des mots tendres en nous voyant réunis par nos mains et notre amour. Mon père cherchait quelque chose ; il s'est baissé, je l'ai imité. Il ne disait rien. J'ai compris qu'il voulait que je trouve, seul. Pas facile dans la pénombre, avec lui à côté et sa peine sans pareille. J'ai fini par le voir, un trèfle à cinq feuilles. Si délicat dans ma main. J'ai croisé le regard de mon père. Il ne parlerait pas, je le savais. Il fallait que je tire moi-même la leçon de cette découverte. J'étais fier, c'était moi qu'il avait choisi, j'étais comme son page dans une histoire de chevalerie, son disciple.

J'ai embrassé mon père sur la joue, l'ai laissé devant la porte de son bureau, au rez-de-chaussée. Il sentait les feuilles mortes. J'ai gravi l'escalier en m'exhortant à ne rien attendre de ma mère, elle ne m'appellerait pas, ne murmurerait pas mon nom. Je ne pourrais pas entrer et, comme du seuil d'un temple, apercevoir sa forme sacrée. C'était comme ça, « il faut tenir, disait mon père, se convaincre, trouver la force, elle est là… La faiblesse est tentante comme le vice ». Plus tard, il faudrait que j'écrive un livre sur lui, j'explorerais tous ses mystères. Mais les livrer aux autres, n'était-ce pas une bassesse, une félonie ? Je suis passé devant la porte de la chambre de mon frère aîné, elle était entrouverte. Il a sifflé, j'aurais voulu dormir, me retrouver seul avec le trèfle à cinq feuilles. Je l'ai posé sur le guéridon et j'ai rejoint Pierre-Henri, que mes deux autres frères et moi appelions Pierre ou Malraux, il avait les yeux de l'écrivain, ses cheveux filasse. Maman l'appelait Pierre-Henri, papa, Pierre. Moi, c'était Jacques pour tout le monde sauf mon grand-père maternel, un militaire. Il me surnommait Dreyfus lorsqu'il était seul avec moi, je ne savais pas pourquoi, ne connaissais pas ce Dreyfus. J'imaginais que c'était une méchanceté, ce grand-père était déplaisant comme une éponge sale.

— Qu'est-ce qu'il avait le vieux ? s'est enquis Malraux, il s'est pissé dessus ? Maman l'a viré ? Ferme la porte.

Je ne comprenais pas cette histoire d'urine et avais envie de le tuer. Ce n'était pas la première fois qu'il y faisait allusion. Il a soulevé son drap et a exhibé son sexe qu'il a éclairé avec une lampe de poche. Il avait une couronne de poils autour de la verge comme un roi mage, j'ai détourné les yeux.

— Tu me dois cent balles, a-t-il dit.

— Pourquoi ?

— Parce que papa est banquier, tiens. Cent balles parce que tu n'as pas de poils, d'ailleurs je pense que tu n'en auras pas, ou peu. Comme un poireau…

Il a rigolé. Sa prédiction me faisait souffrir, je l'associais à cette histoire d'urine. Des faits méchants et affreux remuaient sous la boue, la gueule méchamment ouverte comme des crocodiles ; heureusement, j'avais le trèfle à cinq feuilles.

— Tu es jaloux ? a-t-il demandé.

— De quoi ?

— De ma bite.

— Non.

— Menteur. Regarde-la, compare. Sors la tienne, tu vas voir la différence.

J'ai haussé les épaules, il a rabattu le drap, la couverture. La vie m'arrivait dessus en gros camion aux phares aveuglants. Avant cette nuit, j'étais où ? Qui ? On naissait plusieurs fois ?

— Ta bite, a susurré mon frère, elle n'est pas comme les nôtres.

J'ai tressailli, il voulait me faire peur, me torturer, il était enclin à la méchanceté, comme d'autres à faire le bien. Il avait réussi, je me demandais si la mienne était comme la sienne, la leur. Comment était-ce possible que des frères n'aient pas la même ? Ma mère l'appelait « le bilou » pour fuir la vérité, me semblait-il. Quelle était la vérité à ce sujet ? Y avait-il une vérité ?

— Tu t'es fait avoir, a dit mon frère.

— Quoi ?

— Cherche ? C'est toi le chouchou de papa, débrouille-toi…

— Dis-moi, s'il te plaît ?

— Tu n'as qu'à ouvrir le dictionnaire à Juif. Maintenant laisse-moi roupiller.

J'ai refermé la porte, mon trèfle à cinq feuilles n'était plus sur le guéridon. Un malheur épouvantable, mon père m'avait honoré pour rien, j'étais indigne. Je l'ai cherché à quatre pattes comme le pauvre chien que j'étais. Pas trouvé. J'ai frappé à la porte de Malraux, il a grogné :

— Crève ! Laisse-moi dormir.

Je pleurais, j'avais perdu mon trésor. J'étais furieux. Je suis rentré dans la chambre de Paul, mon frère cadet. On n'avait même pas un an de différence. Je suis monté sur le lit, l'ai réveillé en l'étranglant et en lui disant :

— Rends-le, rends-le-moi ou je te tue !

Il a sorti la langue en râlant, je l'ai lâché. Il s'est redressé et a dit que j'étais fou, qu'il le dirait à maman.

— Si tu fais ça… Si tu fais ça, je t'empoisonne.

— Ah non, je ne veux pas mourir comme ça…

Je l'ai scruté et je lui ai demandé si c'était lui.

— Lui quoi ?

Je le connaissais bien, il ne me mentait pas. Dans la pénombre sa chambre aurait pu être la mienne, une bible, un crucifix, un lit Empire en noyer comme la commode à trois tiroirs, les santons dessus, une descente de lit, du parquet à la française, le secrétaire en pin rouge, la cheminée froide et aveuglée. Je n'ai pas pu retenir mes larmes, j'ai quitté Paul sans claquer la porte. Pourtant, j'en avais envie. J'ai encore cherché sur le palier, puis je suis entré dans ma chambre, j'ai tourné en rond. Si j'implorais Dieu, il risquait de ne pas m'écouter car j'avais trahi mon père. Dieu n'aimait pas les enfants injurieux. Il fallait que je trouve un moyen, je me suis tourné vers les santons, la crèche. J'ai pris le petit Jésus dans son berceau, l'ai embrassé, lui ai dit de demander à son père de me pardonner et que lui aussi me pardonne lorsqu'il serait plus vieux, adulte. Je l'ai recouché, mais ce n'était pas suffisant, j'étais très angoissé, me sentais mal. J'avais l'impression que mon péché allait m'écraser.

Me punir. Je me suis signé, j'ai demandé l'absolution à Dieu. J'ai gobé trois agates à la queue leu leu ; avec de l'eau ou du Pschitt, ça serait mieux passé. Les agates pesaient comme du plomb dans mon estomac. Je suis resté debout, inerte, je ne savais plus rien. Peur de me coucher et de m'étouffer avec les agates, peur que mon estomac crève. J'ai regardé la rue, le ciel. L'aube venait, je voulais avoir des illusions, le trèfle à cinq feuilles essaimerait tout un bouquet dans le jardin. Et si, au contraire du trèfle à quatre feuilles qui portait chance, le trèfle à cinq feuilles portait… J'ai repoussé l'idée. C'était mon père qui me l'avait offert. Un chien est apparu sur le trottoir, il a traversé la chaussée, l'a retraversée, semblait affolé. Il avait dû perdre son maître, son foyer. Et si ça m'arrivait ? Il a levé la tête vers moi, je me suis senti interpellé. Je n'avais pas le pouvoir ou même l'envie d'ouvrir la porte et de lui donner asile, une caresse, un bol d'eau. J'ai eu honte. J'ai quitté la fenêtre, caché ma tête sous l'oreiller, j'aurais voulu être malade, infirme. Je n'aurais pas dû, c'est sûr.

C'était Malraux qui m'a réveillé comme d'habitude en me pinçant le nez, je me suis redressé dans le lit en aspirant l'air comme une pompe à vélo. Ça ne le faisait même pas rire, pas plus ce jour que tous les autres.

— Debout, Jacob, a-t-il marmonné.

Lui avait un réveil et un lit Empire en acajou de Cuba, massif. Décor de cygnes et de lyres – pour un type qui n'aimait même pas la guitare électrique, c'était honteux. Une pièce de collection : d'après le père de papa, le maréchal Lannes, duc de Montebello, y avait couché. J'étais jaloux. L'Empereur me passionnait depuis que j'avais lu *Histoire d'un conscrit de 1813*[1]. Le maréchal Lannes était considéré comme le meilleur de ses généraux par Napoléon et que mon frère aîné ait hérité de son lit me désolait ; parfois je priais pour que le lit soit infesté par la vermine, le cancer. En même temps que j'avalais l'air goulûment, je me suis souvenu de la perte du trèfle à cinq feuilles, des agates. Du pauvre chien perdu et de ma lâcheté, j'étais un pharisien. Je me suis dit que je ne passerais pas forcément la journée. Trop de crimes, de culpabilité.

1. Erckmann-Chatrian.

Cela ne m'a pas fait de peine, comme si je savais que j'étais fait pour mourir, que ma mort était la conséquence de ma vie, j'étais en vie pour mourir. Une évidence, certes, mais je n'étais pas philosophe.

En me levant, j'ai regardé mes pieds. Cinq doigts à chaque pied comme deux trèfles à cinq feuilles. Et si j'avais six doigts ? Est-ce que c'était possible de modifier la nature humaine, la nature des plantes ? La question m'a fait frissonner comme si elle en contenait une autre, ou d'autres. Ce n'était pas l'heure pour moi de savoir, de réfléchir, j'étais trop petit, trop jeune. Plus tard, je verrais si je voyais. « On peut devenir aveugle à tout âge, disait maman, si on regarde ce qu'il ne faut pas. » Terrible ! J'ai décidé d'oublier toutes ces questions. Pour prendre le petit-déjeuner, je devais avoir le visage et les mains propres, être peigné, en peignoir et pantoufles. Au pif, il me restait deux minutes ; la montre, ça serait pour mon entrée en sixième, l'année prochaine. Paul m'avait précédé dans la salle de bains, penché au-dessus du lavabo, il se lavait le visage avec les mains. On entendait Malraux pisser, il aimait faire du bruit, pas moi. Moi je faisais attention de viser le bord de la cuvette, j'avais honte des bruits de mon corps. Paul s'est redressé, le visage ruisselant, j'ai reculé. Il a attrapé sa serviette.

— Tu me dois du rab, a-t-il affirmé en s'essuyant. Du chocolat, du saucisson, du beurre, ce que tu veux.

« Il est bâti comme une mouette, disait de lui Malraux, un tube digestif et un trou au bout. » Et on le surnommait « la Mouette ».

— Alors ? Tu es d'ac ? Tu m'as étranglé quand même… Tu n'as pas oublié ? C'est dégueulasse de faire ça à son frère.

J'ai acquiescé, me suis penché à mon tour au-dessus du

lavabo, fait couler l'eau froide. Malraux ne sortait pas des toilettes, Paul tambourinait. Malraux lui a dit qu'on ne pissait pas après s'être lavé les mains, sauf si on était communiste, pauvre ou arabe. J'ai pris appui sur le bord du lavabo pour me hisser et me voir dans la glace. Maman l'avait fait accrocher haut, de telle sorte qu'on ne perde pas de temps à nous regarder comme des filles. Malraux voyait la moitié de son visage, moi un peu le front et les cheveux, la Mouette rien. D'où son autre surnom : « l'Homme invisible ». Ce matin-là, j'ai vu dans la glace un gamin à la peau pâle, le nez busqué, maigre, un front bombé. Ça me manquait que personne ne me dise que j'étais beau, joli. Être laid, c'était lourd à porter, et puis de ce que je croyais savoir, l'avenir appartenait plutôt aux gens beaux qu'aux moches et disgracieux. J'étais laid ? Un peu beau ? Je pourrais me fiancer, me marier ? Mais si c'était pour passer la nuit assis dans l'escalier…

— Tu as vu ton nez de Juif ? a dit Malraux en surgissant. Tu as regardé dans le dictionnaire ? Pourquoi tu chialais cette nuit ? Tu avais un poil qui poussait ?

C'était une de ses stratégies : la rafale. Ainsi, il nous prenait toujours en défaut.

— Papa a fait pipi sur maman, ai-je murmuré.

— Quoi ?

Il a eu un hoquet comme dans un dessin animé.

— Quoi ? Qu'est-ce que tu racontes ? T'inventes quoi, là ?

— À cause des règles…

Je ne savais pas ce que c'était, j'en avais entendu parler, c'était un des mille mystères que je devais percer et c'était la première fois que je mentais comme si j'avais compris à mon insu que pour savoir, il fallait d'abord mentir, avancer un argument fallacieux, contestable, comme une première arche jetée sur l'abîme. Les mensonges renvoyaient forcément des échos, il fallait les entendre, les interpréter.

— Tu crois, a marmonné Malraux, tu crois ça ?

Il avait l'air troublé, j'ai songé qu'il ne savait pas plus que moi ce qu'étaient les règles. Les règles de quoi ? Quelles règles prolongeaient celles de trois et de neuf? Malraux a consulté sa montre, a dit :

— Putain de moine !

Il s'est précipité dans l'escalier, on l'a suivi. En passant devant la porte de la chambre des parents, maman nous a dit qu'on avait du retard. J'ai croisé le regard de Paul.

— Vérole, la brioche, a-t-il dit. Elle peut nous la supprimer, c'est moche.

La brioche dominicale, une de ses raisons de vivre. La cuisine était en bas de l'escalier, sur la droite, c'est là qu'on mangeait en semaine. Le dimanche, nous prenions le petit-déjeuner à la cuisine ; le déjeuner et le dîner, avec nos parents, dans la salle qui ouvrait sur le jardin. C'était plutôt triste, je me souvenais de l'époque où nous étions moins riches, fréquemment réunis, le temps où maman faisait la cuisine. Souvent, désormais, j'avais mal au ventre, envie de sortir de table, de courir comme un fou. De crier, de protester, de dire : « Revenons à l'ancien temps ! Pitié, écoutez-moi ! » Yvette nous a accueillis debout en nous disant comme à son habitude : « Alors les mousquetaires, vous venez vous faire des moustaches en chocolat ? » Elle nous donnait un baiser à chacun, sur le front ; moi, elle me caressait la tête. J'adorais, j'avais l'impression d'être un animal de compagnie, on avait besoin de moi, on me reconnaissait, me donnait de la tendresse, cette main sur mon crâne, je l'appelais la Patte. Je ne le disais à personne, on se serait moqué de moi, je n'aurais pas été compris. Je savais d'instinct que les gens se moquent des sentiments exprimés par les autres. Yvette m'a chuchoté dans l'oreille que j'étais son garçon à elle, comme à chaque fois, cela m'a ému. Je serais bien resté enlacé à elle, seulement c'était impossible. Elle avait une robe noire et un tablier blanc, un chignon et une forte poitrine qui lui arrivait au nombril, des hanches très larges, des fesses comme des autos-tamponneuses, disait Malraux qui la surnommait le Berliet. Elle avait des cheveux blancs sur les tempes et ça m'inquiétait, elle vieillissait, prendrait sa retraite. Il nous resterait quoi ?

Le petit-déjeuner nous attendait sur la nappe blanche, des tartines grillées, une chacun, la confiture chacun sa part dans un ramequin. « Juste de quoi noyer une mouche », maugréait Paul. Le chocolat au lait maigre. Un jus d'orange l'hiver. Des fois un jus de citron, pour les graisses. La hantise de notre mère, depuis que nous étions riches, c'était que nous devenions gros, gras. Elle nous voulait britanniques, distingués, minces. Racés. C'était elle qui composait en partie nos repas, elle s'inspirait d'un obscur traité de santé, d'un dénommé John Scheel qui avait inventé le terme « naturopathie », et de plusieurs fragments de textes écrits par un prêtre allemand, Sébastien Kneipp. C'était mon père qui les avait traduits, il avait appris l'allemand en camp de concentration. Il en avait fait plusieurs. Je ne savais pas exactement ce que c'était, sinon que c'était pénible et cruel. Qu'on n'y mangeait pas. Maman n'avait pas fait de camp de concentration, elle. Mais elle disait : « Il vaut mieux deux maigres qu'un obèse. » Cette phrase me semblait obscure et j'essayais d'en percer le sens. Maman nous imposait ce régime, sinon Yvette nous aurait choyés. Elle nous donnait du rab en douce. Il fallait faire attention, pas que ça se sache.

La nourriture, c'était ce qui nous réunissait, nous les Mousquetaires. Notre fraternité était là, au moins là. Parce que je sentais bien que nous n'étions pas frères tant que ça, mes mains ne s'adaptaient pas sur les bras de mes frères. Mes yeux ne voyaient pas ce que les leurs voyaient, nos souffles n'étaient pas à l'unisson. Ni nos rêves. J'aurais voulu que nous partagions une fraternité sans limites, mais Abel et Caïn étaient passés par là.

On avait notre place, notre rond de serviette, on était servis comme des maîtres, ce que nous étions, des fils de maîtres. Pour autant, ce rapport ne pervertissait pas mon lien avec Yvette ; mes frères, eux, étaient plus distants, Paul ne pensait qu'au moyen de se remplir. Pierre, lui, était plus compliqué. Je n'arrivais pas à le comprendre. Il était méchant, fruste et par moments imprévisible, fou. Il m'arrivait de songer qu'il était fou de bêtise, que sa bêtise était une arme, une massue. Je m'en voulais de ce genre de pensée, je refoulais ça au fond du fourre-tout de ma conscience. Si on était *entre nous*, Yvette rajoutait de la crème dans nos bols de chocolat, une tartine beurrée, du pain perdu qu'elle nous faisait en cachette et qui était exquis. Ce matin-là, j'ai donné ma part à Paul.

— Il te fait chanter ? a marmonné Malraux. C'est ça, la Mouette, tu le tiens, ce Juif ?

Yvette lui a tiré l'oreille gentiment et lui a fait remarquer qu'on ne traitait pas un chrétien de Juif. Elle s'est signée, nous a quittés. Elle n'était dans notre vie que depuis deux ans, depuis que papa avait acheté cette maison. Avant c'était maman, avant… Je me suis levé, l'ai rejointe près du plan de travail où elle était occupée à rouler une pâte à tarte et lui ai demandé si je pouvais faire un petit tour, la formule par laquelle on lui demandait un peu de liberté. C'était Malraux, il fallait le lui reconnaître, qui avait décidé que la cuisine, c'était notre Suisse. Un territoire neutre dans lequel on essayait de prospérer, de reprendre des calories, « de faire nos affaires ». Autre expression de Malraux qui voulait être juge ou procureur pour « décapiter un con ». J'ai quitté la cuisine avec du rab pour Paul, du pain, du camembert et du chocolat, qu'il se mette ça dans le tube et qu'il explose en plein vol. Je me suis dirigé vers le bureau de papa, parti très tôt comme d'habitude. Il venait de fonder une banque d'affaires avec des associés, devait travailler vingt-cinq heures par jour, huit jours par semaine. Son bureau donnait sur la rue, il était spacieux, clair. La lumière qui provenait des deux hautes fenêtres était douce, tamisée par des voilages. Face à son bureau, un portrait de maman accroché à un des murs. Il devait lever les yeux et croiser son regard, se remettre au travail, encouragé par la présence de sa femme. Un tapis persan aux motifs merveilleux et qui racontaient une histoire, j'en étais persuadé, couvrait une partie du beau plancher.

La bibliothèque occupait deux murs, du sol au plafond. C'était le seul endroit du logis où il y avait des livres, maman ne voulait pas que nous lisions n'importe quoi et disait que si on met quelque chose dans les mains d'un garçon, il s'en sert, chocolat, fille, livres. Pour elle, les livres étaient plus dangereux que les filles. Seuls nos ouvrages scolaires et la Bible de Jérusalem étaient tolérés dans nos chambres. J'ouvrais la Bible parfois, au hasard, et à chaque fois j'étais surpris par la dinguerie, la violence de ce que je lisais, la puissance évocatrice, la beauté. Mais la beauté me faisait peur et je n'osais pas trop y réfléchir. Quant aux filles, c'était pour moi un vague et terrible objet de tourment. Sans connaître la légende de

Charybde et Scylla, je pressentais la fatale attraction qu'elles exerceraient sur moi. Je ne me le formulais pas, mais je devinais que maman était une fille, une femme, et je ne lui réchapperais pas, je le savais bien. Je la voulais, comme papa la voulait. Malraux et Paul, eux, passaient aux larges de ses côtes cruelles, l'un obnubilé par le rab, l'autre par l'échafaud. Le petit dernier était à part, je ne savais pas qui il était, je faisais semblant de l'aimer, il me souriait comme un petit chien à sa mamie. Mais il fallait que je me presse. Le temps m'était compté, le lycée Hoche où j'étais en septième m'attendait dans sa torpeur hypocrite, cachant ses coups en douce derrière ses façades respectables. J'ai écouté, je n'ai entendu que les battements de mon cœur. Je pouvais y aller. Papa collectionnait les dictionnaires français, allemand, anglais. Je n'avais pas le temps de choisir. J'ai ouvert un vieux Larousse Universel en deux volumes, à J.

> *Juif, uive (lat.* Judæus*; de* Judæa, *Judée), nom donné dès l'époque gréco-romaine aux descendants d'Abraham qui s'appelaient eux-mêmes Hébreux ou Israélites.*

J'ai entendu du bruit, la femme de ménage ? J'ai rangé le dictionnaire, aperçu une feuille de papier sur le bureau de mon père, tant pis je voulais savoir. De son écriture si particulière, torturée et qui semblait parfois comme écrasée par le poids de Dieu, il avait écrit à l'encre bleu nuit :

> *Ma femme chérie,*
> *Tes épines sont plus belles et douces que des pétales de rose.*
> *Ton époux qui t'aime.*
>
> *JEAN.*

Je suis sorti du bureau en proie à un trouble complexe où se mêlaient l'amour que mon père portait à ma mère et la définition du mot « Juif ». Il n'était pas question de verge mais un vieux Larousse ne pouvait pas parler de ça. Qui en parlait, m'en parlerait ? J'ai entendu ma mère sortir de la chambre et grimper l'escalier. Elle allait réveiller Antoine, le dernier des frères. Elle s'occuperait de lui, le materner ait. Puis à cinq ans révolus, dans deux ans, il nous rejoindrait, payerait sûrement son statut d'étranger, son surnom. Ou alors, elle s'enticherait de lui, le garderait dans son manchon. Une affreuse jalousie a mouillé mes lèvres de son amertume, je le haïssais ce petit dernier. Pourquoi il était venu ? Paul, déjà c'était trop. Partager sa mère, c'est insupportable pour un fils aimant. Les mauvais fils s'en fichaient sûrement. Bien sûr, j'avais mon père mais si j'avais eu l'amour de ma mère, ma mère à moi, pour moi, si j'avais pu lui tenir le menton pour forcer son regard dans mes mains, pour que nos yeux se ferment de fatigue et d'amour… Ah si j'avais pu… Impossible de m'en empêcher, je me suis précipité dans l'escalier. Arrivé au deuxième, j'ai marché sans bruit jusqu'à la porte de la chambre de l'Étranger, la première, fermée la nuit, pour qu'on ne l'enlève pas. « Qu'on n'abuse pas de lui », susurrait maman en nous regardant, nous les trois autres fils. Je ne comprenais pas ce qu'elle voulait dire sinon que c'était grave.

J'ai regardé dans le trou de la serrure, elle avait tiré les rideaux, le jour entrait. Elle était penchée vers le salaud et je voyais ses fesses sous le peignoir gris aux parements roses, j'ai pris conscience qu'elle avait un corps et que ce corps l'unissait à celui de mon père, le secret était là, le secret des hommes et des femmes… Les larmes me sont montées aux yeux, mon sentiment d'exclusion a été amplifié. J'étais perdu de mère, je me suis laissé glisser le long de la porte, mourir là, ne plus avoir une mère loin du cœur et un père chassé dans l'escalier. Qu'est-ce qui se passait, pourquoi étais-je aussi sensible, jaloux ? C'était ça être fils, frère ? J'ai entendu du bruit venant de la cuisine, je me suis relevé. Pas me montrer faible sinon Malraux m'enfoncerait. Dans la chambre, maman murmurait au chouchou qu'il était mignon. « Le mignon adoré à sa maman », a-t-elle dit comme pour m'achever d'une balle dans la nuque.

Je le tuerais et Malraux me décapiterait, ça se terminerait comme ça ou bien plus mal. Je suis allé dans la salle de bains des trois fils, en plus du lavabo, elle accueillait une douche et une baignoire. Le lavabo avait deux robinets comme chez tout le monde, mais ils ne distribuaient que de l'eau froide. Avec de l'eau froide pas de double menton, maman était contre les doubles mentons, les vergetures. Contre la cellulite, les goitres, les bedaines, tous les mous. « Rien de pire qu'un mou, affirmait-elle, sinon une fille-mère. »

Ça non plus je ne savais pas ce que ça signifiait… Le pire du pire, sûrement. Je me suis déshabillé derrière le rideau en plastique pour que Malraux n'en profite pas pour m'espionner, me faire des remarques sur… Sur mes fesses, trop plates, mes bras, trop courts, mes orteils de grenouille. Le plastique était froid et humide, la faïence froide, tout était froid, j'ai rêvé de chaleur, de joie commune, de partage fraternel. Sans le rêve, on ferait comment pour supporter notre existence ? Il y avait deux robinets et que de l'eau froide comme au lavabo, seule la baignoire avait de l'eau chaude. J'ai fait couler l'équivalent d'un verre à dents pour mouiller le gros savon de Marseille et me suis savonné les yeux fermés. Depuis qu'on s'était levés, une demi-heure s'était écoulée, j'avais le sentiment que c'était long comme la vie. J'avais souvent l'impression que le temps passait plus lentement pour moi, que dans une de mes secondes, un mois entrait facilement. Le mois d'un autre…

Malraux a tiré violemment sur le rideau et a dit, pastichant maman :

— Il y a trois règles, Jacob. Trois règles pour vivre comme un homme et non comme une bête.

Il a commencé à se déshabiller pour provoquer ma pudeur et a complété en énumérant avec les doigts :

— L'hydrothérapie, la phytothérapie, la diététique.

La théorie de Sébastien Kneipp que nous détestions tous les trois, nous les trois frères. Malraux a écarté ses fesses, en disant :

— Rince-toi l'œil, Jacob !

J'en avais marre, un peu plus et je le mordais. Oui, assez de Malraux et de Sébastien Kneipp, qui, mort depuis je ne sais combien de temps, nous pourrissait la vie avec ses théories stupides qu'il avait même infligées à Léon XIII. Mais ça ne me rassurait pas qu'un pape ait été contraint de se laver à l'eau froide et de se priver de radis beurre. Je suis sorti de la salle de bains, maman et le bouffon sont apparus sur le palier. Le bouffon m'a souri gentiment, c'était dégueulasse à voir. J'aurais voulu lui trancher une oreille.

— Tu traînes avec ton père au lieu de dormir, a-t-elle déclaré en me souriant gentiment.

J'ai baissé les yeux, les ai relevés, elle était là, si belle, si belle que papa n'en pouvait plus, à moins qu'il se fasse pipi dessus par peur de l'aimer trop fort ? Parce qu'il rêvait trop d'elle et qu'il s'oubliait dans sa passion ? Elle a lâché la main de mon malheureux frère, s'est approchée de moi, comme une catastrophe, s'est baissée, m'a enlacé, serrant mon corps contre le sien… L'a pressé contre l'étoffe du peignoir. L'impression que nos deux corps n'en faisaient plus qu'un. Elle m'a embrassé la tempe, le lobe de l'oreille, l'a tété. Elle sentait une odeur enivrante, puissante, beaucoup trop, beaucoup trop… Et a murmuré à mon oreille :

— Tu es à moi, n'oublie pas. Tout à moi.

Elle aurait pu me tuer de cette étreinte… Je me souviens d'un grand blanc. J'ai dû m'évanouir sans m'en rendre compte, trop de parfum de maman, trop de maman proche, si proche. M'évanouir ou perdre toute conscience. Elle, la plus belle du monde, n'a rien vu. Elle s'est occupée du bouffon, me laissant en arrière comme une épluchure sur le tapis bleu, je n'étais qu'un petit Juif, le fils d'un pisseur, le deuxième garçon de la portée, autant dire rien du tout, un garçon qui avait perdu le cadeau sans prix de son père.

Je me suis retrouvé dans la rue, aussi bien j'aurais pu être Malraux et marcher en écartant les fesses et en marmottant des horreurs. Je ne savais pas qui j'étais. J'avais l'air d'être moi, mais c'était à prouver. C'était qui, moi ? Lui ? Lui, dans la glace de la boulangerie ? Je devais courir, avec mon cartable dans le dos que j'appelais « Junior », et à qui je parlais parfois, à défaut de pouvoir parler à mes frères. D'autres parlaient à leur doigt, à leur ombre, pourquoi pas à un cartable ? Il me fallait quinze minutes pour arriver à Hoche, on ne faisait pas le trajet ensemble, les trois frères. Malraux avait honte de nous, moi peut-être d'eux ? Paul était un mystère, des fois je me demandais s'il avait un cerveau, une âme oui, puisque Dieu était là. Mais où était l'âme chez l'abruti ? Je me suis arrêté sur le pont qui enjambait les voies ferrées desservant la gare de Versailles-Rive-Droite. D'habitude, je ne prenais pas le temps de regarder les trains, d'en attendre un, je me réservais ça pour le soir, en guise d'apéritif bien mérité après la mine. Ce matin-là, j'avais besoin d'un remontant. J'ai contemplé un train tiré par une tractrice BB qui est passé croisant une locomotive à vapeur, seule, sans rien derrière elle que son tender. Je l'ai identifiée comme une Mikado, qu'est-ce qu'elle faisait là ? Crachant de la fumée noire et odorante, un gros scarabée inventé par Meccano. Elle semblait sortir du passé pour entrer dans l'oubli.

Buciflet m'attendait de l'autre côté du pont, il m'a fait songer à la Mikado. En fait, il était dépassé comme elle, je ne m'en étais pas rendu compte jusqu'à cet instant. Il avait l'air d'un homme trop gros et trop rouge, c'était un enfant pas si gros que ça, pas si rouge. Comme souvent, il a ramassé une pierre et l'a lancée dans une des innombrables vitres d'un hangar de la SNCF. Elle s'est étoilée, il a crié : « Coco ! Coco ! » Parfois, en réponse, un cheminot invisible hurlait des injures, des menaces. Pas ce jour. On a pris la tangente en courant quand même. Selon son habitude, Buciflet a clamé un couplet de *La Marseillaise*. Il était dingue comme Malraux, sans être méchant comme lui. Plus idiot que Paul et moins invisible. Ma crainte, c'était qu'un jour ou l'autre, des cheminots sortent d'un hangar et nous poursuivent, nous traînent au poste de police. Ou nous battent comme plâtre. Mais je ne pouvais pas rompre avec Buciflet, j'avais besoin de sa conduite de voyou, de son audace inutile. Sa fureur contre le monde qui nous attendait pour nous dévorer.

En vue de Hoche, Marcillac nous attendait devant l'épicerie familiale, il était noir et ses parents, non. C'était un sujet d'étonnement, de réflexion pour moi. D'angoisse aussi. Je n'osais pas lui poser la question et lui ne disait rien. De temps en temps, il se battait avec un gars ou un autre et il les rectifiait à chaque fois. Sans commentaire, il imposait le silence. Je l'admirais. Il nous invitait chez lui le jeudi pour regarder *Rintintin* à la télé. Pas plus que Buciflet, je n'avais la chance d'avoir un téléviseur à la maison. Maman ne voulait pas à cause de la dépravation et de l'esprit antireligieux de ces gens du tube. Papa ne voulait pas parce qu'il estimait que la télévision était un moyen de rendre les citoyens complètement stupides ; d'après lui, c'était le but des hommes politiques et du Capital. Maman n'aimait pas qu'il dise ça, elle prenait son air pincé et susurrait qu'elle n'avait pas épousé un socialiste mais un bon catholique, qu'il était banquier pas syndicaliste.

Marcillac, ce matin-là, était vêtu d'un manteau ahurissant, style redingote, de chaussures vernies, d'un pantalon rouge. Dès que sa mère quittait l'épicerie, elle fonçait sur sa machine à coudre et habillait Marcillac de pied en cap, une passion dévote qu'elle vouait à son fils, pas au Christ. Marcillac devait souffrir des travaux de couture de sa mère, n'en disait rien. Il a retiré son manteau et l'a enfoncé dans son cartable, d'où il a extrait de la craie qu'il a passée sur ses chaussures. Il n'a rien dit comme d'habitude. Il devait aimer très fort sa mère et ça comptait pour moi. J'aurais voulu me rapprocher de lui, qu'on puisse échanger nos secrets et peines mais je voyais bien que c'était impossible, autant pour lui que pour moi. Marcillac était noir et ses parents blancs et moi blanc avec des parents blancs, le secret de Marcillac était lié à la couleur et moi… Moi mon secret était invisible, c'était le secret de mes parents qui m'enfermait dans son silence. En se relevant, Marcillac a croisé mon regard. Il a souri et a passé la craie sur son visage. Je lui ai pris la craie des mains et l'ai imité, il m'a semblé que c'était important. Buciflet nous a dit qu'on était dingues. J'ai ri en regardant Marcillac, il m'a imité. J'étais très heureux, on avait trouvé une façon de se parler. Je ne parlais pas assez, j'étouffais à cause de ça… Ça se terminerait mal.

On n'a pas tardé à passer devant l'entrée principale de « la taule », comme disait Buciflet, croisant des prépas, Cyrards, X, Agros, tous avec leurs calots colorés et leurs regards avides, leurs mains, leurs corps inutiles et brutaux. L'un d'eux m'a tordu l'oreille, sûrement pour se distraire. Ça m'a fait de la peine d'abord, puis ça m'a donné du courage. Chaque seconde qui passait était une histoire, contenait une leçon, une morale. Demain ou je ne sais quand, un type me tordrait l'oreille et moi je lui casserais le nez. On s'est dirigés vers l'entrée des petits et on a été avalés par la grosse bouche édentée à force de bouffer des gosses. Elle nous a crachés dans le tourbillon aveuglant de la cour qui nous a aspirés dans son broyeur dont l'axe semblait être les instituteurs. Mlle Minot, aussi blanche que l'imperméable qu'elle portait depuis que je la connaissais, depuis ma dixième. M. Long, court sur pattes et maigre, la peau toute jaune avec son bouc noir, luisant. M. Gruau, sa verrue sur le nez, sa blouse grise. Tous les matins il commençait son cours par une leçon de morale républicaine. Et puis M. Cloche, notre maître. Il s'étirait le lobe de l'oreille en classe, au milieu d'une travée ou sur l'estrade, se curait l'oreille avec son petit doigt, regardait songeur le cérumen, cherchant une solution au problème de la vie. Là, il tentait de convaincre Mlle Minot en lui tenant le poignet. Sans la lâcher, il m'a dit pour briller :

— Bauchot, qu'est-ce qui vous est arrivé ? Vous êtes sur le sentier de la guerre ?

J'avais oublié la craie. J'ai bafouillé, tout mis sur le compte de la Mouette. Il m'a montré les toilettes. J'y suis allé, passant devant les cuisines, ça sentait le lait, celui de Mendès France, disait mon père. On le boirait tout à l'heure, chaud.

Pas de glace dans les toilettes comme si maman était partout présente. À la craie blanche, comme d'habitude, Fantômas avait dessiné une grande… Je n'osais même pas penser le mot « bite ». Et il avait écrit dedans, comme d'habitude : « Au cul l'école ». Mme Frotte, en fait un homme préposé à l'entretien et au ménage, l'effacerait et demain ou après-demain, Fantômas recommencerait. On disait que le surgé dormait là la nuit pour lui mettre la main au collet, on disait… Mais Fantômas persistait. Il était drôlement gonflé, comme Buciflet. Comment faisaient-ils si jeunes pour protester si fort ? Je suis sorti. Les cris m'ont fait peur, j'ai tenté de me raisonner. On savait tous qu'il fallait vivre, avoir des copains, faire du bruit pour effrayer la mort, la faire reculer. Rire et chahuter pour donner le change. La sonnerie a retenti, aussi insupportable que la roulette du dentiste quand elle creusait la dent.

Cloche était penché au-dessus de Buciflet que je plaignais car Cloche sentait mauvais de la bouche, on le surnommait l'Évier. S'il n'avait pas pué, il aurait eu le droit à Dring-Dring. À côté de moi, Smith sommeillait. Il avait un visage si étroit que dans sa meurtrière, on distinguait à peine deux yeux compressés et un nez écrasé par les tempes. Je le plaignais d'être dans cette prison, de face il avait l'air d'être de profil. J'imaginais que son cerveau avait fini par prendre la forme de son crâne, que c'était cette torture qui poussait Smith à se réfugier dans le sommeil. Échapper à sa face d'angle mort devait être un réflexe de survie. Il habitait en face de chez Roch Dambert, un autre copain, à côté d'une synagogue. Papa m'avait appris que Claude Lévi-Strauss l'avait fréquentée, je ne savais pas qui c'était. Papa expliquait rarement, comme si on pouvait l'écouter, puis ouvrir un dictionnaire et rechercher la référence. Mais maman ne voulait pas que nous lisions. À un jet de pierre de la synagogue se trouvait l'église Jeanne-d'Arc où nous allions à la messe le dimanche. Maman communiait à chaque fois. Mon cœur battait lorsqu'elle se levait, avançait dans la travée vers l'autel et le prêtre, lorsqu'elle s'agenouillait, ouvrait la bouche. Je fermais les yeux et profitais avec elle de l'hostie. Les cloches ne sonnaient pas dans le ciel lorsque maman se relevait, car l'église en était privée. Ce qui était étrange, c'est que je les entendais dans mes rêves, une mélopée qui épaississait mon sang, m'étourdissait, me rappelait une faute terrible. Laquelle, je le savais bien. Le partage de la bouche de ma mère avec le Saint-Esprit.

— Ils se sont souri*s* ? a demandé Cloche en me tirant l'oreille.

Deuxième fois de la matinée, j'en avais assez. Plus tard, je les tuerais. Je les tuerais tous, ça me détendrait.

— S ou pas s ? Bauchot. Et désolé de troubler votre inattention. À ce sujet vous me ferez une rédaction de cinquante lignes sur la distraction et ses dangers.

J'ai répondu sans m'entendre, je surveillais Smith du travers de l'œil, je venais d'avoir une intuition. Sa force c'était qu'il avait l'air là, éveillé. C'était grâce à son visage si étroit qu'il ne pouvait imprimer que cette expression avenante. Smith était l'homme qu'on n'interrogeait pas, il avait la moyenne par un effet de la grâce divine, ou... Peu importe. Une fulgurance m'a traversé ! Et s'il était juif ? Il habitait en face de la synagogue, non ? Cloche nous avait installés côte à côte pour une bonne raison : il avait deviné ce qui nous unissait ? J'ai souri à Smith. J'étais proche du but, enfin je voulais l'espérer. En même temps, Smith, c'était plutôt britannique. Ou carrément. Mais il y avait forcément des Juifs au Royaume-Uni, sinon ça ne serait pas juste. Je trépignais intérieurement, m'empêchais de lui poser la question à brûle-pourpoint, comme aurait dit mon grand-père paternel. La sonnerie a hululé, c'était la récré. On s'est levés bruyamment, massés devant la porte comme des chevaux avant la course, et puis on s'est éparpillés en criant de joie dans la cour, parce qu'il fallait le faire. C'était la tradition.

J'avais perdu de vue Smith, je me suis demandé si je saurais profiter d'une occasion pour oser lui poser la question. Pas sûr. Je me suis retrouvé aux toilettes, Mme Frotte avait effacé le graffiti de Fantômas. J'ai regardé ma verge en me demandant pourquoi elle était différente de celle de Malraux… En même temps, je ne ressemblais pas à Malraux, heureusement. Pourquoi ma verge lui ressemblerait ? J'ai tourné la tête et j'ai tressailli : Smith était à côté de moi. C'était maintenant ou… J'ai réuni mon courage et je lui ai demandé s'il était juif. Il a tressailli, a hoché la tête et a répondu, tout bas et en regardant si les autres pisseurs s'intéressaient à nous :

— Et toi ?

J'ai acquiescé, je me sentais traître.

— Il ne faut pas le dire, a chuchoté Smith, on nous tue paraît-il… Tu fais le sabbat ?

— … Oui.

Ça devenait compliqué d'être juif, je ne savais pas ce que c'était le sabbat.

— Pas nous. Mon père ne veut pas de ça. Il dit qu'il faut se faire oublier. Il a changé de nom comme ton père, je suppose ?

J'ai hoché la tête, papa était fier que nous les Bauchot, roturiers, ayons un arbre généalogique qui commençait au milieu du dix-septième siècle, un Bauchot Hilaire, charron à Pont-l'Évêque.

— On s'appelait Shimon… Mon père l'a fait traduire après la guerre. Je n'étais pas né, il vivait à Londres, tout en étant français… Enfin, je ne sais pas tout.

Il fallait libérer la place, on s'est séparés, gênés. Gênés d'être juifs, c'est ce que j'ai pensé. Il y avait un mystère, un problème. Pourquoi tuait-on les Juifs ? Si c'était vrai, on allait me faire mon affaire, m'égorger ou je ne sais quoi ? J'avais peur. J'étais en colère contre le sort. Pourquoi moi j'étais juif et pas Malraux ? Et comment pouvais-je être juif et pas maman ou papa ? Ou bien ils ne le savaient pas ? Tout le monde mentait dans la famille ? J'étais dans la cour, perdu, comme sourd. Je me suis fait bousculer par des gamins de huitième, ils jouaient aux gendarmes et aux voleurs. Smith est venu vers moi sans que je le voie arriver, comme un bateau fantôme. J'avais souvent imaginé que des chercheurs pourraient s'inspirer de sa tête pour dessiner des objets invisibles.

— Toute la famille de mère est morte dans les camps, m'a-t-il dit sans me regarder, les frères de mon père…

Mon cœur s'est emballé.

— En camp de concentration ?

Il a hoché la tête.

— Et toi ?

— Pareil, ai-je bredouillé, pareil.

J'ai voulu parler… Je ne pouvais pas. J'étais asphyxié. Papa était juif et ne me l'avait pas dit. Il fallait que je fasse quelque chose, vite. Pour exister, ne pas crier. J'ai écarté les bras et j'ai fait l'avion, j'ai fait l'avion. En courant. J'ai dû le faire exprès pour oublier, je me suis pris un arbre. Dans le front. Ça m'a calmé, j'ai attendu la bosse à l'infirmerie… La bosse des Juifs.

La demeure était vaste et l'intimité rare. Il n'y avait que la nuit pour la donner et la bêtise c'était que le sommeil empêchait d'en profiter. Parfois, j'entourais mon oreille d'une cordelette que j'accrochais à un des montants de mon lit. Au moindre mouvement brusque, j'étais censé me réveiller. Ça ne marchait pas à tous les coups. Là, oui. Je me suis retrouvé assis au bord de mon lit, me suis séparé de la cordelette en bâillant. J'étais crevé mais au moins c'était moi qui m'étais réveillé tout seul, sans Malraux pour me pincer le nez. La pénombre était douce, j'avais de la chance d'être riche. J'ai contemplé mes pieds, tranquillement comme quelqu'un qui a cette liberté. Le jour, j'étais sous séquestre, prisonnier du regard des autres. L'intrusion était inévitable. La nuit, seul avec moi, je pouvais penser au passé. J'essayais de m'en souvenir un peu, pas trop car j'avais peur de l'épuiser, d'un jour me retrouver avec rien, plus une seule miette. Je voulais devenir généalogiste. Je n'en parlais pas car on ne prêtait aucune attention sérieuse aux rêves d'avenir des enfants. Je regardais mes pieds pour faire venir les réminiscences, les remous de jadis. Il me semblait que toucher ma peau, me humer, accélérait le retour du passé, que le passé aimait le contact, le toucher, avait des sens comme nous. Et qu'il fallait les appeler, les provoquer. Mes pieds, c'était l'appât pour attraper la queue de la mémoire. Mes pieds étaient la preuve que j'avais de la chance, que maman m'aimait. À sa manière… Lorsque j'étais tout gosse, elle avait décidé que j'avais l'air d'un boiteux, que dans la famille de papa, il y avait forcément un boiteux, en plus des camps. Les camps revenaient fréquemment dans la bouche de maman, confondus à une sorte de maladie honteuse, de faute de goût. Ou d'idiotie. Les camps de concentration pour tuer les Juifs, papa et moi.

Vers mes trois ans, elle m'a conduit non pas chez le maréchal-ferrant mais chez un podologue, un homme au nez énorme, comme une trompe au milieu de la face. Il m'a fait marcher, m'a donné des coups de marteau dans les genoux et décrété que j'étais atteint d'un *genu valgum*. « Le genou en X, disait le père de maman, celui qui m'appelait Dreyfus, c'est fichu pour le football, on en fera un artilleur. » J'ai eu le droit de dormir les pieds et les jambes dans des bottes en plâtre. Des souvenirs de Malraux se penchant au-dessus de mon lit en riant, de Malraux en train de marmonner : « Tu es marron. Tu vas finir en chaise roulante. » Il ne m'appelait pas Jacob à l'époque. Le podologue a dit que je méritais d'être suivi par un pédopsychiatre. J'avais peut-être des problèmes psychomoteurs, une prédisposition à la schizophrénie. Le pédopsychiatre m'a fait dessiner. Il a eu l'air content, a dit à maman que mon problème de genou se corrigerait tout seul, passé quatre ans, que c'était courant à mon âge. Maman ne l'a pas cru et a dit que c'était un type louche, qu'il n'était pas pédopsychiatre pour rien, c'était son vivier. Elle m'a fait équiper de chaussures orthopédiques. À cette époque, on était pauvres, on habitait rue Saint-Honoré, un appartement au père de papa. On était serrés dedans. Maman disait qu'on était des romanichels, qu'elle ne pouvait pas recevoir les gens de son milieu dans ce camping. J'allais à l'école du Sacré-Cœur, les sœurs à cornettes avaient des ombres effrayantes, se penchaient sur moi comme des chauves-souris. À la cantine, elles circulaient dans les travées avec leurs sourires gentils si féroces et il fallait tout finir, à cause des petits enfants qui mouraient de faim, finir le tapioca, les épinards, le poisson avec son corps blafard de Christ plein d'épines… Parfois, en dessert, il y avait des pâtes de fruits. Ça rachetait la disette. Je mettais de la nourriture en cachette dans la poche de ma blouse grise, je m'en débarrassais comme je pouvais.

Le jeudi, comme on n'était pas encore riches, je pouvais regarder maman cuisiner, les endives gratinées au jambon, le gratin dauphinois. J'adorais le gruyère, il me faisait tout oublier, enfermait dans le placard aux mauvais souvenirs les ailes bleu et noir des religieuses. Je n'appréciais pas que le gruyère, les desserts m'enchantaient. C'était dans leur fabrication que maman était la plus belle ; dans le sucré, elle semblait être en crème, toute douce. Elle me fascinait, je ne me lassais pas de l'épier, j'étais son enfant de chœur. J'avais des préférences pour les quatre-quarts, les puddings qu'elle faisait avec du pain rassis, les crèmes anglaises. Le goût, le parfum de la vanille me rendaient fou de gourmandise. J'avais le droit de racler les casseroles bien que la farine soit indigeste. Malheureusement, il y avait la soupe. La soupe du soir, pommes de terre, poireaux, carottes. Quelquefois cresson, pommes de terre, pas trop de sel. « Le sel est mauvais, disait ma mère. Bon pour les ouvriers, certes, mais mauvais pour nous. »

La soupe, j'exécrais ça. Bien des fois, maman me l'envoyait manger chez grand-mère, de l'autre côté de la rue Saint-Honoré. J'avais sur la poitrine un plastron sur lequel elle avait brodé « pénitent ». Je traversais la rue tête baissée, il y avait peu de voitures à cette époque, Versailles n'était qu'un gros village, et maman priait beaucoup pour nous. Grand-mère mettait ma soupe à gratiner. C'était délicieux, je repartais mon bol vide et une part de tarte dans l'estomac. Maman m'accueillait de dos, debout devant l'évier ou la gazinière, sans se retourner elle me disait : « Tiens voilà le pénitent. Tu peux aller te coucher. Et n'oublie pas tes prières. » Malraux me faisait les cornes ou retournait ses narines pour faire l'hippopotame. Je les quittais, gagnais la chambre que je partageais avec mon aîné. Je m'agenouillais et parlais à Dieu, l'implorais de protéger maman et papa, mon frère… Et puis tout le monde. Je disais le Notre-Père, demandais à Dieu que ma journée du lendemain se passe bien, si je pouvais avoir plus de gruyère, ou du chocolat. Ou les deux et des bonnes notes. Ainsi de suite, de soir en soir. La vie était si banale qu'elle passait comme une maladie bénigne. Tout le temps, tout le temps, maman était au centre, était le but, le tout. Le bouton qui fait mal, le coup de cafard, les larmes cachées. « Maman », rien que le mot était si beau que je ne me lassais pas de le prononcer. « Maman, je disais tout bas, maman ? Tu m'entends ? »

Elle ne m'entendait pas, tant pis c'était doux. Sacré et triste, une tristesse docile comme un chaton. Un soir, j'étais seul avec elle, elle faisait une crème anglaise, elle m'a dit, de dos :

— Le lait de la mère peut être mauvais pour le fils. Toi, à huit jours, je t'ai sevré. Tu avais une tête de tuberculeux, comme ton père. Et tu vois, sans lait, tu tiens debout, tu as eu cette histoire de genoux mais tu finiras par être un homme à peu près comme les autres.

Elle s'est retournée et m'a tendu la cuiller à lécher…

Ça m'a mis l'eau à la bouche, pourtant c'était il y a longtemps. Le goût de la vanille mêlé à celui de maman. Le passé c'était elle, son parfum, sa saveur. Elle était tout, de plus en plus. Tout le passé, tout le présent. Ça ne se calmait pas, au contraire. La preuve, là, j'étais avec elle. Je la voulais de plus en plus. C'était la nuit, je regardais mes pieds, j'aurais voulu les embrasser en disant « maman ». J'ai senti quelque chose s'approcher, en catimini, quelque chose sans étiquette, sans odeur. J'ai eu peur. C'était quoi ? J'ai mis mes mains sur mon ventre. Pour me protéger. Et le souvenir est apparu comme une bulle un peu huileuse qui luisait dans la nuit. Sur ses parois, j'ai vu des reflets du passé et puis elle a éclaté comme un scandale. J'ai vu le passé fragmenté dans les dizaines de glaces du kaléidoscope : on m'avait touché le sexe, on m'avait défiguré, qu'est-ce qui s'était passé ? Je me souvenais du visage d'un homme, de lumière aveuglante. Je me suis mis à pleurer, j'étais si seul, plus encore avec ce souvenir. Pourquoi m'avait-on touché le ventre ? Malraux y faisait allusion. On avait fait quoi à mon… ? Je pleurais, mon drap était mouillé comme si j'avais pissé. Je n'aurais pas dû faire venir le passé, car il était venu et me tenait dans son mystère, sa méchanceté. Je me suis levé et j'ai empoigné Junior, mon cartable. Je l'ai serré contre moi en imaginant que maman me serrait contre elle, j'étais debout avec elle. Je me suis adossé à un mur, je lui ai dit :

— Junior, maman, dis-moi. Dis-moi ce qui s'est passé. Dis-moi. Qu'est-ce qu'on m'a fait ?

— N'aie pas peur, a chuchoté Junior-maman, je suis là.

Plus tard, je me suis éveillé debout, enlacé à Junior ; j'avais des crampes, des fourmis de partout. Le jour venait avec son gros visage de pomme de terre. Je préférais les frites mais c'étaient des pommes de terre quand même. C'était le moment de la vérité, il avouerait, ce singe. Je le forcerais. Je suis sorti de la chambre, du rez-de-chaussée montait une lumière borgne, je m'en moquais. J'étais dangereux. J'ai tourné le loquet de la porte de Pierre-Henri, dit Malraux. Les portes n'avaient pas de clef, maman ne voulait pas qu'on s'enferme pour faire nos bassesses. Je me demandais lesquelles ? Elle faisait allusion à quoi ? Malraux dormait dans son lit historique, son lit de maréchal. J'ai espéré qu'il soit mort, imaginé son enterrement, ma fausse peine. Enfin, il ne remonterait plus sa mèche, ses yeux de cabillaud ne seraient plus globuleux, exorbités. Il ne serait plus. Mais j'avais besoin de lui, je voulais qu'il crache le morceau. Je lui ai pincé le nez, pas avec le dos de la cuiller. À fond. Il s'est réveillé en battant des ailes, comme un pigeon un peu humain. Il avait l'air très bête, ça m'a fait rire. J'ai sauté en arrière. Il a tenté de me balancer une gifle, j'ai brandi le tube de dentifrice.

— J'en mets de partout, ai-je dit, et tu diras quoi ? Que tu te laves les dents dans la chambre ? Maman te mettra à l'asile, pauvre con !

C'était la première fois que j'utilisais le mot, à la stupéfaction de Malraux.

— Et toi aussi tu es juif.

— Menteur ! Il n'y a que toi, que toi, Jacob !

— Papa est allé dans les camps, il est juif. Et nous aussi.

— Tu es malade ! Il est allé dans les camps, il est allé…

Il n'avait pas d'argument, il ne savait pas.

— Tu vois, tu es juif.

Il s'est levé et m'a arraché le tube de dentifrice des mains.

— Dis pas ça, sinon je te le fais bouffer ton tube de dentifrice.

J'ai reculé en le menaçant de hurler… Mais ça me taraudait !

— Pourquoi, j'aurais pas la même que toi ? Tu en sais quoi ?

— Parce que c'est la vérité. Toi, ils te l'ont coupée.

Il a souri, j'ai eu l'impression que j'allais m'évanouir. *Coupée*, alors elle avait repoussé au moins un peu ? C'était abominable.

— Ils te l'ont circonscrite.

L'ignoble Malraux a ri. Ma ruse avait fonctionné mais la vérité était chère. Ça me pesait sur l'estomac. On m'avait coupé la verge pour la circonscrire… Dans quoi… C'était quoi circonscrire ? Je me sentais faible et vaincu, c'était nul. Il fallait que je sorte de là pavillon haut. J'ai ri sous cape, Malraux m'a dévisagé, alerté.

— Qu'est-ce que tu as, Jacob ? Tu as retrouvé ta bite ?

— Avant de te serrer le nez, je me suis mis le doigt dans…

Je me suis forcé à rire.

— Quoi ? Dans quoi ?

— Devine ?

— … Ah salaud ! s'est-il écrié, salaud. Tu me le payeras !

J'ai bondi, traversé le palier. Dans ma chambre, j'ai pesé contre ma porte pour qu'il ne parvienne pas à l'ouvrir. Lui, il poussait en grognant. Si je ne savais pas dans quoi j'avais mis le doigt, lui le savait. Il a cessé de pousser. J'étais sur mes gardes, Malraux était Malraux, pas le curé d'Ars. J'ai eu raison, il est revenu à la charge. J'ai résisté. Il s'est lassé et m'a dit que ça se payerait, que je n'imaginais pas ce qui allait me tomber sur le coin de la gueule. J'ai tiré la chaise contre la porte, elle me servirait de verrou. J'ai décidé de prier, de réveiller l'attention de Dieu et de Jésus. De les mettre dans le coup. Je me suis agenouillé sur le lit car le crucifix était accroché au-dessus de la tête de lit, ça m'avait toujours étonné, les premiers chrétiens priaient dans l'arène, agenouillés sur des clous ou pire. Pas sur des polochons, mais à cette époque, Jésus et Dieu étaient tout neufs, fringants. Ils voulaient absolument le cœur des hommes. J'ai serré mes paumes en pensant fort à ma foi, je l'ai comprimée pour qu'elle s'échappe avec violence, monte au ciel comme une fusée et attire l'attention. J'ai demandé à Dieu de me laver d'être juif, d'empêcher ça. De me faire repousser ce qu'on m'avait coupé. J'ai récité le Notre-Père. J'ai demandé à Dieu que maman m'aime énormément et ne vive qu'avec moi. J'ai imaginé que Malraux s'enfuyait après avoir volé la Constitution dont parlait souvent papa et qui me paraissait être une sorte de Toison d'or. Il était banni. C'était mieux que la mort, je n'aurais pas besoin de faire semblant de pleurer. Je me suis assis sur la chaise comme un vieux, me suis rendormi en marmonnant l'Ave Maria.

Malraux a oublié de remonter son réveil, c'est maman qui, n'entendant pas notre cavalcade habituelle, a poussé la porte de ma chambre, je suis tombé de la chaise et me suis réveillé. Elle s'est baissée vers moi, accroupie, j'ai vu ses cuisses nues. Elle avait la peau blanche. Dieu aimait le fils qui aimait sa mère, on l'apprenait au catéchisme.

— Tu es saoul, dis ? Réponds-moi, Jean ?

Le prénom de papa… Elle s'est relevée en me tirant et en me tenant par une oreille.

— Tu t'es oublié ? C'est ça ?

— Non, maman. Je te jure.

— Bien… Autre chose de honteux ?

— Ah non, maman.

Elle a approché sa bouche de mon oreille qu'elle tenait. J'ai senti son souffle tiède. Elle m'a averti que si elle me reprenait à mal me conduire, elle m'attacherait les mains la nuit.

— Tu as entendu ?

— Oui, maman.

— Tu sais pourquoi ? Réponds ?

— Oui, maman.

J'avais menti, mais ce n'était pas le moment de la provoquer.

— J'inspecterai tes draps, on verra ça... Tu connais mon petit nom ?

J'ai paniqué, je n'étais pas sûr de comprendre... Je me suis quand même décidé, le ventre tordu de peur :

— Cathy...

— Cathy, oui.

Dire son petit nom m'a fait vaciller, c'était très dangereux. Elle n'a pas cillé, semblait rêver. Je songeais à la punition dont elle m'avait menacé. Qu'elle m'attache me ratatinait ! Je dormirais dans son nœud coulant, pendu à elle. C'était sensationnel. Elle a lâché mon oreille. Elle a serré la ceinture de sa robe de chambre, la refermant comme si elle cachetait une lettre anonyme.

— Tu l'aimes cette robe de chambre ? a-t-elle questionné. Tu me trouves belle ?

— Oh oui. Oui, maman, très belle.

— Tu es bien comme ton père... Tous les deux dans le même sac. Vous faites vieux...

Elle a pivoté, ouvert la porte en disant :

— Je vous ai fait un mot si vous arrivez en retard. Si vous arrivez en retard, sous serez doublement punis. Pas de petit-déjeuner ni de douche ce matin. Filez !

Il m'a fallu du temps pour reprendre les commandes, j'étais sidéré. Ivre comme elle me l'avait reproché, j'avais trop bu d'elle. Je suis sorti sur le palier, j'ai cligné des yeux. Le jour était à l'affût, prêt à dégommer les enfants comme moi. La porte de la chambre de Malraux était entrouverte, j'ai vu ses jambes, il était assis sur le lit. Je l'ai appelé, on avait le feu aux fesses. Maman ne rigolait pas, on risquait de vivre le bagne, ça valait le coup de se presser. Malraux ne m'a pas répondu, je suis entré. Il pleurait silencieusement. J'ai eu de la peine pour lui, il était si laid. Je me suis assis à côté de lui et j'ai vu sa montre sur la descente de lit, le verre était étoilé.

— Elle a marché dessus, a gémi Malraux, sans pitié. Elle a cassé comme un hanneton, le même bruit.

Il a sangloté. À la saison, il organisait des concours d'écrasement de hannetons. J'avais participé à un d'entre eux et avais fait des cauchemars pendant plusieurs jours. J'ai passé mon bras sur son épaule et je lui ai dit qu'on allait la faire réparer ou que papa lui en payerait une autre, ou grand-papa – le père de papa, l'autre on l'appelait papy et il était radin, arrogant et bête.

— Elle est fichue, a bredouillé Malraux, elle est en miettes. Tu aurais vu le coup de talon qu'elle a donné… Elle est folle.

Mes oreilles se sont bouchées comme si je ne voulais pas entendre. C'était trop tard, j'avais entendu et il avait raison ; mais je ne voulais pas l'accepter. J'ai ramassé la montre, elle était vraiment hors d'usage. Pas réparable. Je l'ai posée sur la cheminée.

— Il ne faut rien espérer d'elle, a soupiré Malraux.

C'était affreux, il était assis sur le lit, crevé, découragé. C'était la première fois que nous étions proches comme des frères. C'était bon. On était un peu beaucoup orphelins de maman, à nous trois on pourrait colmater cette blessure qui saignait. Il suffisait de se serrer les coudes, de s'aimer. Paul est apparu, il a demandé ce qui se passait. Je lui ai dit qu'il fallait qu'on fonce à l'école.

— Et le petit-déjeuner ? s'est-il inquiété, anxieux.

Malraux s'est levé et lui a mis une gifle.

— Tiens, voilà ta part de rab ! Tu en reveux, tête de nœud ?

Malraux s'est tourné vers moi :

— Tu me le payeras, Jacob. C'est ta faute. Tout est de ta faute.

Il m'a bousculé et est allé dans les toilettes. Je me suis senti écrasé par le poids de notre famille, j'avais espéré quelques instants dans notre lien fraternel, je m'étais enfoncé le doigt... Paul pleurait dans le couloir, marmonnait qu'il allait s'évanouir s'il ne mangeait pas. J'ai pris un franc dans ma tirelire et je lui ai donné. Il a refermé sa main sur la pièce en disant :

— Qu'est-ce qu'il vaut mieux, que j'achète une baguette ou un pain au chocolat ? À moins que je prenne un chausson ?

Je me suis habillé, tant pis pour la toilette. De toute façon, je connaissais à peine mon visage... S'il était sale, tant pis pour les autres. Et pour les dents, se les laver, c'était « moderne, déviant », disait papy. « Avant on ne se lavait pas les dents mais on faisait quand même des enfants. Et ils étaient mieux élevés. » En passant devant la chambre du bouffon, j'ai entendu maman qui lui disait des mots d'amour. Pourvu qu'il devienne complètement débile, que je le pousse dans sa chaise. J'ai dégringolé l'escalier, la porte de la chambre des parents était ouverte. La folie m'a chopé et je suis entré dans le sanctuaire, j'ai aperçu le soutien-gorge, sur un des valets. Je n'aurais pas dû le voir, c'était un piège. Comme les sauterelles en Égypte, la catastrophe. « Ne fais pas ça, Jacques, me disais-je. Ne fais pas ça. »

J'ai avancé la main, l'ai retirée. Et puis d'un seul coup, je l'ai pris. Un serpent en dentelles. J'ai enfoncé mon visage dans une des deux poches où maman mettait... J'ai ressenti une décharge électrique sur la lèvre supérieure. Je l'ai reposé, j'ai bondi hors de la chambre. Paul a crié en me voyant surgir comme un diable d'une boîte. Malraux nous a rattrapés en bas de l'escalier en nous traitant tout bas de tapettes. Je ne savais pas ce que c'était, sinon que c'était grave. On a décroché nos vêtements, quitté nos chaussons. Malraux nous a dit qu'on puait, qu'on était moches, il a enfilé ses chaussures comme d'habitude, en enfonçant ses pieds dedans. Il ne les délaçait pas, les traitait comme nous tous. Paul m'a demandé s'il ne risquait pas de mourir. Je l'ai rassuré, j'ai renoué un de ses lacets. Il ne s'en est même pas rendu compte, tellement il pensait à la nourriture. On est repartis ensemble dans le hall. Malraux nous a bousculés en nous disant qu'il en avait marre qu'on le colle, on est sortis en grappe.

On a couru sur l'allée de graviers blancs. Malraux a ouvert la porte découpée dans le portail, il s'est précipité dans la rue, nous sur ses talons. Il s'est retourné, furieux, et a crié :

— Me suivez pas, ordures !

On était bien obligés. Plus loin, sur un mur, on avait peint « OAS vaincra » et de part et d'autre le sigle de l'organisation secrète. Paul pleurait et disait qu'il n'aurait pas le temps de manger. Malraux s'est retourné et nous a jeté une pierre. Lino Ventura est passé dans une Jaguar MK2, il n'a pas écrasé Malraux qui a pourtant traversé la chaussée devant lui. L'acteur n'a pas klaxonné, comme si Malraux était une chiure de mouche sans intérêt. Paul m'a souri, c'était un gentil garçon. J'étais méchant de le traiter tout le temps de moins que rien. Il s'est renfrogné, songeant à son estomac sûrement.

Dans un kiosque à journaux, j'ai eu le temps d'apercevoir un titre : « L'affaire Dreyfus, le procès de l'antisémitisme. » Une phrase de plus qui venait apporter sa part d'ombre au profond mystère duquel j'étais prisonnier. *Antisémitisme*, il me semblait que ça avait rapport aux Juifs… Dreyfus était juif ? Paul titubait en trottinant, dans son dos, son cartable mal fermé béait comme une moule. Il avait l'air d'un clochard par-derrière… Et par-devant, il faisait microcéphale, comme disait Malraux. C'était triste et je n'y pouvais rien. Devant moi, une montre abandonnée sur le trottoir, perdue par un malchanceux. C'était maman qui s'excusait et me l'offrait pour punir un peu plus mon aîné ? Je l'ai ramassée en regardant s'il y avait des témoins, non. C'était une belle montre, une Zenith, le bracelet en cuir gold était intact. Son propriétaire avait dû mal la boucler. Elle fonctionnait et indiquait l'heure : huit heures vingt-cinq. Je l'ai empochée, avec le sentiment que j'étais parvenu à me hisser au niveau de Fantômas et Buciflet… Peut-être un cran au-dessus ? Escroc, voleur ! C'était formidable, la vie bousculait tout sur son chemin, car maman était venue me cajoler.

Malraux s'est engouffré dans l'entrée principale du lycée, Paul et moi avons continué jusqu'à celle des petits. Nous sommes entrés dans la cour lorsque la sonnerie retentissait avec son visage de dentiste aigri. Smith m'a souri et a murmuré :

— Shalom.

Je lui ai rendu bêtement son sourire. Il perdait les pédales ou quoi ? Déjà qu'il dormait tout le temps, s'il se mettait à bégayer des bêtises en plus. On est entrés en classe, Smith me pesait, je n'aurais pas dû lui poser cette question, elle nous liait. Il faudrait que je le porte comme ma croix, j'aurais bien aimé qu'il ait un infarctus. Cloche s'est mis à déblatérer, Smith a enclenché sa touche veilleuse. J'ai essayé de calculer combien de secondes il me restait à vivre. J'aimais bien le calcul mental, il chassait les obsessions, faisait barrage à maman, arrivait même à l'effacer. Soixante secondes dans une minute, soixante minutes dans une heure, vingt-quatre heures par jour, tout ça multiplié par le nombre d'années. Je me suis souvenu du trèfle à cinq feuilles, ça serait bien de pouvoir en fabriquer un. On greffait bien les arbres, les plantes. J'ai pensé, sans savoir pourquoi, qu'il y avait un lien entre généalogiste et ce métier qui consisterait à modifier les plantes. La sonnerie a réveillé Smith en sursaut sans me sortir de ma rêverie. J'étais là avec mon corps et pas du tout avec mon esprit.

On est sortis en se bousculant et criant. J'ai vu Paul. Blême, il suçait son pouce. J'ai détourné les yeux, la règle c'était de s'ignorer plus qu'à la maison. Malraux, lui, était dans une autre cour du lycée, c'était lui qui nous avait formés. On était un peu ses fils, pas de chance. On a pris la file pour le lait de Mendès France. Marcillac m'a tiré par la manche et m'a dit qu'il en avait marre du lait, qu'il ne voulait pas devenir blanc, ça m'a surpris, tiré de mes divagations. J'ai ri avec lui. On est allés jouer aux billes avec Buciflet et quelques autres. La rêverie revenait, j'ai essayé de résister. J'ai mis un de mes trois calots en jeu, très beau, avec des reflets bleus et verts. Sans réfléchir, pour donner le change. Je me suis assis et adossé au mur gris, lisse à cause des milliers de dos qui l'avaient frotté. J'ai écarté les cuisses, placé le calot entre, devant mon ventre. J'ai eu honte. Pour la première fois je me rendais compte que le calot semblait être une troisième… Je ne savais pas comment ça s'appelait. La bite, je connaissais, mais pas le vrai nom des *choses*. Malraux, lui, les appelait : les couilles. Les miennes, il les appelait : les pépins. Et je n'aurais que des pépins avec mes pépins, ils tomberaient, se dessécheraient.

— Enlève tes mains de devant, a dit Léon Bigarre, que je tire.

Il a eu mon calot du premier coup, je me suis levé et le lui ai donné. Je suis allé aux toilettes. Ce jour-là, Fantômas n'avait pas frappé ou Mme Frotte était passée par là. J'ai sorti mon truc, j'étais crevé, désemparé. Je me sentais différent et seul au monde, j'en avais marre de mon corps. Les pisseurs qui me tenaient compagnie sont partis. J'ai mis ma main dans ma poche pour chercher mon mouchoir, j'ai trouvé un bout de craie. Sans pouvoir me retenir, j'ai écrit « Bauchot est juif ». À peine avais-je fini mon graffiti – mon premier – que des pisseurs se sont pointés, dont Vacher le cancre en chef, poilu et bête comme un paillasson. J'étais coincé, mon graffiti resterait. Peut-être pas des siècles mais... On pouvait le voir. Le lire pour quelque temps. Mes joues se sont mises à brûler. Pourquoi avais-je fait ça ? Vacher m'a montré sa...

— Suce ça, toi le fayot, a-t-il proposé en riant. Ça te changera de la règle de trois.

J'ai rougi. Je venais de comprendre que... Maman pouvait... Ça m'a rendu furieux. À peine sorti des toilettes, je me suis fait bousculer et j'ai envoyé un coup de pied au type. Le salaud m'a dénoncé, je me suis retrouvé au coin. Avec des lignes à faire. J'étais révolté, on ne pouvait pas faire ça... Peu à peu j'ai su que si. On pouvait tout faire, c'était pourquoi on avait inventé les confessionnaux, les juges. Les chaussures à talons aiguilles, peut-être ? On pouvait tout faire, pleurer, rire aux éclats et plus. Beaucoup plus, je le devinais. Je n'aurais pas dû vivre, c'était ça la vérité. Vivre, c'était être coincé entre le présent, le futur et le passé. Je me suis souvenu du jour où, tout gosse et tout nu avec mon nounours à la main, maman me l'avait enlevé des mains, dégoûtée, et m'avait demandé ce que j'avais dans la tête. « Tu n'as pas honte ? » avait-elle ajouté.

Je n'avais plus revu le nounours, j'adorais ses yeux gentils et ronds, brillants. Son odeur, sa bienveillance. À force de le respirer près de l'oreille, il avait perdu ses poils, on voyait à la place une toile. Tout était artifice dans mon nounours… Qui comptait plus pour moi que mes frères. Il était là et me consolait, écoutait ce que je disais même si je ne parlais pas. Il en savait plus sur moi que maman et papa. Maintenant, j'avais Junior. L'avantage de Junior, c'était qu'il me suivait à l'école, me rassurait. Dans la petite poche, je mettais mes billes et un coquillage que j'avais ramené l'été précédent de Guéthary. Je l'avais ramassé en me disant qu'il me protégerait. La sonnerie est venue me tirer du piquet. À peine entré en classe, Cloche m'a interrogé sur un problème de train et de cycliste. Dans combien de temps le train rattraperait-il le cycliste parti dix-sept minutes avant, en sachant que… J'ai répondu par automatisme, Cloche m'a mis un dix sur dix. J'ai eu l'impression comme souvent d'être récompensé de jouer la comédie, de mentir. Je me suis assis, Smith ne dormait pas, il m'a souri. Il avait dessiné une petite étoile sur une feuille de brouillon qu'il avait mise entre nous. Il devenait gaga, voilà ce que j'ai pensé. Je lui ai souri par politesse, il m'a rendu le sourire. Sur sa face de croissant de lune, c'était étrange. Comme une éclipse.

La sonnerie a retenti de manière anormale. C'était l'OAS : une alerte, ou un exercice d'alerte. Cloche nous a dit de nous rassembler. La deuxième fois en quinze jours. On est sortis drôlement heureux. On voulait que ça explose, on voulait du sang. De la mort, des blessés, des brancards. On a traversé la cour, on est sortis dans la rue. Il fallait attendre, les pompiers et la police sont arrivés à toute vitesse et beaucoup, beaucoup de sirènes. C'était chouette. Un photographe nous a fait poser, il nous a dit de prendre l'air apeuré. On est restés en troupeau un bon moment, tout le monde avait son mot à dire sur l'OAS. Il y avait ceux qui étaient pour, ceux qui étaient contre. Pour l'Algérie française, pour l'Algérie algérienne. Les deux camps le clamaient en refrain, savaient le jouer au klaxon, en cinq coups pour les uns, en six pour les autres. Maman était pour l'Algérie française, papa non. Maman disait que l'Algérie était à la France aussi bien que Reims ou Versailles, les Algériens étaient nos serviteurs, pour autant on leur devait la propreté, une éducation relative et des salaires convenables. Maman était contre les attentats en France, elle voulait bien qu'il y en ait là-bas, que ça reste entre eux.

Fin de l'alerte. Mlle Minot nous a regroupés, elle aussi avait un soutien-gorge. Un sein dans chaque poche comme deux lapins dans deux chapeaux. J'ai estimé anormal qu'elle ait le droit d'en porter un, un parapluie d'accord mais les soutiens-gorge, c'était pour maman. De penser aux dentelles, au tissu, ça m'a fait de l'effet. Ce n'était pas la première fois, ça me gênait. Ça me gênait beaucoup. Et plus que ça. Je devinais qu'il y avait un crime épouvantable dans ce phénomène et que la guillotine ne devait pas être loin. Quand ça m'arrivait je prenais l'air distant, comme maman avec nous et les gens inférieurs.

Retour à la boîte dans le sillage de Mlle Minot. Buciflet m'a dit qu'à la voir, c'était sûr qu'elle avait une culotte de cheval. Il m'a donné un coup de coude et s'est marré. Je l'ai imité sans comprendre. Mlle Minot avait son imperméable et des mollets, des chaussures, c'était tout. Et bien sûr une tête… La culotte de cheval, c'était du grec. Il faudrait vite que je me fasse greffer dix mille mots et autant d'expressions si je voulais vivre à mon époque en comprenant un peu ce qui se passait.

Les cuisines avaient été elles aussi évacuées, impossible de nous assurer le programme au menu. On nous a servi un repas froid et on y a drôlement gagné. La macédoine de légumes et le thon à la mayonnaise, c'était du trois étoiles par rapport au bœuf ficelle prévu, servi d'ordinaire dans un bouillon gras avec quelques cornichons comme des nénuphars dans une mare. On pouvait dire ce qu'on voulait, l'OAS, c'était bien quand même. À une autre table, Paul avait la bouche pleine. Il était déformé par ce qu'il s'était fourré dans le bec, on aurait dit une tête de carnaval, une tête à dégommer dans un jeu de massacre. Le réfectoire retentissait de nos bouches goulues, de l'acharnement de nos dents sur la nourriture. En sortant, Marcillac m'a dit qu'il se marierait avec… Je l'ai regardé surpris.

— Avec une Noire.

Il avait les yeux brillants.

— J'en ai marre d'être blanc par mes parents, blanchi… Je n'en peux plus. Il n'y a qu'à toi que je pouvais le dire.

J'ai eu envie de le serrer dans mes bras comme si c'était un frère, un vrai.

Le père Chassagneux avait les yeux bleus, des cheveux frisés sur les tempes, de l'embonpoint. Il nous attendait toujours dans la cour, au sortir de l'étude. Comme un habit de nuit dans la nuit qui se levait de plus en plus tôt pour nous assommer avec sa Toussaint et ses fleurs. Là, il était en compagnie d'un autre prêtre, jeune et barbu, taillé comme un basketteur, les pieds nus dans des sandales. Il devait se les geler. Il avait une grosse croix sur le poitrail pour que la Sainte Trinité ne le perde pas de vue. Coincés entre les deux prêtres, on est *entrés* au catéchisme. C'était la formule du père Chassagneux qui disait et répétait qu'on entrait au catéchisme comme dans les ordres, on commençait par pousser une porte et puis Dieu nous accueillait et nous guidait. La classe choisie pour le catéchisme ce soir-là était celle où j'avais passé la journée, haute de plafond, carrée. Elle sentait la fatigue, l'ennui. Sur l'estrade, devant le tableau noir, une carte de France hydrographique que Cloche avait largement commentée en nous répétant que la France avait le plus grand réseau hydrographique d'Europe, une fortune que tout le monde ignorait. « Il pourrait se prendre des bains de bouche, avait marmonné Buciflet, avec toute cette flotte, il a de quoi faire. »

Le père Chassagneux nous a présenté le barbu :

— Le père Baudoin est missionnaire. Il revient d'Afrique et va y repartir pour faire circuler la bonne nouvelle.

Il s'est approché de la Mouette qui suçait son pouce et lui a dit :

— C'est quoi la bonne nouvelle ?

— La multiplication des pains.

Le père Chassagneux m'a regardé, il fallait que je rattrape la connerie de mon frère qui ne voyait et n'entendait que le rab.

— Jésus ressuscité, ai-je précisé.

— Bien Jacques. Et nous sommes là pour témoigner et propager la foi. Là, réunis, pour apprendre. Nous diriger ensemble vers votre communion solennelle. Et pour cela, nous allons, à partir de ce soir, nous pencher sur la confession. Vous savez ce que c'est ?

Nous avons répondu affirmativement d'un murmure.

— Le père Baudoin va vous apprendre la confession de la brousse. En Afrique pas de confessionnal pour laver les âmes du péché.

Il s'est tourné vers moi :

— Jacques, as-tu péché aujourd'hui ?

Tous me dévisageaient, j'étais coincé…

— Oui, mon père.

Je me suis senti rougir, le père Chassagneux a accueilli ma réponse avec un sourire grave et solennel.

— Tu sais ce que c'est, pécher ?

— Renier la grâce.

Il a hoché la tête, satisfait.

— Dieu est miséricorde, Jacques. Rejoins le père Baudoin qui va t'écouter et t'apprendre.

Le père Baudoin m'a souri. Il avait une bouche en cul-de-poule, perdue dans sa barbe un peu rousse. Il m'a entraîné dans un coin de la salle. Il s'est assis, je suis resté debout. Il m'a expliqué qu'en Afrique, il confessait ses brebis agenouillées, les enfants posaient la tête sur ses cuisses pour éviter son regard et ainsi ouvraient plus librement leurs cœurs. Il m'a dévisagé et j'ai compris que je devais jouer au petit indigène, pourquoi pas ? Sa soutane n'avait pas d'odeur, j'ai posé ma joue dessus en espérant que ça ne me flanquerait pas la barbe, qu'il ne me l'inoculerait pas, que ça ne se refilait pas comme la grippe.

— Ferme les yeux, Jacques, a-t-il conseillé. Laisse venir, ton secret sera écouté non pas par moi, mais par Lui. Moi je ne suis qu'un intermédiaire… Dis ce qui te vient à l'esprit. Ne cherche pas le péché, il est partout.

— Je suis juif, ai-je chuchoté.

Sa cuisse a frémi comme une tranche de viande piquée par une fourchette.

— Tu veux dire ?

— Papa est juif, je suis juif. J'ai peur…

Je me suis mis à pleurer, je pleurais le trèfle à cinq feuilles, ma verge circonscrite, je pleurais Dreyfus, je pleurais tout. J'avais honte de me livrer en public, mais ça sortait de moi, toutes mes peines, en premier peut-être la séparation injuste d'avec mon nounours. Je ne lui avais pas donné de nom, il avait disparu sans que je le nomme. Je ne pouvais pas chuchoter son petit nom mignon. Le père Baudoin m'a caressé la tête et a dit :

— Tu es baptisé ?

— Oui mon père.

— Et tes parents aussi ?

— Oui mon père.

— Tes parents vont-ils à l'église ?

— Oui mon père. Maman communie tous les dimanches.

Il a pris le temps de réfléchir, avant de dire :

— Être juif n'est pas un péché et tu n'es pas juif.

— Je suis circonscrit, ai-je balbutié.

— Tu veux dire circoncis ? Ce n'est pas un péché. Quel péché se cache derrière ces supposés péchés dont tu as peur ? De quoi as-tu peur, Jacques ?

On avait été privés de dessert et envoyés au lit à vingt heures quinze. Maman aimait les chiffres. C'était par amour que papa était devenu banquier et riche, j'étais sûr que sans maman, papa aurait eu un autre destin. Mais je ne serais pas né et je n'aurais pas connu maman, ce qui était insupportable. Au fond, je voulais bien que papa meure, qu'ils meurent tous… Pas elle. J'ai eu horriblement honte d'avoir pensé ça sérieusement. J'ai décroché le crucifix. Je me suis assis sur le lit, j'ai posé mon front sur la croix, le Christ. Pour me donner à Dieu. Ma peur ? C'était celle de vivre, de souffrir. Peur de maman, sans pouvoir dire pourquoi. Elle était trop… J'ai marché en tenant le crucifix contre mon maigre bréchet. Ma joie est venue lentement, sans que je m'en rende compte, comme si la joie du Christ me pénétrait. Je n'étais pas juif, vérole ! Malraux pouvait aller se faire téter les yeux. Comment et pourquoi je n'étais pas juif ? C'était une autre affaire. Le père Baudoin m'avait dit que je n'étais pas juif, c'était ce qui comptait. Un missionnaire ne mentait pas. Que je sois circoncis au lieu de circonscrit était une énigme, il faudrait que je sache ce que ça voulait dire. En tout cas, le père Baudoin n'avait pas tiqué. Pour lui la circoncision n'était pas un crime, ni même un péché, c'était vraiment rassurant. Bien sûr, il y avait les péchés que je cachais mais tout le monde cachait quelque chose, les pagnes servaient à ça. Et les soutiens-gorge, ils cachaient quoi ? J'ai frémi. J'avais oublié le crucifix, je perdais la raison. Je me suis agenouillé et l'ai brandi, embrassé en demandant pardon car je sentais que Dieu ne lâcherait pas l'affaire comme ça. « Je vais donner la montre à Malraux, ai-je promis. Pardon, à mon frère Pierre-Henri. »

J'étais très énervé, je sentais pousser mes cheveux, mes dents. La montre était à quelqu'un, peut-être que Dieu n'apprécierait pas que je l'offre ? Allez... Dieu était généreux, bon. Il passait l'éponge sur les crimes si on se tournait vers lui. Je commençais à avoir mal à la tête, à force de prier et réfléchir. Je me suis levé, j'ai remis le crucifix en place. La Zenith affichait vingt et une heures et des poussières. J'allais m'en séparer, cela me rendait jaloux. C'était l'autre qui la porterait, tant pis ! Un bienfait ne demeurait pas caché. Je serais récompensé. Il fallait que j'attende que Malraux dorme à poings fermés. Je me suis assis sur le bord du matelas, j'ai contemplé mes pieds qui avaient réchappé à maman. Mes yeux se fermaient. Je les ai écartés avec mes pouces et index, c'était un supplice de résister au sommeil... Des fois il fallait avoir l'esprit de sacrifice. Il fallait se dépasser pour une cause supérieure. « Le diable est plus fort que le Bon Dieu, disait Yvette en cachette, on résiste au carré de chocolat mais pas au camembert. »

J'ai été réveillé par le crucifix qui m'est tombé sur le ventre, je l'avais mal accroché. J'avais eu de la chance, il aurait pu m'éborgner, me casser le nez. J'ai dit le Notre-Père comme on prend de l'aspirine. Ça m'a fait honte. C'était laid de faire semblant de croire, lâche. Il faudrait que j'aie le courage...

J'ai décidé d'attendre un peu, pour être sûr de sûr. Je voulais que mon aîné soit content, qu'il ait une belle surprise. La grâce m'avait touché dans mon sommeil, je voulais le bien de Malraux et non pas sa fin comme d'habitude. Je suis allé à la fenêtre, un homme peignait sur un mur « FLN vain… ». Un autre surveillait la rue, avec des mouvements nerveux. Une ronde est apparue, trois policiers. Les deux hommes se sont enfuis, poursuivis par les policiers, l'un d'entre eux sifflait, sifflait, le képi rejeté en arrière. S'est arrêté de courir, pour siffler ou souffler en sifflant. J'ai quitté la fenêtre, si on peignait les murs, c'était forcément le moment. Je suis sorti de ma chambre, j'ai traversé le palier et ouvert sans bruit la porte de la chambre de mon frère. Il dormait sur le dos, avec un sourire béat. Il ne ressemblait plus au ministre mais à la vache Bonbel. J'ai posé la Zenith sur sa descente de lit. Je suis parti léger comme une ombre, j'avais envie de rire. J'étais heureux, fier de moi. Demain, mon frère aurait une montre et je n'y serais pas pour rien.

J'ai hésité, puis j'ai décidé d'aller voir. Je ne prenais pas un gros risque, maman dormait mieux que papa. Et lui ne me gronderait pas. J'ai descendu l'escalier. Pas de rai de lumière sous la porte de la chambre des parents, j'ai continué les yeux fermés pour profiter de la beauté que je devinais sans la voir. Mon cœur a vu des anges à la peau blanche, les cheveux bouclés et ils étaient si bons et doux ces anges que j'aurais voulu les prendre en photo. Je me suis arrêté en bas de l'escalier, j'ai ouvert les yeux. J'ai attendu un peu, puis j'ai décidé d'aller au bout. De savoir. J'ai traversé le salon, la porte-fenêtre était entrouverte, j'ai senti le tabac. Je ne me suis pas demandé si j'osais, j'étais possédé par ce que je faisais. J'ai ouvert la porte qui a grincé, il ne s'est pas retourné, comme s'il m'attendait. Je me suis assis à côté de lui, j'avais l'impression d'être dans un conte très important qui parlait d'un père et d'un fils, de lui et de moi. Il savait que je viendrais à lui pour étancher sa soif de moi et la mienne de lui. Boire le père, c'était ce qui n'était pas écrit dans la religion. Pourtant, comme on buvait le lait de la mère, on buvait la force du père. Si on était son fils, son vrai fils. Je l'étais, pas Malraux, ni les deux autres. Il était pieds nus comme moi, je me suis senti issu de lui comme jamais. J'ai demandé à Dieu que maman me pardonne l'amour que j'avais pour papa. Sans me regarder, il m'a tendu sa cigarette. J'ai cru comprendre que c'était le calumet de la paix, un rite comme à l'église. Et j'étais dans une église, j'éprouvais le même sentiment que me procuraient les voûtes et l'autel. J'ai regardé la cigarette, la main franche de mon père, et j'ai pris la cigarette. J'étais en même temps un souriceau et un géant. J'ai introduit la cigarette entre mes lèvres, j'avais entendu dire qu'il ne fallait pas mouiller le papier, j'ai fait attention. J'ai tiré une bouffée, j'étais contracté et absolument heureux, peut-être comme le communiant qui reçoit l'hostie pour la première fois ? C'était chaud et piquant, on aurait dit une inhalation de moutarde et de poivre. Un cataplasme. J'ai toussé et rendu la cigarette à papa. J'étais devenu un homme, son confident, celui avec qui il partageait sa félicité.

— “Pisseur”, a-t-il dit, c'est ça ?

Il m'a regardé et j'ai hoché la tête, écrasé par l'ampleur du moment.

— Je suis sorti des camps en mauvais état. La tuberculose, des rhumatismes et une aggravation d'un problème que j'avais aux reins, un problème congénital… une maladie qui s'appelle *spina bifida*…

Il a aspiré une bouffée et a écrasé la cigarette, qu'il a gardée dans sa main. Il n'aimait pas le désordre, le manquement aux règles et un mégot dans le jardin, c'était inacceptable. Je ne disais rien, je n'étais pas sûr d'avoir bien compris. Il voulait me dire que si maman l'appelait pisseur, c'est que…

— Pourquoi ? Pour Baden-Powell, pour défendre la France ? Je ne savais pas vraiment ce que je faisais, j'étais un gosse, j'avais dix-neuf ans, tu vois… J'ai distribué des tracts antinazis à Paris. Ils sont venus me chercher chez les scouts, en vacances dans le Vercors. Tu comprends ce que je dis ?

— Oui, papa.

Je comprenais comme le fils comprend le père, pas très bien. Je ne savais pas ce que c'étaient ces camps, ni les nazis, mais je comprenais le plus important, lui. Mon père si beau, si fragile. J'avais envie de le protéger et refoulais mon émotion, c'était lui qui avait souffert.

— J'ai été envoyé à Fresnes, un fort transformé en prison, et puis en Allemagne. J'ai fait six camps : Neue Bremm, Porta Westfalica, Neuengamme, Gross Rosen, Dora et Nordhausen… J'avais vingt et un ans quand je suis revenu en France… Je faisais vieux, bien plus vieux que mon âge, maintenant aussi.

— Ah non, papa, non. Tu fais jeune, très jeune !

Il m'a caressé le crâne, a rallumé une cigarette. Il devait penser aux camps, à sa misère. J'aurais voulu être son père et le consoler mais le fils ne pouvait rien pour le père.

— Qu'est-ce que tu veux savoir ? Dis ?

Je n'ai pas pu m'en empêcher, impossible, c'est sorti de moi :

— Tu étais juif ?

— Non.

Il a souri et même a ri.

— Albert le prendrait mal !

Celui qui m'appelait Dreyfus... Papa s'est penché en avant, secoué par un fou rire. Il s'est tourné vers moi, les yeux mouillés :

— Une omelette avec ton vieux papa qui fait jeune ?

J'ai hoché la tête.

— En avant, a-t-il dit.

Il s'est levé, je l'ai imité, suivi jusqu'à la cuisine. Avant d'y entrer, il a posé son doigt sur sa bouche pour m'encourager au silence. Il n'a pas déclenché la lumière, a allumé des bougies, c'était tellement mieux.

— Avec du gruyère ? D'accord ?

— D'accord.

— Mets la table. Et essaye de me déboucher une bière, si tu y arrives.

Mes mains tremblaient, je me suis repris. Il ne fallait pas gâcher ce plus beau jour de ma vie.

— On dit qu'il faut un fouet, a dit papa en cassant les œufs dans un bol, moi je fais ça à la fourchette. Ça ne te choque pas ?

— Ah non ! Pas du tout.

Papa a battu les œufs avec du gruyère râpé. Je me suis emparé d'une bouteille de Kronenbourg dans le réfrigérateur, elle était froide. J'avais les joues rouges. Je me suis juré d'y arriver, pas décevoir l'instant crucial. J'ai empoigné fermement la bouteille et suis arrivé à mes fins en deux coups. J'étais drôlement fier. Papa m'a fait un clin d'œil et d'un geste m'a invité à lui apporter la bouteille. Il a bu au goulot, j'étais sidéré. C'était la première fois que je le voyais faire ça, je croyais que c'était réservé aux ouvriers. Il a versé de l'huile dans une poêle qu'il a posée sur la gazinière. Il a allumé le gaz, j'étais fasciné par tous ces détails qui semblaient anodins mais ne l'étaient pas du tout pour moi. Au contraire, j'avais l'impression d'être acteur d'une scène d'un film que je voyais en même temps, une scène en relief. Papa a versé le contenu du bol dans la poêle, ça s'est mis à sentir le gruyère chaud. Un film avec des odeurs, des saveurs. J'ai fini de mettre la table, papa a fait glisser l'omelette dans un plat. Il m'a fait signe de m'asseoir, il a coupé l'omelette en deux et m'a servi. Il s'est assis et m'a encouragé à manger, je lui ai dit que c'était délicieux.

— Tu vois, Jacques, a-t-il répondu, j'ai rêvé de manger comme ça, quand j'étais là-bas. Une omelette, sur le coin de la table… Je n'imaginais pas que je la mangerais avec mon fils.

J'ai vu une ombre. Je me suis tourné vers la porte, j'ai tressailli. Elle était là. Maman, en chemise de nuit, pieds nus. Elle avait un chignon, elle était belle, plus que belle. Je distinguais le contour de son corps sous l'étoffe de la chemise de nuit. Une carte fascinante derrière un voilage. À son tour, papa a sursauté. Il a essayé de faire bonne contenance, c'était plus que dérangeant. Il s'est levé, lentement. Un sourire a éclairé le visage de maman, tout allait bien se passer. Mais papa était tout blanc, comme moi quand j'allais pleurer. Il avait une tache humide sur son pantalon, en haut de la cuisse, il a quitté la cuisine. Que pouvais-je faire ? J'étais désespéré. Maman a soufflé les bougies et a dit :

— Un jour, il lui faudra des couches ou un bac comme un chat.

Je me suis levé, j'ai couru dans l'escalier. Je me suis jeté sur mon matelas, épuisé d'être le fils de maman et papa. Je voulais tant qu'ils soient heureux, unis. Éternels. Comment vivre sans eux, sans ce qui les liait et qui nous avait créés, nous les quatre fils ?

Je me suis redressé d'un bond, la bouche sèche comme si j'avais prié des heures de suite. Je n'arrivais pas à fixer mon attention, les évènements de la nuit se pressaient dans ma tête, tournaient sur un manège dont le chapiteau était soutenu par les bustes de tous les membres de la famille. On rigolait tous ! Comme s'il y avait de quoi. Papa avait tellement honte de sa maladie qu'il ne pouvait pas en parler, à personne. Même à moi, il ne m'avait pas dit : « Je me fais pipi dessus. » Comment l'aider ? La porte s'est ouverte à la volée, c'était Malraux bien sûr.

— Jacob, a-t-il dit, Jacob ! Regarde-moi ça, petit youpin !

Il a exhibé la Zenith fixée à son poignet.

— Tu vois un peu ? Tu n'es pas près d'avoir la même.

Il s'est marré et a disparu. Youpin, ça voulait dire juif ? J'ai regretté mon cadeau, ce rustre était idiot comme un talon, aucune sensibilité. J'ai espéré que la Zenith soit infectée et qu'elle le tue rapidement. Qu'est-ce qui m'avait pris de la lui offrir ? Je ne sais pas pourquoi, j'ai voulu me voir. Une nécessité. La veille, le père Baudoin m'avait dit : « Nul n'a jamais vu Dieu, mais Lui te voit.[1] » Et moi ! Moi je voulais me voir,

1. Citation de l'Évangile selon saint Jean enrichie par le prêtre.

j'en avais marre de maman. Oui, elle était folle. J'ai filé dans la salle de bains. Je me suis hissé sur le bord du lavabo et me suis contemplé en me forçant à penser que c'était bien moi que je voyais, pas le facteur. « John Scheel et Sébastien Kneipp sont deux cons, ai-je vitupéré. J'en ai marre de l'hydrothérapie, je veux de l'eau chaude. »

Ce type dans la glace qui était mon reflet, qui était moi, ressemblait plus à papa qu'à maman. C'était moi, j'étais lui. Cette face, la nôtre, la mienne, un jour fermerait les yeux pour toujours. Autant les ouvrir le plus possible en attendant. Ça m'a fait peur et en même temps ça m'a donné de la force. De la joie, mourir c'était si triste qu'il fallait profiter de la vie. Papa avait fait six camps, ça ne devait pas être facile là-bas. J'en étais sûr. Il fallait que je profite bien de ma chance, pour nous deux. J'ai retrouvé les mousquetaires dans la cuisine. Malraux paradait avec sa Zenith dont le bracelet était bouclé sur la manche de son pull marin. On avait tous le même, forcément. Yvette m'a câliné et m'a dit que j'avais une mine de papier mâché.

— C'est le cancer, a marmonné Malraux.

Yvette l'a grondé et lui a dit que quand on avait une aussi belle montre, on faisait attention à sa façon de parler. Elle nous a donné à chacun une grosse part de pain perdu. Je l'ai expédiée en vitesse, suis allé dans le bureau de papa. J'ai ouvert le vieux Larousse Universel en deux volumes, à C.

Circoncision, n. f. Excision du prépuce (cérémonie particulière aux religions juive et mahométane). Circoncision de Jésus-Christ, *fête de l'Église (1er janvier).* Par ext. *Retranchement des mauvais penchants.*

Il y avait quelques lignes de plus, mais celles là me suffisaient. Comment Jésus-Christ pouvait-il être juif ? Et quels mauvais penchants avait-il pu avoir ? Et moi ? Je n'y comprenais plus rien, car si Jésus était juif, tous les chrétiens l'étaient aussi ? Tout le monde avait des mauvais penchants, pourquoi nous enquiquiner avec les bonnes actions et la communion ? C'était Dieu qui avait puni Jésus d'être juif et l'avait fait clouer ? C'était imbitable, comme disait Buciflet, j'en avais plein les bottes. J'ai voulu aller à D, Dreyfus. Une photographie a glissé, elle avait dû servir de marque-page. C'était un cliché de maman, en noir et blanc. Elle souriait, au soleil, vêtue d'un chemisier fleuri, bien rempli par ses seins. Avant, je n'aurais pas pu penser ça… J'ai hésité et n'ai pas pu me l'interdire, j'ai pris la photographie, remis le dictionnaire en place. Je devenais voleur professionnel, j'étais manipulé par le diable car là je volais mon propre père mais maman n'était pas qu'à lui. C'était la vérité. La vérité sauvait du péché. Je suis passé devant la porte de la chambre des parents à l'instant où elle s'ouvrait, j'ai bondi pour qu'elle ne me voie pas là. Je me suis retrouvé en deux secondes à l'étage, suis entré dans la salle de bains, j'étais sacrément en retard. J'ai entendu Malraux dire :

— Merci, maman. Merci. Elle est très belle.

Je me suis approché pour voir…

— Pardon ? s'est étonnée maman. Pardon ?

— Pour ma montre, a balbutié Malraux.

Il devinait les ennuis.

— Quelle montre ?

— La…

Il a levé son poignet pour montrer la Zenith. Maman a souri et a dit :

— Ah oui, la montre…

Elle s'est approchée de lui et lui a mis une torgnole sévère. Elle a débouclé la montre en lui recommandant de ne plus la prendre pour une idiote. Ils iraient ensemble voir le père Montalbert, son confesseur, pour que Pierre-Henri s'explique, avoue son vol.

— Peut-être pire encore ? Tant que tu y es, tu vas aux putes, peut-être ?

Elle a pivoté, est entrée dans la chambre du bouffon. Je n'avais pas du tout imaginé que cela tournerait ainsi, j'avais souhaité faire le bien, je n'étais pas taillé pour. Est-ce que Malraux allait deviner que c'était moi ? Je ne pourrais pas lui expliquer que je voulais lui faire une surprise, un beau cadeau. J'ai passé mon visage sous l'eau en pensant aux putes... Les femmes avec des caniches qu'on appelait les putains et qui étaient des prostituées ? J'imaginais *qu'aller aux putes* voulait dire les fréquenter, leur parler, et puis... Je me suis précipité dans ma chambre, m'habiller, me tirer de là. J'ai vu la feuille de papier dans le berceau du petit Jésus, je n'ai pas osé bouger. Je ne parvenais pas à m'empêcher de songer que Dieu me reprochait mes actes, ma méchanceté à l'égard de mon aîné. Finalement, je me suis emparé de la feuille pliée en quatre. Je l'ai dépliée et j'ai lu ces quelques lignes écrites par papa :

Les transferts en wagons à bestiaux entre les différents camps en Allemagne ont dramatiquement aggravé mon état. Depuis cette époque, je souffre de rétention et d'incontinence urinaire. Je n'en pâtis pas beaucoup car je vous ai et vous aime, vous êtes ma seule et vraie richesse, ma guérison.

Je venais de lui voler un trésor et lui m'ouvrait son cœur. C'était bien Dieu qui m'écrivait et il ne me reprochait rien, c'était moi qui me reprochais tout, j'étais bien pire que Caïn. J'ai glissé le mot sacré à côté de la photographie de maman que je n'ai pas pu m'empêcher de regarder. Quelques minutes plus tard, je marchais à toute vitesse sur le trottoir en songeant qu'il fallait simplement trouver une vessie en bon état pour papa, je prierais toute ma vie pour ça… Je ferais les trois-huit. Malraux est sorti d'une entrée d'immeuble, il m'a écrasé son poing dans le nez.

— Je te tuerai, a-t-il promis, je ne serai heureux que lorsque tu seras mort.

La haine de mon frère m'a martelé le crâne toute la journée, j'avais honte pour nous. Je m'en voulais, c'était ma faute plus que la sienne. Deux frères ne pouvaient pas se détester comme ça, sans vergogne. Le général de Gaulle, lui, aurait trouvé une solution. En trouverait une. Il dirait non. Je pouvais faire comme lui, pas besoin que j'attende d'avoir un gros ventre et de mesurer deux mètres. La différence entre de Gaulle et les autres, disait papa, c'est ce non. Ce Mitterrand aux dents pointues, lui, avait dit oui et avait été décoré pour. Papa n'aimait pas cet homme, moi non plus. Mais moi, j'avais volé papa et j'avais exposé mon frère à la colère de maman. J'étais un salaud. Et puis j'étais idiot, c'était Malraux qui allait profiter de maman. Ils iraient tous les deux voir le confesseur, passeraient du temps ensemble… Je tournais en rond, rabâchais, radotais. L'après-midi a passé sans bruit, le monde avait changé et j'étais le seul à m'en apercevoir. La nuit d'hiver a basculé sur la cour, coulé sur les vitres. Devant moi, les dos de mes camarades témoignaient de la fatigue, il y en avait marre et on n'était qu'au commencement. Avant de sortir de la boîte, on a été vidanger, pour parler comme Buciflet.

— Ambiance cabaret, a-t-il marmonné.

Un seul néon fonctionnait, on n'y voyait goutte, mais je savais que mon graffiti avait été effacé, Mme Frotte l'avait torpillé au matin, ce qui faisait mon affaire. J'ai regardé devant moi comme tout pisseur. En rangeant mon matériel, j'ai vu sur le mur, à la craie rouge, un simple et définitif: « Bauchot est juif ». Buciflet l'avait remarqué, il était embarrassé. Moi bien plus. J'avais mis le doigt dans l'engrenage, lancé une rumeur que je ne pouvais pas contrôler. Qu'est-ce qui m'avait pris ? Dans la cour, Buciflet m'a dit que ce n'était pas grave.

— Regarde, Marcillac est bien… Et c'est notre copain. On s'en fout, non ?

J'ai détesté Malraux. Tout ça, c'était de sa faute, c'était lui qui m'avait mis ça dans la tête. Comment m'en sortir ? Dehors, des ouvriers accrochaient des guirlandes aux branches, Noël approchait. Les passants avaient des paquets dans les mains, les cadeaux à mettre dans la cheminée, dans les chaussures. La dinde, la joie future. Les voitures passaient en bruissant, Buciflet a dit qu'elles étaient comme des femmes, qu'il fallait les trousser. Se vautrer sur leurs cuisses, leurs sièges.

— Tu as déjà vu une femme nue ? a-t-il demandé.

— Non.

— Moi si. La voisine, elle a plein de poils sur le ventre, c'est pas beau. Mais bon, il faut en passer par là…

Il a remis son cartable en place dans son dos et a poursuivi :

— J'entends mes parents quand ils font… Et toi ? Tu les entends ?

Il me scrutait pour savoir. Et moi je n'étais pas sûr de bien comprendre de quoi il retournait, j'ai marmonné un oui pas massif du tout.

— Elle crie, ta mère ?

— … Oui.

— Quoi ? Elle crie, ou elle parle ? Elle lui dit quoi ?

— Elle lui demande s'il s'est confessé...

— Pas vrai ? Incroyable ! Ma mère, elle lui dit que c'est un cochon, de bien la lui mettre au fond.

J'avais été dans son ventre, en elle, au fond... Comme papa. Même lorsque j'aurais le droit de me confesser, après la communion solennelle, je savais que je ne pourrais pas confier cette pensée. Alors pourquoi passer la communion ? On est arrivés devant les bâtiments de la SNCF. Buciflet m'a donné un coup de coude. Il a ramassé une bouteille vide, je ne voulais pas qu'il fasse ça. J'avais peur. Il a regardé s'il y avait des témoins et lancé le projectile en criant « coco ». Après quelques secondes, on a entendu un barouf du diable, comme si toute une verrière dégringolait. On s'est mis à courir sans demander notre reste. De l'autre côté du pont, hors de danger, Buciflet a éclaté de rire.

— Tu vois un peu le travail ! s'est-il exclamé.

Il m'a regardé :

— Toi, tu es riche. Tu ne te rends peut-être pas compte. Moi ça me fait du bien de dépenser de l'argent. Ces vitres, ils les changent, tu piges ?

Il m'a semblé distinguer deux silhouettes qui nous observaient là-bas. J'en avais marre. Un jour, ça se terminerait mal. J'ai décidé que je ne ferais plus le chemin avec lui, en tout cas pas le soir. Il m'a scruté et j'ai songé qu'il avait deviné que je ne jouerais plus avec lui à ce jeu idiot. On s'est séparés, penauds. Presque honteux. Des fois la vie ressemblait à un cauchemar. J'ai fait un détour, anxieux de revenir chez nous. Je ne craignais pas mon frère mais l'esprit de la famille, la façon de faire générale. Cette folie que maman nous injectait à tous, parce que je venais de le comprendre, on la voulait tous et on n'avait rien d'elle, ou si peu. «Il arrive un temps où les hommes ne prient plus avec leur espérance», avait dit un jour papa. La désillusion de papa m'avait assourdi. Maman l'avait toisé, ses couverts à la main, elle s'était abstenue de répondre. Quelques instants plus tard, elle avait touché sa croix, les yeux mouillés. Elle nous échappait comme nos prières. Qui l'aurait à lui ? Dieu ? J'ai frissonné, si j'étais courageux, il faudrait que je parle à maman.

Je suis passé devant la demeure de Smith, j'ai pressé le pas. J'en avais assez de la fraternité juive, assez des Juifs. Ils me pompaient. Le propriétaire des cinémas de la ville a garé sa Jaguar Type E flambant neuve en face de l'église Jeanne-d'Arc, tout illuminée comme si elle s'apprêtait à décoller vers le paradis. «Le cinéphile éclairé», comme l'appelait le journal, est sorti de sa belle voiture. En pensée, je l'ai bousculé. J'ai sauté au volant et j'ai filé, loin. Très loin. Si loin que j'étais un homme, la nature et la vie coulaient des deux côtés du bolide, dans un flot qui absorbait toute image, tout fait. Un chien en carton a grondé, c'était Roch Dambert. J'ai sursauté et puis rigolé. Il avait un masque de chien, une cape violette en papier crépon et une prothèse dentaire affreuse qui en sortait – un voisin prothésiste jetait ses rebuts dans une friche vouée aux mauvaises herbes qui jouxtait le vaste jardin des Dambert. Son père était riche, plus que le mien me semblait-il. Sa mère était une devineresse, prédisait l'avenir aux gens célèbres. Roch Dambert avait les yeux qui brûlaient celui qui les regardait, il était très intelligent et inventif, il ne ressemblait à personne… Surtout avec son masque de chien et ses dents de murène..

Buciflet s'était figuré que Roch était un prénom yéyé, venant de « rock ». Je l'avais détrompé et lui avais appris l'existence de saint Roch. Un vitrail de l'église de Montfort-l'Amaury le montrait avec un ulcère à la cuisse. Je connaissais toutes les églises de la région, c'était obligé avec maman. Catholique comme la France, disait-elle. Roch n'allait pas à l'école, il s'y ennuyait trop. C'était un luxe inouï. Il lui arrivait de s'amuser avec nous le jeudi, mais c'était rare. Habituellement, il restait cloitré « chez lui », il avait son propre appartement dans la demeure familiale. Parfois, il disparaissait tout à fait, sans me prévenir le moins du monde. À son retour, il ne me parlait pas de ce qu'il avait fait, de là où il était allé.

Il m'a fait entrer dans le jardin et m'a tendu une cape, une prothèse absurde et un masque d'oiseau qui m'a fait penser à une divinité égyptienne. Il m'a quitté et s'est dirigé vers un kiosque de style japonais, en bois rouge, couvert de tuiles vertes et éclairé par des lampions multicolores. Je me suis déguisé, la prothèse ce n'était pas agréable mais Roch avait tout pouvoir sur moi. Je l'ai rejoint, il était penché sur un électrophone. Il s'est relevé et j'ai été saisi par son visage de chien, ses dents. Une beauté que je n'ai pas comprise, impossible à expliquer pour moi. Les premières notes de musique ont retenti, il a tendu les bras, m'a pris à la taille et nous avons dansé, d'abord dans le kiosque, puis on a descendu les trois marches et virevolté dans le jardin. Cette musique m'emportait. On tournait et le monde tournait avec nous, les arbres, les immeubles. J'aurais voulu que ça dure jusqu'au bout de mes sens, des larmes coulaient sur mes joues ; c'était dû à mon émerveillement. Les dernières notes nous ont arrêtés en plein vol, on a applaudi dans les ténèbres. C'était la mère de Roch, vêtue d'une robe noire, bras et pieds nus, elle levait un chandelier où étaient plantées trois bougies. Elle était effrayante et belle, une statue humaine. Elle s'en est allée, effacée par les frondaisons de la nuit. Roch a enlevé sa prothèse pour pouvoir parler.

— Pars comme tu es, a-t-il dit, en prenant congé de moi. Fais ça pour moi, s'il te plaît.

J'avais l'habitude qu'il me mette à la porte et j'étais en retard. Sortir dans la rue avec le masque et la prothèse, la cape, c'était pour moi une sacrée aventure. J'ai accepté en sachant que je ne tricherais pas, Roch m'attachait à ses vœux, à son existence. Il avait ce pouvoir, comme une manière de dieu. Je n'ai pas osé lui demander le nom du compositeur, celui de la musique. J'ai quitté le jardin avec le sentiment que je laissais derrière moi le temps d'un rêve. J'étais fatigué. Non pas fatigué d'être juif ou pas juif, fatigué de toutes parts. Peut-être que la vie me fatiguait plus que la moyenne nationale ? Ou à force de me souhaiter le cancer, Malraux m'avait eu ? Je n'étais pas inquiet, je ne savais pas ce que c'était exactement le cancer, et puis je ne pensais pas mourir maintenant.

Plus loin dans une rue peu éclairée, une vieille dame courbée qui sortait d'un immeuble a glapi en me voyant et m'a jeté son parapluie en me traitant de sale bête et d'imbécile. Je ne me suis pas démasqué, je l'avais promis, il fallait que je tienne parole. Trois étoiles étaient apparues dans le ciel. J'essayais de penser que je n'existais pas, que personne ne me voyait. Mais je n'ai pas pu m'empêcher de me regarder dans la glace de la boulangerie, j'étais effrayant. Je suis passé à côté d'Yvette. Elle parlait avec la nurse des Loubet qui m'a toisé, incrédule. J'ai fait la chose qui passe sans raison. J'ai pressé le pas et suis arrivé devant le portail noir et lustré. J'étais quasiment tiré d'affaire, toutefois je m'étais juré de n'enlever tout ça que lorsque je serais dans le jardin. J'ai ouvert la porte et je suis tombé nez à nez avec maman et ses amies du bridge. Ah la mort ! Si Roch Dambert était une manière de dieu, c'était une manière de dieu des ennuis.

— On dirait Khérybaqef sorti de sa pierre de Rosette, s'est écriée Mme Montségur.

Fêlée et lettrée, mariée à un général qui s'était battu en duel pour une histoire de gazon jauni par du pipi de chien. Je ne savais que dire, d'autant que c'était quasiment impossible d'en placer une avec cette cochonnerie dans la bouche. Maman a souri… Un tel sourire pouvait cacher une torgnole historique, voire pire. Les autres dames, Mme Toiselet de Passy et Mme Lebon-Chevalier, m'ont complimenté sur mon déguisement que j'ai voulu enlever.

— Mais non, a dit maman, enjouée. Mais non, garde-le.

C'était un ordre, la vache, ça allait saigner. J'allais payer cher ma valse avec Roch Dambert.

— As-tu appris une jolie tournure aujourd'hui ? a demandé Mme Toiselet de Passy que maman décrivait comme avaricieuse et fort influente dans la belle société.

Maman m'a donné son assentiment d'un discret mouvement de la tête. J'ai ôté mon dentier. J'ai décidé de jouer mon va-tout, j'étais fort en récitation :

Comme un vol de gerfauts hors du charnier natal,
Fatigués de porter leurs misères hautaines,
De Palos de Moguer, routiers et capitaines
Partaient, ivres d'un rêve héroïque et brutal.

— *Les Conquérants*, a commenté Mme Montségur, José-Maria de Heredia. C'est un peu lourd et tricoté avec de gros doigts mais avec ton masque, ça devient beau et calamiteux... Bravo, Jacques. On reconnaît ta mère dans ta gracieuse élocution.

Maman a eu une expression radieuse, elle m'a congédié d'un geste. Je ne savais pas si j'avais gagné ou perdu. J'ai salué ces dames en m'inclinant comme un valet nain dans un conte cruel dont le titre était *Ma vie de fils*. Je suis entré dans la baraque en remettant ma prothèse, j'ai ôté mes souliers et suis monté, tête baissée. Crevé. Là-haut, Malraux a jailli des toilettes en se rebraguettant. Il a eu un haut-le-corps en me voyant.

— Pauvre con !

Il m'a donné une bourrade.

— T'es malade de te trimballer comme ça !

Je me suis séparé de mon cartable que j'ai posé, je lui ai demandé pardon en chuintant :

— Échuzemoipourlamontche.

— Quoi ? Qu'est-ce que tu racontes ?

J'ai enlevé ma prothèse et dit :

— La montre, je n'avais pas imaginé que cela tournerait comme ça.

Il s'est esclaffé :

— J'ai cafté ! Elle doit penser que tu l'as volée !

Il fallait que je réponde, que je me venge, sinon il triompherait. Je devais trouver l'angle, l'inspiration...

— Les traîtres deviennent chauves, ai-je dit, c'est connu. Et ça se voit déjà... Tu seras vite comme papy.

— Ne dis pas ça. Je t'interdis. Je ne suis pas chauve.

— Tu n'y peux rien. Tu as l'air chauve, même quand tu dors... Et même autour de...

— Quoi ? Quoi, autour de quoi ?

— De ta bite ! Tu n'auras plus un poil. Rien !

Il a rugi, m'a bourré de coups, on s'est effondrés sur la moquette. Il a essayé de m'arracher la langue, je l'ai mordu. Il était plus fort que moi, il m'a mis sur le dos, s'est assis sur moi en me déclarant qu'il allait se torcher avec ma gueule de papier cul. Maman est arrivée sans qu'il s'en rende compte au moment où il me faisait une promesse…

— Je vais te dépuceler, moi…

— Ah oui, a susurré maman, un paquet de cigarettes américaines à la main.

Il a bondi pour se remettre sur ses pieds. Elle l'a pris par l'oreille et a dit :

— Tu es fou, Pierre-Henri. Ce que tu viens de dire mérite la prison. Va prendre un bain froid. Je viendrai vérifier.

Il est parti, voûté comme un retraité. Ce n'était pas le moment de rigoler de lui, j'étais dans une panade supérieure à la sienne, si je m'en sortais, je n'aurais plus de copain, je les laisserais se débrouiller avec leur dinguerie.

— Relève-toi, a dit maman, et remets ton masque. Ton appareil.

C'était mauvais signe, très mauvais signe. Un jugement sans appel, un condamné, Jacques Bauchot. Elle m'a poussé dans la chambre, m'a montré le lit. Je me suis assis, elle a posé mon cartable près de la cheminée, sans fermer la porte. Elle a fait quelques pas, s'est adossée à un mur, bras croisés sous sa poitrine.

— J'aurais voulu que vous me vouvoyiez, a-t-elle déclaré, ton père s'y est opposé. Qu'ai-je obtenu ? Du confort ? Il me restera quoi de tout ça ?

Belle en robe et en escarpins, elle ne me regardait pas. Sa

croix brillait sur sa poitrine. Moi, je ne savais que faire, j'ai baissé ma tête d'oiseau, contemplé mes chaussons, ma pauvre existence qui glissait sur la carpette. Maman a allumé une cigarette, il lui arrivait de fumer en bridgeant, une bridgeuse pouvait fumer à condition qu'elle ne porte pas L'Heure Bleue. Je ne l'avais jamais vue fumer à cet étage. J'aimais l'odeur du tabac blond, plus douce que celle des Gauloises de papa. De l'autre côté du palier, la baignoire se remplissait bruyamment.

— Tu crois que c'est facile, ma vie ? Tu crois que je m'amuse des tourments qu'affronte ton père ?

Elle m'a dévisagé, j'ai fait non de la tête. Elle a tiré une bouffée et a regardé de nouveau devant elle.

— C'est quoi ma vie ? On peut dire quoi de moi ? J'ai acheté je ne sais combien de tartes hollandaises chez Guinon, tu crois que ça intéresse quelqu'un ? Deux fois par semaine, je vais au marché Notre-Dame. J'achète la volaille chez Gentelet, la charcuterie chez Christophe… Le poisson… Ça t'intéresse ? Je fais le marché tard parce que c'est moins cher, parce que j'ai des réflexes de pauvre. On a une cuisinière, une femme de ménage parce que je veux garder de belles mains… À quoi bon ?

Elle s'est assise à côté de moi, s'est relevée comme si elle s'était brûlée. Elle a marché en rond, s'est retournée vers moi :

— Tu veux que je foute le feu à la baraque ? Quoi, je fais quoi pour attirer l'attention ?

Elle n'a pas dit « je me fais pipi dessus », je l'ai aimée encore plus. Je me serais tué pour elle, elle était mieux qu'une reine. Plus importante que la Joconde, c'était certain. L'eau ne coulait plus dans la baignoire. Elle a fumé sans plus rien dire, sans me regarder. C'était beau le bout rouge au bout de ses doigts, dans sa bouche. Elle a rejoint la cheminée, a enlevé le petit Jésus de son berceau et a écrasé sa cigarette dedans, j'ai frémi. On ne s'en sortirait pas, c'était joué d'avance. Elle s'est approchée de moi et m'a longuement considéré, puis a enlevé ma prothèse, mon masque, ma cape et m'a embrassé sur le front. Il fallait que je sois sincère et courageux :

— Je ne veux pas passer ma communion, maman.

J'étais très angoissé. Elle a hoché la tête, s'est levée et a décroché le crucifix. Elle est partie avec, a dit à mon frère qu'il pouvait faire couler de l'eau chaude, faire ce qu'il voulait. J'ai regardé mon déguisement éparpillé autour de mes pieds. J'ai eu l'impression que c'était ma mue, j'étais né une nouvelle fois mais pourquoi ? Pour quoi faire ?

DERRIÈRE LA FENÊTRE

Le réveil a sonné, je l'ai arrêté sans ouvrir les yeux. J'étais fatigué. J'ai mis le bras de l'électrophone sur le 45 tours. Les premières notes de *The House of the Rising Sun* ont retenti. Cette chanson me rendait dingue, j'adorais la façon de jouer du clavier d'Alan Price, la voix sauvage d'Eric Burdon et les paroles :

There is a house way down in New Orleans
They call the Rising Sun
And it's been the ruin of many a poor boy
And God I know I'm one…

On était mardi : latin, allemand, français. La cantine. Et puis le reste. Une nouvelle année scolaire commençait, à Hoche forcément. Classe de troisième. Je n'avais pas envie de sortir du lit et je me suis forcé à le faire. En guise de pyjama, j'avais un T-shirt avec le nom, la photo des Beatles et leurs signatures imprimés sur le coton blanc. Un pantalon de survêtement. J'avais demandé pardon aux Beatles d'aimer les Animals et les Who. Ils ne m'avaient pas répondu. Je me suis assis sur le matelas et j'ai regardé mes pieds. Puis j'ai levé les yeux. Aux murs, j'avais punaisé des photos des Beatles, des Animals et des Who, de l'explosion d'une bombe H et d'Albert Einstein. Et une de *32 boîtes de soupe Campbell*, le tableau d'Andy Warhol. J'en étais très fier, avais l'impression d'être à la pointe, happy few jusqu'au bout des ongles. Sur le plancher, des piles de livres, le résultat de l'accord tacite que j'avais passé avec maman : plus de crucifix, des bouquins en échange. Autant que je voulais, mais je lisais rarement. Les regarder me suffisait. Pour les dictionnaires, c'était autre chose. Je leur donnais beaucoup de temps. J'en avais… le Gaffiot, le Bailly – pourtant je ne faisais pas de grec –, un Quillet en trois volumes, le Furetière, des dictionnaires franco-allemand, franco-anglais, sans oublier le dictionnaire français-hébreu de Maurice Horowitz.

J'ai quitté le lit, laissé le rideau en place, j'appréciais la pénombre. Pas une journée qui ne commençât sans l'ouverture au hasard d'un des volumes du Quillet, ou du Furetière, pour la recherche d'un oracle. J'ai choisi le Furetière et mes yeux ont été captés par cette définition :

> *PRESAGE, s, m. Croyance des payens qui jugeoient des evenements futurs par des signes que leur superstition, ou l'artifice de leurs Prêtres avoient inventez. Les* presages *les plus fameux etoient fondez sur le vol des oiseaux, ou sur les entrailles des victimes. Tous les oiseaux nocturnes sont des oiseaux de sinistre* presage.

J'ai refermé le dico, malheureusement *j'étois* superstitieux, beaucoup plus depuis que je ne priais plus. J'avais eu peur que Dieu me tue lorsque maman m'avait privé de son fils abandonné sur la croix pour payer à la place de tout le monde. Moi je ne voulais pas passer ma communion solennelle, c'était tout. Je ne voulais pas quitter la maison de Dieu mais maman en avait décidé autrement. Maman était au-dessus de Dieu, bien sûr. Cependant, je ne pouvais pas prier maman, elle n'avait pas d'église, son autel était privé et réservé à papa. Penser ça me faisait rougir même en pleine beatlemania. J'avais tourné le dos à Dieu, j'avais été largué dans le désert sans fin des agnostiques. En compensation, les dictionnaires m'avaient tout appris sur les Juifs et la circoncision, sur l'incontinence et sur des centaines et des centaines, des milliers de mots, d'idées ou de croyances.

J'ai soulevé *Kaputt* au titre fascinant et que j'avais seulement feuilleté, pour m'emparer des *Liaisons dangereuses*. Je l'ai ouvert à la lettre XXXV, « Le vicomte de Valmont à la présidente de Tourvel ». Je connaissais la première phrase par cœur, c'était tout. Le reste était caché, occulté par maman, la photographie de maman. Avec son chemisier bien rempli. Maman était un mot dont je n'avais vérifié le sens dans aucun dictionnaire, ainsi que mort ou vie. J'avais tellement contemplé la photographie qu'elle était estompée, je la rendais invisible à force. Personne n'était parfait ni complètement achevé, avait dû dire quelqu'un, au moins une fois. Personne ne réchappait à sa mère, surtout pas moi. J'étais assez « grand » pour analyser les sentiments qui me tourmentaient, ceux dont j'étais conscient, bien sûr. Ma mère était mon supplice principal, talonnée par mon père. Lui était de plus en plus lointain, en terre étrangère, quelque part mais pas là. J'avais souhaité tenir son visage dans mes mains, le contraindre ainsi à ne regarder que moi, boire son attention, ses mots. Qu'il siffle ma passion. Un rêve, rien qu'un rêve. Rien qu'un père et un fils. Maintenant notre séparation était presque consommée, je me passerais de lui, sur la terre comme au ciel. « On est là pour en prendre plein la gueule », disait Buciflet…

Le disque s'est arrêté de tourner, quatre minutes vingt-neuf secondes s'étaient écoulées. Écouter des 45 tours responsabilisait sur la vie, faisait comprendre qu'on ne peut pas en écouter sans fin, qu'on meurt un jour. Je suis sorti de la chambre. Sur le palier, j'ai croisé Malraux qui sortait de la salle de bains. Il portait une cravate pour faire chic, il était en terminale et inlassablement aussi salaud. Méchant, menteur comme le ministre qui d'après papa avait entièrement écrit son *curriculum vitae* de résistant, s'était fait décorer indûment. Malraux et moi, on ne se parlait plus qu'en rotant, ce qu'on a fait. Des fois, il s'approchait de moi, très près pour roter. Je l'imitais. Face contre face, on rotait. On était bien la fin d'une lignée, plus misérables que nous, ce n'était pas possible. C'était comme ça, papa avait fait les camps et nous on faisait les cons. Ce matin-là, nous nous sommes contentés d'un rot discret, presque civil. En entrant dans sa chambre, il m'a dit de dos que Ringo Starr était juif, qu'il l'avait toujours su à cause de son nez. Je n'ai pas répondu, c'était une rumeur qui avait vu le jour récemment aux USA, lors de la deuxième tournée des Beatles là-bas. Et puis je m'en fichais des Juifs, enfin… Pas des filles. Brunes, aux lèvres arrondies sur leurs belles poitrines, leur peau pure, mate et blanche comme de la semoule, leur innocence arborée qui laissait à penser que…

« Il y a très peu de putains juives », avait dit un jour maman lors d'un buffet servi dans le jardin, parce qu'elles font ça à la maison, en famille, comme le couscous et ces gâteaux sucrés qui leur retombent sur les fesses.

Je suis passé devant la chambre de la Mouette, ça sentait la cigarette. Il apprenait à fumer, se forçait depuis trois semaines. « La méthode nicotine », disait-il. Pour faire play-boy, ressembler à Steve McQueen… La méthode nicotine ne visait pas à diminuer son appétit, pas du tout. La veille, il avait avalé trois boîtes de crème Mont Blanc à la file. Ça ne le gênait pas de vomir, il aimait bien même. Lui et moi avions les cheveux bien fournis, comme les Beatles, les Animals. Pas Malraux qui avait la coupe Saint-Cyr – la coupe papy. S'ils y avaient pensé tous les deux, ils se seraient ciré le crâne pour le faire briller comme leurs souliers. J'ai ouvert la porte de la chambre du petit. Il dormait en chien de fusil, tout recroquevillé. Maman ne s'en occupait plus. Il avait passé la ligne de démarcation, il avait sept ans, l'âge où on se faisait une raison, chez les Bauchot. Mais lui, le malheureux, était tout seul. Il n'avait même pas la haine pour se tenir debout comme nous ses aînés ; heureusement Yvette l'adorait. Le plus souvent, c'était moi qui le réveillais. Je lui ai caressé le front, il s'est déplié comme d'habitude et a dit sans ouvrir les yeux, avec une ombre de sourire :

— C'est toi, Jacques ?

— Non.

— Si, c'est toi !

Il s'est redressé et est venu m'enlacer, tiède, si fragile. Un bourgeon aux ailes délicates. Moi aussi, j'avais été comme lui. Je l'avais haï et je l'aimais, j'avais ouvert mes dictionnaires et tout lu sur l'amour, la culpabilité, les émois, les battements du cœur, les hormones et ce chagrin *congénital* qui nous séparait. Plus je lisais, plus j'étais étourdi par ma condition d'être. Je m'efforçais de ne pas y penser car ça me flanquait le vertige. J'entrevoyais une dignité humaine qui me faisait monter les larmes aux yeux, j'étais peut-être trop romantique pour vivre.

— Allez, lui ai-je dit, vas-y, Antoine.

— Dix doigts de main, dix doigts de pied. Les oreilles, le nez…

— Et puis ?

— Les yeux… Et un robinet…

Il a pouffé. Le robinet faisait partie de la check-list qu'on avait mise au point.

— Et puis ?

— Yvette m'aura fait du pain perdu, j'en suis sûr.

— Allez debout.

Je l'ai aidé à se lever, on se ressemblait. Il m'a embrassé sur les joues. Je l'ai laissé et suis allé dans la salle de bains. Je me voyais dans la glace et il y avait l'eau chaude au lavabo et dans la douche. Maman ne croyait plus en John Scheel et Sébastien Kneipp, mais en Dieu encore. Enfin, je l'espérais. Tout le monde allait à la messe le dimanche, sauf moi et parfois papa. Tout avait l'air d'aller… C'était faux. La mélodie du bonheur, c'était du pipeau. On jouait tous la comédie. C'était moche. Il m'arrivait de m'en vouloir de ne pas avoir fait ma communion solennelle, comme si en la passant j'aurais eu le pouvoir de cimenter la famille. De nous agglomérer. Ce matin-là, comme tous les matins, je me suis enfermé et me suis contemplé. J'en avais besoin, me regarder me rassurait. Et puis j'avais tellement souffert de ne pas me voir que je rattrapais le temps perdu. Je n'aimais pas mon visage mais je ne pouvais pas en changer, ça serait avec lui. La lumière s'est éteinte, j'ai disparu avec elle. Je n'ai pas bougé, je voulais surprendre la moindre lueur, le moindre frisson. Mes yeux se sont habitués et j'ai distingué le contour de ma tête, la lumière du blanc de mes yeux. Et dans les ténèbres de marc de café, le spectre indistinct du mauvais sort. J'étais persuadé qu'il allait m'arriver un malheur. J'étais fait pour ça, je m'étais écarté du troupeau et je le payerais.

Le malheur de papa m'avait trop pesé, j'avais usé la photo de maman, je n'étais pas fait pour vivre longtemps. Comme Buciflet qu'on avait trouvé le long des voies, à peu près nu. Les journaux s'étaient rapidement tus. Maman avait dit que la mort était équitable et que ce garçon avait dû avoir ce qu'il souhaitait. J'avais baissé les yeux, la peine, la honte, le remords. Papa lui avait dit qu'elle avait tort de proférer de tels propos. Elle s'était levée de table et avait dit : « Oui, c'est stupide. Que veux-tu, je préfère des mots de trop qu'un silence insupportable. » Elle avait des larmes dans les yeux, la Mouette avait roté. Elle était partie dans le jardin, c'était l'hiver.

— Tu es bien dans le noir, a dit Malraux en tambourinant sur la porte. Tu te l'étires ?

Je n'ai pas répondu, il avait enlevé un fusible sur le tableau électrique de l'étage... Un de ses innombrables vices. J'ai attendu mais mon aîné satanique avait brisé le charme. Le mauvais sort était émotif, il avait regagné la caverne des pythies. Pas moi...

« Un coup du sort, ai-je énuméré, un coup de Jarnac. Un Waterloo, un Trafalgar. Un infarctus, un cancer, un accident, un accident mortel. Un oiseau de nuit... »

J'ai approché mon visage de la glace en répétant : « Un accident mortel. Un chat noir... » Mon reflet est apparu, à peine esquissé. J'ai utilisé mon Silvermatch et me suis contemplé à sa flamme en murmurant : « Une collision, un incendie, un... » La Mouette a tambouriné à la porte et a geint :

— Tu en as pour combien de temps ? Je vais encore arriver en retard.

— Va remettre le fusible.

— Quel chancre, ce Malraux ! Pourvu qu'il crève.

Le briquet chauffait mais je voulais que ça dure et j'ai poursuivi : « Je m'appelle Jacques Bauchot, mon père a fait six camps de concentration, il souffre d'incontinence, il n'aime plus maman, elle l'a fait trop suer... » La lumière a été rétablie, j'avais le pouce en feu à cause du Silvermatch brûlant. Je l'ai passé sous l'eau froide, retour à Kneipp, à la naturopathie. Le briquet, je l'avais trouvé, je m'en fichais. Mon pouce aussi je l'avais trouvé dans l'équipement d'origine. Nous tenions à nous-mêmes alors que nous étions fabriqués avant d'avoir conscience d'être. Nous étions prêts à l'emploi, sans aucune possibilité de transformation véritable, sauf maladie, amputation... Accident, incendie, cancer ! Je suis entré dans la douche sans me dévêtir et j'ai fait couler l'eau, chaude en marmonnant : « C'est vous Jacques Bauchot ? Je suis flatté de faire votre rencontre. On m'a dit beaucoup de bien de vous... »

— Dépêche, a supplié la Mouette en tapant à la porte, dépêche, merde ! Au lieu de parler tout seul.

Je suis sorti de la douche et lui ai ouvert.

— Tu es dingue, s'est-il écrié, ébahi. Ça va pas, la tête ?

— Bon anniversaire, ai-je répondu, en regagnant la douche.

— Quoi ? Quel anniversaire ? Ah tu fais chier, j'en ai marre de vous. Pourquoi tu te laves habillé ?

Il a mis du dentifrice sur son index et s'est lavé les dents, il avait la phobie des brosses, craignait de perdre son émail.

— Pour faire l'intéressant. C'est tout ce que je peux faire.

Il m'a observé dans la glace, s'est rincé la bouche, projeté de l'eau sur le visage. Il savait que je venais de dire la vérité. En cela, il était complètement mon frère, je l'aimais, il ne fermait pas les yeux sur notre handicap.

— Il n'y a que Malraux qui s'en tirera, a-t-il assuré. D'ailleurs, j'ai rêvé que j'étais une momie.

Je lui ai tourné le dos pour me déshabiller, j'ai tordu mon T-shirt et mon pantalon de survêtement que j'ai suspendus au cadre métallique de la douche. J'ai regardé les Beatles, fripés, trempés, jeunes, riches… Et vivants, car n'habitant pas Versailles. Toute jeune personne habitant Versailles et se nommant Jacques Bauchot était forcément condamnée à mort ; le procureur, on le connaissait. L'alternative à la mort, c'était la sénilité dès la puberté. Le gros handicap, à la limite. J'étais méchamment en retard, avais une option sérieuse sur l'heure de colle, tant pis. Je m'étais douché, c'était le début de la libération, je devenais une boîte de soupe Campbell, j'étais peint. Non pas par Andy Warhol, mais par moi Jacques Bauchot. Après m'être habillé, je me suis lancé dans l'escalier, maman a surgi de sa chambre, de *leur* chambre – papa dormait le plus souvent dans son bureau. Elle avait un chignon, une robe noire.

— Je vais à l'enterrement de Mme Montségur. Sa préciosité lui a servi à quoi ? À mourir avec un anus artificiel ?

Elle sentait bon et me considérait avec cette distraction aimable qui me faisait douter d'être son fils. Je voulais l'embrasser, encore à mon âge et même si j'étais du pop art. Je ne parvenais pas à me passer de cette envie mais j'y étais bien obligé.

— Je te parais bien mise ?

En tournant sur elle-même.

— Oui, oui, maman.

Elle m'a dévisagé en passant des gants :

— Es-tu toujours fatigué ?

J'ai acquiescé. Elle m'a dévisagé avant de se mettre à descendre l'escalier et de poursuivre :

— J'en ai parlé au docteur Motto. Tu vas faire du handball, inscris-toi le plus rapidement possible. Il pense que c'est ce qu'il y a de plus adapté pour toi, pour combattre ton asthénie liée à l'adolescence.

Elle s'est retournée vers moi, m'offrant son visage pur, porté par son cou délicat.

— Tu dois trop te… Enfin… Tu es comme lui…

Elle s'est remise à descendre et a ajouté :

— Si tu es retenu à cause d'un retard, imite ma signature, j'en ai assez. La gestion de ton emploi du temps ne m'intéresse pas.

Dans le hall, elle a bifurqué vers le dressing où elle accrochait ses manteaux, imperméables. Moi j'ai filé vers le jardin, j'étais déjà chaussé, notre coin sous l'escalier ne servait plus, même pas à Antoine, il s'élevait comme il pouvait. Malraux l'appelait « le Banni ». Quant au docteur Motto, c'était un incapable de l'avis de tous, mais un bon catholique. « Tout ce qu'il peut faire pour un malade, disait Yvette, c'est lui fermer les yeux. » « Il n'est pas juif, argumentait maman, c'est le plus important… Et il a eu son diplôme. »

À ce sujet, il y avait pas mal de rumeurs, toutes tournaient autour du fait qu'il l'avait acheté. Qu'on lui avait filé parce que son oncle était recteur de la faculté de médecine… Je me suis arrêté de courir, je ne risquais pas la colle. J'avais oublié que pour une obscure raison de désinfection suite à un cas de méningite ou d'oreillons, les cours ne commençaient qu'à dix heures. J'ai traversé sans regarder, je dois le dire. Devant le capot d'une Ferrari qui a pilé. Au volant, Lino. Lino Ventura. Il avait cette expression d'énervement retenu que j'adulais. J'avais vu trois fois *Les Tontons flingueurs,* sans le dire, car je n'étais pas sûr que c'était pop art. J'ai souri à la star et ai regagné le trottoir tandis que la belle voiture démarrait avec son cheval cabré. Les frères Bauchot étaient en vie grâce à Lino Ventura.

J'ai traversé le pont qui enjambait les voies ferrées et comme à chaque fois je me suis empêché de penser à Buciflet, je me sentais coupable. J'avais peur et réfrénais un sentiment voyeur, honteux, celui de penser à ce qui lui était arrivé, prenant sa place. J'ai pressé le pas, pourtant Marcillac ne m'attendait pas, ses parents avaient acheté un commerce dans le Sud. Je commençais à avoir un passé et il était triste. Ou me rendait triste, j'imaginais que les vieux messieurs, les vieilles dames devaient souffrir de tous ces souvenirs qui devaient les remplir, les gaver. Heureusement, il n'y avait pas que le passé pour ceux qui vivaient, le présent existait. Les filles, le rouge à lèvres, les jambes. Le parfum. Et tout ce que je ne pouvais pas dire, même en moi-même. En prenant à droite avenue de Saint-Cloud, comme je l'ai fait, on dépassait la librairie Ruat, puis le concessionnaire Jaguar et on arrivait, après avoir traversé la rue Richaud, au troquet le plus proche du lycée, Le Coq Hardi. Là, les filles de La Bruyère, vêtues de noir et blanc, surnommées les Stendhaliennes ou les Garces, buvaient des laits fraise en compagnie de types de Hoche, des premières ou des terminales aux faces tels des palindromes. Je suis passé lentement, l'air de rien, le spectacle des Stendhaliennes en train de siroter leurs breuvages à l'aide de leurs pailles me… J'aurais voulu les embrasser et plus, beaucoup plus.

J'ai dépassé Le Coq Hardi et j'ai continué mon périple par la rue de la Paroisse. L'objectif, un bar-tabac sans nom et que certains appelaient Le Petit Prol'. Le siège d'une bande de types à la page et de filles inaccessibles, tellement à la mode que je ne comprenais pas pourquoi, comment elles l'étaient. Des fois, je faisais le tour. Le Petit Prol' avait une entrée secondaire qui donnait sur la contre-allée de l'avenue de Saint-Cloud, ainsi je pouvais voir le film deux fois. Mais ce jour, je me suis assis sur un banc. Je n'ai pas poussé jusqu'au Chat qui prise sis face au Chien qui fume, pas continué jusqu'à la rue des Réservoirs et Le Bassin de Neptune, La Civette. Ni jusqu'à l'entrée du parc, jusqu'au Welcome, un salon de thé qui me fascinait. Je me voyais le fréquenter, me mêler aux Illustres à la réputation sulfureuse – drogue, sexe, politique. On ne parlait des Illustres qu'en nommant leurs initiales, les connaître, c'était être initié : Bernard G., Fabrice de l'O., René Élie de la D. de M., Jean-Marie C., sans oublier le Poète, lui sans initiales, sans nom… Il m'avait fallu des trésors de patience et d'astuce, au moins trois heures de colle, pour avoir la liste de ceux qui composaient La Bande à Manu – autre nom des Illustres.

La pensée voyageait plus vite que le corps ou la lumière même. La pensée n'était rien et tout, plus que légère et bien plus lourde que les pyramides. La pensée, c'était tout ce qui me restait parfois. Je m'étais assis sur le banc, parce que j'étais fatigué. Ça me faisait peur. Un homme jeune s'est installé à côté de moi. Il m'a tendu son paquet de Pall Mall sans se tourner vers moi, je me suis servi. J'étais impressionné par le beau paquet rouge, l'élégance des lettres, celle de l'homme. Son aisance désinvolte. Il m'a allumé la cigarette avec une allumette. Je me suis senti important, masculin. Sexuel. Des filles passaient, des femmes. Je ne pouvais pas leur échapper, j'adorais les regarder même si je le cachais car ça faisait vicieux, mauvais genre. Dépravé.

— Le désir peut-il être réalisé dans la satisfaction ? a marmonné l'homme sans me regarder. Ou faut-il penser l'idéalisation comme la projection de l'idéal du Moi sur l'objet ?

Tant qu'il n'était pas méchant… Il m'a scruté, il avait des rouflaquettes, un but pour moi, presque un apostolat. Mais je n'avais pas un poil de barbe et si maman me voyait avec des rouflaquettes…

— Tu connais Freud ? a-t-il demandé à brûle-pourpoint. Wilhelm Reich ?

— … Non.

— Bon point. Reich est mort en prison, complètement dingue. Freud, c'est un cancer qui l'a eu…

On a fumé en silence, deux femmes se sont arrêtées de marcher à quelques mètres de nous. L'une a dû confier un secret à l'autre dont la bouche s'est arrondie. Elles ont éclaté de rire, sont reparties remettre une virgule plus loin, un accent, un point. C'étaient elles qui écrivaient mon journal intime.

— C'est simple une femme, a fini par dire mon voisin, très simple. On pourrait à peine faire plus simple. Pourtant…

D'une pichenette, il s'est séparé de son mégot. Il s'est levé et est parti, a fait volte-face et a dit :

— N'apprends rien, ne leur fais pas confiance. Reste con.

Il s'en est allé. Papa a surgi à quelques mètres de moi, il ne m'a pas vu et a hélé un taxi, s'est engouffré dedans en donnant l'adresse :

— Paris. Rue du Colonel-Oudot, à côté de la porte Dorée…

Le taxi a démarré, s'est éloigné. J'étais surpris, décontenancé, comme si voir mon père à l'improviste me faisait comprendre qu'il avait une existence complètement différenciée de la mienne. Il allait où, rencontrer qui, rue du Colonel-Oudot ?

Je me suis senti misérable, un gamin qui ne connaissait rien ou si peu. Les filles, au fond, c'était ma seule volonté, à part les rouflaquettes. C'était ma grammaire, je cherchais toute la gamme des accords avec l'auxiliaire avoir. Avoir un baiser, un regard. Accorder le désir à l'espoir. Aimer un soupir, des mains, un décolleté et ses secrets. Mais ma grammaire était en péril, elle dépendait de ma force, de mon sang. Elle dépendait aussi des lieux, mon périple quotidien était celui d'un Ulysse attaché à ses origines comme une balle de jokari à son socle. Ici, je n'irais pas plus loin que la longueur de l'élastique étiré au maximum et son maximum, ce n'était que quelques centaines de mètres autour de la maison. Les Illustres, au fond, étaient des moules accrochées aux grilles du château. J'ai frémi de cette pensée sacrilège avant de l'accepter. Les Illustres étaient des fils à papa ou des ratés qui pouvaient faire illusion au Welcome, pas ailleurs dans le monde, cachés par les tentures qui tombaient du ciel sur la pièce d'eau des Suisses. Là était la frontière invisible que les Illustres ne franchissaient pas, ne franchiraient pas.

Si je voulais l'aventure, il fallait que je parte, que je coupe l'élastique. Il fallait un début. Je me suis levé : commencer tout de suite. Le club de handball, me dépuceler avant qu'il ne soit trop tard. Pour l'inscription, j'avais le temps. Il me restait une demi-heure avant le cours de latin. Les services périscolaires étaient au rez-de-chaussée du lycée : les activités artistiques, porte peinte en mauve, les activités sportives, porte peinte en jaune. D'où le surnom de *cocus* donné à ceux qui pratiquaient le sport scolaire, qu'ils jouent au foot ou fassent du judo. Entrer sans frapper, une double porte battante. Une odeur de poussière, de renfermé. Des néons qui pendaient du plafond et fonctionnaient malgré les fenêtres, le jour. Derrière un comptoir en bois verni qui séparait la pièce, deux femmes un peu avachies sur les claviers de leurs machines à écrire, des téléphones de l'an mille, des fanions, affiches de réunions sportives. Tout était triste aujourd'hui, j'avais perdu mes illusions. Je n'avais pas lu Freud, ne connaissais pas ce Reich, j'étais un peu simplet et fatigué. Jaillissant d'une autre pièce après avoir brutalement poussé une porte, Gibbs a fait irruption derrière le comptoir. Il a pris son élan, posé une main sur le comptoir et sauté par-dessus.

— Tu viens t'inscrire au club de gymnastique ? a-t-il dit avec son dentier tout blanc en avant comme pour une publicité.

Son vrai nom était Lemarchand. Le marchand de sourires, disait-on. Il était professeur de gymnastique et s'occupait des activités sportives du jeudi.

— De handball, ai-je répondu, gêné.

— Avec deux mains et une balle ?

Une des endormies a pouffé, s'est tournée vers nous. Il lui a fait son sourire Gibbs, une œillade ; je n'ai pas compris. Il m'a saisi par le bras et entraîné vers une porte sur laquelle était écrit « Dossiers/Inscriptions ». Il l'a tirée à lui, découvrant un bureau lugubre, une fenêtre poussiéreuse qui filtrait un jour sale venant d'un couloir en cul-de-sac éclairé par une verrière. Pour mobilier : une table, un fauteuil, des fichiers et une armoire à pharmacie. Des Cyrards sont apparus derrière la vitre, ils ont forcé l'un d'entre eux à s'agenouiller, face à moi. Un des Cyrards lui a pris la nuque dans ses mains. Les autres ont ri, celui qui le tenait et qui me tournait le dos a lâché sa nuque d'une main. Il a semblé se débraguetter.

— Ah les Cyrards, a marmonné Gibbs, pour le bizutage, ils y vont fort. Mais ils sont faits pour la guerre, pas pour la dentelle.

Il a tiré un rideau défraîchi et maculé de taches, de mouches mortes, je tremblais. Je pensais à ce qui se passait dans le couloir. Comment faire pour oublier ? Gibbs a ouvert l'armoire à pharmacie. Il s'est emparé d'un tube en verre qu'il m'a tendu en disant :

— Tourne-toi. Pas besoin de le remplir à ras bord. N'en mets pas par terre, c'est moi qui fais le ménage.

Il a rigolé. J'ai fait ce qu'il m'a dit, j'ai sorti mon… Comme le Cyrard. Ce qui se passait, c'était un viol, un crime. Comment ne pas penser à Buciflet ? Tout se rejouait ici, impossible de pisser.

— Avale ta salive, a conseillé Gibbs.

Ce que j'ai fait. J'ai réussi, je transpirais. J'avais la tête qui tournait. Il m'a pris le tube des mains, je ne savais pas où me mettre. Il l'a levé et a dit :

— Jolie couleur. Je le porte à l'infirmerie. Va en cours et repasse à midi. Je t'inscrirai.

Tout paraissait normal, pourtant derrière le rideau…

J'avais de l'albumine, impossible de m'inscrire au handball. Handball venait des camps, de l'allemand. J'aurais dû faire du tennis, du volley-ball. Maman avait deviné que j'étais bien le fils de mon père, que l'allemand nous détruisait, nous détruirait. Je prenais la nouvelle comme un écho du viol dont j'avais été témoin, je n'avais rien fait. Buciflet avait de nouveau crié en vain. Il s'était vengé : le docteur Motto, manœuvré par maman, avait proposé le handball pour qu'avec les mains, la tête et un ballon, je réécrive l'histoire de papa en pissant dans la sienne. Je pensais aux Cyrards, à Buciflet, c'était ça le sexe ? Ça déconnait à fond, à mort. Cette ville royale était bien la Cité des Porcs. La Capitale du Mensonge. On y servait le crime en levant le petit doigt, après le bridge, avant la confession. J'étais crevé, j'avais envie de dire des gros mots, des saloperies. Ne plus parler, plus jamais. Dès qu'il y avait la parole, il y avait le mensonge, la haine. J'en avais marre de moi, j'étais une pauvre loque, le deuxième fils Bauchot. Il faisait froid, j'ai marché, tête baissée. J'ai traversé sans regarder, Lino Ventura ne m'a pas renversé, ni personne. Le complot était en place, mon destin était de ne rien faire d'autre que d'être un spectateur impuissant. Je ne connaîtrais pas l'amour, n'aurais pas d'enfant… Je me suis senti cruellement con de penser à une femme et à une descendance alors que j'étais vierge et *albuminique, noque, naque* ?

C'était quoi, l'albumine ? Ça me faisait penser à pipe-line, à zibeline. Je ne connaissais pas le sens d'albumine. Peut-être que je ne voulais pas savoir ce qui risquait de me poser problème ?

Dans le jardin, un petit oiseau était couché au pied du pêcher, mort. La demeure était silencieuse, mon ombre glissait sur les murs, semblait se séparer de moi. Je n'aurais pas dû perdre le trèfle à cinq feuilles. Tout était parti de là. Qui ne savait pas qu'une faute impardonnable tue, d'une façon ou d'une autre ? J'ai trouvé Yvette dans la cuisine, occupée à préparer le repas du soir. Elle s'est tournée vers moi, si aimante et douce que j'ai retenu mes larmes. Je me suis approché d'elle, suis venu dans ses bras, ses bras de mère. Ses bras qui m'accordaient la paix, le pardon. Oui, ce jour-là, j'aurais tout donné pour être le fils d'Yvette, même mon père. Elle m'a caressé le crâne comme je caressais mon ours en peluche, j'étais enfin la peluche de quelqu'un qui m'aimait, j'avais été enfant si peu…

Je me suis séparé d'Yvette parce qu'il le fallait, sinon je serais resté mille ans. Dans ma chambre, j'ai fait tourner *A Hard Day's Night* sur le Teppaz. Je me suis assis en tailleur sur le plancher et j'ai ouvert le Furetière. Pas plus que moi, il ne connaissait l'albumine, le Quillet si. Mais à lire la définition, je ne voyais pas en quoi c'était un handicap pour jouer au handball. Albumine dans les urines, ça voulait dire quoi ? Très inhabituellement maman est entrée dans la chambre, cela faisait peut-être un an que je ne l'avais pas vue là. Elle a examiné les lieux avec une indifférence raffinée dont elle avait la licence exclusive. Elle s'est approchée de l'endroit où le crucifix avait été suspendu. J'avais enlevé récemment le crochet X auquel il avait été accroché, et punaisé la photo de l'œuvre d'Andy Warhol pour masquer les trous...

— Ah des boîtes de conserve à la place du Christ, il fallait y penser.

Elle a enlevé les deux punaises, la photo, la trace de la croix est apparue. J'ai frémi et me suis senti rejeté, le mot était « déréliction ». Un des mots, il y en avait tant qui parlaient du malheur des hommes séparés de Dieu. La trace laissée par la croix était comme l'empreinte du corps du Christ dans le suaire. On ne pouvait rien oublier, rien effacer. On était responsable sans cesse, à chaque seconde. Maman m'a dévisagé en souriant et a remis la photo et les punaises en place. Elle s'est assise sur le lit, les mains sur ses genoux. J'ai pivoté vers elle, sans me lever, sans refermer le Quillet. Comme à son habitude, elle a sorti un pied de son escarpin, il était élégant comme signé Ferragamo lui aussi. J'étais plus que troublé, j'avais envie... La pièce était assez sombre, à cause du rideau tiré, du soir derrière comme pour me rappeler le bizutage.

— Quel mot ? a-t-elle dit, me stupéfiant.

Elle avait l'art de l'attaque, celui de percer les défenses adverses. Papa disait d'elle qu'aux échecs, elle aurait été un maître. Elle répondait que les échecs, elle n'avait pas besoin d'y jouer, elle connaissait ça depuis toujours. C'était une croyante qui ne croyait pas en elle, ni aux hommes, juste en Dieu, à son fils et à la Vierge. À la rédemption, au péché forcément.

— Albumine, ai-je répondu.

— Ah...

Elle a baissé les yeux vers la descente de lit où j'avais vu des merveilles lorsque enfant je passais des heures couché dessus, les yeux tout proches des motifs tissés.

— Tu fais tout comme lui, a-t-elle dit en contemplant les dessins, les entrelacs de fleurs.

Je me sentais bien et en même temps pas du tout. Léger, fils, faible, athée, pas assez homme. J'aurais voulu avoir un filet pour attraper la fuite de l'univers. J'aurais voulu ne pas être fatigué, sourire tout mon saoul aux filles juives, aux Irlandaises aussi. Aux Belges, aux… J'avais de l'albumine, ce n'était pas le cancer promis par Malraux mais… Maman a levé la tête et m'a scruté.

— Tu fais tout comme lui, seulement as-tu sa force ? Le fils est souvent la conséquence d'un rapport rapide, un épanchement étiolé…

Elle s'est levée et a poursuivi :

— As-tu sa force, son aveuglement, ses buts ? À mon avis, non.

Elle m'a dit de la suivre avec mon blouson, ce que j'ai fait. Je savais où on allait : chez le docteur Motto, qu'on surnommait Motobécane, en référence à la marque de deux-roues. Ou Morteau, pour la saucisse et la mort rapide.

— S'il s'en est sorti, a-t-elle ajouté sur le palier, c'est forcément parce que c'est un monstre. Ceux qui sont revenus sont les pires. Crois-moi.

En bas de l'escalier, elle a bifurqué vers son dressing, elle est réapparue vêtue d'un imperméable doublé en vison car cela était vulgaire de porter de la fourrure ostensiblement. Avec L'Heure Bleue, n'en parlons pas. Maman utilisait Shalimar qu'elle trouvait *golf*, distingué et féminin sans outrance.

À mon avis, elle ne se décidait pas à mettre L'Heure Bleue, elle ne désirait que ça et pour une raison mystérieuse ne parvenait pas à franchir le pas.

— Je mets mon carré ou pas ?

Elle voulait savoir si elle le nouait sur ses cheveux comme Grace Kelly, ou pas. Pour maman, Grace Kelly était un modèle, elle disait qu'elle avait eu une vie dissolue mais que la vérité de Dieu était venue la chercher et que le rocher resplendissait depuis. Je ne savais pas de quel rocher elle parlait.

— Oui, mets-le, ai-je dit, subjugué.

Ce qu'elle a fait en disant que les obsèques étaient nulles.

— Franchement être enterrée dans ces conditions, moi je préférerais ne pas mourir. Je te plais ? Je suis convenable ?

J'ai acquiescé. Elle a commencé à enfiler un de ses gants interminables, s'est interrompue. Elle songeait conduire. Il n'y aurait pas forcément de problème albuminique-noque – car je serais mort avant. On nous enterrerait ensemble. Papa pourrait manger des omelettes au lit en attendant de se remarier. Dans le jardin, le petit oiseau était tout le temps mort. Je l'ai ramassé, il était doux. J'ai essayé de fermer ses yeux minuscules, en vain. Ils me scrutaient de tout leur poids. Avant de tuer son frère, l'homme avait commencé par tuer le petit oiseau, arracher la fleur. Je l'ai mis dans ma poche, je voulais je ne sais quoi pour lui. Maman s'est dirigée vers la porte qui permettait d'accéder au garage, je ne m'étais pas trompé. On allait chez Motto parce que chez Motto, on allait en auto, c'était ainsi. La DS de papa était là et à côté la Daf – variomatic – de maman. Deux portes. Bicolore, chocolat-praline. Malraux l'appelait le cornet à deux boules, le corbillard. Maman a appuyé sur l'interrupteur électrique et sur le bouton de commande du portail qui a commencé à se lever.

Les néons se sont allumés en clignotant et maman a ouvert sa portière, elle m'a tourné le dos pour que je lui enlève son manteau. Elle m'a remercié d'un hochement de tête et s'est installée au poste de pilotage, les clefs étaient sur le contact. À force de les perdre, elle les laissait là. Qui volerait une Daf à part un aveugle ou un bonhomme amputé des deux jambes, disait Malraux. Il n'avait pas tort et sa perfidie était loyale, toutefois la Daf avait des qualités essentielles : elle démarrait sans protester, pas de levier de vitesse, dépassait difficilement les cent (on avait le temps de se voir mourir). Mais elle faisait « William Saurin ». Maman voulait une Austin Cooper. Heureusement pour nous, les Mini, bien plus véloces que les Daf, n'étaient pas équipées de boîtes automatiques. J'ai déposé son imperméable sur la banquette arrière et me suis installé à côté d'elle.

— Aimer, a-t-elle murmuré, c'est périlleux, bien plus que marcher avec des talons aiguilles.

Elle avait les mains sur le volant, regardait je ne savais quoi…

— Pourquoi ça ne démarre pas ? On est en panne ?

— Tu n'as pas mis le contact, maman.

Elle a soupiré et tourné la clef. La Daf s'est fait un peu tirer l'oreille avant de démarrer et de bondir. Mme Loubet – enceinte onze mois sur douze – a eu de la chance. Surprise, elle a eu le réflexe de rentrer les fesses, bien que maman dise qu'elle n'en avait pas, qu'elle était plate devant, derrière, et qu'avec un visage comme le sien on pouvait tout juste étouffer les cierges. Maman a freiné en pleine accélération, je m'y attendais et m'étais arc-bouté au tableau de bord. Elle a tiré sur le frein à main, est sortie en ignorant le chauffeur livreur au volant de l'estafette qui lui aussi avait pilé pour éviter l'accident. Maman avait oublié que le portail s'abaissait tout seul pour éviter qu'elle ne le laisse ouvert en permanence. Elle est remontée dans la Daf et a haussé les épaules pour montrer au chauffeur livreur que sa présence l'indifférait, qu'elle n'était pas femme à accorder de l'importance à un individu qui ne lui avait pas été présenté. Elle est passée à l'orange. Plus loin, elle a freiné à mort au vert, a foncé sur un passage piéton, une aïeule a levé sa canne pour se défendre.

— Je prends des cours de conduite, a-t-elle confié, en me regardant longuement et en manquant nous encastrer dans une ambulance.

— Ah, c'est bien… Très bien, maman.

— Les vitesses, en vérité, ce n'est pas sorcier…

Elle a tourné brutalement à gauche, coupant la route à plusieurs automobilistes dont certains ont protesté en faisant usage de leurs avertisseurs sonores.

— Il s'agit de les passer, a-t-elle poursuivi, c'est tout. Et ne pas oublier la pédale.

Elle ne savait pas vraiment faire un créneau, elle avait passé le permis en 50, à cette époque, on se garait en marche avant… Disait-elle. Pour Malraux, c'était de la connerie en barre. En 50, il n'y avait pas de boîte automatique, donc, elle n'avait pas passé son permis. Elle l'avait acheté ou… Il sortait la langue et émettait des borborygmes. Je supposais que c'était sexuel et grave. Ça me révoltait mais il était plus fort que moi. Me couchait par terre, s'asseyait sur moi. Une fois, il avait lâché un vent et j'avais décidé de ne pas lui pardonner ça. Maman s'est donc garée en marche avant devant un portail de garage sur lequel un panonceau interdisait le stationnement vingt-quatre heures sur vingt-quatre. Maman vivait dans la vingt-cinquième heure, dans un autre roman que celui du Code de la route. Elle n'a pas coupé le contact, elle regardait devant elle, déambulant dans le couloir de ses pensées, belle, hors d'atteinte. J'aimais son profil, j'aurais voulu qu'il soit frappé sur les pièces de monnaie, j'aurais fait des économies, je serais devenu radin.

— J'ai tout fait pour tenir mon rang, a-t-elle dit, et je continue. C'est dérisoire, je le sais. Je mène une vie inutile, je le suis. Je suis dépassée par tout ce que je n'ai pas fait, aurais pu faire…

Elle m'a dévisagé avec une acuité qui m'a fait peur :

— J'ai tout fait pour être n'importe qui. Je mourrai n'importe quoi, c'est absurde tout ça.

Elle a coupé le contact. Sur le trottoir, elle m'a attendu, presque soumise, presque abandonnée, c'était pour que je l'aide à se vêtir. Ce que j'ai fait, heureux, me sentant homme, voire son mari. J'avais presque la même taille qu'elle. Une passante m'a regardé, surprise, me confirmant dans cette pensée. On s'est hâtés. Posée sur le rebord de la fenêtre, j'ai vu la cage. C'était ce que je devais espérer inconsciemment, je l'avais repérée depuis longtemps, elle faisait partie du décor « des visites Motto ». Elle n'avait pas d'oiseau et servait de présentoir à un poisson rouge. Il marinait dans son bocal posé sur un tapis de gazon artificiel où poussait un champignon en plastique, accompagné d'un nain au bon sourire. J'ai ralenti le pas et le petit oiseau, c'est là que je l'ai abandonné. S'il y avait une rampe de lancement pour le paradis des chimères, c'était là. J'ai rattrapé maman lorsqu'elle entrait dans le hall de l'immeuble où sévissait le docteur Motto, au sixième, interphone dans l'ascenseur qui ne fonctionnait que si on montrait patte blanche.

— Catherine Bauchot, a dit maman.

— Qui ?

Maman a répété son nom, sans succès. On le lui a redemandé, elle l'a redonné, et derechef…

— Merde, s'est agacée maman.

La cabine a trembloté avant de s'élever.

— Que des robots, a dit maman. C'est malheureux, on se dirige vers un monde d'incompréhension.

Les portes de la cabine s'ouvraient directement dans la réception du cabinet, devant la secrétaire, assise derrière un bureau.

— Annoncez-moi, a exigé maman à brûle-pourpoint, saluant la secrétaire d'un hochement de tête. Catherine Bauchot.

La secrétaire s'est levée, devinant l'emmerdeuse car c'était bien le rôle que maman jouait… Et pas qu'ici. Les emmerdeuses s'emmerdaient sûrement tout le temps, alors papa fumait et pissait… Ça m'a fait peur. C'était dégénéré, du pur Malraux.

— Si vous voulez bien patienter en salle d'attente, a proposé la secrétaire, que je ne connaissais pas.

— Non.

La secrétaire a tiqué.

— Non, j'attends que vous préveniez le docteur Motto.

Maman a souri, le sourire qu'elle réservait aux subalternes, à une paire de bedeaux aux mauvaises manières et à un prêtre communiste qui officiait à Notre-Dame-d'Oé, le bourg près duquel mon parrain avait sa propriété – l'éden pour moi. La secrétaire a cédé, elle a décroché le téléphone et a annoncé maman. Elle a hoché la tête et a raccroché en disant : « Très bien docteur. Je lui transmets. » Elle s'est tournée vers maman et l'a informée que le docteur Motto viendrait la chercher dans la salle d'attente au plus vite. Maman a répondu d'un mouvement de la tête, la secrétaire nous a précédés pour ouvrir la porte de la salle d'attente où attendaient une vieille dame et son époux encore plus vieux qu'elle. Il tripotait les anses du sac à main de sa femme en remuant des lèvres. À force de vieillir, il avait perdu son genre de départ. Nous nous sommes assis, maman m'a confié qu'il manquait un brin de discernement au « nouvel accessoire » du bon docteur. Je n'ai pas compris tout de suite…

— Et ce menton de Neandertal… Elle doit venir du Centre, du Puy, d'Issoire.

Elle a cherché quelque chose dans son Kelly noir – elle en avait deux autres, un marron, un saumon. Elle a ramené son paquet de cigarettes, j'ai tressailli. Parfois, elle perdait tout sens commun. La vieille dame l'a regardée par en dessous, stupéfaite. La porte s'est ouverte, le docteur Motto a fait son entrée en scène. Il n'était pas japonais comme on pouvait l'imaginer, il était petit, maigre, un crâne à la Yul Brynner. Doté d'un strabisme qui m'obsédait dès que je le voyais, ne sachant pas où le regarder, s'il me regardait. Par chance, je ne le fréquentais que très rarement. Il nous a accompagnés jusqu'à son bureau en disant des banalités à maman qui lui répondait comme s'il était livreur de charbon. D'un geste, il nous a invités à nous asseoir sur deux sièges en bois, aux pieds chromés, ascétiques. Zen en deux mots. Comme tout le mobilier, sauf un tableau de Georges Mathieu dont il était très fier et que je trouvais abominable. Il me faisait penser à une flaque de vomi.

— Oui, je vous écoute ? a-t-il assuré en nous scrutant à tour de rôle. Qu'est-ce qui nous amène ?

— Certainement pas une montée de lait, a répondu maman sèchement.

Il a tressailli et a souri nerveusement.

— On lui a trouvé de l'albumine. À l'inscription au handball.

Elle l'a toisé, le mettant dans la position du responsable, de celui par qui le malheur était arrivé. Elle m'épatait.

— Tiens donc ! s'est-il exclamé.

Il a tourné la tête vers moi et m'a jaugé, j'ai senti que je louchais par mimétisme.

— Vous croyez que c'est son père ? s'est enquise maman.

— Je crois au régime, a-t-il rétorqué, en se levant. Au régime et à l'examen médical.

Il m'a montré le lit médical et a déclaré qu'on allait voir ça. Je me suis couché, il m'a fait tirer la langue, appuyé sur le ventre. M'a donné des coups de marteau sur les genoux. Il a soulevé ma chemise, a posé les deux pavillons métalliques et froids de son stéthoscope sur mon dos, mon thorax, m'a fait tousser et a déclaré que je ferais un bon centenaire. Il m'a prescrit des examens, a posé son stylo et a dit :

— Sans sel. Ce jeune homme va manger sans sel en attendant d'en savoir plus.

Nous l'avons quitté, je sentais la peur en moi, la peur de partout. Je n'aurais pas dû contempler le tableau de Mathieu, ni le buste de maman. J'avais envie de crier « merde de merde » et de disparaître. Disparaître surtout à moi-même, ne plus savoir que j'étais là. J'étais gêné dans la cabine d'ascenseur, maman sentait très bon. Elle avait son imperméable sur le bras, les joues rouges, comme si elle était émue. Dehors un monsieur attendait en faisant les cent pas sur le trottoir entre le portail du garage et la Daf. Les ennuis, me suis-je dit, gare. Maman a fait comme si elle ne le voyait pas, elle a introduit sa clef dans la serrure de la portière. L'homme, furieux, l'a apostrophée et traitée de « sale conne ». Elle n'a pas cillé et a ouvert sa portière, il l'a retenue par le bras en lui disant qu'elle ne s'en sortirait pas comme ça. Que ça faisait presque une heure qu'il attendait. Elle lui a demandé de la lâcher.

— Tu crois que je vais t'obéir ? a bafouillé l'homme. Tu crois qu'une putain comme toi…

Elle l'a giflé, une bonne torgnole. Ça a claqué. Il a reculé, sidéré. Des gens se sont attroupés. Maman a voulu entrer dans l'habitacle. Il s'est jeté sur elle, enragé et vociférant des insultes. J'ai sauté sur son dos et je l'ai mordu dans le cou, en lui tordant les oreilles. J'étais le chien de maman. Il s'est débattu. Un homme très fort l'a maîtrisé en prenant ses bras et en les écartant comme s'il écartait les bras d'une pince. Maman a pu se libérer, j'ai abandonné les oreilles du salaud et le salaud lui-même. Maman a remercié l'homme qui était intervenu. Il l'a saluée et bégayé des sons laids et grotesques, c'était un sourd-muet. Maman s'est installée au volant, je l'ai rejointe. Elle a démarré en manquant renverser une petite fille et son aïeule bossue. Tout ressemblait à une bande dessinée à quelques détails près. Par exemple, l'odeur de maman, elle avait dû suer, elle sentait plus fort, c'était enivrant. J'avais dans la bouche le goût de l'homme, comme le souvenir d'un sandwich avarié. Il n'y avait pas de cartouche avec des onomatopées sur les images de la ville, mais le poids du destin, la déveine, étaient partout dans les couleurs, les formes qui surgissaient, ce landau poussé par cette grosse bonne femme au visage de suif, le chien minable, la boulangerie, la vitrerie, les… Maman s'est mise à rire, à se gondoler. Elle s'est arrêtée en catastrophe, en double file. Elle riait couchée sur le volant, riait au point de sangloter. Je l'ai câlinée, c'était si bon, inespéré. Merci l'albumine. Maman a redressé le buste, m'a dévisagé dans la pénombre et les lumières, la pluie qui venait et bruissait sur les tôles, improvisant avec ses mains d'argent une toccata pour la mère et le fils.

Une alcôve sans fenêtre, au fond du cabinet de Motobécane... Cela faisait deux heures que je sautais à la corde, m'asseyai, buvai et urinai dans des pipettes que je donnais à une étudiante infirmière. La malheureuse devait en avoir aussi marre que moi, mais elle n'était pas obligée de se soumettre à ce banc d'essai. J'étais à peu près sûr que ça ne servait à rien, Motto était un incapable qui louchait, charmait les femmes catholiques assez riches pour perdre leur temps, leur argent et leurs proches. D'abord, je ne savais pas sauter à la corde. L'étudiante a essayé de m'apprendre... Autant apprendre à un kangourou à jouer du luth. Elle a abandonné, j'ai sautillé comme j'ai pu. Cela faisait huit jours que je mangeais sans sel et cela m'avait permis de comprendre l'expression « le sel de la vie ». Manger sans sel c'était triste, fatigant, inutile. Les dents mâchaient, la nourriture tombait dans l'estomac, c'était juste pour vivre. Et j'avais peur de ne faire plus que ça, manger pour vivre, dormir pour vivre, pisser pour vivre. Je me souvenais du matin où j'avais ouvert le Furetière pour tirer l'oracle du jour, *Presage*... J'avais la tête qui tournait, je me suis assis. L'élève infirmière s'était absentée, j'ai attendu que mon malaise disparaisse et j'ai quitté l'alcôve. La secrétaire m'a adressé la parole, j'étais sourd. En colère, crevé. Je perdais pied, je m'en rendais compte et ça m'effrayait. Je me sentais lancé sur une piste de bobsleigh sans rien pouvoir faire que de me dire : il y a quoi au bout ? Tout avait commencé comment, pourquoi ? Par les camps ?

Dans la glace de la cabine d'ascenseur, lui, c'était moi. Il avait mauvaise mine, avait maigri. J'ai tenté de sourire, lui, non. J'ai eu l'impression qu'il me tournait le dos et s'en allait, s'en allait. Et d'ailleurs, il n'était plus là ; moi, si. C'était pénible. Dans la rue, je me suis aperçu que j'avais laissé mes souliers et vêtements de ville chez Motto. Tant pis. J'étais en baskets et survêtement, comme un pauvre. J'ai ralenti en passant devant la cage, il y avait deux poissons rouges dans le bocal. Le petit oiseau était ressuscité, c'était beau de croire, de vivre. D'aimer. Ce miracle a balayé mes pensées noires. L'albumine était un beau mot, le cancer aussi, les lèvres, les myosotis. Les mots étaient beaux, même les mots mortels. Eux, il fallait les associer à d'autres mots pour infléchir le cours de leurs actions. Une flèche n'était pas forcément empoisonnée au curare, par exemple les flèches de Cupidon. J'ai pensé à Roch Dambert, pressé l'allure. Roch Dambert était une sorte de sorcier, d'alchimiste, il saurait quoi faire. Même si je ne lui disais rien, il devinerait, proposerait une magie quelconque. Les volets du rez-de-chaussée de sa belle demeure étaient clos, la mère de Roch avait besoin des ténèbres pour deviner. De la vaste habitation, je ne connaissais que l'antre de Roch qui avait un accès privé, différent de celui de l'entrée principale, avec son portail de château, la longue allée de gravier et l'imposant perron.

Je ne voyais pas Roch dans le jardin mais sa porte pratiquée dans la grille en fer forgé était entrouverte, je l'ai poussée. J'ai appelé Roch et comme il ne me répondait pas, j'ai avancé dans le jardin, passant devant le kiosque. Un détail incongru avait attiré mon attention, je suis revenu en arrière. C'était un dé sur le parquet. Je m'en suis emparé et, par réflexe, je l'ai fait rouler, sortant un 6. Je l'ai relancé, 6 encore. Et encore, et encore. Je l'ai empoché, le sourire aux lèvres. Il me donnait confiance dans l'avenir. J'ai quitté le kiosque et contourné la maison pour accéder à l'appartement de Roch. C'est là que j'ai vu un carton frappé d'un 6, accroché au tronc d'un érable rouge. Poissons rouges, érable rouge, 6. J'ai traversé la pelouse, pensant trouver un oracle… Le carton ne dissimulait pas une cachette et à son dos, il n'y avait rien d'écrit, pas d'enveloppe. J'étais déçu. Le dé, le carton semblaient être les éléments d'une mise en scène de Roch Dambert. J'étais déstabilisé, balançais entre partir et aller plus loin, savoir, quitte à me faire rembarrer. Roch en était tout à fait capable. C'est mon corps qui a décidé, il y est allé. Il était aimanté par Roch, le mystère. Ou peut-être qu'il voulait retrouver son reflet perdu dans la cabine de l'ascenseur ?

La porte de son appartement était entrebâillée, il m'attendait donc. J'ai monté les deux marches qui y conduisaient, me suis figé. Une ombre avait ricoché sur le mur, le linteau de la porte. J'ai pivoté, il était derrière moi et me tendait un cornet de frites. Je suis remonté et l'ai pris. Dans le carton gras, une saucisse de Strasbourg, de la moutarde et les frites. L'extase. Lui-même avait un carton de frites, un costume noir, une cravate. Des souliers cirés. Il était pâle, portait des lunettes noires. Il était mieux que Paul McCartney ou Eric Burdon, il était au-dessus des charts, semblait être sa propre réincarnation. Bien qu'idole, il a mangé une frite ; je l'ai imité. Trop bon, vive le sel : Motto au poteau. Je n'osais rien faire, rien dire à part manger les frites. Roch m'impressionnait tant que j'avais peur de rompre le charme.

— Chose, a-t-il fini par dire. Peigne, foulard, rasoir, échelle.

J'ai compris, ou cru comprendre, ce qu'il attendait de moi et j'ai répondu :

— Craie, graffiti.

On a bouclé notre premier tour, pourquoi me sentais-je plus intelligent chaque fois que j'étais en compagnie de Roch Dambert ? Pourquoi aimais-je les frites plus que tout ? À cause du sel ?

— Et puis, a-t-il repris. Et puis ?

— Juif.

— Juif ? Et puis ?

— Sel.

— Et puis ?

— Albumine.

— Albumine ?

— Albumine.

— Et puis ?

— Mère, folle.

— Père ?

— Rein, incontinence. Camp… Camp de concentration.

Il s'est assis sur un banc, on a mangé sans plus rien dire. Et finalement, j'ai eu l'audace de parler à celui qui était mon maître, mon dieu vivant.

— Je voudrais avoir un petit carnet, ai-je osé, et un crayon, ou deux. On écrirait des mots chacun à notre tour, un peu comme on vient de faire. Je voudrais…

J'avais peur de l'avouer mais il le fallait :

— Je voudrais être poète ou écrivain, je pense que ça me sauverait. Je voudrais être célèbre, je voudrais ne pas me pisser dessus.

Je lui ai ôté ses lunettes, comme si c'était possible. Dans la pénombre de cet automne aux fruits d'albumine, il avait les yeux rouges, comme s'il pleurait, pleurait nuit et jour. Je ne sais pas si c'était moi, ça devait être moi quand même, j'ai approché mon visage du sien. J'ai senti son souffle. On s'est donné un baiser et on est restés enlacés, j'étais lourd, ah si lourd.

Je me suis recouché, je n'avais pas la force de rester debout, hors de question d'aller au bahut. Pas envie de mettre les Animals, je suis resté dans ma fatigue, la porte s'est entrebâillée, c'était le petit.

— Tu es là, Jacques ?

J'ai hoché la tête, sans être persuadé qu'il me voyait dans la pénombre. Il est entré, gracile. Si maman avait cru différemment en Dieu, elle aurait bien vu qu'elle avait conçu un ange. Il s'est assis sur le bord du lit.

— Tu es malade ?

— Je suis fatigué.

— Tu veux que je t'apporte ton petit-déjeuner ?

— Je veux bien un café.

Je voyais qu'il hésitait, puis il s'est décidé :

— Pierre-Henri m'a dit que tu…

Il n'a pas pu aller plus loin, j'ai achevé la phrase à sa place :

— Que je risquais de mourir parce que j'avais un cancer… C'est ça ?

— Oui.

— Je n'ai pas de cancer.

— Mais tu peux mourir ?

— Tout le monde.

J'avais envie de le serrer dans mes bras… C'est lui qui m'a saisi dans les siens, il était plus fort que moi. J'étais bien dans sa vigueur alanguie, je sentais battre son cœur pour nous deux.

— Il est con, a-t-il chuchoté. Con et méchant.

Il m'a embrassé et s'est séparé de moi en me disant qu'il allait revenir. La Mouette a frappé à la porte entrouverte, je lui ai dit d'entrer. Il mangeait, à la cuiller, de la crème de marron, écrasée avec de la banane et du chocolat mou dans un bol à son nom. Le chocolat, il l'attendrissait en le faisant tiédir dans du papier d'aluminium qu'il posait sur les ampoules, avec pour conséquence quelques problèmes de disjoncteur. Il a fermé la porte et s'est accroupi.

— Alors ? s'est-il informé.

Il ne voulait pas de réponse, il était cintré, ne savait pas vraiment dialoguer. Il s'est consacré à trois cuillers à café de son mélange et a partagé son ressenti :

— C'est meilleur avec du chocolat noir aux amandes.

Un peu plus tard, il a ajouté :

— Sans sel, moi je me pends.

Il a raclé ce qui restait dans le bol, il s'en voulait d'avoir dit ça, était embarrassé.

— Il y a du bon dans tout, a-t-il assuré pour se rattraper. Pour la ligne, c'est bien.

Il est resté sans parler, il devait avoir un gros souci. Plus il s'emberlificotait dans ce qu'il souhaitait dire, plus le souci était de taille.

— Malraux, a-t-il marmonné, Malraux, c'est un monstre. Un sale chanteur…

Maître-chanteur ? Il a fouillé dans ses poches et s'est mis une Craven entre les lèvres.

— Tu veux tirer, Jacques ? Et ne le prends pas mal pour le côté condamné à mort… Ce n'est pas ça.

Il a allumé la cigarette avec un Dupont en or – avec quel argent il s'achetait ça ? – et me l'a tendue. J'ai tiré une taffe, ça m'a fait tourner la tête. Je me demandais où il voulait en venir avec toutes ses parenthèses. Je lui ai rendu la cigarette, il a fumé à son tour et a dit :

— Les policiers, ils font quoi des lettres anonymes ?

Mon Dieu ! Qu'est-ce qu'il allait me balancer comme bourde invraisemblable ?

— Ils font quoi, Jacques ?

— Tu en as écrit une ?

Il a hésité et acquiescé, ses yeux étaient tout blancs et ses narines d'aspirateur étaient dilatées parce que, près de la syncope, il devait respirer à fond. Il a tapoté la cendre de la Craven dans le bol, un crime. D'ordinaire, il aurait sorti sa langue de tapir et aurait fait le ménage. Il devait avoir une méchante trouille. Je l'ai laissé se calmer. Il a posé le bol et, comme il lui arrivait de le faire dans les crises, il s'est tapé sur la poitrine avec le plat des mains, avant de dire :

— Je ne veux pas aller en prison.

Il a manqué avaler sa clope, s'est frotté les yeux irrités par la fumée. Je l'ai rassuré, lui ai juré qu'il ne connaîtrait pas la tôle.

— Sûr ?

— Oui. C'était quoi la lettre ?

— Je l'ai dénoncé.

Il s'est tu et a écrasé le mégot dans le bol.

— De la main gauche… Pour brouiller les pistes.

— Tu as écrit quoi ?

— Qu'il se mettait nu à la fenêtre… Et qu'il volait.

C'était idiot mais ça m'a fait rire, on était le 15 janvier. Pourquoi ? Comment ? Je ne savais pas, c'était comme ça. Azincourt, c'était un 25 octobre, Waterloo et l'Appel du Général, un 18 juin.

— Jacques, dis-moi, je ne risque rien ?

— Rien.

Malraux le faisait chanter – le Dupont ? On allait où comme ça, nous les mousquetaires ? Même la honte ne nous rattrapait pas par les fonds de culotte, ça se terminerait mal. Il s'est levé et a mis le Teppaz en marche sans me demander l'autorisation, une autre manifestation de sa peur. On était le 15 janvier, je me le répétais, le 15 et j'étais bien trop fatigué. Les premières notes de la guitare de Hilton Valentine ont résonné. La Mouette a monté le son à fond, Eric Burdon a chanté et moi j'ai frissonné, une étrange extase m'avait saisi.

— Un jour je le tuerai, a juré la Mouette très fort, de la bave aux lèvres. Je l'empoisonnerai. Ou je me tuerai. Ça va mal se terminer. J'ai le droit, j'ai le droit, merde ! Je suis ce que je suis ! Les hommes sont libres, c'est écrit !

Il a hurlé les mains sur les oreilles et s'est donné des coups de tête contre le mur. Le petit est apparu avec un plateau, du café, du pain perdu. En tendant le bras, j'ai baissé le son. Le petit souriait. Les yeux pleins de larmes, la Mouette lorgnait le pain perdu. Je me suis redressé, calé contre l'oreiller, le petit a posé le plateau sur mes cuisses. Il était fier, heureux. Lui nous sauverait peut-être ?

— Je suis ta maman, a dit le petit.

La Mouette et moi, nous nous sommes regardés. Le petit

avait mis dans le mille. La Mouette était ému, il s'est assis sur le lit. J'ai bu une gorgée de café. J'ai montré le pain perdu à la Mouette. Il a refusé d'un signe de la tête.

Dans l'obscurité, le 45 tours tournait sans le son. Le voyant lumineux du Teppaz semblait être le sourire bienveillant d'un gentil cyclope. Mensonge ! Ça mentait, tout mentait. J'étais mal. Même dans mon sommeil, la fatigue venait me chercher, me réveillait, un comble. J'ai eu envie d'aller dans le jardin. C'était l'hiver, j'espérais le printemps. M'appuyer au tronc d'un marronnier ou à celui du cèdre pourrait me faire du bien, me réconforter. Je me suis levé en prenant mon temps, je m'étais déjà habitué à me traîner. J'ai ouvert la porte, traversé le palier. J'ai entendu des éclats de voix en provenance de la chambre des parents, ils se disputaient la nuit. Comme des faux-monnayeurs, ils craignaient la lueur du jour, ils auraient pu se souvenir de leur amour. Je me suis arrêté devant leur porte.

— Motto est un incapable, a dit papa.

— Parce que c'est moi qui l'ai choisi ? a rétorqué maman.

J'ai regardé par le trou de la serrure, vu le visage et l'épaule nue de maman au lit. Rien de papa, c'était son problème, notre problème. Quand il n'était pas en camp de concentration, il n'était pas là. Il n'était jamais là. C'était étrange et formidable de regarder par le trou de la serrure. Voir sans être vu, le sentiment que c'était pour moi qu'ils *jouaient* cette scène. Ce qui était vrai puisqu'ils se disputaient à cause de moi, ou grâce à moi. J'étais ému et au bord d'une étrange colère. J'étais dépassé par ce que je faisais sans presque rien faire. Je me sentais envoûté, comme à l'église autrefois. C'était un instant capital. Je le savais, je ne serais plus le même. Maman a allumé une cigarette, dans le mouvement, j'ai entrevu son sein dodeliner. Je crèverais en enfer, c'était sûr.

— C'est sûrement grave, voire très grave, a affirmé papa.

— Jacques n'est pas toi. Ne confonds pas vos destins.

— J'ai le docteur Forge dans ma clientèle. Il m'a mis en garde. Il faut agir.

J'ai vu le visage de papa, de profil, penché sur maman comme s'il voulait la déchiqueter avec sa bouche de loup.

— Motto est dangereux, a repris papa. Cette idée de cure, je la trouve… Peu importe, j'ai pris rendez-vous.

— Aime-moi, tu sais le faire encore ?

Elle a tendu son visage au fauve… Il a été aussi surpris que moi, l'art des échecs.

— Qu'est-ce que tu veux, Jean ? Dis-le à ta Cathy, n'aie pas peur.

Elle a éteint la lumière. J'ai reculé comme si on m'avait crevé l'œil. La nuit m'avait surpris et m'emportait avec elle, pas la nuit terrestre, une autre nuit. J'ai manqué tomber à la renverse, me suis rattrapé de justesse à la rampe. J'ai descendu l'escalier en m'y cramponnant. Arrivé en bas, je me suis senti perdu, trahi. J'avais oublié la minute d'extase douloureuse rencontrée grâce à la serrure ou peut-être qu'elle résonnait en moi, se vengeait ? Je payais ma faute ? Je m'en fichais, j'étais le dindon de la farce. Le deuxième de la portée avec de l'albumine en prime. Je les aimais avec excès, ils ne le méritaient pas. Tout était de leur faute. J'ai débouché le flacon de whisky, j'ai empli un verre, pris une cigarette dans le coffret pour les invités. J'exécrais l'odeur du cigare, ne me voyais pas tenir ça dans la bouche, ça me faisait penser à un étron. J'étais dans le petit salon où les hommes venaient finir les repas en buvant et fumant. Je me suis assis dans un des Chesterfield, je les trouvais laids, des crapauds empaillés dans le fric. Je trouvais tout laid, mes parents n'avaient pas de goût, sinon celui de leur classe sociale. La première gorgée de whisky m'a paru juste un peu dégueulasse. J'ai allumé la Marlboro avec le gros briquet d'intérieur. Dans la glace, ce jeune vieillard tout maigre, c'était moi. J'avais une allure à revenir des camps, un peu gros peut-être ? Quelques jours de régime sans sel de plus et ça irait.

En attendant, je finirais le paquet de Marlboro, il en restait neuf. Je finirais le flacon de whisky, il en restait la moitié. Je finirais mes globules blancs, rouges. Je finirais mes ongles, mes battements de cœur, *Les fleurs du mal*. Ça m'a fait rigoler, je détestais la poésie, c'était lourd, ciré, plastronné. C'était fait pour Mme Montségur et elle était morte. Je me suis servi un autre whisky, « deux doigts pas moins, pas plus », disait ce con de papy. J'ai allumé une autre cigarette, très bon pour l'albumine. Je me suis mis à chantonner *The House of the Rising Sun* : « There is a house way down in New Orleans… They call the Rising Sun… » Papa s'est installé en face de moi, il s'est servi un vieil armagnac. J'ai souri, c'était un faux papa, un rêve ? Il a allumé une Gauloise comme dans la vie, j'ai tiré sur ma Marlboro, je ne toussais même pas. Je devais être trop fatigué, ça servait à quelque chose la maladie.

— Tu vas aller à l'hôpital Broussais, a dit papa. Tu as un rendez-vous avec le professeur Milliez. Le meilleur, de l'avis général, pour ton genre de problème.

— C'est quoi mon genre de problème ?

Chaque mot semblait peser lourd et j'avais du mal à les envoyer, c'était marrant. Ils sortaient de ma bouche mais étaient trop balourds, ils tombaient.

— Les reins sûrement.

— Comme toi ?

— Oui.

J'étais heureux, j'ai rigolé en pensant à Motto, Motto l'avait dans le dos. On m'enlevait de ses mains. J'ai écrasé le mégot dans le cendrier en baccarat.

— Je n'ai pas fait les camps.

— Cela n'a rien à voir…

Papa était troublé.

— Je vais me pisser dessus aussi ?

— Non.

J'ai hoché la tête. Il en savait quoi ?

— Ne t'inquiète pas, Jacques. Je suis là.

— La nuit… La nuit, je dors.

— Je ne peux pas compter les heures, la banque a besoin de moi.

À sa manière, il se fichait de nous. Surtout de moi. Je ne pourrais jamais être un héros comme lui, ne serais jamais aussi intelligent que lui, ambitieux, cultivé. Il m'avait condamné à une sorte de mort. Et je le voyais de moins en moins et maintenant j'avais un problème aux reins. Bientôt, je porterais des couches-culottes. Je ne pouvais pas lui en vouloir, je l'aimais trop, j'étais son gaz d'échappement, je traînais derrière lui, juste le reste d'un combustible. Le reste de ses pensées et actions, c'était moi. À quoi songeait-il ? Il espérait quoi ? En tout cas, je n'étais pas aveugle, pas sourd… Et j'avais de la mémoire.

— Rue du Colonel-Oudot, ai-je dit, à côté de la porte Dorée.

Papa a tressailli comme s'il s'était brûlé.

— Il y a des cygnes sur le lac, a poursuivi maman, en apparaissant. De jolies femmes autour.

Elle sentait comme après son altercation avec le salaud qui l'avait agressée en sortant de chez Motto, elle avait un chignon qui tenait avec un crayon et un… Je n'en revenais pas ! Ou c'était à mettre sur le compte du whisky ?

— Tu as un Levi's ? ai-je remarqué, stupéfait.

Elle a tourné sur elle-même, pieds nus. Ses ongles étaient vernis en rouge, c'était aussi stupéfiant que le Levi's.

— Ça me va bien ?

— Ah oui…

Elle a pivoté vers papa :

— Tu vois ? Je plais encore.

Elle s'est emparée du flacon de whisky. J'ai rallumé une cigarette, elle m'a pris le paquet des mains. Elle était belle avec une cigarette dans la bouche, elle s'est assise sur le divan. On était les trois côtés d'un drôle de triangle. C'était insupportable. Je me suis levé comme j'ai pu et j'ai remonté l'escalier. Je pleurais. Je me suis couché, j'ai enfoncé la tête dans l'oreiller. J'ai attendu… Elle n'est pas venue, lui non plus.

L'albumine n'agissait pas sur les habitudes, mon père traversait le jardin tous les matins vers huit heures et sortait par la porte qui donnait sur la rue R… Il passait devant la synagogue, chez Smith, l'église Jeanne-D'Arc, la belle Type E du cinéphile. Il prenait le train à la gare de Versailles-Rive-Droite, descendait à Saint-Lazare et se rendait à pied rue Saint-Honoré, contemplant parfois les vitrines des joaillers de la rue de la Paix et celles de la place Vendôme. Et le soir, il revenait après vingt heures, entrait dans le jardin par la porte de la rue M… Il s'arrêtait à côté du kiosque, tout de guingois, étouffé par les racines des deux énormes marronniers, une profusion de lianes. Il demeurait là une ou deux minutes, pour respirer, oublier la banque. Une vie bien réglée. Qui m'échappait, j'aurais tant voulu que tous les deux, nous… N'importe quoi. Même lire à côté l'un de l'autre m'aurait suffi, enchanté… C'était de la science-fiction. J'avais dans la main un bourgeon tiède et doux, il avait envie de s'ouvrir, le printemps n'était pourtant que dans trois semaines. Je l'ai laissé, il ne s'est pas envolé. Ni la branche du bouleau. Ni moi-même, j'aurais aimé. Dans l'après-midi, je partirais en cure avec maman. Une aventure quand même, mieux que rien.

Je me suis assis sur les marches qui conduisaient au salon, je regrettais Hoche. Je m'ennuyais, les études servaient à passer le temps. Plus on était fatigué, moins le temps passait vite, il devenait lent comme le malade. Au bout la mort était immobile.

J'entendais le Manneken-Pis qui pissait nuit et jour au milieu de son bassin et du jardin. C'était un double parfait de l'original. Un expert avait dit à papa que Jérôme Duquesnoy avait sûrement tiré son bronze en trois, voire en cinq exemplaires. Maman, au début de notre installation dans la maison, avait souhaité qu'on lui coupe la verge, ou qu'on la dissimule avec une feuille de vigne, papa n'avait pas cédé. Alors, lorsqu'un buffet était organisé et que des enfants et des jeunes filles étaient présents, elle mettait une bouée autour du ventre du petit satyre. D'où j'étais, je ne le voyais qu'en partie. Il était caché par le peuplier immense qui hochait la tête. Il fallait le faire abattre, il risquait de casser, de se déraciner. Il était devenu dangereux tout simplement parce qu'il était en bonne santé. Le jardin ne serait plus le même mais sur terre rien n'était immuable.

Yvette m'a surpris en s'asseyant à côté de moi, je lui ai souri. Pendant une bonne partie de la journée, nous vivions côte à côte sans trop nous voir, elle dans sa cuisine, moi dans ma torpeur. Un vieux couple qui s'aimait sans pouvoir le dire. Un couple illégitime mais il y en avait des tonnes, partout, tout près et jusqu'à l'horizon. On regardait devant nous tous les deux, rien ne bougeait apparemment… Toutefois depuis que j'étais faible, je savais que l'immobilité avait ses mouvements, le noir sa lumière.

— Mon petit Jacques, a-t-elle dit, mon petit Jacques à moi.

J'entendais les mots vibrer, je les voyais. Pour moi, les mots étaient des choses, des objets. Ils existaient mais je ne me serais pas hasardé à le dire pour ne pas finir à l'asile en plus de tout le reste.

— Comment tu te sens ?

— Ça va…

— En vrai ?

— Un peu triste.

— Mon gamin…

Elle m'a attiré à elle, j'ai posé ma tempe sur son épaule, j'ai souri.

— Tu sens l'ail.

— Ah… Chacune son parfum… Jacques ?

— Oui, Yvette.

— Fais un vœu.

J'ai pris ça très au sérieux, j'en avais besoin.

— Pourquoi ? J'ai un cil sur la joue ?

— Tu en as plein mais ce n'est pas pour ça… Ils sont en place et protègent tes beaux yeux.

Il n'y avait qu'elle pour me le dire, ça faisait du bien. On avait besoin de gentils mensonges pour tenir le coup, et puis la vérité n'était pas une et indivisible. Elle se déformait, se fragmentait, échappait.

— Des fois, a-t-elle dit, on voit passer le Bon Dieu, enfin son amour.

Et elle lui avait demandé de m'aider.

— Qu'est-ce que tu aimes le plus, Jacques ? Le plus à manger ?

Yvette ne serait jamais sainte ni enceinte, elle serait cuisinière, ici et plus tard au paradis.

— Ça ne peut pas durer, a-t-elle repris, tu dépéris. Ce Motto est un incapable, c'est de notoriété publique. Son régime sans sel, c'est de la foutaise ! Tu es de plus en plus maigre, c'est tout ce que tu y gagnes.

Je n'avais pas vraiment faim cependant l'idée de briser le tabou me plaisait, me rappelait plein de souvenirs.

— Je t'écoute ? Mais ne me demande pas du caviar.

— Une omelette.

Elle s'est levée et m'a tendu la main pour m'aider.

— Une omelette, a-t-elle répété. Avec des lardons ? Des fines herbes ?

— Du gruyère râpé.

— Ah bon ? C'est de père en fils, quoi.

On est entrés dans la cuisine, les aiguilles sur le cadran de la comtoise indiquaient onze heures quarante-cinq.

— Toi, Jacques, tu mets la table. Deux couverts.

C'était la première fois qu'on mangeait ensemble, elle le savait aussi bien que moi. J'ai bien disposé les choses et me suis assis, car c'était un effort pour moi.

— C'est la faim, a diagnostiqué Yvette. C'est elle qui t'abat. Pas besoin d'avoir un diplôme pour le comprendre.

En guise de supplice de Tantale, elle m'a proposé quelques rondelles de saucisson finement coupées et disposées dans une assiette avec un petit escargot de beurre et deux tranches de pain, c'était une artiste.

— Le cochon est mort, a-t-elle déclaré, il ne te mordra pas. Allez, vas-y.

J'ai savouré une tranche de saucisson, c'était d'autant plus délicieux que j'avais l'impression de narguer ce bon docteur Motto.

— Si le sel était aussi mauvais, a-t-elle poursuivi, les

sardines, c'est dans la Seine qu'on les pêcherait. Le sel, c'est la volonté de Dieu. C'est lui qui a voulu la Méditerranée, Saint-Raphaël et même la nationale 7.

Elle a fait glisser l'omelette dans un plat, m'a rejoint et m'a servi en premier, avant de s'asseoir face à moi, de se servir à son tour. Je l'ai complimentée, ça lui a fait plaisir. Elle m'a dit que si c'était elle le médecin, je serais rétabli. Je lui ai dit que c'était délicieux, elle m'a répondu que les flatteurs n'avaient pas de rabiot. Elle a tressailli, a baissé les yeux. Je me suis retourné. Il n'y avait personne… Un vague bruit de pas. Une catastrophe ne faisait pas forcément d'éclat. Yvette m'a souri si gentiment qu'une main ferme a serré mon cœur sans sel et l'a tordu. Je n'avais plus faim, elle non plus. Elle baissait les yeux sur son assiette. Je ne mangerais plus jamais d'omelette. Elle s'est levée. Je suis monté dans ma chambre, me suis assis sur mon lit. J'ai regardé ma valise sur la chaise, pris ma tête dans mes mains. Plus tard, on a frappé à la porte. C'était Yvette, sans tablier. Je me suis levé, l'ai serrée dans mes bras en lui demandant pardon.

— Pardon de quoi ? Tu es fou. Tu es un agneau du Seigneur. Pur et doux.

On est restés enlacés un long moment avant de se séparer.

— Écris-moi quand tu seras guéri.

— Elle n'a pas le droit… Je ne veux pas que tu partes.

— C'est mieux comme ça.

Elle m'a donné une feuille de papier pliée en quatre sur laquelle elle avait écrit son adresse. Elle m'a embrassé de toutes ses forces, je pense. Elle m'a quitté, ça avait l'air simple et facile. Je l'ai entendue descendre l'escalier. Je me suis mis à la fenêtre, elle est apparue sur le trottoir, avec une valise. Je savais qu'elle ne se retournerait pas, elle devait être trop triste.

Je ne bougeais pas, ne pouvais pas. Je regardais la rue, ça me prenait en entier. J'ai senti Shalimar, maman était derrière moi. Les mots se bousculaient dans ma bouche mais je ne les ai pas prononcés, ce n'était pas de la lâcheté. J'avais compris que maman étant elle-même était obligée de se séparer d'Yvette, qu'elle était *dans son bon droit*. Yvette avait commis une faute, elle avait été renvoyée. Nous les Bauchot étions des bourgeois, Yvette une employée. Maman s'attendait sûrement à ce que je proteste, exprime ma tristesse, voire ma colère. Je ne l'ai pas fait, je n'ai rien dit. J'ai décidé de garder ça pour moi, de m'en souvenir. Intuitivement, j'ai pensé que ça serait plus violent, que mon silence aurait plus d'effet que des paroles. Les hommes ne naissaient pas libres et égaux en droit, c'était une vérité. Une autre était que j'avais de l'albumine et que ça allait de moins en moins bien. Un taxi s'est arrêté devant le portail. J'ai entendu du bruit, maman avait empoigné ma valise et s'en allait. J'ai regardé ma chambre et d'un seul mouvement, j'ai arraché des murs toutes les photographies. Il restait l'ombre de la croix pour garder ce qui restait à garder.

Un extincteur s'est décroché et a répandu de la mousse carbonique sur le linoléum gris de la salle d'attente de l'hôpital Broussais, cela a fait rire un vieux bonhomme, il a répété : « Ah les cons, ah les cons… » Des dames ont nettoyé. Le vieux bonhomme s'est levé et s'est assis à côté de moi, maman lui a jeté un regard froid.

— Les reins, a attaqué le vieux bonhomme, à ton âge, c'est injuste.

— Fichez le camp, a ordonné maman sans le regarder.

C'était bien la reine des échecs, ses ouvertures étaient imparables, géniales. Elle a pris ma main dans la sienne, c'était rare. Le vieux s'est levé, nous a toisés, est parti. Maman a abandonné ma main. Elle et moi arrivions de La Bourboule où nous avions passé quinze jours au Grand Hôtel de Russie & Victoria. Maman avait une chambre avec une salle de bains, moi une autre avec un cabinet de toilette. Dans un des deux tiroirs de l'armoire de ma chambre, j'avais trouvé une tête de Jésus en plâtre peint. Il avait les yeux tristes, je le regardais, je le regardais. Parfois, j'ouvrais la fenêtre et écoutais le printemps s'approcher dans la nuit. Il était tout près de se démasquer, j'avais vu des feuilles tendres. Et puis les oiseaux étaient différents, les gens aussi. La nuit, le printemps semblait danser, agiter ses mains, son corps. C'était une femme bien sûr, mais on avait décidé, pour ne pas effrayer les populations ou je ne sais qui, que les saisons étaient des hommes.

Si notre hôtel était à La Bourboule, ma cure principale était à Châtel-Guyon, plus d'une heure de voiture aller, et puis le retour au soir. Trois jours par semaine. On louait un taxi, une 403. M. Vasseur conduisait. À Châtel-Guyon, je suivais le traitement général « Affections de l'appareil urinaire ». On était deux jeunes, tous les autres étaient des presque vieux ou des tout à fait vieux. Il fallait boire. D'après l'équipe médicale, il fallait « laver l'arbre urinaire ». Boire plus, augmenter son volume urinaire quotidien, créer sa propre cure de diurèse. Mon collègue s'appelait Gérard, il était livide au point d'être jaune. Très maigre. Je pense qu'il avait honte comme moi d'être malade.

À La Bourboule, on me traitait pour l'asthme, au menu : humages, pulvérisations, douches nasales, gargarismes, bains nasaux et même bains de pied... C'est ça qui m'avait écœuré. Le thermalisme, j'en avais ras le bol.

Je me suis levé pour faire pipi, j'avais bu de l'eau pour trente traversées du désert. Si je m'en sortais avec tous mes reins indemnes, je serais alcoolique. Dans les toilettes, j'ai sorti de mes poches les quelques lettres que j'avais écrites et que je n'avais pas envoyées : « Cher papa, je t'écris en faisant ma sieste interrompue un moment par l'émission *Chefs-d'œuvre en péril*. Dans une heure nous irons nous promener à Orcival où maman ira à la messe... » « Chère grand-mère, cher grand-père, je pense que vous allez vous demander pourquoi je vous écris, c'est parce que maman n'a pas le temps mais elle vous donnera de ses nouvelles bientôt... » « Chère Yvette... » Je n'avais rien écrit d'autre, n'avais pas trouvé les mots. J'ai jeté les lettres dans la cuvette. Comme ça, personne n'aurait rien. J'ai retrouvé maman dans la salle d'attente. Une infirmière est apparue et nous a demandé de la suivre. Le professeur Milliez nous a reçus, maman a regardé le crucifix posé dans un coin, sur une étagère, à plat sur une pile de dossier. Le professeur Milliez a noté l'intérêt de maman pour le Christ. Il a posé les mains sur son bureau et s'est lancé :

— Au vu du dossier médical, je pense qu'on est face à une inflammation du rein, une néphrite.

Il a croisé les mains et nous a dévisagés à tour de rôle avant de poursuivre :

— La fonction du rein est d'éliminer les déchets toxiques. Il agit comme un filtre. En cas de néphrite, les toxines s'accumulent dans le sang.

Il a consulté mon dossier et a repris en levant les yeux vers nous :

— Le taux de créatinine et d'urée est bien trop élevé, en outre on note la présence de protéines... On peut donc être à peu près sûr que c'est une néphrite.

— Notre médecin de famille, a contre-attaqué maman, nous a dit que c'était dû à la croissance.

— Ah bon ?... Avec ces résultats ? Curieux...

— Il nous a prescrit une cure à La Bourboule et à Châtel-Guyon.

— La Bourboule ?

Il était sidéré...

— Votre fils a des problèmes respiratoires, dermatologiques ?

— Non... Notre médecin a pensé à une allergie.

Il a hoché la tête, Motto le sidérait apparemment par son incompétence colossale.

— Bref, a-t-il dit pour clore le chapitre Motto. La néphrite peut provoquer assez rapidement une insuffisance rénale. Il faut faire une biopsie… On en saura plus.

Il m'a souri et a affirmé :

— On va te sortir de là, Jacques. Aie confiance.

— Monsieur le professeur, a dit maman. À quoi attribuez-vous l'origine de ce problème rénal ?

Elle s'attendait sûrement à ce qu'il réponde : « Aux camps, à votre mari, bien sûr. » Il a réfléchi un instant avant de répondre :

— On connaît mal les causes de la néphrite. Elle peut être déclenchée par une angine à streptocoque mal soignée… On commence aussi à imaginer que certains malades synthétisent des anticorps dirigés contre leurs propres protéines.

J'ai pensé au trèfle à cinq feuilles, au soutien-gorge, à la photo dérobée, à tout ce que j'avais fait de mal… Je voulais me punir ? Avoir ma peau ? Même pas besoin de Malraux…

— Un de mes collaborateurs suivra votre fils, a repris Milliez.

— C'est-à-dire que…

Maman voulait chausser ses cothurnes de tragédienne, le ratatiner, mais le ponte devait connaître ce genre de terroriste.

— Nous sommes une équipe médicale, l'a-t-il interrompue. Gilbert Lagrue est professeur agrégé. C'est un chercheur brillant, une chance pour Jacques.

Il s'est levé, mettant fin à la consultation, écrasant maman sous son autorité. La porte refermée, maman m'a dit qu'il pourrait se faire épiler les sourcils et que son visage était dissymétrique, que ce professeur Milliez était quand même bien laid pour un bon catholique mais qu'elle s'était renseignée et qu'il l'était malgré ses opinions communistes et pro-algériennes.

— Tu crois en Dieu ? ai-je demandé, surpris par ma question.

Décontenancée, elle m'a scruté comme si elle cherchait une réponse sur mon visage. On s'est engagés dans un long couloir de l'hôpital. Brusquement, elle a tourné le loquet d'une porte de service qui s'est ouverte. Elle m'a tiré par la main, m'a fait entrer. Elle a refermé la porte. J'étais dans l'expectative, me demandais ce qu'elle préparait. Je distinguais du linge sale amassé en quantité et dans un panier, un chat aux yeux de diable nous épiait. Le visage de maman était tout proche, doux.

— Encore, a-t-elle balbutié, je crois encore. Tant que je peux.

Elle m'a enlacé, désespérée. Elle a murmuré des mots inaudibles d'abord. Puis, je crois qu'elle m'a dit : « Ne meurs pas. »

J'ai eu envie de l'aimer, de hurler, de me taire enfin, ne plus entendre enfin. Ne plus voir. Succomber tout de suite dans son amour. Tant pis pour papa, je ne pouvais pas mourir deux fois, ni alimenter le feu de l'amour dans leurs deux foyers dévorants. Le Christ avait péri à cause de ses parents, il s'était suicidé pour leur échapper. Là maintenant, j'en étais sûr. S'il n'était pas mort sur la croix, l'albumine ou l'asthme l'aurait eu. La porte s'est ouverte avec vigueur. Une grosse femme noire, vêtue d'une blouse blanche, a surgi.

— Ça ne va pas la tête ! s'est-elle écriée. Qu'est-ce que vous manigancez là ? Dégagez, sinon j'appelle la sécurité.

Pris la main dans le sac ! On est sortis, moi, les yeux baissés. J'avais honte. Maman, elle, avait les lèvres pincées. Insultée par… « La décolonisation, disait son confesseur, c'est la ruine de l'Afrique, l'apostasie généralisée… L'athéisme forcé. » Elle a enfilé ses gants. Garder la tête haute, ne pas se conduire comme ces protestantes versaillaises, jetant leur gourme par-dessus les moulins. Moi j'essayais de ne pas penser à la néphrite. J'avais peur qu'on me coupe la… Parce qu'elle allait peut-être pourrir comme mon rein. Lequel ? Mon rein, je ne le voyais pas. Ma b… Si.

Maman a appelé un taxi. Elle a donné l'adresse de Motto. Pourquoi ? Elle avait son expression des jours sans, ce n'était pas le moment de lui poser une question. J'ai appuyé ma tempe contre la vitre froide, c'était agréable. Si mourir c'était un peu comme ça, voir le monde derrière la barrière de la vie, ça irait. Là-bas, hors d'atteinte, sur un trottoir du boulevard Brune, un peu penchée sous le poids de ses cabas, j'ai aperçu Yvette. Et puis elle a disparu et c'était comme si toute mon enfance disparaissait. Je n'ai rien dit, pas pleuré. Je me sentais sourd, même Shalimar, je ne l'entendais pas. J'étais seul et craignais que cela dure jusqu'à la fin.

Je ne sais pas comment cela s'est produit, si maman l'avait demandé au chauffeur, mais on s'est retrouvés place Vendôme. Au niveau de la joaillerie Chaumet, maman a dit au chauffeur de stopper. Ce qu'il a fait. D'un signe de la tête, elle m'a enjoint de la suivre, elle a dit au chauffeur de nous attendre. Je l'ai retrouvée devant une des devantures, je ne savais pas ce qu'elle voulait. Qu'on contemple ensemble les trésors exposés ? Ou c'était un trompe-l'œil qui cachait un secret, une question…

— Il passe tous les jours devant, a-t-elle dit en regardant les bijoux, là, devant chez Van Cleef, Boucheron… Et les autres. Qu'est-ce que tu m'offrirais, toi ?

J'ai hésité, maman me proposait un premier rôle dans son film.

— Le diadème.

— Pourquoi ?

— Avec ton chignon et ton Levi's, en train de fumer, tu serais belle. Et puis tu es une reine.

Un bourreau, un monstre, ma mère… Elle m'a dévisagé, j'ai eu peur de l'avoir déçue. Elle a contemplé de nouveau les bijoux et a dit, l'air de rien, que le jour où *il* lui offrirait une rivière de diamants, elle serait sûre alors qu'il avait une autre femme, une autre vie.

— Pourquoi une rivière ? a-t-elle susurré.

La question ne m'était pas destinée. Et ce n'en était pas vraiment une.

— Une rivière de larmes, a-t-elle ajouté à mi-voix.

J'aurais voulu la prendre en photo car elle était une photo, tout le temps. Elle était *argentique*. Sans cesse le résultat d'un cliché, elle apparaissait magique sur le papier, se développait dans le bain de mon regard. La solution : devenir un Leica, un Nikon. Un Hasselblad. Me faire greffer un zoom, un déclencheur à distance, être la première pellicule humaine. Elle a tourné le dos, brusquement épuisée, et a ouvert sa portière, j'ai pensé que tout ça n'était pas anodin. Tout semblait être relié, organisé par le destin. Le taxi a redémarré. Tout se tenait, s'enchaînait. Le désordre et le hasard étaient manipulés par une conspiration qui était peut-être l'existence elle-même, notre existence. Cette conspiration semblait vouloir donner du sens à tout. Un mourant qui verrait passer un goujon muni d'une ombrelle essayerait de voir dans ce délire un bon présage, mais comme disait Furetière, tous les présages étaient des oiseaux de mauvais augure. J'ai tourné la tête vers maman, elle regardait par sa vitre, le monde à ses pieds. Maman était le starter qui faisait marcher notre moteur à plein régime, elle nous épuisait et nous maintenait dans sa vie. C'était elle notre destinée, on se destinait tous à elle, on était tous son négatif sur lequel elle filmait son drame personnel. Sans elle pas de nous, pas de moi. Je la regardais et j'ai vu le pire survenir sur son profil de Cléopâtre. Bien sûr, forcément ! Forcément, un jour, je la verrais morte et je serais libre. Mais de quoi ?

Elle n'a rien dit jusqu'à Versailles. Une nouvelle fois, elle a demandé au chauffeur de l'attendre, toujours seule. Seule comme moi. J'avais vu des images des wagons dans lesquels les nazis enfournaient les Juifs pour les tuer plus tard, les brûler. C'étaient des wagons pour le transport des marchandises, parfois celui des animaux. À travers les lattes de bois des parois, ceux qui le pouvaient voyaient. Depuis ce temps-là, papa ne voyait pas entièrement, il nous voyait à travers les lattes des wagons. Papa était aussi seul que nous. Notre famille était maudite. J'ai suivi maman dans la cabine d'ascenseur. Elle a dit son nom à plusieurs reprises, pour rien. Furieuse, elle a donné un coup de poing dans l'interphone. La cabine s'est élevée, maman s'était égratignée, le sang perlait sur une de ses phalanges. Elle est sortie de la cabine, la réceptionniste lui a souri, s'attendant à des palabres. Non. Maman l'a contourné et s'est dirigée vers le cabinet de Motto, la réceptionniste l'a implorée, m'a regardé pour trouver un allié. Maman a ouvert la porte à la volée, Motto a protesté.

— Ta gueule, s'est écriée maman, en entrant. Angine à streptocoque mal soignée, ça te dit quelque chose ?

J'ai entendu la gifle claquer.

LE SERMENT

Paris, le 15 mars 1966

Faculté de Médecine

Chaire de Clinique médicale
Hôpital Broussais
*96, rue Didot – Paris 14*e *– Lec. 41-79.*
Professeur Paul Milliez.

GL/AD

Chère Madame,

J'ai pris connaissance des derniers résultats de Jacques.

Il y a malheureusement eu de façon indiscutable une rechute de l'albuminurie et de l'hématurie microscopique, que j'avais d'ailleurs décelée lors des examens pratiqués à Broussais, le jour de votre consultation.

Cela est vraisemblablement lié à l'épisode infectieux et devrait rétrocéder maintenant.

En tout cas, sa numération formule permet de poursuivre le traitement.

Avec mes sentiments dévoués.

Professeur Agrégé G. LAGRUE.

Le traitement du professeur Lagrue était révolutionnaire, un essai pour contrer la maladie, l'éradiquer. Sauver mes reins coûte que coûte. Je prenais à haute dose des immunodépresseurs, des antimitotiques, antibiotiques, corticoïdes. Des anti-inflammatoires, des anticoagulants. Des antinéoplasiques, des immunomodulateurs. Des anticancéreux, dont de la moutarde azotée – dérivé du gaz moutarde ! –, du Velbe : efficace contre la maladie de Hodgkin, le cancer du testicule, le sarcome de Kaposi, le cancer de l'ovaire, du rein, de la vessie… Certains cas d'histiocytose, avec pour effets secondaires la chute des cheveux, toujours transitoire disait la formule. Merci, merci. Constipation, oui. Perte d'appétit, oui. Vomissements, oui. Je n'avais pas de douleurs abdominales, ni de saignements. Quel veinard j'étais. Des maux de tête, pas de convulsions. Pas de troubles auditifs, ni de l'équilibre. Juste des malaises, de la fatigue à revendre, parfois des difficultés à respirer. J'en avais plein le c… Des fois mourir, c'était tentant. Plus simple. Rien à avaler que son extrait d'acte de naissance et encore sans sel : SS ! Je me faisais mon camp, mes six camps, tout seul comme un grand, sans wagon, ni berger allemand ou barbelés électrifiés. Comment papa avait-il pu tenir ? En pyjama au-dessous de zéro, sans manger, harcelé, frappé, et le reste.

Moi, je n'étais pas un survivant, je n'en reviendrais pas de cette néphrite. On a frappé à la porte, c'était la Mouette. Il m'a demandé si je voulais un croque nature. J'ai dit oui pour lui faire plaisir. Un croque nature : du pain de mie sans sel avec un peu de beurre, toasté quand même. C'était la Mouette qui avait hérité de la cuisine depuis le départ d'Yvette car maman avait décrété que c'était à eux – les trois frères valides – de se débrouiller. Et même pour les courses : un budget leur était alloué. La Mouette avait pris le pouvoir, les commandes. Malraux s'en lavait les mains, il faisait son droit à Assas, rentrait tard. Des fois pas. Antoine était triste d'avoir perdu Yvette, il était nerveux, plus sombre. Je craignais que lui aussi soit gâché, empoisonné. Je n'étais pas assez fort pour venir l'épauler, l'écouter, le consoler. Essayer de remplacer Yvette au moins un peu… La Mouette, à peine parti, a ressurgi sans frapper et sans croque. Mon intimité… Cette idée n'avait plus cours depuis que je fréquentais l'hôpital Broussais. Cela faisait un an, plus long qu'une grossesse, moins long que la réclusion à perpétuité… Quant à la peine capitale, elle approchait.

— Je voulais te dire merci, Jacques.

— Pourquoi ?

— Pour… C'est ton régime qui est derrière tout ça, le départ d'Yvette, ça change tout. C'est formidable…

Il a craint d'avoir proféré une stupidité et a ouvert et fermé la bouche, cherchant ses mots.

— Tu ne le prends pas mal ?

J'ai fait non de la tête, il m'a souri. Il est entré en catimini et a fermé la porte, coincé la chaise devant en faisant gestes et mimiques pour me faire comprendre que c'était pour…

— La confidentialité, a-t-il chuchoté. C'est le secret de la banque, c'est pour ça que papa est riche.

Il est allé à la fenêtre, a allumé une Craven avec son Dupont en or.

— Depuis que le peuplier a été coupé, a-t-il poursuivi, ça se voit qu'il n'est pas là.

Il parlait de papa ou du peuplier ? Il est resté de dos quelques instants à regarder par la fenêtre, enfin, c'est ce que je supposais. Plus ça allait, plus je l'aimais. Il était plus fragile que le petit. Malraux nous prenait tout, il aurait fallu l'envoyer sur la Lune sans billet de retour. La Mouette a regardé le dessus de la cheminée, il avait oublié qu'il n'y avait plus depuis longtemps le berceau de Jésus pour faire office de cendrier. Il a secoué les cendres de sa cigarette dans la paume de sa main qu'il a observée, interdit. Il ne savait quoi faire, était saturé par la peur, l'émotion. Il a fait volte-face, a ouvert la fenêtre et a balancé le mégot dans la rue. Il a refermé la fenêtre et s'est approché de moi, s'est assis sur le lit. Il ne me regardait pas, j'entendais sa souffrance, elle me perçait les tympans. J'ai fait un effort et je l'ai attiré vers moi, il s'est allongé à mes côtés, a posé sa tête sur ma poitrine.

— C'est comme ça, a-t-il balbutié, c'est comme ça… Je les aime. Je n'y peux rien.

Il s'est mis à sangloter, je lui ai caressé le crâne.

— Je ne sais pas si je suis heureux comme ça. Je suis heureux ou je ne le suis pas ? Dis-moi, Jacques ?

— Qu'est-ce que tu en penses, toi ?

— Je suis malheureux, ah je suis malheureux. Ne meurs pas, Jacques, si tu meurs, je me tue… Jacques, pourquoi c'est si difficile de vivre ?

— La faute à notre cerveau sûrement. Il est bien trop gros et compliqué. Si tu avais le cerveau d'une mouche, ça irait mieux.

— Mais j'ai le cerveau d'une mouche, tu le sais bien. Et ça

me fait souffrir, seulement j'y peux quoi ? C'est vrai que notre cerveau est trop gros ?

J'ai hoché la tête, il a bougé, a pris mon visage entre ses mains, on se regardait tout près, tout près.

— Donne-moi ton pardon, Jacques.

Je lui ai souri, il était unique au monde.

— Je te le donne.

Il a caressé mon front et a fermé les yeux.

— Tu me vois ?

— Oui.

— C'est bizarre, si je pouvais vivre les yeux fermés, je serais plus tranquille. C'est sûr. Mais je ne crois pas que les aveugles soient plus tranquilles que nous.

Je me suis retourné et j'ai mis le Teppaz en marche, la guitare puis la batterie famélique des Rolling Stones ont résonné, suivies des premières paroles que mon frère a traduites, me surprenant :

— J'ai vu une porte rouge et je veux la peindre en noir...

Il a ajouté content, et anxieux :

— Il parle anglais, j'apprends mieux. Et puis plein d'autres choses... Je te dégoûte ?

J'ai arrêté le disque.

— Non, ai-je répondu, et puis peut-être que tu es un peu heureux ?

Il a souri, ri.

— Des fois, c'est drôle... On se marre. Des fois... *Paint it Black*, quoi !... Les Stones ne se sont pas trompés, c'est ce qu'il fallait. Mick Jagger dit que la bombe a élevé l'homme au rang de Dieu et qu'il ne peut pas se le pardonner... Je crois que je comprends, oui, ça me rend heureux.

Il s'est tapé la poitrine avec le plat des mains, à la limite de l'ébriété tant il s'était dévoilé. Pour lui laisser le temps de reprendre ses esprits, j'ai refait tourner le 45 tours et augmenté le volume sonore. On a chanté ensemble :

I see a red door and I want it painted black
No colors anymore I want them to turn black
I see the girls walk by dressed in their summer clothes
I have to turn my head until my darkness goes.

On se trémoussait sur le lit, tapait dans nos mains, criait. Je pensais que j'allais mourir, mais en dansant, avec son frère, ce n'était pas si mal que ça. À la fin, je n'en pouvais plus. Je me suis adossé au mur, crevé. Paul a fini tout seul, le disque s'est arrêté. Paul est resté assis à côté de moi, de nouveau taraudé par une pensée, un aveu à me faire. Il n'avait pas tout dit, j'en étais sûr. Il se vidait par étapes, le pauvre devait vivre l'enfer, enfermé dans son ghetto, son asile de fous personnel. Depuis deux ans, il allait dans une école privée, une sorte d'institut pour adolescents à problèmes. Personne n'en parlait, c'était lourd. Je ne comprenais pas mon père. Comment pouvait-il supporter de ne pas réagir, de ne pas parler ? Parler, ça aurait fait du bien à Paul, à nous tous. On était de plus en plus claquemurés dans notre vaste demeure, notre richesse. Isolés. Séparés les uns des autres par le non-dit. Papa était devenu un vrai bourgeois, ça me peinait énormément. Ou sa vie *privée* le séparait inexorablement de nous ? Ou alors, on l'avait déçu ? Maman, elle, semblait faire naufrage dans cette défaite sans éclat, belle sans rémission et de plus en plus inaccessible. J'avais peur de l'entendre dire qu'elle avait perdu sa foi, car si cela arrivait, j'avais la certitude que la famille imploserait comme un téléviseur. Privée de l'écran de ma mère, l'image de Dieu se vengerait et nous briserait. Malraux s'en sortirait peut-être…

— Ils ont honte de moi, a dit Paul en déambulant, mes propres parents.

Il a allumé une cigarette, d'une mimique m'en a proposé une que j'ai refusée.

— Souvent j'ai l'impression que je suis mort, qu'ils souhaitent ma mort, que je suis de trop sur la photo de famille… C'est pour ça qu'il faut que tu te méfies.

Il a fumé en hochant la tête.

— Oui. Absolument… Je les ai entendus.

Il a marché jusqu'au lit, s'est baissé et a chuchoté :

— C'est affreux. Je n'ose pas te le dire.

— Vas-y. Allez !

— Papa a dit qu'il fallait abréger ton calvaire.

Il s'est tordu les mains.

— Après, il a parlé de mayo. Je te jure… Je te jure.

J'avais envie de rire mais je ne voulais pas le vexer. Il vivait dans son monde, avec ses peurs, ses rêves et cauchemars, ses illusions.

— Bien sûr, a-t-il repris, ils ne peuvent pas être… Seulement ça arrive que des gens mordus par des chauves-souris deviennent… Ou les remèdes, la ménopause… Enfin, voilà, tu sais… Ça me fait du bien que tu vives, que tu sois là. Tu es sacré, Jacques. Je crois plus en toi qu'en Dieu.

Il m'a embrassé et est parti, mayo ou pas, je n'étais pas près d'avoir mon croque-monsieur. Je me suis demandé ce que les parents complotaient, ça m'a permis d'éviter de ressasser ce que m'avait confié mon frère.

Ils ne voulaient pas me manger comme avait pu se le figurer Paul, papa avait décidé de m'envoyer aux États-Unis, pour avoir l'opinion de praticiens considérés comme parmi les meilleurs du monde. Mayo n'était pas l'abréviation de mayonnaise, c'était le nom d'un hôpital célèbre, à Rochester dans l'État du Minnesota. Le professeur Lagrue avait demandé de ne surtout pas interrompre mon traitement, il était persuadé qu'il me guérirait. Moi, comme papa, j'étais dans l'expectative. Maman, elle, ah maman, qui savait ? Même Dieu devait être dans l'expectative. Et puis en vérité, Dieu n'existant pas à coup sûr, maman elle existait pour eux deux. Je savais bien qu'elle était l'écueil principal de ma vie, avec les camps et le trèfle à cinq feuilles. Avant de m'envoler le lendemain matin, j'ai brûlé sa photo, ça m'a fait une peine de chien, mais c'était obligatoire. Je n'aurais pas dû dérober cette photo à mon père, et puis je l'avais tant tenue dans mes doigts, tant regardée, qu'elle ressusciterait forcément… Et en aucun cas, je ne voulais mourir avec maman dans ma poche, contre mon cœur.

Dans le bol, il ne restait que des cendres… Le souvenir d'un monde perdu, d'un amour désespéré. On a frappé à la porte, c'était Malraux, il avait une bouteille de Bollinger, des coupes en cristal de Bohême du service des jours d'exception. Il a vu les cendres et s'est abstenu de commentaire. Il était pieds nus, avec chemise et cravate. J'étais surpris et ému par sa venue, son présent. La chambre était éclairée par la lampe de chevet, le voyant lumineux du Teppaz que j'oubliais régulièrement d'éteindre. À peine était-il entré que Paul est apparu, je ne l'appelais plus la Mouette. C'était lui, Paul, mon frère. Il sentait un parfum fort et agréable. Il était pieds nus, lui aussi. C'était étrange. Malraux a débouché le champagne, je m'en suis voulu de continuer à le surnommer. Il a empli trois coupes, on a trinqué.

— Tous pour un, a-t-il dit, un pour tous.

Ma gorge s'est nouée. On était de nouveau réunis, en frères qui s'aimaient. Toutes les années, tous les faits de nos existences étaient là, silencieux comme les bulles de champagne à minuit. Même si ça ne durait qu'une heure, c'était arrivé. Paul s'est assis sur le parquet, Pierre-Henri s'est adossé à la fenêtre, moi j'étais assis sur le bord du lit. Pierre-Henri nous a resservis. Paul a levé son verre et a bu. Il réfléchissait, semblait peser le pour et le contre, devait souffrir, tiraillé entre plusieurs possibilités, sentiments. Il a fini par déboutonner sa chemise. J'ai croisé le regard de Pierre-Henri, comme moi, il supputait ce que ça voulait dire. Paul a ôté sa chemise, au-dessus du sein, il s'était fait tatouer « love ». En noir. Il nous faisait lire ce qu'il ne parvenait pas à nous dire. Il l'affirmait. Je me sentais mis en danger par le danger que Paul me semblait courir. J'étais comme impliqué, mis en accusation. L'impression d'être au tribunal, attendant une sanction terrible. Je ne parvenais pas à imaginer Paul avec un garçon… L'interdit était si fort qu'il me serrait la gorge tout en me contraignant à me poser la question : « Et moi ? Et si ça m'arrivait ? Si j'étais... » Je ne pouvais pas penser au mot, il me bousculait trop. Paul guettait nos réactions, attendait, espérait la compréhension. Pierre-Henri a hoché la tête pour donner son assentiment, se faisant violence sûrement.

— C'est bien, ai-je déclaré, rompant le silence. C'est beau.

— C'est vrai ?

— Oui.

— J'ai hésité pour la couleur, le rouge, ça me tentait... Seulement...

— *I see a red door*, ai-je chantonné, *and I want it painted black*.

Il a souri, j'étais bouleversé. Je me demandais comment il allait pouvoir vivre sa vie dans ce monde. J'avais envie de crier, de le consoler. Cependant, il semblait joyeux, insouciant... Comme c'était étrange. Nous étions si jeunes et pourtant si vieux, le bout de la chaîne de fabrication des Bauchot. Je regardais mes frères et je me voyais en eux et sans le savoir je voyais aussi peut-être le premier des Bauchot, cet Hilaire charron à Pont-l'Évêque. Qu'adviendrait-il de nous ? Pour moi, le sort semblait avoir choisi, mais mes frères, eux, qu'est-ce qui les attendait ? Paul s'est levé et s'est débarrassé de sa cigarette dans l'urne funéraire, le bol où j'avais brûlé maman. Il a remis sa chemise, s'est dirigé vers la porte qu'il a ouverte. Il s'est tourné vers nous, solennel, nous encourageant à le suivre. De nouveau, j'ai croisé le regard de Pierre-Henri. Comme lui, je ne savais pas ce que voulait Paul... Peu importait, il fallait lui accorder enfin la parole, sa place. On l'a suivi dans la chambre d'Antoine qui dormait. Paul a tendu le bras, sa main droite au-dessus du petit, je l'ai imité ainsi que Pierre-Henri. Un serment silencieux comme un bouclier au-dessus du front du dormeur. On s'est regardés, Paul était fier. Pourvu qu'il s'en sorte, pourvu que le petit glisse entre les mailles du filet, trouve un bassin d'eau claire. Et lui, Pierre-Henri, je lui souhaitais d'avoir ce qu'il désirait, réquisitoires terribles et amour. Mais quel amour ? Paul nous faisait sauter par-dessus un gouffre. Moi qui ne connaissais rien à l'amour, qui ne l'imaginais même plus, mon frère me le mettait devant les yeux, de force, beaucoup plus insaisissable, furtif et dangereux que je me l'étais figuré.

Plus tard, je me suis retrouvé seul dans ma chambre, j'ai essayé de ne pas penser à l'avenir. J'en avais marre des médecins, des examens, ça m'enlevait l'espoir, tout courage. Je perdais pied, avais le sentiment d'être un vieillard impotent réincarné dans le destin d'un jeune garçon. Et j'allais traverser l'Atlantique pour que ça recommence. Je ne voulais pas que ça s'éternise, les médecins voulaient sauver les gens même si c'était impossible. Je regardais la rue déserte s'en aller par la fenêtre, comme Yvette un jour d'omelette.

Papa avait réservé deux chambres au Kahler Hotel, un cube de dix étages, en face de la Mayo Clinic. Il suffisait de traverser West Center Street pour y accéder. Trois Coccinelle de toutes les couleurs étaient garées sur le parking ombragé par des arbres perdus dans le béton. Par la fenêtre de ma chambre au troisième étage, je pouvais voir les traces laissées par le blizzard qui s'était abattu sur Rochester, fin janvier, début février, enfouissant la ville sous des mètres de neige et de glace. Là, c'était le printemps. Il fallait que je tienne au moins jusqu'à l'été, pour l'ambre solaire, les bains de soleil. Après... La maladie ne rendait pas philosophe, elle tuait. Je me suis couché sur le lit et j'ai mis le téléviseur en marche. Si John Scheel et Sébastien Kneipp l'avaient su... Cependant, ils étaient loin, presque oubliés. Le passé fuyait en même temps que le temps, l'un en arrière, l'autre en avant. Au bout du bout, ils se retrouvaient peut-être ? Sur l'écran, un gros bonhomme vantait les charmes d'une Buick Wildcat rutilante comme une pin-up. J'ai pris la carte sur ma table de chevet :

2633736 PED E5A
JACQUES MAURICE BAUCHOT
VERSAILLES 78 France
05-04-66 1W 08-19-51M8
MAYO CLINIC Telephone 282-2511
Rochester Minnesota
55902 Area Code 507

Elle m'avait été attribuée le premier jour, je l'ai déchirée, je n'en avais plus besoin. Mon hospitalisation au cinquième étage de la Mayo Clinic s'était achevée dans l'après-midi. Une semaine intensive et décourageante. J'avais vu les docteurs E.O. Burgert, E.C. Burke, J.W. DuShane, R.H. Feldt, M.R. Gomez, E.J. O'Connell, J.E. Wenzl… Ras-le-bol ! Comme je comprenais assez mal l'anglais, je ne savais même pas à quoi tout cela avait servi, j'avais faim, soif, je me sentais seul, si seul. Pour me faire plaisir, je supposais, une infirmière m'avait montré la chambre qu'avait occupée Hemingway lors de sa dernière hospitalisation, fin juin 61. Deux jours après les séances d'électrochocs, de retour chez lui, il s'était suicidé d'un coup de fusil, alors la visite guidée… Sur l'écran du téléviseur, un homme à nœud papillon et cheveux gominés faisait l'éloge de son Coca dans un décor de boîte de nuit. Maman est entrée sans frapper, vêtue de noir, pâle.

— Ça me va ? a-t-elle demandé tout à trac.

J'étais stupéfait par son apparition et la question… Mais quelle question me posait-elle vraiment ? Portait-elle sur le deuil ou sur son nouveau parfum ?

— L'Heure Bleue, ai-je dit. Ça te va très bien.

Elle avait enfin osé…

— Comment tu sais ?

À son tour d'être sidérée. Elle était si belle en noir. C'était gentil de sa part, elle me montrait comment elle serait, après… Elle m'a dévisagé, a tourné sur elle-même et a dit :

— Je ne sais pas si tu sens, mais *il* tourne quand je tourne, évidemment je parle de L'Heure Bleue, elle tourne plutôt, donc… *Elle* dresse le bras quand je le dresse… Elle me colle à la peau, elle est moi.

Elle s'est tue comme déroutée par son propos. Elle m'a fait songer à Paul, semblait incapable de dire ce qu'elle voulait dire, toute notre folie venait d'elle. Elle a baissé le son du téléviseur, est allée à la fenêtre. Le soir était descendu du ciel, les vitres étaient irisées de reflets de néon, de ceux des phares.

— Comme c'est curieux une fenêtre, a-t-elle déclaré de dos, je ne sais pas si on peut dire que c'est une chose. Entre nous, je n'ai jamais su faire la différence entre chose et objet… C'est fait pour voir sans être forcément vu… Tiens, un gros camion.

Le deuil lui irait à ravir. Son chignon soigné avait des reflets rouges comme ses escarpins noirs Ferragamo. J'entendais la rumeur des moteurs, le murmure ténu de la télévision… Elle ne bougeait pas, enfermée dans ce qu'elle ne pouvait pas exprimer. En dansant sur place, comme si je n'étais pas là, elle s'est mise à chanter *mezza voce* le couplet final d'une chanson de Serge Gainsbourg :

Black trombone
Monotone
C'est l'automne
De ma vie…

Elle a fredonné, sans prononcer les paroles qui suivaient et que je connaissais :

Plus personne
Ne m'étonne
J'abandonne
C'est fini.

Tout pouvait se dire en chanson apparemment. Elle a pivoté, m'a dévisagé sans paraître me voir – parce que j'étais déjà mort ? – et a dit :

— Ils considèrent que le traitement proposé par le professeur Lagrue ne peut pas avoir d'effet positif, car, d'après eux, les rapports entre les phénomènes immunologiques et la néphrite n'ont pas été établis d'une façon certaine.

Elle a avancé, contournant le lit, et a continué :

— Ils semblent penser qu'il n'y a pas de traitement, qu'il faut laisser faire la nature, que l'évolution peut continuer ou s'arrêter.

Elle a ouvert la porte et a conclu :

— Ils pensent que tu dois mener une vie normale, en évitant les efforts trop importants.

Elle m'a dévisagé et, sans prononcer un mot, m'a encouragé à la suivre. Je ne savais pas comment elle faisait, d'où elle tenait ce pouvoir. Je me suis levé et l'ai rejointe. Dans le couloir, elle a ajouté :

— Ils n'attachent aucune importance au régime sans sel et disent que tu peux manger normalement, comme tout le monde.

Ou que cela n'avait plus aucune importance, pourquoi me faire chier puisque j'allais mourir et qu'elle portait déjà le deuil avec cette grâce infernale. Elle s'est retournée et m'a dit :

— Il me reste huit cent cinquante dollars en cash, tu sais,

j'ai peu dépensé pendant que tu étais à la clinique, et puis la vie ici est bien moins chère qu'à Paris ou Versailles, c'est ça la province.

Elle a ouvert la porte de sa chambre, m'a dit de l'attendre, et puis qu'on irait dîner. Elle est entrée dans la salle de bains, je me suis emparé de son Kelly noir, j'ai prélevé trois cent cinquante dollars dans son portefeuille. Ça lui laissait assez pour s'acheter des draps noirs. Ce n'était pas prémédité, c'était elle qui m'y avait fait penser. Je la connaissais, elle en avait pour deux minutes, voire cinq. J'ai quitté la chambre, descendu l'escalier, ce que personne ne faisait ici au Kahler Hotel. L'escalier donnait derrière la réception, une porte de service permettait d'accéder à un parking réservé aux livraisons et au personnel. Il faisait plutôt doux, la route 63 passait à moins d'un kilomètre, j'y arriverais bien. La nuit qui avait précédé mon départ de Versailles, je m'étais juré en contemplant la rue de m'échapper si tout confirmait que j'étais condamné. C'était le cas.

J'allais prendre des vacances, je marchais lentement. Ça faisait je ne sais pas combien de temps que cela ne m'était pas arrivé, d'être autonome, sur un trottoir comme un piéton ordinaire, même si ici aux États-Unis, être piéton n'était pas si ordinaire que ça.

À l'angle de la Troisième Avenue – je me perdais dans les abréviations « rd » « nd » « sw » – et de la 2e Rue, je me suis arrêté pour ne pas m'épuiser. Je voulais me ménager, profiter de ma liberté. Maman devait se demander où j'étais passé… Ou peut-être pas ? Peut-être qu'elle avait parlé d'argent pour que je me serve ? En tout cas, de France, elle avait apporté son deuil et son nouveau parfum. Elle avait trouvé comment l'assumer, le porter sans ressembler à une catin. La veuve noire parfumée à L'Heure Bleue, ça serait son nouveau rôle qu'elle aurait rodé ici aux États-Unis, terre d'élection de ces petites araignées au venin carabiné. Je n'étais pas furieux contre elle, elle n'y pouvait rien, était manipulée par elle-même, son histoire de famille. Si elle n'avait pas prévu que je parte, que ferait-elle ? Elle téléphonerait à papa pour lui demander son avis car il fallait songer aux convenances, ne pas perdre la face. Ça serait papa qui prendrait la décision, ce qui me laissait du temps. Et si elle avait souhaité mon départ, l'avait favorisé même, elle attendrait pour prévenir papa. Ou reviendrait naturellement sans moi, répondrait : « Jacques ? Ah, mais il a disparu. » Elle porterait une autre fourchette à sa bouche, boirait une gorgée de vin, de thé. Je l'aimais, c'était sûr. Même sans sa photo, je l'aimais. Je l'aimais et c'était bien le problème…

Je n'avais pas prévu de passer devant un *restaurant* dont le fronton était agrémenté d'un panneau lumineux où était écrit : *Pete's*. J'ai vu Motto, Gilbert Lagrue, sa bouche en cul-de-poule, Milliez, ses sourcils qui auraient dû être épilés, et je leur ai dit merde. Puisqu'il fallait mourir, autant le faire le ventre plein et avec du sel. Je me suis assis au comptoir en ayant l'impression d'être enfin un homme, enfin viril. C'était un vieux rêve que j'exauçais sans l'avoir désiré. Manger au comptoir d'un lieu comme celui-ci. Un rêve venu des films, des livres lus. Et si les rêves prenaient vie, ma vie pouvait prendre rêve. L'albumine ne me pourrirait plus la vie, je vivrais sans elle. J'ai commandé un hamburger – 20c –, un cheeseburger – 25c –, des *french fried potatoes* – 20c – un milk shake 25c. Mieux que la mort à crédit, la mort pas chère, à la portée de tous, en cash comme aurait dit maman. Avec mon pactole, je pouvais me faire exploser la panse. La lumière était agréable, deux femmes bavardaient au-dessus de leurs sodas et me regardaient parfois, gentiment. Le cuisinier était balèze, un vrai catcheur. Un homme très gras mangeait en regardant un des deux postes de télévision, il avait l'air obnubilé. Dans un coin, un Indien d'Inde et enturbanné buvait une bière. Le catcheur à la retraite a posé la viande devant moi, les frites. Comment ne pas penser à Roch Dambert ? Je me suis demandé si je n'étais pas homosexuel. Comme mon frère. J'ai chassé cette question, elle avait surgi pour m'empêcher de profiter du festin. Et je voulais en profiter. J'ai salé les frites, personne ne m'a menotté. Bien sûr que c'était délicieux, comme le hamburger, le cheeseburger et le ketchup. Trois spécialités qui m'étaient inconnues jusqu'à cet instant. Et du coup, je ne pensais plus du tout à la mort, plus du tout. Si j'avais été tenté par une sorte de masochisme, de nombrilisme, c'était terminé... *Over*.

Ce qui m'est venu le plus naturellement, après le repas rapidement expédié, c'est un rot. J'ai payé et suis parti, les deux femmes m'ont souri. J'ai perdu contenance, aurais voulu m'évaporer, c'était vingt heures. J'ai repensé à Roch Dambert pour digérer. Je n'avais pas envie de l'embrasser sur les lèvres, ni de me mettre tout nu à côté de lui dans un lit. À l'évidence, je n'étais pas... Comment faisaient deux garçons pour... ? Ils n'étaient pas prévus pour ça, pas adaptés. Ou si ? C'était vertigineux d'autant plus que je ne savais pas comment les hommes et les femmes *s'arrangeaient*. Je savais quand même que l'homme pouvait entrer dans la femme, par son sexe. Être vierge, c'était aussi un problème de vocabulaire, de syntaxe, d'accord et de terminaisons. Le Furetière ou le Quillet n'étaient pas explicites là-dessus. Sans parler du Gaffiot ou du Bailly. Pourquoi le cours de mes pensées était-il allé dans cette direction ? Je me suis formulé la réponse instantanément, je quittais maman. Je m'en séparais et les ténèbres qu'elle concevait par sa nature dénaturée de mère s'éclairaient. Elle n'était pas là pour m'aveugler et me rendre sourd. Si je n'avais pas été moi, j'aurais parlé aux deux femmes, elles m'auraient peut-être appris à faire l'amour ? On disait comme ça. Ce « faire » était pour moi lourd à concevoir, impliquait une fabrication, une méthode, un côté artisanal. C'était assez angoissant et de nouveau j'ai pensé à Paul, plus jeune que moi d'un an, il s'était lancé dans cet apprentissage.

J'étais une brêle.
Sur ma tombe, on graverait : « Mort puceau ».

Une voiture de la police est passée lentement, n'a pas stoppé. Je n'étais pas recherché, les *cops* avaient d'autres priorités. Je me sentais bien, n'avais pas peur. Je n'avais pas l'impression de commettre une erreur ou un acte grave, je prenais mon dû. J'avais mérité ce que je vivais, ça durerait ce que ça durerait. Je ne risquais rien que ce que je risquais sans cesse. Bien sûr, j'aurais pu ou dû écrire un mot pour rassurer maman, mais… J'étais son fils quoi, le rejeton de la veuve noire. J'étais arrivé à la route 63 qui filait au galop en levant son chapeau de néons pour exprimer sa joie. J'ai souri, ça me plaisait. Ça me plaisait vachement. Je marchais au bord des camions rutilants, des voitures aux ailerons effilés. Qui vivrait verrait, et je vivais. Je faisais bien plus que le mur, je me mettais à écrire mon histoire, forcément sur un palimpseste mais au moins je n'utilisais pas la peau de maman pour écrire dessus. Je ne trempais pas ma plume dans un flacon d'Heure Bleue ou de Shalimar, je la trempais dans *l'eau couleur du ciel*, la traduction du nom originel donné par les Indiens Dakotas à la région. Papa avait fait les camps, pas du stop, et maman détournait les yeux lorsqu'elle voyait un auto-stoppeur. J'ai levé le pouce, je me voyais comme un pur héros. J'aurais quinze ans le 19 août et j'y serais, à l'heure et en entier. Une Mustang cabriolet jaune a stoppé devant moi, à une trentaine de mètres. Elle était décapotée. Mon cœur s'est arrêté. C'était pour moi ? Ne valait-il pas mieux que je rebrousse chemin, que je réintègre la vie normale, les jupons noirs de maman ? Si je montais, mon Dieu, si je montais, ça serait irréversible. Je partirais, me séparerais de tout en vérité, serais livré à moi-même. Une partie de moi a résisté, voulait tenir parole, faire ce que je m'étais promis de faire. J'ai avancé, le conducteur avait un bonnet de laine verte, un chandail rouge, le passager un Stetson gris. Je me suis arrêté à la hauteur de l'arrière de la Mustang, le conducteur a pivoté vers moi, c'était une femme. Elle m'a dit de monter, souriait. J'ai essayé de faire bonne figure, en vérité, j'aurais voulu partir en courant vers le Kahler Hotel, crier : « Maman ! Au secours ! » Sans me regarder, le passager a ouvert sa portière et avancé son siège, je me suis installé à l'arrière. La conductrice me regardait dans le rétroviseur, m'a demandé où j'allais.

— Où vous allez, ai-je fini par répondre en anglais.

— Ah un Français ! s'est-elle écriée en français avec un accent rauque.

Elle a parlé au passager dans une langue que je n'ai pas reconnue, du flamand peut-être ? Il n'a pas répondu. La capote s'est rabattue toute seule comme une grande aile de papillon. La femme m'a souri dans le rétroviseur intérieur et a dit :

— *Easy.*

Elle sentait un parfum qu'il me semblait connaître. Elle a enlevé son bonnet, a secoué la tête, pour remettre de l'ordre dans ses cheveux courts et blonds. Elle a démarré. C'était parti ! J'étais en fuite, une fugue en auto-stop mineur. La Mustang roulait au milieu des autres véhicules. Personne ne savait que j'étais dedans. Je regrettais, ah ce que je pouvais regretter ! J'étais pris au piège… Pas tant que ça. Je pouvais me rebeller, demander à la conductrice de me déposer. Au prochain ralentissement, je pouvais tenter de sortir, revenir dans la vie toute tracée. Mais j'étais intimement persuadé que si je cédais à mon angoisse, ne répondais pas à cette impulsion qui m'avait fait fuir, maman m'aurait avec son deuil et ses Ferragamo. Tout était écrit par elle et les habitudes. Papa ne m'avait pas sauvé, c'était moi tout seul qui le faisais en filant. Plus rien ne serait comme avant, le carcan brisé, je pourrais vivre. Et je pensais, et je pensais, tournais et retournais les mots, les idées, théories dans ma pauvre tête. Au fond, c'était pour tromper ma terreur, j'en étais un peu conscient quand même. Et pas le moindre médicament pour me tranquilliser, j'étais nu. L'homme au Stetson s'est tourné vers moi, son chapeau à large bord masquait en partie son visage, je ne voyais que ses lèvres charnues, ses yeux fendus, bridés, à l'éclat de métal… Il m'a fait froid dans le dos. Me prenant de court, il m'a souri et m'a tendu un paquet de Camel en me disant :

— *The best tobacco makes the best smoke…*

Le slogan d'une publicité sûrement… Je me suis servi en me disant que c'était toujours ça de pris sur l'ennemi. Il avait le droit de me chambrer et moi de… Il a allumé ma cigarette avec un Zippo, m'a tourné le dos en disant avec un accent guttural :

Comme je descendais des Fleuves impassibles,
Je ne me sentis plus guidé par les haleurs :
Des Peaux-Rouges criards les avaient pris pour cibles,
Les ayant cloués nus aux poteaux de couleurs.

Jamais je n'avais ressenti autant la géniale folie de Rimbaud, comme si l'homme au Stetson dévoilait la présence du crime dans la poésie du capitaine aux yeux pâles. Ma cigarette avait un goût de mauvais rêve pour ne pas dire de cauchemar, je me sentais en danger, pourtant il n'y avait aucune raison. J'avais été pris en stop par un couple, ça n'allait pas plus loin. On avait quitté la route 63, remontait vers le nord-est. J'ai aperçu un panneau « Mankato, 60 miles ». J'aurais préféré aller vers le sud, vers la Louisiane où se terminait la route 63. De là, j'aurais pu rejoindre Dallas, voir la ville qui avait tué Kennedy. Une rivière a ouvert sa paupière à l'est, juste à peine, et devant elle quelques chevaux dormaient debout sur le tapis vert nuit. Il manquait des dés, deux six d'ivoire qui seraient arrêtés là, me donnant toute la banque, la santé, l'amour, la liberté de penser et d'être ; ce que je n'avais pas. Même dans cet élan pour casser mes chaînes, elles m'enserraient sans répit… Combien c'était vain de vivre. L'envie de pleurer est venue dans le clos de mon cœur, une tristesse à l'amertume sucrée et douce. J'étais perdu quelque part, plus loin que le Minnesota, un lieu inexploré, interdit et immense et beau comme une cathédrale ou même plus. J'avais imaginé que j'écrirais mon histoire… Je me trompais, *mon histoire* c'était impossible. On était toujours dans une autre histoire, écrite par d'autres. Une autre histoire qui annihilait la nôtre, qui nous captait, nous utilisait, puis nous laissait… Seuls, délaissés par les histoires et les êtres, tout seuls le long de la route. La voiture projetait sans cesse en arrière les choses aperçues, allait vers un but inconnu de moi et j'étais de plus en plus enfermé dans le silence, leur silence. Ils étaient qui ?

On a traversé Mankato. Agitée de remous de bière, assommée au bord de la rivière Minnesota, la cité avait les yeux au beurre noir. Je luttais contre le sommeil, j'aurais voulu dormir ou marcher. Ne pas être seul avec eux. On a continué en direction d'Ortonville à cent quarante miles de là. Tout ça pouvait aller jusqu'en Alaska ou sur la côte ouest. Ou… J'avais beaucoup d'argent sur moi, ils pouvaient me tuer… Surtout lui. Il pouvait facilement être un assassin, au minimum un bandit sans scrupule. Il a tendu une flasque métallique à la femme, elle a refusé d'un geste. Il a bu et, sans se tourner, m'a proposé la flasque. J'ai refusé poliment, il a insisté, sans parler. C'était pesant, je me sentais prisonnier. À la fin, je me suis senti obligé de boire un peu. Je lui ai redonné la flasque.

— Quand plusieurs singes vivent dans le même arbre, a-t-il proféré en français, les fruits qui en tombent sont toujours tachés de sang.

Ça m'a glacé. Il voulait dire quoi ? Que les hommes ne pouvaient que s'entretuer ? C'était lui le singe, un satané singe ! Un peu plus tard, il s'est penché sur la femme, a remonté son chandail rouge. La peau de la femme, blanche, est apparue comme une langue agile sortie d'une bouche invisible. J'ai regardé ailleurs… Un nuage rose sortait la tête d'un mur de nuages violets et d'un bleu que je ne savais définir, sinon par *électrique*. Dans la lumière des phares, j'ai vu les peupliers. Ils devaient dépasser les trente mètres de haut, à la base leurs troncs étaient énormes. C'était comme s'ils venaient dire une prière pour notre peuplier abattu pour cause de sécurité. Mêlés aux peupliers argentés, des bouleaux et des sapins complétaient ce paysage. Il me faisait bizarrement penser à un tableau de Claude Monet qui s'appelait, me semblait-il, *Iris jaune et nuage rose*. Par la grâce du nuage rose, de la couleur du ciel et de la floraison des épis des pins dans les étoiles. Vivre, ça faisait longtemps que je ne l'avais pas fait, le deuil de maman m'avait sauvé la mise. Vivre pouvait inclure la satisfaction merveilleuse de voir. J'ai pensé à une phrase de Georges Clemenceau, concernant l'œuvre de Monet, et que mon répétiteur m'avait signalée pour sa beauté : « Mes yeux ont besoin de votre couleur et mon cœur est heureux de vous. » La femme a ri, et gémi, la voiture a fait une embardée… J'ai tressailli, tourné la tête, aperçu un sein de la femme qu'elle a caché en baissant son chandail en riant, l'homme s'est calé dans son fauteuil. J'étais très mal à l'aise, aurais donné tous mes dollars pour ne pas être là. Vivre… Ce n'était pas facile. Pas si évident que ça. J'ai croisé le regard de la femme dans le rétroviseur intérieur, elle m'a envoyé un baiser, de ses lèvres réunies en cœur. Je me suis senti rougir, j'aurais eu envie de me blottir dans le giron d'une énorme maman poule dont j'aurais été le poussin. À la place, je me suis rencogné contre la capote, j'ai fermé les yeux. J'étais bien plus un enfant qu'un héros adolescent en fuite, sous la protection de mes paupières, j'ai retrouvé un peu de mère et de père, un peu de lait et de tabac, un peu de notre demeure ; et je me suis endormi.

J'ai senti l'odeur du parfum, une présence… Elle était penchée sur moi, tout près… Tout près, les pointes de ses seins appuyées sur mon torse.

— Viens, m'a-t-elle dit en français.

Je me suis extirpé de la Mustang, j'ai vu des chalets, une enseigne lumineuse : Bel-Air Motel. Je dormais debout, elle a ri, passé son bras autour de mon cou. Elle était de ma taille, ça m'a fait plaisir. Elle s'est arrêtée devant la porte d'un des chalets, l'a ouverte, a déclenché la lumière, m'a fait un clin d'œil et s'en est allée. Je me suis retourné, comme si elle le savait, elle m'a adressé un signe de la main, s'est dirigée vers un chalet aux vitres éclairées. Je suis entré dans ma chambre, confortable, aux parois lambrissées, aux rideaux rouges comme le chandail de la femme et la moquette. Pendant un instant, je me suis pris pour un homme libre qui vivait à sa guise. Il y avait même une télévision mais je n'ai pas osé l'allumer, je regardais le téléphone ou plutôt, c'était lui qui me fixait… La réception du Kahler Hotel a basculé mon appel. Maman a fini par décrocher, je voulais lui dire : « Maman je t'aime, pardon, j'ai peur, viens, sauve-moi. Maman… » Mais les mots étaient étouffés par les habitudes, le protocole en usage chez les Bauchot. Elle avait compris que c'était moi, que j'étais vivant, ne disait rien. J'entendais un peu son souffle, juste pour que je ne devienne pas cinglé, que je sois certain qu'au bout de la ligne, il y avait bien quelqu'un…

— Je pense que j'arriverai demain soir, ai-je bredouillé, refoulant ma peine. Si je ne peux pas, je te préviendrai.

— C'est ça.

— Bonne soirée, maman.

— Bonne soirée, Jacques.

Je n'ai pas pleuré, j'ai raccroché le téléphone qui sentait L'Heure Bleue. Je me suis couché, j'ai contemplé le plafond. À force de ne rien voir, j'ai fini par éteindre la lumière.

C'était dans le rêve ? Non. Non, on frappait discrètement. J'étais sur le lit, assommé. C'était qui ? Je me suis levé, abasourdi par le sommeil et la déception, je sentais un parfum qui me rappelait... J'ai ouvert la porte...

Je suis arrivé le lendemain soir au Kalher Hotel, maman m'attendait dans le bar désert, seule à une table d'angle. Elle fumait, ne m'a pas vu tout de suite, portait le deuil avec la grâce de l'habitude. Son chignon était impeccable, elle était mieux que Grace Kelly, plus trouble, morcelée, déchirée. Hitchcock, Clouzot lui auraient donné un rôle d'empoisonneuse, de criminelle. Godard, lui, l'aurait mise nue, et il nous aurait sauvés, nous ses mâles. Plus que le crime, c'était l'amour, la passion qui lui manquaient, à mon avis. Elle avait envie de s'exhiber, ne pouvait pas, sinon déguisée en riche bourgeoise, en veuve. Elle a levé les yeux… Je me suis assis à côté d'elle sur la banquette de cuir rouge, elle a continué de fumer. Je la regardais dans la glace et me voyais, voyais nos destins se mêler sans bruit. Elle m'a demandé ce que je prenais. Un Martini avec de la glace et une rondelle de citron, pourquoi pas ? Elle a passé la commande, de telle façon que le serveur ne lui a pas fait remarquer que j'étais mineur. Cinq dollars, c'était une sérieuse gratification. Et son ton sans appel a joué son rôle, le serveur ne voulait pas d'ennuis. Elle avait toujours et jamais ce qu'elle voulait. Un deuil sans mort, un mari sans baisers. J'ai posé sur la table une liasse de billets, ce qui restait de ce que je lui avais volé, dans les trois cents dollars. J'étais fils de banquier, pas dispendieux, je comptais en dormant, plaçais mes rêves à cent pour cent. Le serveur a apporté mon Martini, son Manhattan. Il a regardé les billets. Maman lui a dit de se servir, ce qu'il a fait… De garder la monnaie. Il était content comme un chien, l'argent salissait tout. Il a tourné casaque. On a porté nos verres à nos lèvres sans trinquer, c'était la première fois que je buvais un Martini, c'était plutôt banal. Je voulais manger une olive, poser mon verre. Son bras droit est passé sous le mien, son verre a pris la place du mien. J'ai compris ce qu'elle voulait, mon verre est venu devant ses lèvres.

— Jusqu'au bout, a-t-elle dit. Jusqu'à la dernière goutte.

Pas difficile, je préférais le Manhattan au Martini. On a reposé nos verres ensemble. J'ai piqué une olive, l'ai croquée, sucé le noyau. Elle s'est emparée d'une cigarette, a poussé son paquet devant moi. Je me suis servi, elle a allumé nos cigarettes avec son Dunhill ; pour elle, les Dupont or, c'était réservé aux putains, aux homosexuels. Derrière le comptoir, essuyant des verres d'un geste preste, le barman nous observait, l'air de rien. Le pianiste s'est installé derrière son Baldwin et a commencé à jouer en mettant trop de pleins et de déliés, j'étais incapable de reconnaître le morceau. D'autres couples s'étaient installés dans le bar, je ne les avais pas vus arriver tant j'étais hypnotisé par notre reflet. Le pianiste a enchaîné sur une autre mélodie, jouée de la même façon sirupeuse. Maman a pris un billet de dix dollars dans la liasse. Elle s'est levée, a tiré sur sa robe noire. Elle a traversé la salle, ses fesses remuaient sous le deuil. Pour ne pas finir décapité par mon frère aîné, j'ai regardé les olives quelques secondes. J'ai relevé la tête. Maman a refermé le couvercle du piano, le pianiste n'a eu que le temps de retirer ses mains. Tout le monde s'est tu. Maman a glissé le billet de dix dollars dans la pochette du veston du pianiste. Sans accorder la moindre attention à quiconque, elle est allée au bar et a commandé deux Manhattan. Le barman a hoché la tête comme un prêtre qui aurait entendu du confessé un propos absolument terrifiant. Le pianiste ne savait quoi faire, il s'est levé, accoudé au bar. Maman m'a rejoint, impavide, d'une autre race que nous tous.

— Eau sauvage, a-t-elle dit en s'asseyant, le nouveau parfum de Dior pour les hommes. Certaines femmes aiment bien entretenir l'ambiguïté.

Le serveur nous a servi nos cocktails. Je la contemplais dans la glace, je la trouvais encore plus insupportable, plus monstrueuse… Un piège mortel, Charybde et Scylla, c'était de la plaisanterie en comparaison d'elle. J'ai bu lentement mon Manhattan, j'étais épuisé, j'avais de la fièvre, mais je vivais. Je pensais à tous les médicaments que j'avais avalés, tous mes tourments, mes privations. Pour en arriver là ? Je me suis enivré lentement, ça n'irait pas plus loin. On dînerait, deux steaks, avec du bordeaux. On quitterait la salle de restaurant, prendrait l'ascenseur. Arrivés au troisième, maman tituberait un tantinet dans le couloir, entrerait dans sa chambre, moi dans la mienne, comme une mère et son fils, rien de bien méchant… Mais le conditionnel était un temps qui prenait trop de distance avec l'action, la réalité si tant est qu'elle existait. On ne vivait pas au conditionnel. En entrant dans ma chambre, je n'avais pas prévu de trouver une enveloppe sur une des tables de chevet. J'ai dessoûlé en quelques secondes. Je suis allé dans la salle de bains, me suis passé la tête sous l'eau froide. Je suis revenu dans la chambre, me suis assis sur le lit, l'eau dégoulinait de mes cheveux sur mes épaules. J'ai essuyé mes mains sur mon Levi's. J'ai saisi l'enveloppe. Elle avait bien sûr écrit : « EV » en haut à droite. Elle n'oubliait pas les formes et je n'osais pas imaginer comment elle faisait aux toilettes. L'enveloppe n'était pas cachetée, forcément, ça allait avec le « EV ». J'ai respiré un bon coup et comme on monte sur le ring, j'ai ouvert l'enveloppe. Sur le papier à lettres de l'hôtel, elle avait écrit : « Un pays étranger, c'est un pays où personne ne vous attend, et deux étrangers c'est qui, c'est nous ? J'ai pensé me suicider, tu sais. J'ai manqué le faire, après ton coup de téléphone. D'une certaine manière, j'ai cessé de croire. Dieu n'a pas besoin de moi, et moi, je n'ai plus la force de croire. Mon cœur s'est arrêté de battre, ou presque. Je n'échapperai pas à une désillusion de plus et tu la connais. Elle vient, oh elle vient. En t'attendant, j'ai écrit une manière de poème, le premier de l'âge adulte et le seul sûrement. Je te l'offre. » Il était écrit sur une autre feuille :

> J'aimerais vivre dans une maison en paille
> Une maison où on puisse se taper la tête contre les murs sans se faire mal
> Une maison que le loup puisse souffler
> Une maison où il n'y aurait que toi
> Et moi.

Ça voulait dire quoi ? C'était un peu idiot et terrible. Une mère n'écrivait pas ça. Je n'ai pas frappé à la porte de sa chambre, ne lui ai pas téléphoné. Je suis resté avec ça dans les mains, à lire et relire. Dans quelle maison puisque le loup l'aurait soufflée ? Ah, merde, j'en avais marre ! Elle avait réussi à me rendre encore plus amer, L'Heure Bleue se mélangeait avec l'Eau sauvage, ça puait les femmes… Et… Pire ! Je ne pourrais pas oublier. J'ai ouvert la fenêtre, la rumeur de la circulation est montée à moi, j'étais si triste. Aucun papillon ne se déplierait, ne volerait dans la nuit pour me joindre à personne, sur ma branche aucun bourgeon ne s'ouvrirait, aucun printemps ne me donnerait à personne. Le singe m'avait tué, mon sang maculait la moquette rouge, c'était fait.

On a pris l'avion de Rochester à New York, et là un Boeing pour Orly. Un taxi pour Versailles, c'était midi. Il faisait chaud, le jardin était beau, presque irréel. Henri, l'étourneau à la tête blanche, m'a appelé par mon nom, enfin ça ressemblait à Jacques. D'après papa, des scientifiques se penchaient sur les étourneaux pour mieux comprendre l'évolution du langage chez l'homme. Depuis trois ans, il apparaissait au mois de juin, ou c'était un autre ? Dans ce cas, comment pouvait-il imiter la sonorité de mon prénom ? Il aurait fallu l'équiper d'une bague, le tatouer et on aurait su… Su quoi et pourquoi ? Il a volé jusqu'au Manneken-Pis et a bu à ses pieds. On avait tout pour être heureux mais on était tous malheureux, tragédie banale. Une femme de ménage inconnue nous a accueillis dans le hall qui sentait la cire, l'argent à plein nez. Elle s'appelait Jody, avait de très beaux yeux verts… Plutôt belle, jeune, anglaise. Elle avait un accent agréable à entendre et de gros seins. Maman l'a ignorée, à peine regardée. Je suis monté dans ma chambre, je n'en pouvais plus. En ouvrant la porte, j'ai découvert un lieu étranger : je n'étais plus le même, de moins en moins moi. Je me suis couché sur le lit sans me déchausser, me suis éveillé vers les quinze heures, comme si mon éveil et mon endormissement coïncidaient. Sans avoir l'impression d'avoir dormi même une seule seconde. Sans trace d'un rêve, c'était volontaire. J'avais décidé de ne pas me souvenir de mes rêves, ils étaient laids, puaient. À la moindre trace de rêve, je verrouillais tout : je ne voulais pas savoir.

J'avais mal au… J'ai pris un bain mais ça n'a pas résolu le problème, j'avais peur que mon rein soit en train de lâcher, que ma néphrite flambe. Je ne savais que faire, n'étais qu'un pauvre gosse angoissé. J'avais oublié ma maladie en tentant l'échappée belle. À peine de retour en France, elle revenait m'assiéger. Je me suis vêtu à la hâte, ai frappé à la porte de la chambre des parents, maman m'a dit d'entrer. Elle était assise devant sa coiffeuse, en chemise de nuit.

— Oui ? a-t-elle dit en se contemplant. Qu'est-ce qui se passe ?

— J'ai très mal en urinant.

Elle a acquiescé en s'adressant un pâle sourire à la Anna Karénine. Puis elle a tourné la tête vers moi.

— Tu vas aller voir mon médecin traitant. Je l'appelle, il va te recevoir. Pas besoin d'ébruiter ça. Prends un taxi.

Je n'ai pas compris ce qu'elle voulait dire. Elle s'est levée. Je voyais son corps sous la soie, je n'y pouvais rien. Elle a fait quelques pas, de-ci, de-là et a dit, comme perdue dans ses pensées :

— Eau sauvage, c'est ça ?

J'ai frémi. Elle s'est approchée de moi, livide brusquement.

— Pauvre con !

Elle m'a giflé, a tourné le dos et fini par murmurer :

— Fais-moi un poème, ne me laisse pas sans réponse, fais-moi un poème.

Je l'ai quittée, la joue brûlante. Jody disposait des roses grenat et orangées dans un vase en cristal de Bohême posé sur la table de chasse de l'entrée. Je ne sais si elle s'était aperçue de mon trouble, de la marque de la main de maman sur ma joue. Je ne m'en fichais pas, j'étais hors de moi. À peine dans le jardin, j'ai hurlé :

— Merde ! Quel poème ?

J'ai empoigné la queue du Manneken-Pis et l'ai cassée, jetée dans l'eau. Il n'avait qu'à ne pas être là. Je me suis retrouvé dans la rue, je n'étais pas calmé. Le ciel virait au gris, risque d'orage. En croisant Mme Loubet, surpris moi-même, je lui ai marmonné que j'en avais assez de la voir enceinte, qu'elle faisait chier. Elle a tressailli et a passé son chemin en protégeant son gros bide avec ses mains. Jamais je ne mettrai une femme enceinte, c'est ce que je me suis dit. Plutôt crever. Pas de famille, pas d'amour, pas de hochet et de tétées… Et pas d'argent pour prendre un taxi, j'y suis allé à pied. Un bon kilomètre, je suis arrivé en nage, le décalage horaire plus tout le reste à porter, l'énorme fardeau Bauchot. Il avait une plaque qui ne mentionnait pas qu'il était gynécologue. Sa clientèle versaillaise n'aimait pas ce mot, il était trop voyant, commentait la vie secrète des bridgeuses. Celle qui allait chez un gynécologue pouvait avoir de bonnes raisons de le faire mais pourquoi le signaler à toute la rue de la paroisse ? Sans plaque ostentatoire, c'était possible… La bridgeuse pouvait faire ça discrètement, en se mettant un foulard sur les cheveux comme pour aller communier. Le médecin traitant de ses dames de la haute s'appelait Couillard, Francis. Maman disait que c'était malheureux, ce nom, mais qu'il ne l'avait pas choisi. Et il était fervent catholique, portait la croix, les jours où les bons bourgeois pouvaient manifester dans la rue, chanter la gloire du Seigneur, la souffrance du Fils. Il avait inventé une machine à fesser les délinquants, parce qu'il estimait qu'il fallait rétablir les châtiments corporels mais les soustraire à tout rapport sadique entre l'exécuteur de la sentence et le puni. Sa machine servait à ça. Malheureusement, Jean Foyer, le garde des Sceaux, l'avait éconduit et même fait surveiller par la police, comme un bandit. Couillard en avait été ulcéré, maman avait prié pour lui, signé une pétition. Toute une histoire… J'aurais bien mis une crotte de nez sur sa plaque, mais je voulais savoir, en finir avec ma peur. Le grand banditisme ça serait pour plus tard. J'ai donc poussé la porte de l'immeuble, me suis vu dans la glace fixée au-dessus des plantes vertes. J'avais toujours une marque rouge sur la joue, l'air menacé. Je ressemblais à un Juif qui voulait échapper à la Gestapo. La concierge me surveillait derrière le rideau de sa loge, j'ai appelé l'ascenseur. Au troisième, j'ai sonné et suis entré comme indiqué. Deux femmes attendaient dans la salle d'attente, la honte m'a assis, tête baissée. Une honte lourde, étouffante. Comment avais-je pu me faire manipuler de la sorte ? Comment avais-je pu accepter d'aller chez le médecin traitant – le gynécologue – de maman ? Parce que j'étais terrorisé et que le courage que j'avais eu en fuyant Rochester m'avait pompé toute mon énergie, toute envie de me rebeller ? En tout cas, maman avait réussi à m'envoyer là où un homme n'allait pas – chez Francis Couillard. Pourquoi maman avait-elle éprouvé le besoin de m'humilier à ce point ? Je connaissais la réponse et le pire, ce qui me rendait fou de rage, c'était que j'étais consentant. Je savais bien que les deux femmes m'observaient en catimini, devaient élaborer des conjectures, par exemple que j'avais mes règles ? Que j'étais une fille très masculine… Je me sentais complètement nul. Montré du doigt, nié ! Et puis je n'étais qu'un pauvre con, comme elle l'avait dit.

J'allais me lever, fuir, lorsque la porte du cabinet de Couillard s'est ouverte. Il m'a dit de le suivre, s'est excusé auprès de ses patientes en arguant qu'il en avait pour cinq minutes. Je ne l'avais vu qu'à l'église, il semblait froid, avait un côté Pierre Brasseur dans un rôle de faux jeton, d'empoisonneur. Sans m'inviter à l'imiter, il s'est assis derrière son bureau, à contre-jour, et m'a toisé comme un voyeur.

— Tu as quel âge ?

— Bientôt quinze.

— Un homme ou une femme ?

Je me suis souvenu de la moquette rouge, j'ai eu du mal à respirer. Lui, Couillard Francis, il bichait :

— Tu as eu ce rapport sexuel avec un homme ou une femme ? Tu ne te souviens pas ?

— Une femme.

— Une prostituée ?

— Non.

— Approche.

Je l'ai rejoint, ne savais pas où me mettre. Trop honte. Il m'a prié de baisser mon pantalon, mon slip. Il m'a examiné en enfilant des gants en plastique, avait l'air de s'ennuyer, d'être dégoûté. Il m'a dit de me rhabiller, m'a déclaré que j'avais une blennorragie, une maladie vénérienne. Qu'avec ma néphrite, ce n'était pas malin et que si je devais avoir des rapports sexuels, je devais prévoir des préservatifs. Il s'est levé et m'a donné deux boîtes qu'il est allé chercher dans une armoire vitrée, des antibiotiques. Trois comprimés par jour, je l'ai remercié.

— Tu pourrais te confesser, a-t-il dit, ce que tu ne peux pas te pardonner, Dieu le peut, Lui.

— Je n'ai pas passé ma communion solennelle.

Façon de lui dire que je m'étais exclu du troupeau.

— Ah oui…

Tout Versailles avait jasé, durablement. Maman avait été obligée de couper les ponts avec certaines de ces dames, dont Mme Toiselet de Passy, se privant de son entregent et de son art des annonces de contrôle qui faisaient d'elle une bridgeuse d'exception. Maman l'avait remplacée par une certaine Béatrice Dupont de Trizay qui ne remportait pas tous les suffrages, se trompait facilement dans les enchères d'essai, semant la zizanie autour du tapis vert… Je m'en suis voulu d'avoir ravivé les flammes du scandale.

— C'est courageux, a reconnu Couillard, en tout cas, c'est ton choix… Mais un jour ou l'autre tu risques d'avoir besoin de te confier, de partager tes tourments, ne crois-tu pas ? Si on t'enlève un rein par exemple ?

Je n'avais pas vu venir le coup.

— Je ne pourrai pas t'aider avec des antibiotiques. Tu seras seul.

J'ai quitté son cabinet, traversé la salle d'attente, me retenais de pleurer. Je serrais tellement les dents que lorsque je suis sorti dans la rue de la Paroisse, j'avais mal aux mâchoires. Je n'y avais jamais songé. On risquait de m'enlever un rein, je crèverais en pourrissant sur place. C'était horrible. Jusqu'à ce jour, j'avais envisagé la mort comme un passage de l'état de vivant à celui de cadavre, sans cris et larmes. Je n'avais pas pensé à la souffrance, à la déchéance. Au sentiment d'effroi et d'abandon qui risquait de m'accabler. J'avais la tête qui tournait, peur de m'évanouir, de me donner en spectacle. J'étais bien le fils de maman, le qu'en-dira-t-on comptait pour moi. Rester digne à tout prix, tenir sa place, mourir en gants blancs.

Le ciel était de plus en plus sombre, il faisait moins chaud, l'orage menaçait. J'ai trouvé un banc, me suis assis en sueur. Je me suis souvenu de la capote de la Mustang comme une aile de papillon et… Bien fait pour ma gueule ! Il y avait trop de singes dans l'arbre. Et cette expression « faire l'amour » c'était un mensonge. C'était faux, il n'y avait pas d'amour dans cette affaire de corps et de sexe, de grognements, de gloussements et de… C'était dégueulasse. Un homme s'est assis à côté de moi, un Noir aux cheveux blancs. Je n'avais pas la force de me lever, de partir. Je voulais être tranquille avec mon chagrin. Je me suis rappelé l'inconnu qui m'avait offert une cigarette, ce jour où j'avais surpris papa grimper dans un taxi et appris que j'avais de l'albumine… J'en avais marre de tous ces types.

— Je ne connais pas Reich, ai-je marmonné sans regarder mon voisin de banc, et je m'en fous.

— Celui qui rêve d'amour peut employer un messager, entre autres subterfuges…

— Laissez-moi tranquille, merde à la fin !

J'ai tourné la tête vers lui, je m'en voulais d'avoir été grossier comme maman. En plus, il était de couleur… Vêtu avec soin, de façon un peu désuète, *old fashioned*. Il arborait notamment une cravate Oxford bleue à rayures rouges – dite « Christ Church » –, le collège où Lewis Carroll avait fait la rencontre de la petite Alice Liddell. J'en connaissais un bout sur pas mal de choses bizarres, les blasons par exemple. Ne pas aller au lycée, c'était parfait pour se cultiver selon ses inclinations. Mon voisin de banc me souriait discrètement, ses yeux me *transperçaient*, c'était très curieux. Pas agréable…

— Pardon d'avoir été impoli, ai-je maugréé, cherchant à me soustraire à sa présence.

— Pardon de vous avoir importuné.

Je n'arriverais pas à m'en débarrasser, il aurait fallu que je me lève et aille ailleurs, mais je me sentais retenu. Il m'avait envoûté. J'ai essayé de me désintéresser ostensiblement de lui, de regarder les passants qui hâtaient le pas pour échapper à l'orage. Le tonnerre a roulé au-dessus des blondes en jupe et bizarrement ce n'est pas un éclair qui a imprimé son tampon sur la grande lettre du ciel mais un arc-en-ciel.

— On dit que l'arc-en-ciel est la trace du pied d'Iris descendue de l'Olympe pour porter un message, a expliqué le Noir aux cheveux blancs.

Un instant, il m'a semblé le connaître, une illusion de plus. Je l'aurais rencontré, croisé où ? Les premières gouttes sont tombées, j'étais incapable de me lever. Il n'a pas plus bougé que moi, il voulait quoi ? Ça rimait à quoi ?

— Des fois, a-t-il repris, on peut être dans le rêve d'un autre, être le rêve d'un autre.

Je l'ai regardé sans comprendre, la pluie devenait plus dense.

— On peut être rêvé par un autre, c'est important de le savoir, de le comprendre. Celui qui nous rêve nous appelle, nous désire, il faut l'entendre.

— Vous voulez dire quoi ? Quel message ?

— Un jour, vous rejoindrez le rêve, vous le saurez.

J'avais envie de l'étrangler. Il s'est levé, m'a dit au revoir et est parti sous la pluie. Un corbillard plein de fleurs et de regrets a tiré le rideau sur lui, derrière une vitre, un enfant a semblé m'appeler à l'aide. Je ne l'ai pas sauvé. Lorsque le car funèbre a passé son chemin, mon messager avait disparu. J'étais trempé. Le charme ne m'enserrait plus dans son poing, j'ai bondi et suis revenu vers la maison de tous les supplices, de toutes les avanies. Le souvenir du vieux Noir guindé et un tantinet *original* se mêlait à celui de Couillard examinant ma bite ! J'en avais marre, n'avais jamais imaginé en arriver là, à ce sentiment de n'être qu'un déchet, le déchet de moi-même. Je suis entré dans le jardin où une nuit d'antan papa m'avait fait cueillir… Depuis le début, ça partait en quenouille. On fuyait tous, chacun pour soi, pour autant, on y passerait tous. L'horloge de la cuisine a sonné six coups. Jody m'a appelé « Monsieur » et je n'ai pas pu l'accepter.

— Non, s'il vous plaît, appelez-moi Jacques. Monsieur, non. Je ne suis pas un monsieur.

J'ai monté l'escalier, me suis retourné. Je m'en voulais. Elle était là, en bas, moi en haut. Dans son regard, j'ai su qu'elle avait pitié de moi, c'était difficile à accepter mais je la comprenais. Maman et papa m'avaient raté, nous avaient tous ratés. Bruegel nous aurait peints bossus, goitreux, simiesques, *Les quatre frères Bauchot dansant au jardin de la honte*. J'ai marmonné : « Pardon. » Pardon pour tout, pour les mots de trop, les souffles, l'argent, la vanité, ma lâcheté de nanti. Je me suis retranché dans ma chambre ; le dos contre la porte, les yeux fermés, j'ai demandé de l'aide. Rien n'est venu. Je me suis assis à mon bureau, j'ai regardé devant moi sans rien voir jusqu'à ce que je me mette à écrire pour entendre quelque chose, voilà ce qui est venu :

C'est un cœur désolé
Dans son aire de parfum
Plus personne n'a sa clef
Il bat tout seul
Et ceux qui l'entendent pleurent.

Je ne sais pas faire de poésie, maman.
Je te demande pardon pour la peine que j'ai pu te faire,
Te souviens-tu, comme je me souviens, de tous les
moments où on était deux, tous les deux ?

J'ai glissé le papier plié sous la porte de la chambre, dessus j'avais écrit *Poème pour ma mère*… Qu'elle ne le confonde pas avec un prospectus distribué par le facteur des fils à la dérive. J'ai regagné ma chambre, me suis allongé. Pleurer, j'en avais assez. Il me restait à dormir si je pouvais, ça ne coûtait rien d'essayer. Mais en avais-je envie ? N'avais-je pas peur du sommeil, d'y retrouver… Maman venait du sommeil, c'était obligé. Du sommeil d'un monstre, un esprit reptilien aux yeux clairs et à la bouche parfumée. De cette torpeur aux écailles préhistoriques, elle avait surgi un jour, avec des buts et une poitrine, des hanches, des jambes galbées et des bas pour les mettre dedans. J'aimais ses ongles, ses doigts cruels et délicats. Elle était un de mes rêves et me torturait comme la main du garçon, passé un certain âge, vient assouvir l'impossible. Un rêve, un impossible, oui, ça ressemblait à maman.

Les bras croisés derrière la nuque, j'ai décidé de reprendre le traitement du professeur Lagrue, je sentais que je ne vivrais pas sans. Et je voulais vivre. J'avais le sentiment fou que j'étais des mots, ou même juste des lettres, et qu'avec, je devais écrire mon histoire, en tentant de me soustraire aux pièges que je rencontrerais, en ayant la volonté de construire une belle histoire, forte et intéressante, *romanesque* le plus possible. Il faudrait que je glisse entre les doigts de mon spleen, que j'esquive les crocs des SS, des barbelés électrifiés et des molosses.

Le docteur Mengele et tous les autres étaient vivants pour longtemps, Adolf Hitler peindrait pour des siècles les scènes de la race élue perpétrant le génocide. Adolf Hitler, Himmler étaient en moi, me hantaient. Ils avaient cousu le costume rayé de papa, papa avait été rayé par eux et il jouait faux, chantait faux, plus jamais à l'unisson avec nous. Tout était de sa faute. Il n'aurait pas dû rentrer des camps ainsi il ne nous aurait pas éjaculés. On serait restés avec lui, morts avec lui. Même pas des projets, inconnus plus encore que le soldat inconnu sous l'Arc de triomphe. On n'aurait pas existé, serions la preuve que l'existence a des limites. Je ne serais pas là, ballant et insatisfait, malheureux par l'effet du luxe. Si nous n'étions pas riches, je ne serais pas allé à la Mayo Clinic, n'aurais pas contracté une blennorragie... La porte s'est entrouverte lentement, c'était le petit. Il est venu sur le lit, m'a serré dans ses bras. Il existait. Il n'y avait pas que moi, mes ratages, ratures, bavures.

— Maman a changé d'odeur, a-t-il murmuré, toi aussi... On fait la fête ce soir. Tu vas vivre, alors ?

J'ai refoulé mon émotion pour ne pas l'inquiéter, il m'a caressé, m'a dit que je ne risquais rien, qu'il me protégeait, que j'allais vivre longtemps. On s'est regardés tout près, tout près. Dans ses prunelles, j'ai distingué une peine cachée, une solitude qui me rappelait la mienne. Paul est entré sans prévenir, il souriait dans la pénombre. Il a mis une Craven dans ma bouche et m'a donné un Dupont or, m'a juré que ça n'avait pas le même goût, que l'or rendait le tabac meilleur.

— Il est à toi, a-t-il ajouté.

Comme un prestidigitateur, il a sorti un autre Dupont or de sa poche, j'ai applaudi, le petit m'a imité. Paul nous a salués d'un mouvement de la tête, feignant d'être blasé. Il a tendu son paquet de Craven au petit, il nous a regardés pour être sûr d'avoir bien notre approbation, s'est servi. Je me suis levé, assis sur mon bureau. J'étais inquiet, il me semblait que j'étais passé à côté… À côté de quoi ? On a fumé tous les trois, le petit riait de fumer. Paul m'a appris que papa avait commandé un repas chez un traiteur, il nous demandait de porter des cravates… Des cravates ? Une cravate bleue à rayures… Bordel de merde ! Le Noir avait toqué à ma tête de bois, avec sa cravate Christ Church et ses propos sibyllins… pour un cancre, car ils étaient clairs. Me montrant l'arc-en-ciel en plein orage, l'amour en pleine guerre, il m'avait dit qu'il était la trace du pied d'Iris descendue de l'Olympe pour porter un message. Il se confondait évidemment à l'arc-en-ciel, il était le rêve de… D'une femme qui me cherchait depuis sa naissance, depuis avant Pénélope, elle me voulait et je n'avais rien vu, rien compris ! Elle avait envoyé le Noir à la cravate magique pour me conduire à elle, me donner une clef pour la retrouver… Pour qu'elle m'aime, m'apprenne l'amour, à faire l'amour, lave mes péchés et mes cauchemars avec…

— Tu es malheureux, Jacques ? a demandé le petit. Tu as de la peine ?

Les yeux de Paul sont allés des boîtes d'antibiotiques à moi, il s'est assis sur le lit. La cigarette entre les lèvres, il a dit que l'amour faisait mal mais que ça se soignait. Il m'a caressé la main avec une grâce et une bonté qui m'ont brûlé les yeux.

— Ce n'est pas une maladie, a diagnostiqué le petit. On ne peut pas se soigner d'aimer maman, si ?

— Non, a répondu Paul. On ne peut pas.

Il a souri, le petit a eu l'air rassuré. Il a écrasé sa cigarette et a déclaré, sentant ses doigts, qu'il se mettrait à la cigarette, que ça chassait l'odeur du reste.

— Quel reste ? s'est enquis Paul.

Le petit a eu un geste de vieux bonhomme signifiant « tout »… Même maman qui avait changé d'odeur donc.

— Pourquoi elle s'habille en noir ? a questionné le petit.

— Parce qu'elle pensait perdre un proche, a répondu Pierre-Henri en entrant. Elle se trompe, c'est pour cela qu'on l'aime.

Il nous a regardés Paul et moi, avec son air à la Malraux que j'aimais bien désormais. Lui aussi a vu les boîtes d'antibiotiques et a dit que décidément les mousquetaires faisaient tout par trois.

— Par quatre, l'a repris le petit.

On lui a donné raison en souriant comme de bons bourgeois à l'approche du pire parce que les gens comme nous tentaient toujours de donner le change. Je me suis trouvé bête et aigri, mes frères étaient là et on s'aimait, on arrivait à partager nos sentiments. Jadis, ça me manquait, alors je pourrais accepter mon sort, me contenter de ce que j'avais touché, hérité au berceau ?

— Tous en cravate, a remarqué Pierre-Henri, il va peut-être nous nommer à son conseil d'administration ?

— Tu travaillerais avec lui ? s'est étonné Paul.

— Si j'en arrivais là…

— Pareil, a abondé Paul. Je préfère mourir.

Le petit m'a dévisagé, il était inquiet, Pierre-Henri et Paul étaient embarrassés. C'était à moi de jouer…

— Eh bien nous, ai-je brodé, Antoine et moi, on siégera au conseil d'administration et à mon avis, ça sera Antoine le futur président-directeur général de la banque Bauchot & Associés.

— Tu n'y crois pas ! s'est amusé le petit.

— Je crois qu'on aura tous ce qu'on veut… Qu'est-ce que tu veux faire plus tard ?

— Explorateur ou astronaute. Et toi ?

Paul et Pierre-Henri m'ont dévisagé, curieux.

— Je ne sais pas encore.

Le petit a été étonné par ma réponse, pas Paul et Pierre-Henri. On se connaissait. Paul était comme moi, Pierre-Henri, lui, avait l'échafaud et la loi comme garde-fous.

— La cravate, a dit le petit, c'est parce que c'est une occasion solennelle. Jacques est de retour et puis… Et puis je ne sais pas. C'est Jody qui…

On a frappé à la porte, c'était elle. Comme c'était curieux de la voir là, à l'étage, chez nous les descendants, les héritiers.

— Ces messieurs doivent être prêts à vingt heures trente, a-t-elle déclaré non sans ironie.

Sûre d'elle comme si elle était certaine d'être du genre féminin, pas du genre employé, d'avoir une forme d'attrait pour nous les fils à papa, les *branleurs* de l'étage. Elle travaillait pour vivre, nous nous vivions par défaut de quelque chose. Nous vivions sans payer pour, en encaissant les dividendes du travail des autres. Elle nous a laissés et a fermé la porte. Le petit était troublé…

— Vas-y, l'a encouragé Paul, vas-y, crache ta Valda.

Le petit a rougi et s'est lancé en faisant un geste significatif :

— Elle a une plus grosse…

Il n'a pas osé continuer.

— De plus gros seins que maman, a proposé Paul, c'est ça ?

Le petit a hoché la tête.

— C'est pas normal, a-t-il balbutié, on ne devrait pas pouvoir.

— C'est peut-être des faux, a suggéré Pierre-Henri. Il faut que tu lui demandes de te les montrer pour vérifier.

Le petit a éclaté de rire, il a déclaré qu'il allait mettre son costume de la Vierge, maman le lui avait acheté pour la procession du 15-Août. Il nous a quittés, Paul a allumé une Craven et a dit que papa avait engagé Jody pour qu'il couche avec elle, pour savoir s'il était pédé. Le mot m'a fait mal...

— Je vous donne ma part, a-t-il proposé.

— Je prendrais bien, a avoué Pierre-Henri. Mais j'ai peur de me manger un refus doublé d'une gifle. Et toi ?

Je ne savais quoi répondre.

— Putain de moine, s'est étranglé Pierre-Henri en consultant sa montre, il y a le feu.

Ils m'ont laissé, j'ai ouvert l'armoire et trouvé mon costume de la Vierge car même si je n'avais pas fait ma communion solennelle, j'étais prié – sans que cela soit dit – d'y participer. Un blazer bleu, un pantalon gris, chemise blanche et la cravate de Pierre-Henri. Des mocassins noirs que je n'avais pas mis depuis le vase de Soissons. Mais ce n'était pas un marathon, juste une soirée de gala en famille. Je me sentais faible, plutôt malade, l'addition de la néphrite et du reste. Dans la salle de bains, je me suis souvenu de l'époque où je ne voyais de moi que le front. Aujourd'hui, la glace me renvoyait le reflet d'un adolescent émacié, pas beau, une certaine ressemblance avec Bonaparte à l'époque d'Arcole et pourtant je ne couchais pas comme Pierre-Henri dans le lit du maréchal Lannes, la lecture de l'*Histoire d'un conscrit de 1813* et des *Mémoires de Sainte-Hélène* avait dû suffire. C'est avec ce visage que j'étais et que je serais... Plus tard, si je vivais, je m'empâterais comme le lieutenant d'artillerie devenu empereur, perdrais mes cheveux et compagnie.

Le petit m'a appelé, il ne s'en sortait pas avec sa cravate, je la lui ai nouée du mieux que j'ai pu et j'ai éprouvé un curieux sentiment, je me sentais son père, responsable de lui, alors que je pouvais si peu pour le protéger des oncles taciturnes, des mères en deuil, sans parler des Mustang décapotables. Pierre-Henri nous attendait sur le palier, il a hoché la tête au spectacle de notre déguisement commun, puis il a montré l'escalier au petit qui est descendu en premier, fier, un peu pâle quand même. On a pris sa suite, moi en dernier. On devait tous être anxieux, se méfier de cette réception impromptue, de ce bal des débutantes, sans filles à marier, sans autres invités que nous. En passant devant la porte de la chambre des parents, Paul s'est tourné vers moi et m'a dit :

— On va gagner quoi à la tombola ? Tu le sais, toi ?

— De la maturité, a répondu Pierre-Henri.

— Tu veux dire des rides, lui a rétorqué Paul.

Dans le hall, que j'appelais vestibule du temps de mon enfance, des tables offraient d'innombrables mets sur leurs nappes blanches ; un serveur et une serveuse étaient plantés là, gantés, payés à se faire suer. Ils nous ont salués d'une courbette et j'ai eu envie de manger un sandwich jambon-beurre-cornichons, ou des frites et une paire de Strasbourg, de ne pas être là, d'être libre dans une cabane au Minnesota. Papa est sorti de son bureau, ce n'était plus lui tout à fait, c'était un père qui faisait ce qu'il pouvait avec les moyens du bord. Il m'a enlacé et tapoté sur l'épaule, j'ai pensé à son dernier camp, tous les Allemands étaient partis, ceux qui vivaient guettaient l'arrivée des Alliés, trouvaient à manger au milieu des égouts éventrés et des morts, des rats, pas mieux que des rats habillés et qui puaient. Et il était là, derechef homme civilisé, et nous avait engendrés, et on vivait dans ce décor sans âmes.

Elles étaient restées dans les camps, les camps avaient volé toutes les âmes de tous ceux qui y étaient passés, de toutes leurs descendances, il ne nous restait plus que des membres et des esprits, certains organes ; et cinq litres de sang par personne pour se prendre une cuite phénoménale. Il ne m'a pas entraîné dans son bureau pour parler de ma fugue, on n'en parlerait pas, on ne parlerait plus, c'était encore une histoire d'amour ratée, un échec de plus. Nous les Bauchot, nous ne pouvions pas aimer. C'était affreux, je souffrais au point de crier, papa était mon seul grand homme vivant, avait été plutôt. C'était fini. Il m'a conduit au bas de l'escalier pour accueillir maman, en noir, elle était belle, elle était si belle. Et nous, tous à ses pieds... Papa a déclaré qu'il était heureux que nous soyons tous réunis, grâce à Dieu. Les narines de maman se sont pincées. Papa a continué en faisant l'éloge de notre belle famille, celui de sa femme bien-aimée, et les fils prodigues ont fermé le ban sous les applaudissements. Les préposés nous ont servi le champagne, on l'a bu debout comme à une réception, c'était oppressant. Que se passait-il ? On ne pouvait même plus s'ennuyer entre nous, il fallait des témoins ?

Je me suis empiffré de canapés très jolis mais sans goût car les gens qui en mangeaient n'en avaient sûrement pas, j'étais un peu ivre, comme nous tous, sauf le petit. J'avais le sentiment d'assister à un spectacle, lequel je ne le savais pas. On est passés à table, on nous a servi du château-canon, je lui ai trouvé la même absence de saveur qu'aux canapés. Je croisais le regard de mes frères, je parlais comme eux sans m'entendre, écoutais sans comprendre, la comédie battait son plein et ça durait. Plus tard, papa a posé un paquet cadeau devant l'assiette de maman, elle l'a dévisagé avec une expression de détresse qui m'a tordu le ventre, elle avait peur et implorait papa de ne pas la faire souffrir. Les yeux baissés, ses yeux qui me faisaient vivre et rager de vivre, elle a saisi le paquet de ses mains qui tremblaient à peine comme des voiles au loin. Elle a dénoué le ruban, tous nous attendions, même papa qui rêvait en faisant semblant d'être là et c'était comme ça qu'il avait tenu là-bas, c'était sûr. Elle a ouvert la boîte et les yeux emplis de diamants, elle a bouclé autour de son cou la belle rivière de larmes.

LE LIVRE

Dans la chambre du Bel-Air Motel, deux photographies étaient accrochées aux murs, celle d'un aigle et celle d'un loup. Leurs yeux me perçaient, l'aigle s'envolait et venait me dévorer, ou c'était le loup qui s'approchait, plongeait ses crocs dans mon ventre. Ça sentait la sueur et Eau sauvage… Je venais de me réveiller, ici, à Versailles. Je me suis assis sur le bord de mon matelas, mes pauvres pieds sur la descente de lit. Impossible d'oublier. Au matin, là-bas, j'avais ouvert les yeux comme un mort recalé à l'examen et j'avais vu l'enfer. J'avais titubé jusqu'à la salle de bains…

La porte s'est ouverte, ce n'était pas un de mes frères, c'était elle. Elle s'est assise à côté de moi, je sentais son parfum, son corps. Elle portait un pantalon, un pull à col roulé ; ses pieds étaient nus, les ongles vernis.

— Je me fais belle, pour moi. Pour rester moi, tu comprends, il ne me regarde plus, plus personne ne me regarde, je deviens abstraite.

Si elle avait voulu m'assommer, elle n'aurait pas fait mieux.

— Je compte, a-t-elle confié, je compte les jours, depuis…

Le jour zéro, c'est ce soir-là, tu te souviens ? Comme la naissance du Christ. Tu sais combien ?

Cela faisait presque un an et demi…

— Les quatre saisons… Quel con ce Vivaldi !

Deuxième fois que je l'entendais dire « con »… Ce n'était pas forcément une bonne nouvelle.

— Il n'y a pas de musique pour ce genre de niaiserie bourgeoise, j'aurais dû le tromper, ne pas le réconforter quand il est sorti de ces camps… Il ne faut pas me parler des Juifs.

Elle m'a proposé son paquet de Peter Stuyvesant, je me suis servi. Elle a allumé nos cigarettes avec une allumette, sa flamme a éclairé nos ténèbres. Et l'odeur de soufre, ça nous allait bien. Nous les Bauchot étions les coucous des enfers, nous sortions nos faces de carême tous les quarts d'heure pour claironner la marche du temps vers le néant… Enfin le nôtre, notre néant de poche. Si j'avais dû faire un bilan, à cet instant, j'aurais dit que je n'allais pas si mal que ça. Je prenais moins de médicaments, vivais un peu *mieux*. J'aurais pu réintégrer Hoche, mais ne voulais pas. Je préférais rester isolé, pour me préparer, un jour, à affronter la comédie humaine que je savais féroce, j'avais payé pour le savoir. La maison était silencieuse, Pierre-Henri découchait comme tous les mardis, Paul peignait en noir toutes les portes rouges, Chez Régine, ou ailleurs, peut-être même à Versailles ? Quant à Antoine, le petit frère, il dormait, enfin je l'espérais…

— C'est toi que je préfère, a dit maman.

Ce n'était pas un cadeau, plutôt une morsure, et comment pouvait-elle proférer ça ?

— Ça ne se dit pas, a-t-elle concédé en faisant tomber la cendre de sa cigarette dans le cendrier. Pourquoi ? Parce que tout le monde ment. Personne ne peut dire la vérité, sa vérité.

Je te préfère pour tout, ton visage, ton caractère. Tout. Tu aurais pu être mon compagnon, toi tu ne m'aurais pas trahie… C'est idiot la génétique… Je voulais dire la généalogie… Tu viens, on va faire de la pâtisserie ?

Elle s'est levée, heureusement qu'il faisait sombre, elle aurait vu combien je l'avais dans la peau. Elle enlevait l'apostrophe entre « l » et « origine ». Elle soudait tout et moi dedans. Un phare naufrageur dans le remake familial de la Genèse. On ne pouvait pas aller bien loin en l'aimant comme je l'aimais. Comment pouvais-je faire pour m'en sortir ? Et il n'y avait pas qu'elle… Les singes, papa, la néphrite, ce n'était pas des seconds rôles ; ils voulaient, eux aussi, leur place sous mes projecteurs. On a descendu l'escalier dans la pénombre. En bas, elle a disparu devant moi et lorsque j'ai voulu pénétrer dans la cuisine, elle a sauté sur moi en criant : « Hou ! » J'ai éclaté de rire, elle a appuyé sur l'interrupteur, chassant l'ombre d'Yvette. Elle a ouvert tous les placards en disant :

— Tout est tragique dans nos existences, alors on a inventé le sucre pour oublier.

Elle a pivoté vers moi et a poursuivi :

— Et tout le reste, les néons et les putains.

Elle s'est emparée d'un tube de verre contenant des gousses de vanille.

— Tu sais ce que je vais faire ?

— Récompenser un pénitent.

Elle m'a dévisagé, cherchant une réponse sur mon visage et dans ses souvenirs.

— Ah oui ! Quand tu ne voulais pas manger ta soupe… Par la fenêtre, je te regardais traverser la rue… Tu me faisais penser aux bourgeois de Calais…

Elle s'est lancée dans une crème anglaise. Ça sentait bon.

J'ai regardé au plafond pour ne pas voir ses fesses dans le pantalon de deuil… Puis, j'ai saisi une cuiller en bois pour m'occuper les mains.

— Je vais fumer des Kent aussi, a-t-elle déclaré, des Chesterfield… Je changerai à chaque paquet. Ne pas s'attacher, voilà une solution.

Elle a pivoté vers moi, radieuse dans sa tristesse implacable :

— Tu as entendu parler de Hegel ?

— Un peu… Mais de loin, loin…

J'étais abasourdi.

— Je vais m'y mettre.

Elle s'est adossée au plan de travail et a dit, remontant d'un doigt une mèche de cheveux :

— Je m'enlaidirai, ça m'ira bien.

Qu'est-ce qu'elle avait encore inventé ? C'était quoi cette dernière folie ? Elle a pivoté, saisi le manche de la casserole, versé le lait bouillant sur les jaunes d'œuf et le sucre.

— Je vais apprendre l'allemand, a-t-elle déclaré. Je pense que c'est indispensable pour lire dans le texte. Il a une tête marrante, ce Hegel… Ça va m'occuper au moins une dizaine d'années.

Elle a battu le mélange au fouet et a poursuivi :

— Après… Ne mise pas un sou sur moi, Jacques. Pas un rond, ça va mal aller, de plus en plus. J'aurai la ménopause, mes pieds se déformeront, je perdrai mes seins, mes cheveux, tout ça, tu vois… Oh, et puis j'en ai marre. Tu viens ?

Je l'ai suivie, hypnotisé, elle me tenait bien mieux que si j'avais eu une laisse et un collier. Elle a choisi un manteau dans son dressing. J'ai cavalé à l'étage, passé mon vieux caban. Je l'ai rejointe, on a traversé le jardin. Dans la rue, elle m'a pris le bras. On est allés jusqu'au parc, il faisait froid. J'étais heureux, profitais de l'instant, de maman. Nos ombres étaient réunies comme celles des amants.

— Tu la connais ? s'est-elle enquise en s'arrêtant. Il te l'a présentée ?

— Non.

Elle a hoché la tête.

— Elle doit être jeune ou vicieuse… blonde, je le suis ! Elle l'a eu comment, à ton avis ?

Je ne savais quoi répondre, la maîtresse de papa occupait toute l'ombre, elle était tous les mots que nous ne disions pas, elle épuisait nos questions avant que nous les prononcions. Pour le silence qu'imposait la mafia, on employait le mot *omerta*… Pour le silence qui nous enfermait tous, peut-être aurait-il fallu questionner les camps ? Que disaient les SS aux malheureux qu'ils torturaient, massacraient, donnaient à bouffer à leurs sales chiens… *Ruhe* ? Maman a dû en avoir assez d'attendre ma réponse, elle m'a empoigné le bras et s'est mise à courir ; je l'ai imitée. À bout de souffle, on s'est assis sur un banc, restés là un long moment sans parler. La sentir vivre à mes côtés me comblait, même si je savais que cela n'aurait qu'un temps. Lorsque nous sommes revenus à la maison, le petit était assis en bas de l'escalier. Maman m'a chuchoté qu'elle n'avait pas de place pour lui, c'était trop tard.

— On l'a fait au lieu de faire la vaisselle… D'aller à Saint-Moritz.

Ça m'a paru d'une cruauté démente. J'ai pris le petit dans mes bras, maman lui a déposé un baiser sur le front, est montée dans sa chambre. J'ai tenu le petit dans mes bras, il était froid. Je lui ai donné cent baisers. Je l'ai serré, serré contre moi, pour le réchauffer.

— Tu as quel âge ?

— Neuf ans.

— Tu as encore le droit, alors…

— Lequel ?

En guise de réponse, je me suis levé en le portant, il n'était pas si lourd que ça. Je l'ai couché dans son lit, me suis assis à côté de lui… Il me regardait, calme et triste. J'ai lutté contre ma peine, il s'est endormi. Il payait toutes nos conneries, notre folie. Les singes étaient partout, se bouffaient entre eux. J'aurais voulu lui jurer… Mais on avait déjà juré au-dessus de lui, notre parole ne valait pas grand-chose.

Sur le rebord du lavabo de la salle de bains, j'ai trouvé un paquet grossièrement emballé dans *Le Figaro* avec écrit dessus au feutre rouge : « Pour le néphrétique ». L'écriture de Pierre-Henri. Dedans : un rasoir, de la crème à raser et un après-rasage. J'ai entendu des grognements en provenance de la douche. Pierre-Henri et Paul ont écarté le rideau en feignant de se masturber.

— C'est recommandé pour les blennos, a marmonné Pierre-Henri.

Ils étaient tarés, mais chouettes.

— 68 démarre bien, a dit Paul, je la sens cette année.

— Tu la sens quoi ? s'est intéressé Pierre-Henri.

— Sexe.

— Merci les gars, ai-je dit, c'est sympa.

— Tu es mignon, a dit Paul, mais avec tes poils, ça fait pubère pas clair, coup à problèmes… Si tu veux des filles ou des garçons…

— Ah non ! a râlé Pierre-Henri, pas deux pédés dans la famille, pensez à ma carrière.

Je me suis forcé à m'amuser de sa remarque, j'ai chassé les

souvenirs… Paul m'a jeté un regard qui m'a troublé. Il ne faudrait pas que… C'était à moi d'assumer ma vie, seul.

— Tu veux que je te montre, Jacques ? S'il y avait un diplôme de barbier, j'arriverais peut-être à le décrocher… Alors, c'est oui ?

J'ai acquiescé. Il a fait couler l'eau chaude, a tapoté mes joues avec, dévissé le tube de crème :

— Tu commences par te faire une tête de gland post-branlette… Comme ça, fils.

Il m'a enduit les joues et le cou de crème.

— Il fait plutôt saint-honoré, a constaté Pierre-Henri en se marrant.

— T'es con, ai-je dit en rigolant moi aussi. Très con.

Paul a passé la lame du rasoir sous l'eau chaude et a commencé à me raser.

— Les types de droite, a-t-il marmonné, comme Pierre-Henri, gonflent les joues. Comme ça, tu vois. Ils ont vu faire ça dans de mauvais films. Les pédés de gauche, eux, procèdent plutôt comme ça…

Il a fait bouger son menton de gauche à droite, on riait.

— Et les filles enceintes ? a dit Jody dans l'embrasure de la porte, elles font comment ?

Elle dévisageait Pierre-Henri qui n'arrivait pas à parler.

— Oui comment ? a-t-elle répété.

Elle était belle dans la glace, ça faisait deux mois qu'elle ne travaillait plus ici, je croyais qu'elle était repartie en Angleterre. Je me suis rincé le visage.

— D'abord, a bredouillé Pierre-Henri, qu'est-ce qui…

— Il vaut peut-être mieux que tu te taises, l'a interrompu Paul. Comme ça tu ne regretteras pas d'avoir dit des bêtises.

Il a embrassé Jody en lui disant qu'elle était de plus en plus jolie.

— Tu devrais faire avocat, lui a conseillé Jody, ou de la politique.

Je l'ai embrassée à mon tour, elle m'a assuré que j'avais meilleure mine.

— On va dans ma chambre, a proposé Paul. On sera mieux pour parler.

On l'a suivi, il a fermé la porte, a proposé son vieux fauteuil club à Jody, qui s'est assise sur un des bras au cuir décoloré. Elle avait de belles jambes, sa minijupe faisait loucher.

— De combien ? a demandé Paul.

— Trois mois.

Je ne savais même plus qui m'avait donné ma cigarette, mais c'est Jody qui me l'a allumée.

— Tu ne veux pas le garder ? a dit Paul.

Pierre-Henri a tressailli, Jody a ri, puis elle a haussé les épaules :

— Il faut un père, non ?

— Et une mère, a ajouté Paul.

Elle était au bord des larmes. Qu'est-ce qu'elle avait de beaux gros seins… J'étais un sacré singe de penser ça, à ce moment.

— Il te faut combien ? s'est renseigné Paul.

— Mille cinq cents francs, au moins…

D'une poche de son Levi's, il a sorti une liasse de billets de cent francs. J'étais ahuri. Même papa n'avait pas autant d'argent sur lui.

— Il y a deux mille, a-t-il dit.

Il a tendu les billets à Jody, ça faisait deux mois de salaire pour un ouvrier.

— Allez, a-t-il insisté, ce n'est que de l'argent. Et si tu veux, je viens avec toi.

Elle a pris la liasse, donné un baiser sur la joue de Paul, m'a souri… Et puis elle est partie. Je ne savais pas quoi faire, j'étais très mal à l'aise, sidéré.

— Oui je sais, a murmuré Pierre-Henri, je suis une merde. Nul, pire qu'un mufle.

— Tu crois quoi ? lui a répondu Paul. Que je suis un saint, un ange ? Tu parles !

Pierre-Henri a ouvert la porte en se promettant qu'il allait se racheter, l'aider. La consoler. Il a disparu, on l'a entendu appeler Jody. Elle n'avait pas été remplacée, la maison se débrouillait toute seule. Paul me regardait, je l'admirais. Il m'était supérieur à tous les niveaux, lui avait réussi à être humain, mieux, un homme. Il venait de nous le prouver, c'était lui le successeur de papa.

— Je t'aime, ai-je dit.

On s'est enlacés, c'était moi l'aîné pour l'état civil mais en vérité, c'était lui.

— N'aie pas peur, Jacques. Tu ne peux pas être moche, toi… Toi et le petit frère, vous nous sauvez. Vous sauvez toute la famille. Ne t'en veux pas… Tu veux me dire quelque chose ?

Je l'ai serré très fort en pensant au Bel-Air Motel, je l'ai serré, longtemps, longtemps. Je lui donnais toute la saloperie, la honte, tout ça, et lui, il prenait, et je me sentais frère, grâce à lui… Frère, aimé, compris, grâce à lui, la Mouette de jadis.

C'était la fin février de cette année du sexe, je sortais tous les après-midi pour ne pas perdre l'usage de mon corps, le retrouver. Parfois, je courais un peu, autour de la pièce d'eau des Suisses, sur des allées du parc. La demeure était muette comme une tombe construite pour une idée qui n'avait plus cours, une idée périmée. En bas de l'escalier, je me suis rendu compte de l'état dans lequel la maison était, le sol était dégueulasse, le courrier s'empilait sur la table de chasse, tout était poussiéreux, je voyais même une toile d'araignée… Et c'était pareil partout. J'ai eu honte, c'était ma maison, chez moi. Vivre, ce n'était pas forcément payer des gens pour faire tout ce qui n'était pas agréable, vivre ce n'était pas payer des gens pour vivre à ma place mes tâches et devoirs. J'ai ôté mon caban, trouvé des chiffons, l'aspirateur, une serpillière ; aujourd'hui je ferais le hall, demain la montée d'escalier, ainsi de suite, mes frères m'aideraient sûrement.

Lorsque j'ai eu fini, je me suis assis sur une marche de l'escalier, j'étais content, peut-être que la vie ça se lavait ? Toujours pas un bruit dans la baraque. Le petit était à l'école, mais maman ? J'ai commencé à être inquiet, elle apprenait l'allemand pour apprendre Hegel, d'accord, mais elle n'avait pas un bâillon, ne se déplaçait pas sur coussin d'air. Je me suis levé et ai frappé à la porte de *sa* chambre désormais, en vain. Je suis entré tout doucement, prêt à m'excuser. C'était dans un état affreux… Ça m'a fait de la peine, j'en ai voulu à papa, c'était un salaud. Un vrai salaud. J'ai traversé la chambre, ouvert la porte de la salle de bains, je n'aurais pas dû… Je ne savais que faire. Nettoyer ? Mais en avais-je le droit ? C'était l'espace privé de maman, je n'aurais pas dû entrer. Pour autant, j'avais vu. Elle perdait le *sens commun*, aurait-elle dit.

En traversant le jardin, j'ai remarqué, sur les graviers, l'enfant Jésus. J'ai ramassé le minuscule santon, il était froid dans ma main. Personne ne me regardait, je l'ai embrassé pour deux, pour lui et pour Antoine. Lui ne semait pas des cailloux comme le Petit Poucet, mais sa foi. Car ça ne pouvait être que lui. J'ai quitté l'allée et cherché dans le jardin, j'ai trouvé un bœuf et un des Rois mages. J'étais triste, ne savais que faire pour aider mon frère. Je suis sorti du jardin désemparé, j'ai croisé le facteur. Ça m'a donné une idée. J'ai acheté une carte postale avec des anges, je l'ai postée sans rien écrire dessus. Une impulsion. Je suis allé marcher dans le parc du château, j'ai demandé à je ne sais qui de nous aider, de sauver Antoine et maman ; j'ai demandé d'avoir une belle vie propre, d'avoir un métier intéressant et des enfants. J'ai oublié la femme qui allait avec, je l'ai rajoutée. Le jour déclinait, j'ai pressé le pas. En passant devant Le Petit Prol', j'ai tourné la tête pour voir des belles filles à la mode, à la place, j'ai vu maman au comptoir. Ça m'a flanqué un coup de marteau sur la tête, les gens du comptoir, c'étaient les alcooliques, les ouvriers… Que faire ? Je suis revenu vers la maison en plein égarement, je me sentais seul, galérien d'une histoire infernale. Devant moi, j'ai aperçu le petit qui rentrait de l'école, tout seul, écrasé par le ciel sans pitié, les millions de tonnes des maisons. J'ai fait un détour, acheté du cacao, du lait, de la brioche. Je me suis dépêché de rentrer ; de la cuisine, je ne l'entendais pas, il devait pencher son beau front sur ses devoirs, apprendre sa leçon. Je l'ai appelé, il est apparu. Le bol était empli de cacao bien chaud, la brioche était disposée sur une assiette, avec à côté une serviette et un reste de confiture. Il m'a interrogé du regard. Je l'ai encouragé d'une mimique à s'installer, ce qu'il a fait. Je me suis assis face à lui et je lui ai dit que j'avais un problème. Il m'a dévisagé, j'ai posé l'enfant Jésus sur la table.

— Quelqu'un l'a perdu, il est tout bébé, tu comprends… Il faudrait qu'on s'en occupe… À deux, c'est mieux.

Le bœuf et le rRoi mage ont rejoint l'enfant Jésus.

— Si tu m'aides, ai-je poursuivi, on peut s'en sortir, faire une crèche, qu'ils soient heureux ensemble, comme une famille.

Il a hoché la tête.

— Dans ta chambre ou dans la mienne, si ça t'embête de les avoir sur le dos toute la journée. Qu'est-ce que tu préfères ?

— Tu n'oublieras pas ?

— Quoi, Antoine ?

— Que c'est notre crèche ?

— Tu as ma parole d'honneur.

— Dans ma chambre alors si tu n'es pas triste.

— Il faudra peut-être acheter une crèche ou en fabriquer une ? Qu'est-ce que tu préfères ?

— Qu'on la fabrique.

Il avait les yeux brillants, j'ai cru au retour de Dieu. Dans la cave, on a cherché tout ce qui pouvait nous aider à construire la crèche. Antoine était content, il riait. On a trouvé des boîtes, de la paille, du tissu, des mètres de guirlande, des étoiles en carton doré, tout ce qu'il fallait. Antoine a même applaudi. On est remontés, on avait le visage maculé de charbon, Antoine s'en est amusé. On s'est lavés là-haut, j'ai entendu maman entrer dans sa chambre, ça m'a soulagé. Pas longtemps, elle était peut-être ivre ? Je l'ai chassée de mes pensées pour m'occuper d'Antoine. En une heure, on a fait une chouette crèche, on a décidé d'acheter des santons. J'ai demandé à Antoine s'il avait déjà mangé une pizza, il m'a répondu que non. Je l'ai laissé, j'ai frappé à la porte de la chambre de maman, lui ai demandé de l'argent. Elle a entrouvert la porte et m'a tendu un billet de cent francs, je l'ai remerciée. Elle s'est enfermée en guise de réponse, comment tout ça allait-il évoluer ? Elle roulerait sous le comptoir du Petit Prol', chanterait des chansons à boire sous les fenêtres de Mme Loubet ? Ou je me faisais un méchant film, lorsque je l'avais entraperçue, elle buvait un crème ou du Viandox ?

Maman était un pur poison, c'était la seule vérité. Elle m'intoxiquait en permanence, moi *le préféré*. Pour me débarrasser d'elle, il faudrait que Pierre-Henri me décapite.

Antoine m'a accueilli, le doigt sur la bouche. Seule une guirlande électrique éclairait la crèche et la pièce. Il m'a pris par la main, m'a conduit vers la cheminée. Il a levé les yeux vers moi et a dit :

— Tu as vu comme il dort bien ?

Il parlait de l'enfant Jésus, bien sûr. Sur le palier, il m'a demandé de l'attendre, il est sorti de la salle de bains, les cheveux peignés.

La Trattoria, ça s'appelait ainsi, se trouvait rue de Beauvau, tout près de la maison. Il n'y avait que quelques clients, et au fond de la salle, Roch Dambert qui lisait un livre sans toucher à son assiette de pâtes. Cela faisait plus de six mois que je ne l'avais pas vu. Il avait des lunettes noires, un costume noir, une cravate grise. Une serveuse avec un tablier blanc et de très grosses fesses nous a escortés jusqu'à une table, j'ai dit à Antoine de m'attendre. Je me suis approché de Roch Dambert, il a levé la tête vers moi et a fini par dire :

— *Interdum obliviscor spirare*[1].

— *Ad impossibile nemo tenetur*[2].

J'avais répondu du tac au tac. Il s'est remis à lire, me signifiant qu'il avait autre chose à faire. J'étais vexé, mortifié. Je m'en voulais d'avoir fait le malin avec mon latin de cuisine. Roch Dambert était une figure capitale de ma vie, mon seul ami... Et ça se finissait comme une mauvaise comédie. Je me suis forcé à sourire à Antoine, me suis assis face à lui. Roch Dambert a éclaté de rire, je me suis interdit de me retourner, s'il voulait se moquer de moi, libre à lui.

— Tu es triste, Jacques ?

— Ah non ! Pas du tout ! Tu as regardé la carte ?

— Je ne sais pas quoi choisir...

J'ai aidé Antoine, c'était une façon d'oublier mon désarroi. Il a pris une regina, moi une napolitaine. J'aurais pu manger une choucroute ou un pied de porc à la Sainte-Menehould, tout aurait eu le goût d'une mauvaise blague. En passant à côté de nous, Roch Dambert a posé le livre qu'il lisait sur notre table, s'est éloigné en disant :

1. J'oublie parfois de respirer.
2. À l'impossible nul n'est tenu.

I smell the blood of an Englishman,
Be he alive, or be he dead,
I'll grind his bones to make my bread.

Le petit m'a interrogé du regard.

— Il doit citer le livre, ai-je dit.

Livre que j'ai retourné, c'était *Jack and the Beanstalk*. J'ai montré la couverture enluminée à Antoine.

— Jacques et le haricot magique, ai-je traduit.

— Et ce qu'il a dit ?

— De mémoire… "Il renifle le sang d'un Anglais… Vivant ou mort… Il moudra ses os pour faire du pain." C'est un conte connu, l'histoire d'un jeune garçon qui vit avec sa maman. Ils sont pauvres. Un vieux monsieur donne des graines à Jack, il les sème, au matin, il découvre un haricot géant qui monte au ciel… Je ne t'en dis pas plus, sinon, tu n'auras plus d'intérêt à l'écouter lorsque je te le lirai. Je vais acheter une édition française, sinon ma lecture sera trop hasardeuse… D'accord ?

— D'accord… Jack, Jacques.

Il souriait, moi, j'étais presque rasséréné, si Roch Dambert m'avait donné le livre, c'était sûrement pour… Pour quoi ? Je me racontais une histoire, m'inventais un conte. La serveuse est venue nous demander ce qu'on prenait en dessert, Antoine a opté pour un banana-split, moi un café liégeois. Elle nous a laissés, Antoine l'a suivie du regard, a baissé les yeux en retenant son amusement.

— Quoi ? Raconte ?

— Elle a de vraiment grosses fesses.

— Tu es obsédé, les seins de Jody, les fesses de…

Je me suis approché de lui pour lui susurrer :

— Tu as vu le nez du monsieur là-bas ?

Il s'est tourné, puis m'a regardé en riant intérieurement. La serveuse nous a apporté nos glaces, Antoine était pressé de goûter, c'était son premier banana-split. Il s'est occupé de lui régler son compte. J'étais chamboulé par ma rencontre avec Roch Dambert, son présent. Son influence sur moi était incroyable, il aurait pu m'entraîner au pire… J'ai pensé que lui aurait tué l'homme au Stetson, lui aurait fait rentrer *Le bateau ivre* dans la gorge. Je me suis efforcé de quitter la chambre du Bel-Air Motel, de revenir avec mon frère. J'étais là pour lui, pas pour ressasser. Il était toujours absorbé par sa glace, j'ai ouvert le livre comme à mon habitude et lu une page.

— Tu lis en bougeant les lèvres, a remarqué Antoine.

Il avait les lèvres barbouillées de chocolat, j'étais content de le voir ainsi, comme un petit garçon heureux. Il y a de ça quelques minutes, j'étais triste, et là, j'étais optimiste, plein de ferveur dans la vie, mon avenir, le nôtre. Tout ça, parce que Roch Dambert m'avait laissé ce livre, s'était rattaché à moi, me semblait-il… Sans les autres, j'étais comme amputé de moi-même.

— C'est parce que c'est difficile pour moi, j'ai besoin de mâcher les mots. Je fais pareil en latin, en allemand. Je rabâche pour mieux comprendre. Et toi ?

— Je ne sais pas, je… Je ne sais pas qui je suis au fond, tu vois ?

— Oui… Et je te vois.

On s'est regardés, je l'aimais, je le devinais. Il était moi et moi, lui ; on avait hérité de nos parents l'argent, certes, mais tout le reste aussi.

— Tu me vois, mais moi, je ne me vois pas. Si je me voyais…

J'ai senti son trouble. Je me suis gardé de parler pour le laisser finir, exprimer ce qu'il voulait dire.

— Si je me voyais, a-t-il repris, j'existerais mieux, je m'aiderais lorsque je suis triste.

Il s'est tu et a fini par dire :

— Est-ce qu'on a le droit de s'aimer ?

— Mais oui ! C'est indispensable, sinon…

— Tu t'aimes ?

J'étais coincé, on a ri ensemble, c'était peut-être un peu factice, mais tous les deux nous avions vu arriver le danger. Si on avait poursuivi, il aurait fallu aborder le sujet : notre solitude d'être. Ce qui était impossible car elle était incluse dans notre condition d'être. C'était certainement pourquoi on avait besoin de l'œil de Dieu, la fiction divine nous permettait de supporter l'immense silence aveugle qui prenait la place du placenta dès que nous jaillissions dans le monde. J'ai payé et nous avons retrouvé la rue solitaire et son cortège de voitures froides, alignées tel un pauvre troupeau improductif. J'ai proposé à Antoine de faire un crochet pour digérer, nous avons poussé jusqu'à la rue du Parc-de-Clagny. On continuerait par l'avenue du Général-Mangin, puis l'avenue de l'Europe comme deux rentiers. Des flocons de neige épars ont saupoudré le trottoir, les derniers de l'hiver sûrement… Antoine a sorti la langue et en a attrapé un.

— Comme un lézard gobe une mouche ! s'est-il exclamé.

Je l'ai imité, mais suis arrivé bredouille sur le pas de la porte. J'ai levé le bras d'Antoine, l'ai déclaré vainqueur. Il souriait. La demeure était obscure comme si nous n'habitions pas là, ce qui était somme toute assez vrai. *Nous* ne nous représentait plus, le mot qui nous racontait n'existait pas. C'était un échec invraisemblable pour papa et maman, comment avaient-ils pu en arriver là ? J'imaginais qu'ils n'avaient pas été vigilants, n'avaient pas vu la première fissure, ou avaient décidé de ne pas y attacher d'importance, *de faire la vaisselle*. Pas de lumière sous la porte de la chambre de maman. Antoine est allé se laver les dents, il est sorti tout pâle de la salle de bains, est allé vomir dans les toilettes où je l'ai rejoint. Je l'ai aidé à se relever, lui ai lavé le visage dans la salle de bains.

Tandis qu'il se couchait, j'ai allumé la guirlande électrique de la crèche. Je lui ai dit que j'allais lui faire une tisane, j'avais envie de fumer, j'ai trouvé une Marlboro dans ma chambre. Je l'ai allumée sur le palier, j'ai songé à l'ancien temps, aux amis John Scheel et Sébastien Kneipp. Ils devaient se retourner dans leurs tombes en voyant le dérèglement général qui présidait à nos destinées. Mais eux, ces parangons de vertu, étaient-ils sincères ? Et c'était quoi la sincérité ? N'était-ce pas un leurre ? J'ai fait chauffer de l'eau dans la bouilloire et me suis mis en quête de verveine. Un jour, je serais adulte, indépendant et seul complètement. Il faudrait que je trouve ma voie… Ou que je vive comme un papillon de nuit allant se heurter à toutes les lumières pour finir défiguré à l'aube. Savait-on, au dernier instant, pourquoi on avait vécu ? J'ai mis un sachet de verveine dans une tasse très élégante et précieuse, en porcelaine de Sèvres, blanche, ornée de lambrequins d'or. Je me suis débarrassé de ma cigarette et j'ai retrouvé Antoine dans sa chambre. J'ai posé le plateau sur ses jambes, et me suis assis sur une des chaises que j'ai tirée vers le lit.

— C'est dommage que j'aie rendu, a-t-il dit, gêné. C'était la fête…

— Le bonheur est souvent insupportable.

— Comme le malheur ?

— Oui… Et puis des fois, les deux sont liés.

— Ce soir, tu es heureux ou malheureux, ou les deux ?

— Heureux.

— Moi aussi !

Il m'a demandé de laisser la guirlande allumée, de ne l'éteindre que lorsqu'il serait endormi.

— C'est le plus beau jour de ma vie, a-t-il confié, lorsque je me suis penché sur lui pour l'embrasser.

Mon petit frère chéri…

Dans ma chambre, j'ai pris le livre, l'ai humé, en ai caressé la couverture. J'avais des rites avec les livres, je les soupesais, puis les ouvrais, ici ou là, mais jamais au début. Je prenais leur mesure en fait, les faisais passer de l'état de chose à celui sublime de livre, ce *rien de comparable* qu'il était pour moi. Dans le cas présent, ma confrontation avec *Jack and the Beanstalk* était encore plus… Timide et circonspecte, précautionneuse. C'était Roch Dambert qui me l'avait *offert*. C'était donc énigmatique comme lui, tout ce qui émanait de lui. Et pourquoi un conte avec un haricot magique comme le voulait le titre français ? En quoi Roch Dambert pouvait-il être intéressé par les haricots ? Et m'y intéresser de fait ? Bien sûr, comme tout un chacun, j'avais mis des haricots dans du coton et vu avec effroi un serpent en sortir et y plonger ses racines pour en boire l'eau avidement et projeter vers le ciel deux tendres petites feuilles vertes. En fait, ça me donnait envie de vomir, le coton pourrissait et je jetais tout pour éviter d'assister à une prolifération que je trouvais sale et laide… J'ai ouvert le Furetière et trouvé :

Espece de feves qu'on mange avec la gousse, lorsqu'elles sont tendres. On en laisse aussi secher aprés leur maturité, pour les manger le Caresme comme les pois.

La définition se continuait avec le haricot de mouton et une référence à *L'Avare* de Molière. Je n'étais pas satisfait, j'étais certainement un des rares utilisateurs du Furetière et je savais qu'on ne pouvait pas lui faire une confiance sans bornes… Il avait vieilli. J'ai quitté ma chambre, Antoine dormait, j'ai éteint la guirlande et suis descendu dans le bureau de papa, meublé certes, mais pour qui ? Je me suis installé et ai lu tout ce que j'ai pu dénicher sur les haricots. C'était Christophe Colomb qui l'avait ramené des Amériques. Le haricot, *phaseolus vulgaris*, plante tropicale, avait eu des difficultés à s'acclimater à notre climat et donc, désespérant de le voir arriver à maturité, produire des graines, on s'en était accommodé tel quel. C'est-à-dire qu'on a mangé les gousses, qui étaient les fruits du haricot… En fait je pataugeais, avais du mal à distinguer les gousses des graines, à comprendre le rôle du fil dans la dissémination des graines… À distinguer le fil du « parchemin », qui était, si j'avais bien compris, de l'« épiderme ligneux »… Bref, il y avait les « mangetout » et les autres ! Les haricots extra-fins ne devaient pas dépasser les six millimètres et demi de diamètre, quant aux autres… De quoi avoir mal à la tête. J'ai quitté le bureau de papa et suis remonté dans ma chambre. J'ai feuilleté le livre et découvert sur la page de faux-titre que Roch Dambert avait écrit au crayon : « Quand tu auras le haricot, plante-le. Plante-le pour nous deux. » Qu'est-ce que ça voulait dire ? Je lisais et relisais ces quelques mots et le mystère me comblait, une nouvelle fois Roch Dambert m'entraînait dans un rêve puissant, de nature à changer le cours de ma vie, j'en étais persuadé.

En m'endormant, j'ai songé qu'il y avait, pour moi, un lien, un rapport entre le trèfle à cinq feuilles et le haricot de *Jack and the Beanstalk*. Il passait par la magie, l'espoir, le merveilleux et le mystère bien sûr. J'avais perdu le trèfle à cinq feuilles et Roch Dambert m'offrait un haricot magique.

Je marchais sous des plants de haricots gros comme des baobabs, c'était très vert, très lumineux. Je me suis arrêté et me suis baissé pour ramasser quelque chose... Je me suis éveillé en sursaut, j'ai regardé ma main dans la pénombre, elle était vide. J'étais troublé, j'avais le sentiment que la vie m'attendait quelque part, à moi de découvrir où.

Je n'avais pas vu ni entendu maman de la journée, ne parvenant pas à juguler mon inquiétude, je suis entré dans sa chambre, ce que je m'étais juré de ne plus faire. Elle était couchée en travers du lit, en chemise de nuit, je me suis précipité, si elle était morte, je me tuais, là. C'était sûr. Elle vivait, était brûlante, j'ai fermé les yeux au cas où… Car il fallait que je la change de position et déjà je voyais ses cuisses. Les yeux fermés, je l'ai tirée vers la tête de lit et j'ai essayé de remettre de l'ordre dans sa tenue, mais ça me brûlait les mains, alors je l'ai couverte au jugé et j'ai pu ouvrir enfin les yeux ; je ne serais jamais aveugle de mon plein gré. J'ai allumé une lampe de chevet, le soir tout bleu venait derrière les vitres. J'ai téléphoné à Couillard, Motto, c'était impossible, à cause de la beigne mémorable. L'inventeur de la machine à fesser m'a fait remarquer sèchement qu'il n'était pas généraliste, a donné du bout des lèvres le téléphone d'un confrère que j'ai appelé. Il m'a posé quelques questions, m'a assuré qu'il passerait après ses consultations, en attendant je pouvais lui donner du paracétamol, de l'aspirine, la faire boire. J'ai changé les taies d'oreiller, c'était jouable, elle restait cachée. Elle m'a appelé : « Jean » à plusieurs reprises. Ça m'a énervé, papa était avec sa putain, moi je m'occupais de sa famille, de son fils et de sa femme. Je suis monté à l'étage des frères, j'ai trouvé de l'aspirine, cavalé dans l'escalier. Dans la cuisine, j'ai empli une carafe d'eau, pris un verre. Revenu dans la chambre de maman, je lui ai soulevé la tête pour qu'elle boive, je lui ai dit que j'allais lui faire avaler une aspirine, ce que j'ai fait. J'ai éprouvé un sentiment de gêne lorsque j'ai touché ses lèvres, j'ai vite retiré mes doigts.

— C'est toi ? a-t-elle balbutié.

Elle espérait *lui*, pas moi.

— C'est moi, maman.

— Toi, Jacques ? Approche.

Elle m'a scruté avec une intensité qui m'a fait peur.

— Ne cache pas trop de choses, n'aie pas trop de secrets… Ça ruine une vie.

Elle a pris ma main, j'ai senti la fièvre, sa maladie, ça ne me plaisait pas.

— Je voudrais mourir, si tu savais.

Je ne savais pas mais comprenais, moi aussi j'avais voulu mourir et certains jours encore, lorsque je ne pouvais plus supporter les souvenirs ou lorsque le futur ne pouvait pas se débarrasser du passé.

— C'est parce que tu vis, les morts, eux, ne peuvent même pas vouloir vivre.

Elle a souri.

— Je ne devrais pas te parler comme ça.

— Mais maman tu me parles comme ça depuis tout le temps.

Elle m'a dévisagé, je m'en suis voulu.

— Je n'aurais jamais cru qu'il me quitte, jamais, et qu'il me trompe, moi, sa femme, tu ne peux pas savoir. Je me hais, je respire ma peau, mes pieds… Mon haleine… Dis-moi si je pue, s'il te plaît…

Elle s'est redressée et a soufflé dans mon nez… Elle puait… Ah mon Dieu, que faire ? Croire en quoi, en qui ? Ce n'était pas juste.

— Mais arrête ! Tu ne sens pas mauvais, et tu es très belle, la plus belle femme que je connaisse…

— C'est vrai ?

— Mais oui, maman… Tu es si belle, si distinguée, tes pieds, ton visage…

— Tu jures, sur ma tête ?

— Je te le jure.

— Mais pourquoi m'a-t-il quittée ? Tu trouves que c'est normal de quitter sa femme ?

— Non… On ne peut pas quitter sa femme, c'est sacré.

— Ah, Jacques…

J'avais envie de hurler, de me rouler par terre.

— J'ai appris déjà cent verbes irréguliers, a-t-elle déclaré. Trois cents mots, tu sais je suis intelligente, il n'y a pas que ton père… *Ich bin ein Berliner… Stein ist man unschulding*[1]… Enfin quelque chose comme ça…

Seule la pierre est innocente…

— Il faudrait que je prenne ma température… Non, ne rentre pas dans la salle de bains.

— Un médecin vient. Il va te soigner.

— Ah… Tu t'es occupé de ça ?

— Je vais faire le ménage, un peu…

— Et la ménopause ? Comment je vais faire, c'est dégueulasse. Protège-moi.

1. Phrase inspirée de la *Phénoménologie de l'esprit*, de Hegel.

— Cache-toi sous les couvertures, j'ouvre la fenêtre pour aérer.

— Tu ne m'as pas répondu.

— Je te protégerai.

Tout ça me faisait tourner la tête, la protéger, mais comment ? J'ai cherché un édredon, l'ai trouvé et disposé sur le lit, elle chantonnait une chanson de Charles Trenet, *Les enfants s'ennuient le dimanche*. Elle s'est interrompue pour bafouiller :

— Quand tout ira mieux, on pliera les draps ensemble, ça rapproche.

J'ai fait de mon mieux pour ranger, on a sonné à la porte sur rue, je me suis précipité, retourné vers elle comme si c'était ma fille… Manqué renverser Antoine. Je lui ai dit de rester par là, au cas où maman s'aviserait de… Il a hoché la tête, il connaissait le mode d'emploi. J'ai couru dans le jardin, le médecin était plutôt jeune. Je me suis interdit de l'imaginer ausculter maman. Je l'ai accompagné, Antoine attendait sagement assis sur une marche de l'escalier. J'ai frappé à la porte, introduit le médecin dans la chambre. Je suis monté avec Antoine prendre des nouvelles de l'enfant Jésus et des autres, la carte postale que je lui avais adressée tapissait un mur de la crèche.

— Quand je serai plus grand, a-t-il dit, je te rendrai…

Il s'est tu, embarrassé ; je l'ai interrogé du regard, surpris.

— Je t'offrirai un talisman…

J'ai entendu le médecin sortir de la chambre de maman, je me suis hâté de le rejoindre. Il m'a dit, dans le hall, que c'était une grippe, pas de chance à l'approche du printemps. Il fallait qu'elle boive beaucoup… Paracétamol ou aspirine pour lutter contre la fièvre. J'ai décidé de bricoler un bouillon pour maman, fait chauffer de l'eau dans une casserole ; Antoine s'est encadré dans l'embrasure de la porte.

— Des spaghettis sauce tomate, ça te tente ? ai-je proposé.

— Un peu mon neveu ! s'est écrié Paul, nous faisant sursauter Antoine et moi.

— Avec du vin et du gruyère râpé ! a fait chorus Pierre-Henri, campé à côté de Paul sur le seuil. Ça va être torride. On va vider la cave, de toute façon, il n'y a plus que nous dans cette fichue baraque.

— Et maman, a rajouté Antoine.

— Et maman ! avons-nous répété en chœur, nous les Mousquetaires des années *Tontons flingueurs*.

— Je vais acheter de la bière, a déclaré Paul, du râpé, des clopes… Et puis ?

Il a dévisagé Antoine.

— Tu veux un dessert ?

— … Un banana-split…

On a rigolé.

— Je vais voir ce que je peux faire, a promis Paul.

J'ai déniché du bouillon Kub, des vermicelles. Pierre-Henri est parti avec Antoine quérir de quoi être ronds comme des boulons. J'ai jeté les vermicelles dans l'eau bouillante, choisi un bol en porcelaine de Sèvres bleutée, avec un décor d'or. Ça donnerait du goût à mon bouillon. Pierre-Henri et Antoine ont surgi les bras pleins de cotillons, barbes artificielles, chapeaux de pères Noël… Sans oublier les bouteilles : un magnum de bordeaux, du pauillac, deux bouteilles de Bollinger, une de chablis. Pierre-Henri a levé le magnum de château-latour et a dit en l'examinant que c'était du 1961, ça devait être bon. En ce qui me concernait, il aurait pu être de la semaine dernière, je n'y connaissais rien. Pierre-Henri a mis une bouteille de Bollinger au congélateur, l'autre et la bouteille de chablis dans le réfrigérateur. J'ai disposé le bol plein de bouillon sur un plateau en laque rouge décoré d'un dragon et suis monté vers l'aire de maman. J'ai toqué, en vain. Je suis entré, prêt à fermer les yeux. Elle m'a regardé avec un pâle sourire, pourvu qu'elle ne meure pas, ai-je pensé, sans elle, ah sans elle, même folle… Sans elle… Je ne pouvais pas pousser cette pensée plus loin.

— Je n'ai plus la force de parler, a-t-elle susurré.

Je me suis assis sur le bord du lit avec le plateau sur les genoux et lui ai dit que j'allais lui donner à manger comme à mon bébé, elle a souri. On aurait dû me passer la camisole. En soufflant sur la cuiller, je lui ai donné la becquée. Elle en a eu vite assez, me l'a fait comprendre d'un geste. Je lui ai assuré que je veillais sur elle, l'ai laissée avec une lampe de chevet allumée, pour qu'elle ne se sente pas abandonnée. J'ai retrouvé mes frères dans la cuisine, Paul avait acheté du saucisson, des sardines, des glaces, et je ne sais plus quoi encore… Des chips, du Coca pour le petit. Pierre-Henri a sorti le champagne du congélateur, a fait sauter le bouchon, a arrosé de champagne Antoine tout content, a empli les belles coupes en cristal de Bohême. Paul nous a équipés en barbes et chapeaux. On a trinqué et bu, vite, la première bouteille. Paul a décidé de faire frire du saucisson pour le mettre dans la sauce tomate. Il a estimé que *ça puait bon*. Antoine, porté manquant, a réapparu avec le Polaroid, il nous a pris en photo…

Beaucoup, beaucoup plus tard, j'ai monté l'escalier péniblement. Paul et Pierre-Henri avaient renoncé, dormaient comme des clochards, l'un dans la cuisine, l'autre en chien de fusil sur le paillasson du hall. J'ai ouvert la porte de la chambre de maman, me suis approché d'elle, elle dormait. J'ai touché son front, il était brûlant. Je me suis assis dans une des bergères, je voulais être là, présent pour elle. Elle a remué très fort, comme si elle avait des convulsions, je me suis levé pour téléphoner, appeler un médecin. Elle s'est calmée, je suis allé fumer une cigarette sur la terrasse qui prolongeait la chambre. Je l'ai entendue sangloter, l'ai rejointe, lui ai caressé la tête ; peu à peu, elle s'est assoupie. Je suis resté assis à côté d'elle, au matin, elle avait perdu sa fièvre. J'étais épuisé, comment faire pour vivre ? J'en avais assez, je comprenais les vieux, ils devaient mourir par fatigue de répéter sans cesse les mêmes gestes, les mêmes mots. Dans un mois, dans six, dans dix ans, je ferais quoi ? Je veillerais sur maman ? C'était quoi mon destin ?

En entrant dans le jardin, j'ai entendu Henri l'étourneau qui m'appelait, un ami de retour. Je l'ai cherché et suis tombé sur Roch Dambert, vêtu d'une veste en tweed, d'un pull à col roulé rouge, d'un pantalon vert olive et de boots noires, sans oublier un sac de l'armée américaine qu'il portait en bandoulière. Le détail incongru dans le dessin. Moi, j'avais des Spring Court, mon caban, ma néphrite. Roch Dambert contemplait le bassin dans lequel le Manneken-Pis urinait avec ce qu'il pouvait, quant à l'étourneau, il buvait là avec des mouvements saccadés de la tête, je me suis rendu compte que je ne savais pas s'il avait une langue… En tout cas, pas une paille. Il était en avance d'au moins un mois… Il prévoyait un printemps chaud ou, comme moi, il en avait marre des habitudes ?

— Tu viens ? a dit Roch Dambert.

Ce n'était pas une vraie question, oh non. Il a ramassé un long étui en toile verte. Une sarbacane amazonienne avec fléchettes empoisonnées ? Avant de sortir du jardin, je me suis retourné, Antoine nous regardait par une fenêtre de l'escalier, je lui ai fait coucou, lui aussi. Je me sentais coupable, mais… Je ne pouvais pas vivre pour lui, j'avais le droit d'être égoïste. Ça faisait mal de choisir, de laisser quelqu'un, j'ai compris papa. Pas longtemps… Ce n'était pas à moi de sentir mon dos brûler à cause du supposé regard de mon frère. Mme Loubet, de dos, s'est enfoncée dans la Buick rutilante de son époux, impossible de savoir si elle était enceinte. Roch Dambert avait une foulée souple, distinguée, et je me suis demandé ce qu'il faisait de « pas distingué »… Même caca, il devait faire ça comme un prince. J'avais envie de lui dire : « Ça va ? Tu n'en as pas marre de jouer ton fichu rôle de mec supérieur ? » Mais je me suis tu, si Roch Dambert était mon bourreau, j'étais sa victime consentante. Il me fascinait depuis toujours, c'était mon Zarathoustra, mon guide suprême. Je marchais donc à ses côtés, sans piper mot, réfrénant l'envie de lever les yeux vers son profil altier qui battait monnaie dans le frou-frou des automobiles. Il savait exciter mon espoir d'être plus malheureux que lui à défaut d'être plus beau et plus riche. Je n'avais aucune idée d'où on allait et me laissait faire. Il est entré dans une librairie de livres anciens, un grelot a tintinnabulé comme dans une histoire. Pourquoi livres et poussière allaient ensemble ? Roch Dambert s'est dirigé vers le fond de la pièce et adressé au libraire, un Asiatique à l'âge indéterminé, cravaté et habillé d'une blouse grise. Il fumait une pipe éteinte tout en inspectant à la loupe la couverture d'un grimoire. Il s'est débarrassé de sa pipe :

— Ah, monsieur Dambert, quel plaisir.

— Partagé, monsieur Chen.

Le libraire m'a adressé un signe poli et s'est levé, a ouvert un fichier en bois, en a sorti une fiche, s'est tourné vers Roch Dambert et lui a déclaré, content de lui :

— J'ai *La flore analytique des champignons supérieurs,* d'Henri Romagnesi et Robert Kühner… Le premier volume de l'*Introduction à l'étude de la paléontologie stratigraphique*, d'Adolphe d'Archiac... Mais je n'ai toujours rien à proprement parler sur les fossiles d'échinodermes, ni sur les endosquelettes.

Il a interrogé Roch Dambert du regard, cherchant un quelconque signe d'assentiment ou de contentement, autant chercher la pierre philosophale au parc des Princes. Roch Dambert s'est emparé d'un bloc-notes et a griffonné sur une page qu'il a déchirée et tendue au libraire en disant :

— Faites livrer à cette adresse, si cela vous est possible. Encore merci, monsieur Chen.

On a laissé l'honorable M. Chen dans ses odeurs de colle et de mots oubliés et retrouvé les trottoirs, les sourires satisfaits des jeunes Versaillais sûrs de leur avenir. Ils avaient de la chance au fond, moi j'étais réfractaire *chimiquement*, ne pouvais prêter allégeance aux us et coutumes, non parce que j'étais en lutte contre eux mais parce que j'étais en lutte contre moi, mon rein souhaitait me lâcher, moi je ne voulais pas ; je ne pouvais pas voir le présent comme eux.

Roch Dambert allait noblement, poursuivait son but, sans s'occuper de moi, je l'accompagnais sans discuter, j'étais son docteur Watson. L'horrible professeur Moriarty nous attendait peut-être entre la rue de la Paroisse et le boulevard de la Reine ? Qu'en savais-je puisque je ne savais rien ? C'était une réflexion un tantinet amère mais elle m'allait bien, chacun son élégance, me suis-je dit. Roch Dambert avait les tailleurs de Savile Road, moi le deuil et L'Heure Bleue, les camps... Mes pensées m'ont agacé, je valais mieux que cette complaisance, un jour, je trouverais. Je n'osais pas penser à l'amour, l'amour était resté en arrière, là-bas... Devant la cathédrale Saint-Louis, des Versaillaises pas encore mortes exhibaient leurs faces trop poudrées, leurs dents jaunes de vieilles juments, elles attendaient en petits groupes la séance de l'après-midi. Roch Dambert a traversé la rue du Maréchal-Joffre sans forcer sa nonchalance de desperado. Bien obligé de suivre le mouvement. Un automobiliste m'a invectivé et traité de sale étudiant, de coco… Moi ?! Mais si j'étais coco, Waldeck Rochet était quoi, lui ? Et la banque Bauchot & Associés, elle était quoi, une succursale du Præsidium du Soviet suprême ? On est arrivés dans la rue du Général-Leclerc, bientôt Roch Dambert a poussé la porte d'un établissement que j'avais déjà repéré et qui s'appelait La Pêche, un café, magasin d'articles de pêche. Première fois que j'y mettais les pieds, on se serait cru dans un décor de Trauner pour un film de Carné. En tout cas, je savais maintenant ce que contenait l'étui que portait Roch Dambert. Quelques hommes et une femme, qui fumait la pipe comme George Sand, étaient au comptoir et commentaient l'actualité : la prise d'un brochet fabuleux dans la pièce d'eau des Suisses. Roch Dambert s'est mêlé à eux et a demandé deux thés, le patron lui a répondu qu'il ne servait pas *ça*, que ça dérangeait sa clientèle… Clientèle qui a pouffé à l'unisson. Sans se départir de son flegme d'ange déchu, Roch Dambert a commandé deux Pernod-rhum.

— Si ça n'indispose pas votre clientèle.

Le patron l'a dévisagé, évaluant si le quidam se moquait ou pas de lui.

— Dans le même verre ?

Roch Dambert a opiné. Le patron a obtempéré, tout le monde nous a regardés, avec une sorte de respect scientifique. Pour eux, nous étions des sortes de cobayes encore vivants. J'ai goûté avec appréhension. À tort. C'était chaud et très parfumé, j'aurais bien aimé que ça soit servi en *long drink*, avec de la glace pilée par exemple, mais enfin à la Pêche comme à la

Pêche. Et puis j'étais déjà quasiment ivre, le simple fait de humer un Pernod-rhum était toxique. Roch Dambert s'est dirigé vers le coin vente de matériel de pêche où la patronne en plein déballage de cartons vérifiait le fonctionnement d'une épuisette télescopique. Il lui a demandé si elle avait un moulinet Pezon & Michel. Elle a levé les yeux…

— Un Luxor.

— Vous me prenez pour qui ? Bien sûr que j'ai ça.

— Et une canne à lancer en bambou refendu, Pezon & Michel, évidemment.

Elle l'a dévisagé une nouvelle fois, avant d'aller chercher les articles souhaités. Ceux du comptoir scrutaient Roch Dambert, interdits. La patronne a posé la canne en deux parties et une boîte contenant le moulinet devant Roch Dambert. Il a contemplé ses achats et demandé à voir les cuillers, la patronne lui a indiqué les présentoirs qu'elle a ouverts, les cuillers m'ont tout de suite fasciné. Elles me faisaient penser à des bijoux pour grues cannibales, des offrandes pour dieux criminels et joyeux. Roch Dambert en a choisi une vingtaine, ainsi qu'une boîte en plastique pour les ranger. Puis il a voulu un étui pour la canne et un permis de pêche.

— Pour monsieur, a-t-il précisé.

Je ne lui en ai même pas voulu de m'imposer la pêche, d'abord, c'était une expérience et aussi une façon de fuir la maison ; le bac dans trois mois, je ne m'en faisais pas, je l'aurais avec mention sûrement. Après ? Après, je n'avais aucune idée de ce que je pouvais faire, rien ne m'attirait spécialement. J'aurais désiré écrire mais je ne serais pas écrivain, et puis pas besoin de diplôme pour écrire *Mort à crédit*, il fallait juste du génie. Je n'en avais pas et ça me peinait, je n'en parlais pas et Roch Dambert était la dernière personne à qui j'aurais pu me confier. S'apercevoir qu'on était intelligent mais incapable de créer était difficile, ce sentiment que j'enterrais revenait périodiquement. Le cadeau de Roch Dambert, *Jack and the Beanstalk*, avait creusé la tombe, ravivé les cendres, comme si la perte du trèfle à cinq feuilles était le *ferment* de mon impuissance. Roch Dambert a payé en espèces, sa liasse de billets était impressionnante, la liasse de Paul en comparaison faisait penser à celle d'un intouchable à Calcutta. La clientèle de l'établissement nous a regardés sortir avec une relative stupeur, on venait de changer leur conception de la pêche, sans parler de l'influence du Pernod-rhum qui pourrait jouer son rôle dans leur future cirrhose.

Sur le trottoir, Roch Dambert s'est séparé du sac de l'armée américaine et me l'a donné, il avait mis dedans le moulinet, le fil et les cuillers ; sans oublier son moulinet, ses cuillers. On s'est dirigés vers le parc, par la route de Saint-Cyr.

— On peut pêcher les prédateurs toute l'année dans la pièce d'eau des Suisses, a affirmé Roch Dambert.

— Comme Interpol les bandits internationaux dans les bas-fonds.

Il a souri, ça m'a fait plaisir, j'avais bien la mentalité d'un courtisan. Je l'ai remercié pour ses cadeaux. Il n'a pas répondu, il était juste. Il n'avait pas à attendre de remerciements, il m'avait imposé ses achats. Ce qui m'a fait penser au libraire, M. Chen. Le destinataire des livres était certainement Jacques Bauchot, ou j'étais totalement paranoïaque ? Je l'étais... Mais je connaissais un peu Roch Dambert. J'ai essayé de faire le lien entre le haricot magique, les champignons, la paléontologie, les fossiles d'échinodermes... Et la pêche au lancer... Et peut-être même le bambou refendu... C'était très, très compliqué, cependant j'étais persuadé qu'il y avait une logique ou une volonté, celle de Roch Dambert. Il voulait quelque chose, voulait me faire comprendre…

— C'est quoi ta stratégie à mon égard ? me suis-je enquis, étonné d'être aussi direct.

J'avais osé interroger le sphinx. Il m'a jeté un bref regard, a marché en silence et puis m'a dit :

— Tu es le seul qui compte pour moi. Le seul homme. Ma seule stratégie, c'est mon inclination pour toi… Ou si tu préfères, les sentiments que je te porte me guident.

Je me suis senti méchant et bête, stupide. Je n'ai pas dit pardon, ne me suis pas excusé, Roch Dambert ne méritait pas ma faiblesse. Je n'osais pas me répéter ce qu'il m'avait dit, ça m'aurait monté à la tête. J'étais son seul ami… Et s'il me manipulait, je n'en avais rien à faire. Au fond, tout était hasard, c'était bien moi qui étais entré dans la Trattoria, il ne m'y avait pas poussé.

La pièce d'eau des Suisses était grise comme la lame d'une épée, elle s'enfonçait dans mon flanc, aucun garçon ne pouvait échapper aux contes et légendes, au besoin d'être un héros. Et je n'en étais pas un. Roch Dambert a fixé le moulin sur ma canne dont il a emboîté les deux parties, il a fait passer le fil dans les bagues et m'a proposé de choisir une cuiller, ce que j'ai fait.

— Bien choisi, les Panther Martin tournent, elles sont conseillées pour le brochet.

Il m'a abandonné la canne, ma canne. Je me suis senti prolongé, j'aimais bien la sensation que me procurait le manche en liège, la flexibilité de la canne. Roch Dambert montait son matériel, je savais qu'il ne m'expliquerait pas comment faire pour pêcher. C'était à moi de trouver le chemin, la manière de correspondre avec la canne. Il a commencé à pêcher, c'est-à-dire qu'il a lancé la cuiller, le leurre… Le mensonge, donc. Ça m'a fait frémir, excité intellectuellement, il me semblait entrevoir l'aileron d'un secret des hauts-fonds, comment transformer, piéger le rapport à la réalité. La pêche était une quête, le pêcheur agitait un rêve et le poisson mordait dedans, croyait voir dans le miroir ce qui n'existait pas ; et de l'autre côté du miroir, tout à fait aveugle, le pêcheur voulait croire à ses mensonges. À mon tour, j'ai lancé, les yeux fermés. J'ai ressenti le calme de la prière, je savais que j'étais entendu. J'ai ouvert les yeux et commencé à mouliner, l'arceau s'est refermé en claquant, le fil s'est enroulé sur la bobine dans un bruit soyeux de mécanique intelligente. Invisible, le leurre revenait vers moi dans ses atours colorés, la pêche était une abstraction qui faisait écho à mes années de solitude et d'effroi, combien de fois j'avais pleuré, en pensant que le lendemain, mon rein pouvait lâcher.

Au crépuscule, il est sorti de l'eau, noir et luisant, plein de rage ; il se débattait, ne voulait pas venir à moi, mourir à mes pieds. J'ai sorti l'hameçon de sa bouche sanglante, il me regardait, voyait de l'autre côté du miroir ; dans la mort qui le saisissait, entrevoyait le piège de la réalité. Un brochet de cinquante centimètres, la chance du débutant. Sans se concerter, ni se parler, nous avons plié nos cannes, quitté la pièce d'eau des Suisses. Un peu plus tard, en passant devant le Welcome qui m'avait tant fait rêver, j'ai ouvert ma musette et déposé le poisson sur une table de la terrasse déserte, il pourrait servir aux agapes des Illustres. Moi, je ne me sentais pas de le cuisiner. J'ai rattrapé Roch Dambert et l'ai raccompagné chez lui, la vaste demeure était sombre, lugubre, on aurait dit qu'elle était abandonnée. Au moment de nous séparer, Roch Dambert m'a donné l'accolade, j'étais fort surpris, inquiet. Il m'a annoncé qu'il partait à Cambridge ; il faudrait que je me souvienne de lui, de ses prunelles de mercure, j'étais ému mais me suis gardé de le manifester. Il a disparu dans son parc, j'ai murmuré : « Au revoir, Roch. Bonne chance. » Je serais encore plus seul, c'était écrit comme ça.

Je me suis hâté, c'était vingt et une heures lorsque j'ai pénétré dans le jardin de notre maison. Antoine était assis devant la porte vitrée qui donnait dans le salon, tout était fermé. Je l'ai embrassé, réchauffé. Je voyais bien qu'il en avait marre, qu'être le dernier des Bauchot le tuait lentement. Nous sommes entrés, je lui ai dit de m'attendre à la cuisine, j'ai frappé à la porte de la chambre de maman, longtemps. Elle m'a dit de la laisser…

— Laissez-moi tranquille, s'il vous plaît.

Ça ne pouvait pas durer. J'ai retrouvé Antoine, j'ai voulu acheter à manger. Il m'a demandé de ne pas *le laisser*… Mon Dieu, on était tous pris au piège, c'était insupportable. J'ai trouvé une boîte de foie gras, des sardines. J'ai fait chauffer l'eau pour les coquillettes, il restait deux canettes de bière, je les ai débouchées, j'en ai tendu une à Antoine.

— On va se soûler.

Il a souri, j'ai heurté sa canette avec la mienne, pour trinquer.

— Ne bois pas trop vite, ai-je conseillé, il faut que tu la fasses durer.

Plus tard, il a pris ma main pour s'endormir, je pouvais lui donner ça, au moins. La crèche éclairée semblait flotter dans les ténèbres. Je tenais la main de mon frère et tous les sales souvenirs venaient, revenaient et je les rejetais pour que le petit ne fasse pas de cauchemar.

J'ai sonné à la porte vitrée sur laquelle était écrit en lettres dorées et en relief: «Banque Bauchot & Associés». Un portier en livrée noire, sans casquette, est venu ouvrir, non sans m'avoir examiné, au cas où j'aurais eu un chalumeau ou une mitrailleuse sous mon blazer et ma cravate.

— Je viens voir mon père, M. Bauchot.

Il a incliné la tête, m'a fait entrer. Ça sentait bon, comme quoi l'argent avait une odeur. Sur une table basse, le plus gros bouquet de fleurs que j'aie jamais vu faisait sa roue comme un paon. On pouvait se croire dans un appartement très cossu, absolument pas dans un établissement public mais la banque Bauchot & Associés ne devait pas être très publique. Le portier a parlé à une dame assise derrière une table Directoire ou Empire, je confondais les deux, ce qui agaçait maman qui me disait autrefois: «Mais enfin, Jacques, Bonaparte, ce n'est pas Napoléon.» La dame s'est levée et s'est approchée de moi avec un sourire, mais elle portait L'Heure Bleue, alors je me suis méfié, elle devait avoir un deuil de secours dans son sac à main.

— Vous êtes Jacques ?

— Oui, madame.

J'étais surpris.

— Je vous ai vu en photo maintes fois, a-t-elle dit en guise d'explication. Pour votre père vous êtes celui de ses fils qui lui ressemble le plus. Je ne pouvais donc que vous reconnaître… Que puis-je pour vous, Jacques ?

— Il faudrait que je parle à papa, c'est… C'est très important.

Elle a hoché la tête, m'a guidé jusqu'à un coin salon, et m'a proposé d'attendre là, avais-je besoin de quelque chose ? Je l'ai remerciée d'un sourire. Dans la glace, je faisais vraiment Versaillais en route pour la procession de la Vierge, j'avais décidé de venir en tenue de bourgeois, comme un bourgeois de Calais, tiens ! Et comme il faisait exceptionnellement doux pour un 15 mars, je n'avais pas eu à mettre mon caban, ce qui aurait gâché ma tenue protocolaire. Je me suis assis dans un des cabriolets Louis XV recouverts de satin gris à motif de fleurs – pourquoi pas de francs suisses ? J'ai regardé mes mocassins J.M. Weston, on ne pouvait pas savoir que mes pieds en avaient bavé, l'avantage de l'uniforme, c'est qu'il rendait invisible. J'ai levé les yeux et regardé les journaux et magazines sur la table basse. J'ai pris *Le Monde* que j'ouvrais de temps en temps pour comprendre papa et de Gaulle mais je n'y lisais que la discorde entre Hubert Beuve-Méry et le Général et me demandais pourquoi ils ne gouvernaient pas ensemble. Ce jour-là, je me suis intéressé à un article de Viansson-Ponté, intitulé « Quand la France s'ennuie ». Viansson-Ponté, à la fin de son laïus, invoquait l'ardeur et l'imagination mais ne parlait pas de Ma Colère. Je m'ennuyais mais j'étais En Colère… Peut-être que je n'étais pas le seul ? Cependant, les autres, je m'en fichais. La colère, pour moi, n'était pas partageable. Ma colère avait mon visage, mes pensées.

La veuve noire est venue me chercher, m'a conduit dans une cabine d'ascenseur lambrissée de hêtre peint en gris et aux moulures rechampies ton sur ton. Elle a appuyé sur un des deux boutons, sans hurler, ni s'ouvrir la main. La cabine s'est arrêtée, sa porte a coulissé, nous sommes sortis dans une antichambre aux murs tendus de velours gris, certainement pour étouffer les échos des conversations secrètes, dans une niche, un splendide bouquet de fleurs… À la place des chiens affamés qui gardaient les camps, la banque Bauchot & Associés mettait des fleurs pour garder ses coffres. Elle a toqué à la porte, j'ai entendu mon père dire : « Qu'il entre. » Ce que j'ai fait, encore plus en colère qu'auparavant. Elle a refermé la porte, nous a laissés, papa s'est levé et a fait le tour de son bureau pour m'embrasser, je supposais.

— Pas la peine, ai-je dit. Ça fait combien de temps que tu n'es pas venu à la maison ? Tu le sais ? "La France s'ennuie" dit Viansson-Ponté dans *Le Monde*, et nous tes fils ? Je ne te parle pas de ta femme, ça ne doit pas avoir d'importance pour toi.

J'ai regardé son bureau qui n'en *jetait pas trop*, était objectivement conçu pour parler d'argent entre personnes qui en avaient, alors pas besoin d'en faire des tonnes. Il n'y avait qu'un seul tableau, une vue de la Seine, d'Albert Marquet.

— Pourquoi tu n'as pas accroché *Le Chômeur* de Gromaire ? Ça serait plus juste, non ? Le capital ne fait pas des méandres aux portes de Paris, il ruine des millions de pauvres gens… Mais bon, je ne suis pas venu pour ça.

Il a allumé une Gauloise. Je me suis approché du mur dédié à recevoir la bibliothèque, rangée dans des caissons en acajou. J'ai voulu prendre un volume du Code civil et me suis aperçu que ce n'était qu'une tranche en cuir, qu'un titre à l'or fin, comme le *Discours de la méthode* et tous les autres ; d'un revers de la main, j'ai jeté tout un rayonnage sur la moquette. Tout était bidon sauf le fric. J'étais furieux et choqué que papa exhibe une bibliothèque factice, pour moi l'apanage des bourgeois débiles et sans culture. Debout, il faisait mine de regarder par la fenêtre, j'ai senti sa peur. Ça m'a encore plus choqué. Je me suis approché de son bureau ministre, j'ai pris une blonde dans la boîte à cigarettes en bois de rose et ivoire, je l'ai allumée avec le briquet en argent que j'ai reposé à côté du coupe-papier à lame damasquinée et au manche en émail bleu et or.

— Un coupe-papier ? me suis-je écrié. Tu te fous de la gueule du monde, pour quel livre ?

Je ne savais plus quoi dire, la fausse bibliothèque avait parlé, tout raconté, papa était un sale con qui m'avait bafoué, trahi. Le coup du trèfle à cinq feuilles, c'était un tour de saltimbanque bien roué, il m'avait eu avec sa stature de héros paternel.

— Mentir pour jouir, c'est ça ta devise ? Ah, tu ne réponds pas, tu te sens injustement accusé ? Ou tu penses nous avoir donné ce que nous méritions comme le proclamait cette devise à l'entrée de Buchenwald…

Il a tressailli et a pivoté vers moi, blême.

— *Jedem das Seine*, ai-je susurré. Je te traduis ?

— Tais-toi.

— "À chacun ses mérites", ou plutôt "chacun reçoit ce qu'il mérite".

Il a avancé, prêt à me frapper. J'ai bondi et saisi le coupe-papier.

— Ne t'avise pas de me toucher ! Sinon je te tue. Je te tue pour moi, pour Antoine, maman… Je te tue pour Paul.

On s'est dévisagés comme deux ennemis mortels, j'ai eu honte, je me suis débarrassé du coupe-papier. Je lui ai tourné le dos et suis allé contempler la Seine d'Albert Marquet. Elle coulait toujours depuis qu'il l'avait peinte… J'ai enlevé ma cravate pour ne pas étouffer, me pendre aux taux de crédit.

— Je suis venu pour te demander de revenir, ai-je dit, mais ce n'est pas possible. Tu ne peux pas, tu es perdu.

Je me suis tourné vers lui :

— L'honneur d'un homme, je croyais que c'était de respecter sa parole, ses engagements, sa femme, ses enfants. Je croyais que l'honneur d'un père, c'était d'aimer.

— Je vous aime…

— Ah oui ? Allez au revoir, papa. Et pardonne-moi d'avoir été insolent.

J'ai quitté la banque Bauchot & Associés sans m'en rendre compte, tant j'étais chamboulé, en rage et triste, si triste que ça m'aveuglait. Je devais parler tout seul, avoir l'air hagard, on me dévisageait mais je n'en avais rien à faire. Je ne sais pas combien de temps je suis resté dans cet état de confusion, sûrement longtemps. Là, je reprenais le contrôle et marchais sur le boulevard du Temple en direction de la place de la Bastille. Crise de paranoïa, peut-être ? J'ai commencé à éprouver le sentiment d'être suivi, j'ai fini par me retourner… Pour voir… Papa. Ah le salaud ! Comment il avait fait ?

— Va-t'en ! ai-je crié, va-t'en ! Tu pues !

Je me suis mis à courir, de plus en plus vite, sans me retourner. J'ai descendu à toute vitesse les escaliers d'une bouche de métro, cavalé dans un couloir, remonté de l'autre côté du boulevard par l'autre escalier. J'ai sprinté de nouveau, passant devant le Cirque d'Hiver, je ne voulais plus de lui, plus le voir. Tout était de sa faute. J'ai aperçu un bus, stoppé au feu rouge. J'ai traversé le boulevard, manquant me faire tuer par une voiture de sport, mais ce n'était pas Lino au volant, j'ai pu entrer dans le bus à l'instant où les portes se refermaient. J'ai souri, je l'avais semé. Bien joué, c'était un rat, il ne pouvait pas me suivre. Le chauffeur a poinçonné mon ticket, j'avais les jambes en guimauve, la néphrite, ce n'était pas recommandé pour les Olympiades. Le bus était à peu près vide, je me suis assis. J'ai trouvé un *Parisien libéré* sur la banquette. Je l'ai feuilleté, lorsque j'ai relevé les yeux, il était assis en face de moi… En sueur, le visage rouge, sans ses lunettes. Je n'en revenais pas.

— Comment tu as fait ? ai-je bredouillé. Tu es vieux… Et laid !

— … Secret bancaire.

— Tu n'es pas drôle… Et tes lunettes ? Tu es myope comme une taupe. Tu ne vois rien !

— Je les ai perdues en courant.

— Bien fait ! Et puis, essuie-toi le visage, tu dégoulines.

Ce qu'il a fait en dégainant un mouchoir brodé à ses initiales.

— Il ne te manque plus qu'une perruque poudrée…

Impossible de m'empêcher de rire, ça m'énervait… Mais je riais pour moi et tout ce que j'avais encaissé, je riais pour maman et Antoine. Un gros objet non identifiable avec de la moustache et deux cabas s'est assis à côté de papa, face à moi. Il était si moche qu'il m'a momentanément coupé la chique.

— C'est moi qui m'occupe de ta femme, ai-je repris, qui la veille lorsqu'elle est malade.

— Merci, Jacques.

— Ah, tu te souviens de mon nom.

L'objet non identifiable nous jetait des regards en biais.

— Tu sais que Paul est pédé ?

Papa a tressailli, l'objet non identifiable m'a regardé avec stupeur.

— Tu ne le savais pas avec ton secret bancaire à la con ?

— Je m'en doutais...

— Si j'avais une bosse, tu ne le saurais pas et tu ne la verrais pas. "Je m'en doutais" ! Tu devrais avoir honte.

Le bus, arrêté, a redémarré en ahanant et grinçant. On aurait dit que c'était un mécanisme insolite sorti de l'imagination de Tinguely. J'étais plus calme et... ça m'énervait.

— J'aurais dû t'éventrer avec ton coupe-papier...

L'objet non identifiable m'a dévisagé avec stupeur, j'ai eu envie de lui montrer quelque chose qui ne se montrait pas. J'ai croisé le regard de papa, je me suis souvenu du trèfle à cinq feuilles, de l'omelette...

— Elle est belle au moins ta...

— Je ne sais pas.

— Ne me prends pas pour un idiot. Alors ?

— Elle n'essaye pas de me démolir, elle, et c'est ce qui compte pour moi.

Ah, papa ! Je savais que tu disais la vérité, je la connaissais si bien.

— Je l'ai aimée, a-t-il repris, tu ne peux pas l'imaginer. Mais...

Il avait sauvé sa peau... Je me suis penché vers lui et ai dit en détachant les mots :

— On ne quitte pas sa famille, c'est tout simple, trop pour toi sûrement... Ou alors tu te sens au-dessus des lois ?

À son tour, il s'est penché vers moi sans parler, j'entendais son souffle, c'était tout. On était si proches que nos fronts s'effleuraient, mon corps était aimanté par le sien. Je l'avais tellement aimé que je l'aimais encore, mes ongles étaient des bourgeons des siens, mes yeux étaient le reflet des siens, j'étais son printemps. Peu à peu, il nous avait abandonnés et aujourd'hui qu'il *m'accouchait* dans le bus, je n'avais plus besoin de lui ; somme toute, je lui faisais une scène comme une épouse jalouse. Je l'ai pris dans mes bras, enlacé, on s'est serrés l'un l'autre, comme si on n'avait plus que ça. À l'arrêt suivant, on est descendus du bus sur les talons de l'objet non identifiable, il s'est retourné vers nous, presque épouvanté. Il a hâté le pas pour nous échapper. On a marché en silence, il faisait bon.

— Et Antoine ? ai-je fini par dire, fatigué de m'inquiéter pour toute la famille. Nous, on n'a plus besoin de toi, mais lui… C'est un enfant, papa.

— Je vais lui proposer des soirées.

— Ce n'est pas assez.

— Des vacances.

— Jure-le.

— Tu n'as pas confiance ?

— On va tous partir, papa. Il ne restera qu'Antoine avec maman et Hegel ou je ne sais qui…

— Hegel ?

— T'occupe. Antoine ne peut pas rester avec maman, il faudra que tu trouves une solution, c'est ton fils, pas le mien… Occupe-toi de lui, s'il te plaît.

La Seine coulait comme sur le tableau de Marquet, on est revenus vers la Bastille, sans parler. Papa s'est assis à la terrasse d'une brasserie, je l'ai imité. On a commandé deux demis. Les beaux jours grouillaient aux branches et en moi ; j'espérais, c'était fou. Et pourquoi à cette heure ? Il n'y avait aucune raison objective, sinon que j'étais en compagnie de mon père, il avait survécu… À mon tour, je survivrais, je profiterais des dividendes et de mon destin, j'encaisserais les coups durs, et puis un jour… Papa a hoché la tête comme s'il m'entendait penser. Il s'est levé et dirigé vers la gare, je l'ai suivi. Le train à vapeur attendait en chuintant, peu à peu, j'ai compris, je m'étais fait baiser la gueule. Papa ne bougeait pas d'un cil, la locomotive a lancé un geyser de fumée noire et grasse, comment ne pas penser à Moby Dick ? Le monstre n'avait pas été tué, il était revenu en quarante des abysses pour imposer le Mal, il était revenu bien plus énorme, cruel, bien plus fou, il avait parcouru sans cesse les rails, sans cesse, avait alimenté les flammes infernales avec les millions d'innocents qu'il avait avalés. Devant nous, ténébreux et luisant, il s'est ébroué et son cri m'a glacé, j'ai pensé à tous ceux qui étaient montés dans les wagons, je me suis senti minable avec mes problèmes de bourgeois blanc et riche dans un pays en paix. Leurs os avaient été broyés et brûlés, leurs mains, leurs cœurs… Derrière les parois des wagons, derrière les barbelés, dans le froid et la solitude, dans les douches et dans les fours, leurs yeux étaient tournés vers nous et leurs dernières pensées avaient été pour nous, j'étais leur héritier. On a quitté la gare et on s'est séparés sans un mot.

LA LETTRE

Deux prostituées vacillaient sur les pavés glissants, l'une d'elles sentait un parfum violent qui contrariait les effluves d'urine. Je venais d'arriver sous le pont de Sully, la Seine était couleur de sauge. Le froid d'octobre se faisait les dents sur ce qu'il pouvait, ce qui s'offrait, Notre-Dame qui frissonnait dans ses lumières, les seins des femmes sous leurs manteaux ouverts, mes doigts. J'avais une canne télescopique en fibre de verre. J'ai lancé loin, j'avais une cuiller lourde, cent cinquante grammes, du fil 35/100, deux cents mètres. Dans la Seine, il fallait s'attendre à tout, y compris à ferrer une bicyclette, ce qui m'était arrivé. J'avais aussi remonté un silure de plus de deux mètres, il y avait des requins plus petits que ça. J'ai commencé à mouliner, le claquement de l'arceau m'a apporté cet instant de plaisir que je n'arrivais pas à analyser.

— Ta canne, m'a dit la femme au parfum de chaos, tu ne veux pas me la mettre quelque part où ça te chante ?

Je ne pouvais pas lui dire que j'étais resté *là-bas*, que j'étais chaste, strictement incapable d'avoir un rapport sexuel, en payant, encore plus. J'ai donc éludé, dit que je n'avais pas le sou. Elle a haussé les épaules et m'a répondu qu'il fallait savoir ce qu'on voulait, piner ou se toucher avec des poissons.

— T'en attrapes ?
— Ça arrive.
— Tu les manges ?
— Non.
— Mais alors pourquoi ?

Elle commençait à me... Je pêchais entre autres pour échapper aux fâcheux et aux questions stupides.

— J'aime bien, ça me calme.

C'était absolument faux et totalement vrai, la pêche excitait mes paradoxes ; elle a allumé une cigarette et est allée à la pêche à l'homme. Elle était équipée pour ça, j'ai lancé de nouveau, mon corps a filé avec le leurre, est revenu avec la canne en arrière, sur la berge. J'ai attendu un peu avant de ramener ma cuiller, lorsque le berceau du moulinet a repris sa place, une puissante secousse a ployé ma canne, tendu le fil : un pare-chocs à la dérive ou un silure des familles ? Pour éviter la casse, j'ai mouliné et ramené la prise en louvoyant sur la berge, je penchais plutôt pour le silure que pour un objet indéterminé (sans parler d'objet non identifiable). Dans un nuage de couleurs, remontant le courant, un bateau-mouche a jailli de sous le pont de la Tournelle. Alors, le temps d'un battement de paupières, j'ai entrevu ma prise : un corps, un vêtement à rayures bleues, un visage indiscernable. L'ombre et les flots épais l'ont happé, j'ai agi instinctivement, coupé le fil avec mes ciseaux pliants. J'ai eu le sentiment que quelque chose me quittait... L'impression que le mort partait... Partait avec quoi ? En tout cas, je ne voulais pas me taper les flics, m'expliquer, répondre à un tas de questions fumeuses. Mon emploi du temps, est-ce que je le connaissais ? Mes liens de parenté... Ce n'était pas une illusion, j'avais déjà vu un mort sur la Seine, coincé entre deux péniches. On ne pouvait rien faire pour les morts, même pas les consoler.

J'ai plié ma canne, l'ai rangée dans l'étui, le moulinet dans ma musette ; j'ai mis les voiles. Je n'étais pas pressé, personne ne m'attendait, et moi, j'avais fini de désespérer d'attendre. Je m'occupais comme je pouvais et j'avais cessé de prendre des médicaments depuis trois mois, apparemment je n'étais plus un mort en sursis. J'étais un vivant ordinaire… J'ai remonté sur le quai Saint-Bernard au niveau du pont d'Austerlitz. J'ai traversé les chaussées désertes, la façade du muséum et les frondaisons des arbres se reflétaient sur les allées et les pelouses du jardin des Plantes. J'ai marqué le pas comme toujours en passant devant le parc des loups, je n'ai pas attendu longtemps, il est apparu à quelques mètres. Il m'attendait peut-être ? On s'est regardés longtemps, il a tourné la tête. Il était sûrement désespéré, vivait enfermé au lieu de battre la campagne. Moi, j'étais libre et je faisais quoi de ma liberté ? Parler au loup sans dire un mot, partager avec lui ce que je ne pouvais partager avec personne ?

Je me suis remis en marche et ai pris la rue Cuvier, silencieuse même le 14 juillet. Je l'ai remontée vers la rue Lacépède, la rue du Pot-de-Fer, la rue des Feuillantines, la rue Pierre-Nicole, la rue du Val-de-Grâce et enfin la rue Henri-Barbusse. Mon jeu de l'oie. Quelque part, invisible, un homme sifflait avec une grâce surnaturelle, quelle tristesse, si j'avais pu m'arracher les yeux et les ongles, mourir sans souffrir. Je vivais mais j'étais dans ma prison comme mon ami le loup. Le mort entrevu dans la Seine était plus que libre, devenu rien pour lui-même, il était pour moi juste un cadavre habillé de rayures bleues comme une étude pas finie. Oui, j'étais enfermé et plus je vivais, plus je m'enfermais, de plus en plus seul, quasiment inutile à moi-même. Mes habitudes ne me plaisaient pas, n'étaient pas des béquilles, j'étais un être de néant. Je ne donnais pas le change, je vivais au sens le plus restrictif, comment j'en étais arrivé là ne me préoccupait plus. C'était comme ça, j'étais une conséquence, pas plus, pas moins. Je ne parvenais pas à croire en moi, me disais que ceux qui semblaient vivre devaient se prendre pour des personnages de fiction, quelle fiction pouvait vouloir de moi ? Mes petites questions étaient vieilles comme le monde mais j'étais jeune et combien de temps ça durerait ? La seule personne à qui je parlais, à part le loup, était mon psy, Raphaël Davila – que je surnommais Rabbi D. Et lui, je le payais. Et que disais-je à Raphaël Davila ? Je lui racontais mes rêves, parlais *librement*, mais qui pouvait parler réellement ? Je savais bien que la psychanalyse n'écoutait pas à proprement parler, que son écoute était autre, qu'elle entendait autre chose que ce que l'analysé croyait avoir dit, mais je pensais que si le langage existait, c'était pour masquer une impossibilité à dire, le langage était là pour nous tromper… Et la rhétorique pour finir de berner ceux qui croyaient berner les autres. Bref, je tournais en rond, vivais un pauvre sommeil de branleur, car je n'étais rien d'autre qu'une sorte de retraité. Un névrosé presque en bonne santé, un petit con banal.

Pour faire quelque chose, me distraire, j'avais entamé des études de biologie végétale à Jussieu, puis à Orsay, sans trop savoir pourquoi, presque comme si je les avais entreprises par-devers moi. J'avais ma licence et m'étais lancé dans un DEA consacré à l'amélioration des plantes. Mon directeur de recherche s'appelait Demarchy, il était surnommé « le Psychopathe », hurlait, parfois en latin... Un autre rescapé. Je savais que mes études étaient une réponse à l'équation à je ne sais combien d'inconnues que Roch Dambert avait posée en m'offrant *Jack and the Beanstalk* et en m'incitant à m'intéresser à la paléontologie et à la mycologie... Sans parler de la pêche.

Je suis arrivé au 25. L'ascenseur tombait en panne sans cesse, un jour, il se décrocherait. Je ne voulais pas mourir dans un ascenseur, c'était une des rares choses dont j'étais sûr. J'ai donc grimpé au troisième, j'habitais l'appartement d'une tante décédée, le Stalag, c'est ainsi que je l'avais surnommé. La paix avait ses prisonniers et ses camps, on ne le disait pas, ç'aurait été reconnaître que cette paix était une défaite absolue. Le Stalag était un quatre-pièces lugubre, la famille avait dû se partager le mobilier, il ne restait aux murs que l'ombre des tableaux, celle des tapis sur le parquet. Au-dessus des quatre cheminées, des glaces aux cadres dorés contemplaient mon fantôme. Je déambulais là pendant des heures, incapable de sortir, de commercer avec mes semblables. J'avais acheté un lit de camp, une table et une chaise pliantes, un camping-gaz. Je mangeais dans une assiette en fer qui donnait un goût de métal à tout ce que j'ingurgitais, des conserves principalement. Parfois du camembert, du lait, du pain et du beurre. Et le Nescafé au litre, dans un mug bleu ornementé d'un Popeye et d'une bulle où était écrit : « Tout baigne ». Lorsque j'en avais assez de ne rien faire qu'errer, je prenais un livre d'Henri Barbusse que je découvrais et admirais. Sur un mur, j'avais écrit deux phrases tirées d'un passage de *L'enfer* : « Chaque être est seul au monde.../... On ne peut dire qu'une chose : Je suis seul. » Oui, seul, mais Henri Barbusse ne pouvait pas imaginer la solitude terrible engendrée par la société de consommation, l'homme ne se voyait plus que dans ce qu'il achetait ou souhaitait acheter, il était plus que seul, il était dépossédé sans cesse. Une sorte d'aboutissement de l'œuvre des camps. Comme si l'Holocauste me guettait toujours, pour toujours, m'offrant mes terreurs, au gré de mes penchants du moment, de mes fantasmes de Blanc riche et dénaturé, j'attendais le pire auquel j'avais réchappé. Pour autant, j'étais pitoyable, ridicule. Après les camps, le métier d'humain était devenu presque impossible. Contempler le spectacle muet de ce rien qui restait et perdurait, perdurerait, c'était au-dessus des forces de notre génération qui fuyait dans la musique, la culture de masse et la mode qu'elle imposait, la politique spectacle… Et le sexe, mais je n'étais pas concerné.

Je n'étais concerné par rien, je vivais, c'était tout, je n'écrivais pas ma vie, oh non ! J'étais écrit par quelques tropismes et habitudes, point. Une sorte d'encre, voilà ce que j'étais. Lorsque j'en avais assez de tourner en rond, je m'asseyais sur le lit pliant. La tête dans les mains, je contemplais mes pieds ou je feuilletais les livres offerts par Roch Dambert et tous les autres que j'avais achetés, mû par une distraction avide. J'étais ainsi devenu calé en paléontologie et en connaissais un rayon dans les rubriques champignons et fossiles d'échinodermes. Je n'étais pas persuadé que cela servait à quelque chose, mais ça m'occupait. J'avais rongé mon frein avec le Furetière, aujourd'hui je m'échappais avec autre chose… En fait, la pêche était la partie vivante de mon existence de zombi.

J'ai refermé la porte, ôté mon duffel-coat, mon pull. J'ai ouvert la fenêtre. Tous les radiateurs étaient fermés mais le Stalag était chauffé par la ville, les canalisations étaient brûlantes. Je me suis fait un Nescafé, c'était presque deux heures, l'heure du Bauchot, qui, fatigué de chercher un sens à sa vie, allait chercher le sommeil. Je me suis couché avec mon Popeye plein et un paquet de Marlboro. J'en ai allumé une avec un briquet jetable, j'avais remisé le Dupont or depuis longtemps. Je m'endormirais bien à un moment ou à un autre. J'ai cherché une histoire pour me consoler, m'y réfugier, j'étais malheureusement trop vieux pour *Jack and the Beanstalk*. J'ai cherché du côté des films mais le mort de la Seine est venu flotter tout près, de quelle histoire venait-il, lui ? Et pourquoi nous étions-nous rencontrés, pour que je coupe le fil ? Que je me sépare… De quoi ? Je me suis redressé… Je me suis souvenu de ce que j'avais ressenti et le revivais physiquement, le corps se séparait de moi, il partait avec… Il partait avec des années de malheur et de peine. J'avais pêché le mort pour qu'il me libère.

Un train immense, immense, allait dans la nuit, un train à vapeur sans lumière, un long train, le plus long train qui ait jamais roulé dans le rêve d'un homme, le plus long train de peine du monde, le plus long train de misère et de froid, d'horreur, un train sans Dieu, sans aucun ange, sans un seul mot de bonté, petit geste d'entraide, un long train… Je m'étais éveillé *en train* de suffoquer, j'ai allumé une cigarette, pensé à eux, les voyageurs. Je me suis souvenu de Buciflet tout nu le long des rails… Comme ça arrivait parfois, à cause du vent ou de la limpidité du silence, j'ai entendu la clameur affamée d'un train qui manœuvrait sur les voies d'Austerlitz, j'ai fermé la fenêtre.

J'ai acheté un pain au chocolat à la boulangerie et volé des nounours, une poignée. Chaque fois que j'allais chez Rabbi D., j'essayais de piquer un truc, c'était important pour moi. Pour lui, non, car il ne savait pas que je volais avant de lui parler de moi. J'avais commencé une *consultation* avec lui il y avait plus de deux ans. J'allais voir un homme qui m'écoutait, ça changeait de celui qui n'était pas là. Je n'avais aucune idée quant à savoir si cette consultation portait ses fruits. J'avais conscience que je parlais pour ne rien dire, rien lui dire. Je noyais le poisson, le poisson de l'amour. Le poisson du désir… Je pêchais des morts, à la place.

J'étais encore plus en retard que d'habitude alors j'ai carrément couru pendant cinq minutes, appuyé sur l'interphone, dit mon nom, hors d'haleine. Raphaël Davila a déclenché l'ouverture de la porte. J'ai grimpé au deuxième, puis suis entré dans la salle d'attente. En manteau rouge, les yeux abrités par des lunettes de soleil, le Chauve est sorti du bureau de Raphaël Davila : il avait pleuré, ça m'a fait plaisir, je n'aimais pas l'idée de partager Rabbi D. avec lui… Rabbi D., qui, en costume et cravate toujours un peu vulgaire, aujourd'hui rose, m'a fait signe de patienter. C'était habituel : il devait prendre des notes, ou se soulager… Je me suis levé pour regarder le Talmud en hébreu, édition complète. Je ne l'ouvrais que rarement. Le plus souvent, si j'étais seul, je caressais les tranches des sept volumes, comme j'aurais caressé plusieurs petits chiens morts et rangés dans un râtelier. Là, je l'ai ouvert pour trouver un oracle, mais en guise d'oracle, j'ai trouvé une crotte de nez, une vieille crotte de nez de l'an mille. Ça m'a dégoûté, révolté. Je me suis assis en colère, j'aurais voulu me désinfecter, les Américains auraient passé ça au napalm, auraient balancé des bombes à billes… Raphaël Davila est apparu. J'aimais sa tête de Juif, ça ne se disait pas, mais j'étais allé chez lui pour apprendre à dire ce que je taisais… Il n'avait pas bronché.

Je me suis levé, il m'a serré la main en faisant comme si c'était important, je savais que c'était de la comédie, pourquoi pas ? Tout était comédie, sauf l'amour, c'était mon avis. Mais personne ne m'aimait, sauf les membres de ma famille dont faisait partie maman, et l'amour de maman… Il m'a montré le fauteuil, mon vieux fauteuil en velours moutarde, profond et confortable même s'il faisait un peu miteux, un peu faubourg Saint-Antoine. Mais je n'allais pas me laisser attendrir, Raphaël Davila était là pour payer !

— J'ai trouvé une crotte de nez dans le Talmud, ça ne se fait pas. Vous devriez faire attention, une salle d'attente, ce n'est pas… Ce ne sont pas des vespasiennes… Vous croyez que c'est un de vos malades mentaux ? Ce n'est pas vous quand même… Ah bien sûr, vous n'allez pas vous abaisser à me répondre ! Le loup non plus ne me répond pas mais je ne le paye pas.

Raphaël Davila m'avait demandé de ne pas fumer pendant

les séances, sinon… Sinon, je n'aurais fait que fumer, autant aller dans un bureau de tabac. Il me regardait avec son expression qui m'insupportait, moitié curé, moitié rabbin. Il devait le faire exprès… Et puis je payais, il fallait que je parle, que je vende tout !

— J'ai pêché un mort la nuit dernière.

Il s'est réveillé :

— Ah bon ? Un mort ?

— Sous le pont de Sully… Je me suis senti… Comment vous dire… D'abord, j'ai coupé le fil… Vous m'écoutez ? Vous ne m'écoutez pas, vous êtes comme mon père.

— Vous avez coupé le fil de la canne Pezon & Michel offerte par votre ami Roch Dambert.

Il m'a scié, ah, le vieux mécréant !

— Facile avec vos notes.

Il n'en avait pas devant lui, en tout cas pas apparentes ; peu importait, il était fourbe, c'était son job.

— Et puis, c'était avec ma canne télescopique en fibre de verre.

— … Vous avez coupé le fil ?

— Et il est parti ! Je me suis senti… Débarrassé, il est parti avec mes soucis, tout quoi, enfin presque, enfin je ne sais pas… Je ne me sens pas coupable, je devrais ?

— À votre avis ?

— Ah non, ne faites pas le psy… Peut-être que je suis dingue de ne pas avoir prévenu les flics, de m'en moquer ? J'aurais dû, c'est ça ? Je suis un pauvre égocentrique, j'aurais dû éprouver de la pitié pour lui…

J'étais perplexe, je sentais que quelque chose se disait ou que j'allais dire quelque chose, ou… Flûte ! Tout, tout revenait au mort.

— Et pourquoi ai-je rêvé ? Ce n'est pas normal. Ça vous intéresse ce que je dis ? Faites semblant au moins.

L'analyse, ou Rabbi D., me rendait atrabilaire, un roquet agressif… Ou peut-être que ma vraie nature se dévoilait ?

— Vous avez rêvé ? a susurré Rabbi D., après un silence de psychanalyste.

— Bravo ! Un train, un train immense… Vous savez les camps ? Ma fixette… Vous n'avez pas oublié ? Un train sans fin, je me suis réveillé *en train* d'étouffer… Je m'étais couché en étant sûr que le mort était parti avec tout ça…

Rabbi D. a chaussé ses lunettes, signe qu'il voulait mieux voir dans mon brouillard.

— Ce mort… Ce mort, vous pouvez m'en dire plus ?

— Je l'ai eu avec une Panther Martin, j'étais équipé pour le gros, j'ai plombé, j'ai laissé couler, j'ai mouliné… Une méchante secousse, j'ai ramené en faisant attention de ne pas casser et puis je l'ai vu à cause du bateau-mouche…

— Vous l'avez vu ?

— Oui. Ce n'est pas une hallucination et ce n'est pas le premier. L'autre, c'était avant vous, en plein jour…

— Vous l'avez vu ?

— Deux secondes, et puis il a disparu… Un homme, je pense.

— Oui et encore ?

— Vous me faites rire ! Je ne lui ai pas parlé… "Et encore ?" Eh bien, il avait des rayures, tiens.

Il m'a examiné avec cette horripilante expression de vieille femme gentille et compréhensive qu'il arborait parfois pour exciter ma haine, je supposais.

— Vous voulez dire ? Des rayures ?

— Oui des rayures comme des rayures sur… Des rayures bleues.

Il a acquiescé comme il savait le faire – style prélat au-dessus des bassesses humaines – et m'a dit qu'on allait s'arrêter là. Je détestais ça, ces arrêts en pleine campagne, il avait un côté nazi. Insupportable. C'était à peine dix heures, j'ai décidé d'aller à Versailles, relever mon courrier, voir si une attaque nucléaire n'avait pas rasé la ville. Je me suis senti plus léger, bon je lui avais donné trente francs, ça comptait, ça amaigrissait, c'était au moins deux kilogrammes de viande hachée. Plus tard, j'ai vu des pêcheurs sur la Seine mais pas de mort. J'ai décidé d'y aller à pied, marcher était une façon merveilleuse de perdre son temps, et vivre, c'était choisir de perdre son temps du mieux possible. Seule la mort était possible, vivable, mais il ne fallait pas le dire. Il me faudrait quatre bonnes heures, j'essayerais de ne penser à rien, dans ma musette, j'avais ma canne télescopique, mon moulinet et des cuillers… Ce n'était pas la première fois qu'en route pour Versailles je passerais la nuit dans la forêt de Meudon, il y avait neuf étangs. J'avais pêché dans l'un d'eux une carpe grosse comme une basketteuse naine ; à l'aube, elle gigotait au bout de ma ligne sans bras et sans ballon. Je l'avais abandonnée sur une table du Welcome. J'en avais chié pour la porter jusque-là mais ça m'avait fait du bien.

CENTRE HOSPITALIER ET UNIVERSITAIRE
HENRI-MONDOR
SERVICE DE NÉPHROLOGIE
PROFESSEUR GILBERT LAGRUE

51, AV. DU MARÉCHAL-DE-LATTRE-DE-TASSIGNY,
94010 CRÉTEIL
TÉL. 207-51-41. (SECRÉTARIAT POSTE 3402.
CONSULTATION POSTE 3407)

GL/CV

Monsieur le docteur Bauchot
16, rue M…
78000 Versailles

Créteil le 14 novembre 1973

Cher Monsieur,

J'ai revu récemment Jacques, et je suis heureux de pouvoir donner d'excellentes nouvelles.

L'amélioration antérieurement constatée se poursuit, et j'ai été par ailleurs heureux de voir qu'il a pu surmonter ses problèmes.

Recevez, Monsieur, l'assurance de mes sentiments les meilleurs.

Professeur G. LAGRUE

J'avais ouvert la lettre puisqu'elle émanait de l'hôpital Henri-Mondor où j'étais suivi. À quels problèmes Lagrue faisait-il allusion ? Je n'en avais pas la moindre idée, à mon avis, il me confondait avec un autre patient. Concernant le titre de docteur attribué à papa… La secrétaire devait être débordée. Je suis monté dans ma chambre qui sentait le renfermé, le passé, et j'ai comparé la lettre du jour à celle du 15 mars 1966. Sept ans les séparaient, le temps de ma guérison. On associait en règle générale les lieux et les souvenirs mais à cet instant, j'étais vide, blanc comme une page vierge. Ces sept années n'avaient servi qu'à ça, comme si rien ne s'était passé, sinon une rémission, une reddition de la néphrite. Le Furetière et le Quillet étaient poussiéreux, plus jamais feuilletés, des souvenirs et encore. Je venais régulièrement *chez nous*, parce que je ne pouvais pas décrocher, couper définitivement les amarres, me séparer de maman et de nos souvenirs. Relever mon courrier était un prétexte mais j'avais besoin de prétexte pour vivre, c'était sûr. C'était seize heures et des miettes, j'avais marché vite, ne m'étais pas arrêté pour pêcher, peut-être parce que le mort au bout du fil coupé me taraudait l'esprit ?

Je suis sorti de ma chambre, paumé. Je n'avais plus rien à y faire, c'était un vieux vêtement, je n'entrais plus dedans.

Je n'y sentais même plus Eau sauvage, n'entendais plus les échos de la voix d'Eric Burdon, le soleil était mort comme disait l'autre. J'avais tort de m'obstiner, tout était éteint, il n'y avait plus de programme, plus de mire. Il fallait que je me tire une bonne fois pour toutes, loin. J'ai ouvert la porte de la chambre de Pierre-Henri, le matelas était nu, une impression de cellule quittée par son locataire libéré ou mort. Pierre-Henri habitait avec sa femme, Anne-Sophie, à Paris. Il avait raté le concours de l'École supérieure de la magistrature et venait d'être embauché par le groupe Bouygues, au service juridique. Le petit était dans une école en Suisse, je me suis assis sur son lit, ai vu les traces de son enfance, je craignais qu'il soit malheureux, encore plus que nous. Il avait été seul dès le départ, en marge. J'ai allumé une cigarette, Lagrue me pompait l'air avec ça, déclarait que c'était un canon de revolver que j'avais sur la tempe et que le coup partirait sans que j'appuie sur la détente. Oui mais il fallait survivre, occuper les heures et les minutes.

Je ne suis pas allé dans la chambre de Paul, j'avais peur de penser à lui, on était sans nouvelles depuis cinq mois. Contre l'avis de papa qui l'avait menacé de lui couper les vivres, il était parti en excursion dans un Combi, avec un homme. Faire de la photo, voyager bien sûr. Paul m'avait confié qu'il était amoureux de l'homme qu'il appelait « Lui » ou « Max », « Sam », « Jules ». L'homme ne voulait pas qu'on le nomme, non plus ne voulait nommer Paul qu'il appelait « la Chose », « Toi », « Con »… J'étais affolé par ses révélations. J'aurais souhaité que mon frère soit aimé comme dans un roman ou au moins… Au moins qu'il ne soit pas humilié. Et je refusais que « ça » fasse partie de l'amour, ne pouvais l'accepter. Paul m'avait dit qu'il était fou de son corps et de sa…

— Je te gêne ? avait-il dit.

— Affreusement.

On avait ri et j'avais osé lui dire que je n'arrivais pas à concevoir l'amour entre deux hommes ou deux femmes. Il m'avait caressé la main et m'avait répondu que lui non plus, qu'il était dépassé par ça, que son envie était plus forte que sa pensée ou ses raisonnements. Qu'il était conduit à la bite de Machin, qu'il ne pouvait pas résister. Ni à sa peau, à ses mains. C'était la première fois que quelqu'un m'expliquait ce que c'était que l'amour. Je ne l'avais pas remercié et me le reprochais. Le Combi kaki immatriculé en Belgique s'était arrêté en double file. Paul m'avait serré dans ses bras, il était monté à bord. J'avais entrevu la face cruelle du conducteur aux cheveux longs et argentés, il m'avait fait songer à l'homme au Stetson ; je l'avais haï instantanément.

Je me suis levé pour me soustraire à cette vie qui m'accablait, m'écrasait. Par la fenêtre, comme un écran sur lequel le passé se projetait, j'ai contemplé le jardin fané. Henri, l'étourneau à la tête blanche, ne nous fréquentait plus depuis longtemps, certainement mort et enterré. Quant au magnifique bouleau qui se penchait mollement sur la pelouse, il était mort une année de canicule. Les jours, les mois, les années… Revenir ici me coulait du plomb dans le corps, ici, c'était un catafalque, un mausolée dédié aux joies fugaces d'antan, et surtout à nos vies ratées. Seul Antoine pouvait peut-être échapper au mauvais œil qui nous avait tous couchés, pauvre moisson, j'aurais dû me consacrer à lui, mais j'avais espéré m'en sortir, j'étais égoïste, voilà tout… J'ai quitté sa chambre en me souvenant de la crèche, de son sourire. J'ai descendu l'escalier, frappé à la porte de maman. Elle ne m'a pas répondu tout de suite, il a fallu que j'insiste. Je savais qu'elle était là, elle a fini par dire : « Oui ? » Je lui ai répondu que c'était moi, après un silence conséquent et habituel, elle a entrouvert la porte, pâle. On s'est regardés longtemps, puis elle a hoché la tête et a refermé la porte. Je suis resté là, gentiment démoli, fils d'une mère qui ne voulait plus être mère, ni épouse. Elle restait dans sa chambre, essayait de traduire Hegel, fumait des paquets et des paquets de clopes, buvait peut-être ?

Dans la cuisine, le réfrigérateur ne contenait que des briques de lait et un bouquet de roses jaunes qui m'a fait songer à la mort. J'ai eu envie de hurler, tout casser. Je me suis calmé, ai pris une brique et bu du lait, assis sur le rebord de l'évier. La maison était silencieuse, à l'abandon. Maman engageait par intermittence une société de nettoyage, des inconnus venaient entretenir le jardin, la baraque, et puis tout se refermait sur elle, sur maman. Plus personne n'avait de rapport avec elle, elle était aussi abstruse qu'une œuvre d'importance, nous étions ses spectateurs pitoyables et désemparés, elle nous contemplait derrière sa porte close ou entrebâillée. Elle nous échapperait toujours, de plus en plus, rejoignait le grand sommeil qui l'avait projetée dans notre monde trivial. Le Manneken-Pis pissait, pissait et plus aucune petite fille pour s'ébaubir, plus de maman pour lui couper le… Il n'en avait plus, je m'en étais occupé. Des chansons devaient exister sur ce genre de désastre, des poèmes, c'était sûr, mais je n'avais pas envie de les entendre. J'ai laissé tout ça derrière moi et j'ai suivi mes traces pas à pas, me souvenant malheureusement de tout. Il faisait froid, la Toussaint approchait, les morts commençaient à sourire sous leurs dalles bien repassées. La demeure de Roch Dambert aux volets clos attendait dans les herbes folles, triste, inutile. Je me suis souvenu de mon seul ami s'enfonçant dans les ombres au soir de notre séparation... Au bout de la rue Magenta, après le bar, je me suis arrêté devant l'échoppe du vieux cordonnier. Il était toujours là, en train de boiter dans son foutoir invraisemblable mais ses alènes semblaient affûtées comme jadis, toujours suspendues dans le même tourniquet en fonte. Un peu plus loin, au coin de l'impasse, son antique Vedette Simca bleue aux fausses aérations chromées sur le capot était garée, attendant le dernier voyage... Le passé était encore là mais pour combien de temps ?

C'est venu d'un coup, je me suis rendu compte que je n'étais plus malade. J'étais en bonne santé. Je me suis assis sur un banc, je me répétais : « Tu es guéri. Tu as gagné. C'est merveilleux. » J'ai allumé une cigarette pour remercier Lagrue et son traitement de choc. J'ai quitté mon banc et comme un vieux cheval de retour, je me suis retrouvé à proximité du bahut, j'ai traversé la rue Richaud, me suis approché du Coq Hardi. Les filles de La Bruyère n'étaient plus vêtues de noir et blanc, les Stendhaliennes étaient mères de famille, sous-préfètes ou pétroleuses. Je me suis souvenu de cet incongru « To the happy few » clôturant la lecture de *La chartreuse de Parme*. Dans un coin de la salle, une fille à la robe rouge m'a souri et m'a fait signe, j'ai regardé si c'était bien à moi qu'elle adressait l'appel : oui. Je ne savais pas qui c'était, en plus de tout j'avais perdu la mémoire. Je suis entré et l'ai rejointe, suis resté debout, godiche. Elle souriait et a dit :

— Eh bien, assieds-toi, Jacques Bauchot. Tu ne me reconnais pas ?

Non, et je ne voulais pas feindre, je le faisais depuis que

j'étais né, famille oblige, je ne souhaitais pas exporter cette pratique, la faire perdurer.

— En général, les hommes reconnaissent les femmes pour obtenir leurs faveurs. Pas toi ?

Je me suis assis en guise de réponse, j'étais plus que primitif dans la galanterie, les rapports de séduction entre les femmes et les hommes. C'était un langage, j'avais des facilités pour apprendre mais il fallait un lexique, une grammaire. Des séjours chez l'habitant, pour l'heure, j'étais resté en arrière, au Minnesota, d'où aucune ambassade ne m'avait rapatrié.

— Je t'observe depuis longtemps, tu sais. Et je ne suis pas la seule, en tout cas, au départ, je n'étais pas la seule.

— Je suis rarement à Versailles, pourtant.

Je me suis demandé comment j'avais fait pour parler, ma voix m'était inconnue, d'où sortait-elle ? On aurait dit qu'elle passait à travers un tamis, rebondissait sur un tapis à clous, un buvard pour finir dans un étouffoir.

— Mais ça remonte à la nuit des temps. Comment je m'appelle, tiens ?

— Je ne sais pas.

— Tu seras puni… Brigitte Soussan. Tu t'en souviendras ? Dis oui, pour me faire plaisir.

— Oui.

— *Good boy*.

Elle a allumé une cigarette et a poursuivi en expulsant de la fumée par les narines comme une jolie petite locomotive aux yeux noirs et à la forte poitrine : un personnage de Philip Roth rencontrant un Gregor Samsa, alias Jacques Bauchot. Qu'allait-il advenir ? Je ne l'imaginais pas, mais j'entendais mon sang battre comme si un amplificateur s'était éveillé en moi.

— On te regardait passer et repasser, on voyait bien que tu étais timide. Tout le monde savait que tu étais riche, que ton père était banquier… Et puis on a su que tu étais malade, peut-être condamné à mort, alors ta cote a monté encore, encore… Tu me trouves comment ?

J'ai cru comprendre la question et cela m'a complètement pris de court, désarçonné, rendu muet…

— Mais il rougit ! Arrête, tu veux me rendre amoureuse ?

J'ai bredouillé, je perdais les pédales. Elle me scrutait avec ses dents blanches, mon quotient intellectuel se désagrégeait, tendait vers le zéro. Un serveur est apparu, elle lui a commandé deux whiskies, des doubles, *on the rocks*. Oui, elle avait osé, pourtant c'était… C'était obsolète. Eh bien non, plus ! Plus du tout. C'était moderne, redevenu moderne, par la magie de… Ah, la vache, qu'est-ce qu'elle était bandante.

— Chez nous, c'est la femme qui commande. On trouvera des artifices pour faire croire aux gentils que c'est toi… Bon, tu réponds, avant que je ne sois vexée à mort.

— … Belle, attirante.

Pire que l'oral de l'ENA… Avec des nuances, Furetière ne connaissait pas le mot érotisme mais reconnaissait érotique, disait, sans craindre la contradiction, que s'il n'y avait point de pouls amoureux, le pouls de l'amoureux était pourtant désordonné.

— Et puis ?

Impression d'être hypnotisé, d'avoir besoin de mes réponses pour pouvoir respirer, vivre.

— Une jolie peau mate, ai-je balbutié, des mains gracieuses.

— Et encore ? Les seins ?

— … Beaux.

— Beaux et ?

— … Gros…

— En pomme, en poire, en obus ?

Elle a tendu la poitrine en avant et a dit :

— Boum !

J'étais excité, excité *en public*, pour la première fois depuis le Bel-Air Motel. J'étais dépassé, n'en revenais pas et étais… Heureux, quoi. Le serveur a posé nos consommations devant nous. Elle a levé son verre, je l'ai imitée, subjugué, absurde comme une intrigue chez Robbe-Grillet.

— Tu vas voir, a-t-elle menacé, tu vas voir, Jacques Bauchot. On va l'enterrer ta vie de goy.

Je n'ai pas compris.

— De non-Juif… Pas casher !

Elle a ri, elle me sidérait, me projetait sur une piste de bobsleigh, en pleine descente, sans casque, dans le brouillard, avec un méchant accident en perspective, mais qu'est-ce qu'il m'attirait ! Je me suis souvenu qu'un jour, Yvette avait dit, rêveuse : « Il n'y a rien de plus bête qu'un homme qui fait la cour à une femme, à part peut-être un poil… » Malgré la mise en garde de sainte Yvette, je n'ai pas sauté en marche, suis resté sur la piste. Il m'a semblé voir un voile ternir l'éclat de ses yeux noirs, un noir bleu, un noir Soussan comme il y avait un noir Soulages.

— Bien sûr que j'en fais trop, je veux m'entendre vivre, tu comprends ? Je suis seule, tellement seule…

Comment ne pas penser au Stalag, à Henri Barbusse ?

— Nous les pieds-noirs, nous sommes insupportables, je crois que nous ne nous pardonnons pas d'avoir survécu, vécu en toute tranquillité pendant qu'eux… Alors on parle, on montre ce que l'on a.

Je ne savais que lui répondre car je me sentais pied-noir

comme elle. On s'est regardés sans parler, partageant ce que l'on ne pouvait pas exprimer, et même ce qu'on n'imaginait pas, ne concevait pas. C'était profond et déroutant. Elle a soupiré et a hoché la tête, je lui ai souri. Elle m'a rendu mon sourire, m'a dit que j'étais comme elle se l'était figuré, mais qu'il fallait qu'elle vérifie d'autres points. Surtout un, capital.

— Tu me suis ?

J'ai acquiescé parce que je suivais les mouvements de son corps, enfin, celui de ses seins, je ne savais pas jusqu'à cette heure que les seins remuaient, accompagnaient les gestes, la sortie de la jolie langue de Brigitte Soussan, son passage discret et presque obscène sur ses lèvres charnelles et si bien dessinées. La vérité était que tout était lubrique en compagnie de Brigitte Soussan.

— Je ne peux pas me contenter d'une… Enfin, tu me comprends, Bauchot, il faut que ça ait de la consistance, que ça prenne sa place.

Je n'avais aucune idée de ce dont elle parlait. Elle a commandé deux autres doubles, *on the rocks* of course, et m'a dit de la suivre. Ce que j'ai fait. Elle est passée devant moi et je ne sais pas ce qui de lucide en moi, ou de mauvais joueur, s'est dit qu'elle avait les fesses plates. Je me suis souvenu des propos de maman : « Il y a très peu de putains juives, parce qu'elles font ça à la maison, en famille, comme le couscous et ces gâteaux sucrés qui leur retombent sur les fesses. » Pour les mœurs, je ne savais pas, mais pour le reste, Brigitte Soussan échappait à la règle, les gâteaux s'arrêtaient plus haut. Et même si elle avait les fesses plates, elle les agitait comme des maracas, des shakers. Brigitte Soussan ne marchait pas à proprement parler, son corps louvoyait à partir de la taille comme si elle faisait tourner sur ses hanches un hula hoop. Le cerceau invisible me fascinait. On a descendu l'escalier et, des toilettes femmes, une fille est sortie. Brigitte Soussan a retenu la porte, m'a fait signe de la suivre. Du bobsleigh, c'était sûr. Première fois de ma vie que j'étais dans des toilettes femmes, j'étais très mal à l'aise, tout idiot dans les glaces. Elle m'a dit de *lui montrer*… Comme ça, sans fioritures. Mort, je m'en souviendrais, il n'y avait aucun doute.

— Dépêche, on n'achète pas de la sole sans la regarder ni la sentir.

Et j'ai obéi, c'était invraisemblable. Elle l'a prise dans sa menotte, m'a dévisagé… L'a abandonnée, a humé sa main.

— Marché conclu, a-t-elle déclaré. Remballe. Quand je t'ai vu sur le trottoir avec ta mine de petit goy riche et perdu, je l'ai su. C'est toi, tu es le mien.

Une fille est entrée et a tressailli en m'apercevant. Brigitte Soussan m'a entraîné dehors. J'avais les oreilles qui sifflaient, j'étais groggy. Elle m'avait sonné au premier round. En traversant la salle, elle a dit :

— Les Juifs tunes, jeunes, sont plutôt beaux et assez imbus d'eux-mêmes. Vieux, ils sont gras. Je n'aime pas le lard, ne t'avise pas de grossir.

En s'asseyant, comme si rien ne pouvait tarir sa parole, elle a ajouté :

— J'aime ton visage, je l'ai toujours aimé, tu es gracile comme un aigle malheureux. L'autre nuit, j'ai rêvé de toi, tu venais avec la main gauche pleine de pièces d'or et tu me souriais et tu ne parlais pas, mais je savais que ta bouche m'était vouée, suave si c'est le mot. J'ai téléphoné à la maison mère, mais depuis que ton père fait cocue ta mère, depuis qu'elle lit Hegel, c'est la merde, les mauvaises herbes envahissent tout. Sans parler de tes frères. L'un homo, l'autre en

Suisse, le troisième maqué avec une fille revêche et sans dot, quel malheur.

L'agence Pinkerton avait ouvert une succursale à Versailles, je n'en revenais pas. Elle avait l'air d'en savoir plus que moi, disait tout haut les secrets de famille, qui, nous les Bauchot, nous enfermaient dans leur honte, leur silence et ses hauts murs.

— Quand j'achète, a-t-elle poursuivi, je te l'ai dit, je veux savoir ce que j'achète. Je me renseigne, j'enquête.

J'adorais l'ovale de son visage fin, délicat, ses lèvres prometteuses… J'ai piqué un fard derechef. Elle m'a souri, n'a pas commenté, je suis devenu amoureux d'elle. J'étais sans force, émerveillé. J'avais attendu l'apparition de Brigitte Soussan et j'avais eu raison. C'était un miracle en chair, un miracle pour moi, ma grâce sur terre. Si j'avais cru, j'aurais promis des cierges à la Vierge et aux autres. La messe pour tous, Brigitte Soussan pour moi. On a bu nos whiskies, elle m'a dit de payer, s'est vêtue d'un manteau noir au revers duquel était agrafé un badge qui portait l'inscription : « Tsahal ». La guerre du Kippour était toute proche encore. J'ai suivi Brigitte Soussan dans son studio de la rue Yul-Brynner – 23 rue Berthier – qu'elle appelait ainsi, sans autre explication qu'il n'y avait rien de plus chauve qu'un trottoir. Et Versailles, c'était Manhattan, l'épicier, Michel Debré… *Et cetera*. Elle me subjuguait par sa facilité à inventer sa langue, son glossaire… Et à les imposer.

Au premier, elle a ôté son manteau que j'ai ramassé car j'étais à elle, lui étais dévolu par ukase et décret du sort. Au deuxième, elle a jeté sa culotte, ainsi soit-il. Je l'ai ramassée, elle m'a dit que les *Khalouf*, les cochons, reniflaient les dentelles, à moi de voir qui j'étais. Elle aimait bien les cochons même s'ils n'étaient pas casher. J'ai reniflé, les yeux fermés, j'étais quand même un enfant, je n'osais pas voir. Sur le palier, elle s'est adossée à la porte, les yeux baissés, et mort, je m'en souviendrais, oh oui. Elle jouait la comédie de l'amour mieux que quiconque, mais il était vrai que je n'y connaissais rien. Elle était belle, pas grande, mais je n'étais pas un géant. Elle sentait un parfum entêtant qui était celui du désir. Moi le fantôme de la rue Barbusse si triste et fatigué, j'oubliais tout, je croyais renaître sur ce palier anonyme de l'année 1973. Vu la mise en scène, sa position de madone juive, je me suis agenouillé, j'ai remonté sa robe et ai plongé ma tête entre ses cuisses, oubliant tout, la décence, le voisinage, mon éducation. J'avais peur de me découvrir homosexuel. Ma nature contre ma culpabilité en une leçon, là, tout de suite. J'ai osé embrasser l'endroit sans vrai nom, et même y mettre la langue. J'ai trouvé l'hostie que je n'avais jamais pourtant accueillie dans ma bouche jamais consacrée. Je ne suis pas mort, n'ai pas été foudroyé non plus. J'étais plutôt anéanti, revenu là où j'étais né. Elle m'a tiré par une oreille pour me faire relever.

— Tu as regardé ? Tous ces soins que je lui accorde ?

— … Non.

— Je n'aime pas les puceaux, il faudra que tu changes… Tu bandes ?

— Oui.

— Vas-y.

J'ai avalé ma salive de travers, si quelqu'un… L'immeuble n'était pas inhabité. J'ai dégainé ma… Le plus fou, c'était que j'étais toujours en érection, la faute à Brigitte Soussan ou à des années d'abstinence, même mon biographe inconnu ne pourrait le savoir. J'ai pénétré les limbes avec une fureur abominable et candide. Brigitte Soussan a poussé une plainte de chambre à air qui se dégonfle, j'ai aperçu le blanc de ses yeux, cru à la possibilité d'une mort subite… Non. Elle a repris figure humaine et m'a dit de pousser la porte, que j'étais son fiancé et que c'est comme ça que nous commencerions notre liaison prénuptiale. Elle parlait tout le temps, même chez le dentiste. J'aurais dû écouter, analyser. Mais j'étais dominé par le rut, incapable de lire un ticket de métro. La couche n'était pas loin, on s'est effondrés dessus, elle sur moi. Peu de temps après, quelqu'un a claqué la porte en hurlant qu'il en avait assez de toutes ces saloperies, de ce bordel, j'ai sursauté et eu affreusement honte. Brigitte Soussan a haussé les épaules et a marmonné que les antisémites trouvaient toujours un moyen d'exprimer leur haine.

— Tu te crois où ? Tu ne te souviens plus ce qu'on faisait ? Et puis, il faudrait que tu te fasses couper les cheveux, ça me bloque un peu ton côté Jeanne d'Arc, tu fais travesti… Je crois que je serais plus chaude, si tu avais des cheveux plus courts… Tu vois ? Et puis je vais te faire un lexique juif tune, ça te servira dans ma famille.

Elle a pris mon sexe dans sa menotte, s'est mis à le lécher en me regardant, s'est interrompue pour dire :

— Réservé aux fiancés, les maris ont tout le reste, il faut des lois, Bauchot.

Me léchant, ou m'enfonçant dans sa bouche, voire dans sa gorge, elle a continué son laïus, entrecoupé de sortes de rots lorsqu'elle l'enfonçait trop loin :

— Des enfants, trois, et l'argent qui va avec. Je ne veux pas d'un mari pauvre. Tu aimes l'argent ? Réponds, Bauchot.

— … Oui.

— Dis-le mieux.

— Oui.

— Bien. Tu es circoncis comme un Juif et ton père est banquier comme un Juif, tu es juif, donc.

Ça m'a rappelé de vieux souvenirs.

— Tu crois ?

— En Dieu ?

— C'est ça.

— Non.

— Tu n'es pas chrétien ?

— Je suis baptisé mais n'ai pas passé ma communion solennelle.

— Bien. Avec une kippa tu feras plus juif que mon cordonnier. Tu verras à la synagogue toutes ces dindes mal accoutrées, comme elles ne m'arrivent pas à la cheville... N'éjacule pas dans ma bouche, réserve-toi. Et tu ne m'as pas complimenté sur ma vulve. Dis ?

J'ai essayé de parler de douceur, de beauté, elle a objecté :

— Taratata ! Que des mots sans poids. Gare, j'arrête.

Un peu plus tard, elle a ajouté :

— Je la confie à une Algéroise, il n'y a qu'elles qui savent épiler ça, il faut du doigté, de la science, de la foi presque. Une musulmane évidemment, une Juive tenterait de me mutiler, elles sont jalouses, tu ne peux pas savoir, et méchantes ! Des plaies.

Elle m'a embrassé « pour que je sente ma bite », a-t-elle déclaré. La honte m'est retombée sur les épaules.

— Pour les cadeaux, a-t-elle continué, j'aime les bijoux, mais pas en toc. Les fourrures s'il fait froid. Les surprises, un voyage, une Tour d'Argent, tu vois, je ne suis pas compliquée. Prends mes seins dans tes mains, active-toi un peu. Alors, quel bonnet ?

— Je ne comprends pas...

— Tu es un peu con quand même… Les bonnets, là où on met les seins. Combien ? Tu ne sais pas ? 95 F, oui, mon petit monsieur. Tu es content ?

— … Oui.

Elle a repris son énumération :

— La belle lingerie, le caviar je pense que ça doit être bon, c'est si cher… Les bouquets de roses… Tu m'aimes, Bauchot ?

À la nuit, au Stalag, j'ai visionné et revisionné les scènes du film « Brigitte Soussan jette son dévolu sur Jacques Bauchot ». Film à caractère pornographique et religieux, interdit aux moins de 18 ans. Et encore. Je circulais dans les pièces, fou d'excitation, agité de spasmes comme en pleine séance d'électrochocs. Ça me passionnait, je trouvais ma vie excitante, originale, pas Bauchot du tout. J'aimais le goût que la vulve de Brigitte Soussan avait laissé sur ma peau, dans ma bouche. Je me souvenais de ses pieds, si doux, si mignons, de son cou, tendre, de ses gros seins aux aréoles pâles et dont les tétons bruns devenaient tout durs. Ce n'était pas un rêve, on avait fait l'amour, elle avait plus parlé en trois heures que mon père et ma mère en vingt-deux ans de mon existence. Pourquoi je portais un feutre trouvé dans un placard de l'appartement ? Aucune idée. J'avais fumé un joint avec elle – Brigitte Soussan – puis un deuxième, du hasch explosif. Sa cousine, Aline, vivait avec un steward belgo-maghrébin qui narcotrafiquait pour l'entretenir ainsi que sa décapotable, une Mercedes Pagode. Brigitte Soussan m'avait roulé un joint pour la route et je l'avais fumé en déboulant dans l'appartement. J'avais commencé à repeindre une porte avec un vieux pot de peinture rouge et une éponge, puis m'étais fait un litre de Nescafé en mangeant des biscottes et du camembert, la belle vie de Juif, quoi ! Elle voulait que je sois juif et moi j'étais pour à cent pour cent. J'avais l'air juif, tout le monde était d'accord là-dessus.

— Elle souhaite que je me rase les poils pubiens de temps en temps, ai-je confié à une glace. Pour voir. Elle a raison, voir c'est voir. Elle veut que je l'emmène en week-end à Deauville qu'elle appelle Tel-Aviv… Si impossible, elle veut bien qu'on passe samedi et dimanche au lit, mais sans jouissance car elle pense que l'orgasme le samedi-dimanche, ce n'est pas casher. Mais on aurait le droit de s'exciter par tous les moyens… Elle veut bien me fouetter ou me masturber avec une pince à condition que ça ne soit pas le vendredi, le samedi ou le dimanche et que ça ne devienne pas une habitude. Elle est absolument favorable à la sodomie et veut bien qu'on ait un rapport sexuel à trois, voire à quatre, à condition qu'elle soit la seule femme.

Je suis allé sur le balcon, j'ai regardé la rue, les toits, et j'ai vu la culotte de Brigitte Soussan, Paris était les dentelles de ma Juive tune. Tout ne pouvait être qu'elle. Tout était simple car tout était elle, elle était la dimension qui m'avait manqué pour comprendre que la vie était belle, qu'il fallait la vivre, en profiter. J'aurais voulu l'apercevoir sur le trottoir, je l'aurais prise dans mes bras. J'aurais monté l'escalier avec mon trésor… Mais non ! On aurait fait quoi sur le lit pliant ? Elle voulait du confort et je comprenais qu'elle avait raison et moi, tort. Pourquoi refuser tout ce que l'argent pouvait accorder ? Là, je vivais chichement, évitant le plus possible de recourir à l'aide de papa. Je vendais des trayeuses automatiques de la marque Mélotte, tout inox, la qualité belge au service du lait. Cette activité me rapportait mon Nescafé et mes cigarettes, certains petits luxes : je la concentrais sur trois jours par mois. Je devinais bien que Brigitte Soussan souhaitait mieux qu'un week-end en Bretagne à faire la tournée des fermes, à flatter les membres du club Prim'Holstein qui s'enorgueillissaient de leurs laitières à cinquante litres par jour. Brigitte Soussan n'aurait pas apprécié dormir dans la fourgonnette que la firme me prêtait pour vendre ses trayeuses, ni manger une andouillette de Guéméné à la lumière d'une lampe de poche. Moi, les andouillettes de Guéméné me fascinaient comme des musées portables, surtout l'intérieur constitué de cercles concentriques d'épithélium intestinal délicatement enroulé autour d'un cœur festonné, de la vraie dentelle aux acides gras saturés… Quelques fois, j'avais pleuré dedans… Mais c'était avant, avant Brigitte Soussan. Je n'étais plus malheureux et abandonné. J'allais laisser tomber les laitières. Il fallait que j'accepte d'être le fils de mon père, fils de banquier. Il fallait que je me débarrasse de ce snobisme qui me faisait faire des petits boulots pour avoir l'impression que je ne devais rien à l'argent. L'argent était ma famille, mes origines, mon père, ma mère. C'était puéril de me boucher le nez, je sentais l'argent, le Stalag sentait l'argent. J'aimerais l'argent, je serais bientôt tout à fait juif, de plus en plus juif. De plus en plus amoureux, je ne mangerais plus d'andouillette de Guéméné pour me faire pleurer.

J'ai frissonné et fermé la fenêtre. Un feutre, ça s'arrêtait au front, je ne voulais pas risquer d'avoir les organes génitaux amputés. J'ai enfilé mon duffel-coat que je portais pour me punir, je le trouvais moche. Tout n'était pas facile pour un gosse de riche, un ex-néphrétique. Je me suis assis sur le lit pliant, j'ai pris ma tête entre mes mains. Si le voisin de la rue

Yul-Brynner claquait la porte en fulminant contre un bordel permanent au troisième étage, c'était que Brigitte Soussan était une pute. Je me suis donné un coup de poing dans le foie, je n'avais pas le droit d'abîmer notre belle histoire. Elle avait le droit de disposer de son corps, c'était sûr, toutefois je ne pouvais pas le supporter, ne le supporterais pas. Je ne pouvais pas imaginer qu'un autre pose ses lèvres sur les siennes ou sur le bombé délicat de sa vulve, ah non, je ne pouvais pas. Je refusais de la partager, j'irais avec elle chez le gynécologue, je… Et jamais, jamais, elle n'irait chez Francis Couillard, jamais.

Mais pourquoi m'avait elle dit et répété, concernant certaine pratique honteuse et délicieuse : « Réservé aux fiancés, les maris ont tout le reste… » ? J'entendais une alarme dans ce propos, une mise en garde, ma paranoïa ? Un instant, j'ai essayé d'imaginer si maman faisait ça, j'ai été pris d'un accès de toux, ai manqué étouffer. Pas penser à ça. Mais qu'est-ce que ça voulait dire ? Que cachait Brigitte Soussan dans son flot de paroles, quel mensonge ? Si papa mentait, qui ne mentait pas ? Moi. Moi je me mentais, mais ne mentais pas, enfin… Pouvais-je vivre sans elle, me passer d'elle ? Je ne voulais pas souffrir, elle pouvait me tuer si elle le souhaitait, juste en étant un peu trop elle-même par exemple. Je revoyais notre rencontre, la radotais. Était-elle sincère ? Ne s'intéressait-elle pas qu'à mon argent ? J'ai ressenti de la honte, je voulais démolir notre relation pour conserver un sale souvenir dans mon coffre-fort. C'était malhonnête. Le passé reculait de plus en plus, ce qui s'était passé au Bel-Air Motel était de plus en plus hors d'atteinte, s'effaçait au point qu'un jour j'en arriverais à me demander si ça n'avait pas été un rêve. Il m'a semblé voir une ombre sur le plancher, j'ai eu peur, me suis forcé à lever les yeux. Il n'y avait personne, pourtant je ressentais une présence… Ce sentiment a duré plusieurs minutes, il s'est atténué peu à peu. J'ai exploré tout l'appartement avec la chair de poule, personne, le fantôme dans les glaces, c'était moi. Personne d'autre.

J'aimais Brigitte Soussan pour le meilleur et le pire. J'allais demander de l'aide, me comporter comme un fils à papa, finir mes études, me marier avec Brigitte Soussan, apprendre l'hébreu, faire le sabbat, manger casher, fréquenter la synagogue… Le problème, c'était la kippa, ça rendait chauve, m'avait prévenu Brigitte Soussan. D'après elle, le Grand Dieu juif prenait le prépuce et les cheveux des garçons pour équilibrer les rapports entre les femmes et les hommes. Brigitte Soussan m'avait expliqué en fumant le premier joint que les femmes étaient *rabotées* pour les punir de leurs dispositions naturelles à la volupté. Les règles, c'était le sang de la castration. Toute la durée de leur existence, elles vivaient avec ce membre coupé comme un cul-de-jatte avec sa jambe disparue, ça les rendait folles, nerveuses, leur donnait envie d'acheter des robes et des bijoux… Je souriais, j'aurais dû me prendre en photographie, les bons souvenirs, ça pouvait servir. À la place, j'ai cherché mon paquet de cigarettes dans les poches de mon duffel-coat, je l'ai trouvé, ainsi que le lexique qu'elle m'avait concocté pour apprendre à connaître le Juif tune. Une colombe si blanche qu'elle semblait être en porcelaine était posée sur la rambarde du balcon, que faisait-elle là ? Elle a tourné la tête et m'a regardé, j'ai vu la mort et la vie, tout mon destin. Sans aucune image, juste… Comme si le temps me regardait. Elle s'est envolée. Je me suis allongé sur le lit en me persuadant que c'était une illusion.

On sonnait, ça ne pouvait pas être la colombe. D'ailleurs elle n'avait pas existé, la preuve, elle n'était plus là. Pas besoin de me vêtir, j'étais en duffel-coat. Je me suis approché de la porte et ai demandé qui c'était.

— C'est le plombier, a répondu Brigitte Soussan pastichant Fernand Raynaud.

Ses seins avaient grossi, leurs pointes étaient dures, toutes dures, je les voyais car elle était nue sous son manteau bleu marine, elle me souriait, j'ai osé entrouvrir mon duffel-coat, elle a marmonné :

— Quel cochon tu fais, Bauchot.

Elle est entrée, en me serrant la queue comme on serre la main.

— Bonjour, ça va ? Il ne fait pas chaud dehors, je te le garantis, petit Juif.

Je l'aimais tellement, j'ai pensé que je pouvais la manger, et après… J'ai refermé la porte.

— Tu ne m'as pas demandé mon téléphone, ce n'est pas normal. Les types demandent toujours le téléphone… Je suis passée pour voir. S'il y a la moindre trace d'un poil de chatte, tu es mort, Bauchot. Mon fiancé est fidèle, tout le temps.

— Et toi ?

— Moi ? Moi, tu oses ?

Je n'en revenais pas, d'ailleurs.

— Ça fait combien de temps qu'on est ensemble ? Allez, réponds, cœur sec.

— On est quel jour ?

— Mercredi.

— Depuis hier, alors…

Elle marchait devant moi, s'est arrêtée un instant dans la pièce où j'avais installé mon campement, a soupiré, pénétré dans la salle de bains et s'est penchée dans la baignoire aux imposants pieds de lion, a fait couler l'eau et a dit :

— Je te suis fidèle et le serai, c'est comme ça. C'est casher. Toi pareil et si tu veux te toucher, il faudra me demander, sinon je prendrai ça pour une trahison. Tu viens passer le sabbat dans ma famille. Tu sais ce que c'est ?

— Un peu.

— Pauvre réponse pour un Juif. On ira ensemble vendredi en fin d'après-midi, tu feras connaissance. Tu es content ?

J'ai opiné de la tête, il fallait mentir à ma Juive, pas trop cependant elle le devinerait et ça serait affreux. Elle a ôté son manteau et est entrée dans la baignoire, s'est assise.

— Tu attends quoi ? Une convocation, un avis d'huissier ?

Je l'ai rejointe, elle a savonné mon sexe assez longtemps et l'a introduit…

— Tu as vu les bulles ?

Non. Je ne les avais pas vues, je voyais ce que je voyais, ça me suffisait. Elle a gémi avant de commencer l'interrogation :

— Tu as appris un peu ?

— Oui.

— On va voir. *Him Silinou* ?

— Dieu nous en préserve.

— Maman dit « *Simsilinou* » en crachant par terre. *Trif* ?

— Non casher.

— *Khalouf* ?

— Moi. Le cochon. Au féminin *Batata-bel.*

— Ah la lime… La lime, c'est bon, merde… *Ya-Rabbi* ?

— … Mon Dieu.

— *Bkeila* ?

— Les épinards concentrés.

— Elles en mettent de partout, une maladie… *Hamesh, Hamishin* ?

— Cinq sur toi… C'est une formule magique pour se protéger.

— Elle ne marche pas avec maman… *Kaboura* ?

— La putain.

— *Fel-fel* ?

— Les piments…

— Je vais t'en mettre dans le gland, tu verras ce que c'est de bander… *Loubia* ?

— Les haricots…

— Ah oui les haricots, ah oui ne t'arrête pas, jusqu'au bout, jusqu'au bout !

Un peu plus tard, montrant son bon sens, elle a dit que ce qu'il y avait de bien de baiser dans une baignoire, c'était qu'il n'y avait pas besoin de se laver après. J'ai réussi à lui trouver une serviette de toilette propre. Elle avait une petite robe dans son sac à main, très profond, car les Juives, m'a-t-elle expliqué en s'habillant, ont cette habitude de tout emporter avec elles, en cas de rafle, même celles qui se sont fait bronzer de mille neuf cent quarante à quarante-cinq sur les plages de la Marsa, de Hammamet ou La Goulette. Elle a sorti une feuille de papier pliée de son sac à main.

— Un pense-bête, a-t-elle dit en dépliant la feuille, que j'ai fait pour toi. Ça peut te servir. Je vais dire à maman que tu es goy mais elle ne comprendra pas vraiment, elle comprend ce qu'elle veut… Alors, c'est mieux que tu ne fasses pas trop touriste. Tu m'écoutes ou tu bandes ? Bon…

Elle s'est mise à lire ce qu'il y avait d'écrit sur la feuille :

— L'unique synagogue de Versailles se situe rue Albert-Joly… Tu la connais ?

En face de chez Smith qui avait déménagé à Londres, retour aux origines. Elle avait été construite à la même époque que l'église Jeanne-d'Arc et avait des vitraux colorés en rosace sur la façade principale.

— Le rouleau de la loi en ciment, a-t-elle repris, tu le vois ? Ça s'appelle un Sefer Torah. Écoute parce que tu veux être juif… Et qu'il n'y a pas d'examen de rattrapage. Le bâtiment doit mesurer cinquante-deux mètres soixante-quinze de long sur quinze mètres vingt-cinq de large ou à peu près…

Elle m'a dévisagé :

— Quand on aime l'argent, on compte au centimètre près… Je continue. Il y a une grande porte d'entrée verte à deux battants, pour sortir, et une à un seul battant sur le côté, pour entrer. La première donne dans un grand hall, la deuxième dans un petit, avec à droite une porte qui ouvre sur le grand… Un escalier monte à la galerie en gradins où les commères peuvent reluquer et surveiller à loisir leurs époux et fils, papoter ensemble, cancaner et faire le mal… "Un peu de silence, Mesdames, s'il vous plaît", c'est le leitmotiv de l'officiant.

Elle m'a demandé de tirer la fermeture éclair de sa robe noire, elle avait un grain de beauté sur l'épaule gauche et je l'aimais, je l'aimais déjà comme ses orteils, ses tout petits doigts de pied, si petits et délicats, de petites portes de synagogue.

— La salle de prière, a-t-elle poursuivi, est équipée de stèles et de bancs en bois alignés face à la Tebah, le tabernacle si tu veux. Dans la Tebah sont rangés les Sefer Torah, derrière des rideaux brodés à l'effigie d'un généreux donateur, Kiki Haccoun lui-même, mon père disait qu'il ne fallait surtout pas lui donner l'heure, sinon il prenait la montre. Les rideaux cachent des portes qu'on n'arrête pas d'ouvrir et de fermer tout au long des offices, sans doute pour éviter que l'assistance ne s'endorme. Tu te sentiras chez toi, je te le dis, on ne se croirait pas là. Il y a une hanoukkia dans un coin. C'est un chandelier à huit branches plus une qui sert à allumer les huit autres successivement durant les huit jours de la fête de Hanoucca qui tombe autour de Noël et permet aux parents juifs d'offrir des cadeaux à leurs chérubins qui envoient des recommandés au père Noël, encore une ruse du Vatican pour attirer des innocents. Différence de taille avec une église, l'éclairage est très généreux pour permettre aux femmes de regarder comme les autres sont mal accoutrées et aux vieux de déchiffrer leur Siddour, leur livre de prières. Autre différence avec la messe, c'est le bruit. Il y a un bruit infernal permanent, on se croirait à la Bourse.

C'étaient les clefs du temple qu'elle m'avait données, de tous les temples. C'était un don extraordinaire, le plus beau que j'aie reçu à ce jour. Elle a ajouté, émue :

— Chaque pierre, chaque grain de poussière est nous tous.

Elle s'est tue, longtemps, j'ai entendu notre amour, le destin. J'ai entrevu bien des visages, des souvenirs comme si la colombe me renvoyait tout ce que je n'avais pas vu dans ses yeux de songe.

— On appellera notre premier fils Isaac, après ça sera une fille forcément. J'hésite entre Shana et Belinda...

Elle est venue dans mes bras et a posé sa joue sur mon épaule, son corps contre le mien, ainsi j'ai connu la plénitude. Elle m'a embrassé et est partie sans plus rien dire, j'étais bouleversé. Plus rien ne pourrait me séparer d'elle, je vénérais son existence. C'était le matin, je l'avais raccompagnée jusque dans la rue. Elle avait disparu, j'aurais pu lécher le trottoir pour renifler l'ombre de ses petits pieds. À la place, j'ai murmuré une formule en hébreu que j'avais apprise il y a longtemps : «*Baroukh Achem*». Béni soit l'Éternel. L'Éternel et l'éternité n'étaient bien sûr qu'un bref laps de temps. Mais une religion n'aurait pas pu bénir le temps en soi, autant bénir toute l'eau du bain. Les religions étaient économes et moi je serais un Juif pratiquant, un Juif qui ne croirait pas car je ne pouvais croire en des textes qui affirmaient la divinité, la divinité ne pouvait s'écrire, ni le temps d'ailleurs. Je mettrais une kippa et imbiberais mes cheveux de Pétrole Hahn, j'éviterais peut-être la calvitie ?

Je souriais, étais heureux, l'amour me comblait. On ferait des enfants, on... Je me suis souvenu de mon rendez-vous avec Rabbi D. : en me pressant, j'y arriverais. Sur le palier, j'ai croisé Albinin de Bouve. J'ai surpris son regard gêné, j'étais pieds nus. Pour lui, voir mes orteils avait dû être un traumatisme, il a passé son chemin, les yeux baissés, la bouche en cul-de-poule. Je suis revenu au Stalag, j'ai enfilé mes chaussures, dégringolé l'escalier. Impossible de passer par la boulangerie, j'ai volé une saucisse sur l'étal du charcutier, mais Rabbi D. devait manger casher... Tant pis. J'ai couru ce qu'il fallait et bientôt je me suis retrouvé dans la salle d'attente. Pas le temps d'ouvrir le Talmud pour vérifier si la crotte de nez était encore là, Rabbi D. est apparu à la porte de son bureau. J'ai retrouvé mon fauteuil, décidé de vider mon sac d'un coup :

— Je vais faire un enfant, il s'appellera Isaac.

— Ah bon ? Et comment, avec qui ?

— Brigitte Soussan... Vous voyez ?

— Je ne vois rien.

— Ah, je vous reconnais là ! Elle est juive, comme vous... Vous n'allez pas me dire que vous êtes antisémite ?

Bien sûr il n'a pas répondu, il était payé au mot.

— Je suis très amoureux d'elle, je peux vous parler de sa vulve ?

Je n'ai pas pu, j'ai pensé au mort que j'avais pêché. Le mort aux rayures bleues pour changer du *Mystère de la chambre jaune*... Rabbi D. me scrutait avec une intensité inhabituelle. J'ai eu du mal à ne pas pleurer, j'ai résisté, je ne voulais pas pleurer devant Raphaël Davila, mais peut-être que j'ai pleuré ? Je me suis souvenu du long train de rêve et du jour où j'avais vu Moby Dick avec papa. Le mort aux rayures bleues venait des camps et était reparti avec ma misère. En coupant le fil, j'avais coupé avec le passé ; libre, j'avais pêché ma Juive tune ou plutôt, c'était elle qui m'avait pêché.

— Merci, ai-je dit.

Ce n'était pas Rabbi D. que je remerciais, et il le savait, je remerciais le mort aux rayures bleues et la pêche à la ligne, Roch Dambert bien sûr. En me levant, je me suis rendu compte d'un truc tout bête...

— Les graines de haricot, ça ressemble à des reins, n'est-ce pas ?

Il a hoché la tête comme un type normal qu'il n'était pas. J'ai ri, lui aussi, c'était la première fois, il était quand même un peu humain. Je l'ai payé et aurais été prêt à lui rajouter un pourboire, il l'avait mérité. Il m'a signalé que j'oubliais ma musette, je me suis souvenu que je n'étais plus néphrétique, je le lui ai dit, mais comme la séance était finie, il m'a encore moins écouté qu'à l'accoutumée. J'ai dégringolé l'escalier en vitesse, je me suis arrêté pour rire : à cause des haricots, des reins, tout ça quoi. Il pleuvait sur le boulevard de la gare. Je me suis demandé pourquoi les PTT n'installaient pas une cabine téléphonique en bas de chez Rabbi D. Ils se feraient de l'argent à la pelle. Je suis entré dans une brasserie et j'ai téléphoné à papa, je lui ai dit qu'il me fallait de l'argent. Je me suis efforcé de paraître naturel, comme si c'était normal, que c'était notre argent, notre argent comme nos gènes, nos reins.

— Tu ne me demandes pas pourquoi ?

— … Et si nous déjeunions ?

— Aujourd'hui ?

À douze heures trente, au Pharamond, une de ses cantines. Je m'en voulais de lui avoir demandé de l'argent, est-ce qu'il m'avait jugé ? C'était son argent, sa paye pour les camps, triste salaire versé avec intérêts. De quel droit, réclamais-je *ma part* ? Étais-je sorti vivant de Nordhausen pour demander le partage ? Non, la Genèse s'était écrite sans moi. La question de l'argent était un enfer. Je l'avais évitée mais elle revenait. Dans un peu plus d'une heure, je serais face à lui, face à l'origine et je devrais savoir ce que je voulais. Je ne pouvais pas solliciter une aide financière si je ne l'estimais pas fondée. J'étais pris dans un étau, d'un côté Brigitte Soussan, de l'autre, mon code moral qui revenait à toute vitesse réclamer le contrôle de la situation. Papa était assez perspicace pour lire sur mon visage, entendre dans mes propos un doute, si j'en avais un. Ça faisait longtemps que je ne l'avais pas vu, ne savais même pas où il demeurait. Lui et maman n'avaient pas divorcé, peut-être que maman ne voulait pas ?

Lorsque je suis sorti de la brasserie, j'ai vu passer le vieux cordonnier de la rue Magenta au volant de sa Vedette, il avait un chapeau et était vêtu de noir, semblait en deuil. Ça m'a laissé une curieuse impression… J'ai pris le métro, aucune femme ne semblait faire du 95F, tant pis pour elles. Moi, je savais quoi faire de mes mains désormais. Personne ne faisait attention à moi, j'ai donné la saucisse que j'avais dérobée à un chien. Il accompagnait un hippie qui devait être végétarien et m'a souri en mordant dans la saucisse. La rame s'est arrêtée, pour que je sois en retard. Le chien a frotté sa tête contre ma jambe… Un peu plus tard, j'ai bondi hors du wagon et me suis pressé vers le Pharamond. Un garçon m'a guidé, je l'ai aperçu en compagnie d'une femme. Il s'est levé. La femme a paru gênée, ne pas savoir quoi faire. Papa me l'a présentée : « Michèle Goffrion, mon assistante. » Je lui ai serré la main et embrassé papa en m'excusant de mon retard. Il s'est assis, je l'ai imité. Je ne comprenais pas la présence de son assistante, il voulait me faire signer un contrat ? Avait besoin d'un témoin ? Il a sorti une enveloppe de sa poche et me l'a tendue en me disant que je verrais ça après, que c'était une première étape, qu'on en reparlerait. J'étais étonné, il me semblait qu'on se voyait pour parler, parler d'argent, de mon retour au bercail des fils à papa ? J'ai empoché l'enveloppe, reconnaissant le bruit particulier des billets de banque… À la soupe, fils.

On nous a apporté une bouteille de champagne, pour fêter quoi ? Ma rencontre avec Brigitte Soussan ? Papa a levé sa flûte, il avait l'air de chercher ses mots, cela ne lui ressemblait pas.

Son assistante semblait de plus en plus gênée, moi aussi d'ailleurs. Papa a posé son verre et a embrassé son assistante sur la bouche ; surprise, elle a renversé du champagne sur la nappe. C'était d'une brutalité terrible. Sans croiser mon regard, il a bu. Son assistante avait les joues rouges, les miennes brûlaient. J'étais plus que malheureux, plus que furieux.

— Pauvre con, ai-je bafouillé. Tu te rends compte que je suis ton fils ?

— Et moi, ton père ?

— Ferme-la. Ferme-la, sinon je vais hurler. Les bourgeois n'aiment pas ça.

Elle s'est levée pour partir.

— Restez, lui ai-je enjoint, restez. Je vous l'ordonne.

Elle s'est tournée vers papa, qui, dépassé par les évènements, a simplement hoché la tête, l'encourageant à se rasseoir.

— Tu oses embrasser une autre femme que maman devant moi, toi ? Comment tu peux ?

Je me suis tourné vers elle :

— Il vous pisse dessus la nuit ? Il vous fait des omelettes ? C'est quoi sa recette ?

— Je t'en prie, a dit papa.

— Tais-toi.

Un garçon s'est approché pour prendre la commande, je l'ai renvoyé. Je serrais les poings, luttais pour ne pas sauter par-dessus la table et le tuer. Il n'aurait jamais dû vivre, s'en sortir. On n'en serait pas là...

— Un appel urgent, Monsieur Bauchot, a dit un serveur, en tendant un téléphone à papa.

Privilège réservé à la clientèle de marque. J'ai levé les yeux vers papa. Il était tendu, si on le dérangeait là, cela devait être très important. Grave. Il a pris le combiné, son visage est devenu terne comme du cuivre brutalement oxydé, il a raccroché et tendu le téléphone au serveur qui s'en est allé avec… Finalement, il a dit :

— Antoine est mort.

On l'avait trouvé au matin, il s'était pendu.

Pierre-Henri était à l'avant à côté de papa qui conduisait, maman et moi sur la banquette arrière de la SM. Maman regardait devant elle sans ciller, son deuil servait enfin. Il faisait froid, de la buée voilait les vitres. On était partis de Versailles, il y avait de ça trois heures, l'habitacle sentait L'Heure Bleue, le tabac. On fumait souvent, on descendait une vitre, l'air froid et humide entrait dans l'habitacle mais ne nous réveillait pas. On était tous les quatre enfermés chacun dans notre prison et la nuit venait de tous côtés sur nous. Les phares des voitures s'allumaient et ne produisaient aucune chaleur. J'aurais souhaité que maman hurle ou me gifle, mais non. J'aurais souhaité que papa nous précipite contre un arbre et que ça finisse, mais non. Tout à l'heure, demain, on risquait d'être là, encore. Je ne savais pas comment, moi, Jacques Bauchot, je pourrais tenir… Dans quelques heures, la voiture s'arrêterait, on verrait les bâtiments de Chantemerle, les arbres. On sortirait de voiture, on viendrait à nous… Ou on nous conduirait à la morgue à Blonay ou à Montreux, mais ça serait trop tard. Ça serait désormais toujours trop tard, on suivrait le petit, fermerait le ban jusqu'à ce qu'à notre tour on se pende, meure d'une façon ou d'une autre.

— Dites quelque chose, ai-je murmuré, s'il vous plaît.

Personne n'a pu, je ne leur en ai pas voulu, moi-même j'étais incapable de parler. Je ne pouvais pas leur dire qu'il était venu la veille par deux fois me dire adieu. C'était lui dont je sentais la présence, lui l'ombre, lui, la belle colombe de porcelaine. Je ne l'avais pas serré dans mes bras, pas consolé. Il était venu chercher de l'aide, du réconfort et moi, prisonnier de mon ressassement, je ne l'avais pas entendu. Comment avais-je pu être aussi borné ? Je ne me le pardonnerais pas. Il avait été seul toute sa vie, tout le temps. Il avait passé le nœud autour de son cou si délicat… Je me bouchais les oreilles pour ne pas crier, pas voir. Et papa conduisait la voiture comme il conduisait sa banque, il regardait devant lui, il reviendrait toujours vivant… Et moi ? Et moi, je chercherais le réconfort auprès de Brigitte Soussan, je deviendrais juif, moi qui n'avais pas su être frère ? Je ne lui avais pas tenu la main, il avait grandi tout près de nous, si fragile… Nous étions maudits. Je me suis forcé à arrêter de rabâcher. J'ai fait le silence de toutes mes forces, il est apparu timidement, sur la pointe des pieds, comme il avait vécu, sans tapage. Souvenir après souvenir, les pages de ma mémoire tournaient, son sourire discret demeurait et m'aveuglait comme un soleil tombé du ciel, laissant sa lumière derrière lui pour éclairer ceux qui n'avaient plus besoin de voir.

Lorsqu'il nous est impossible d'assumer la réalité, les évènements qui la composent deviennent immédiatement des souvenirs, s'estompent et se déforment sur-le-champ pour nous permettre, non pas de les affronter, mais de leur survivre. Le cinéma avait été inventé pour ça, pour échapper à nos vies. Je n'entendais rien, mes tympans étaient hors service. On était tous les quatre dans la chambre que le petit avait partagée avec deux autres internes qui avaient été rapatriés dans leur famille pour cause de choc émotionnel. Les lits n'étaient pas faits, la chambre était en désordre, la police menait ses investigations, tout devait rester en place, mais c'était inutile. L'enquête de la police n'incriminerait personne, à part nous, la bande des quatre. Autour du lit du petit, ses vêtements, quelques livres, sa montre posée sur sa table de nuit à côté de la carte postale avec les anges, d'une photographie de maman et papa, d'une autre prise par lui, Pierre-Henri, Paul et moi, dans la cuisine avec nos barbes de pères Noël... Lui était absent, pas là. Lui nous réunissait par paire ou trio mais il était exclu. Je me demandais même s'il y avait une seule photographie de lui et de moi réunis ? Il nous avait photographiés, écoutés, implorés et puis il s'était pendu. J'avais envie de me glisser dans ses draps, de m'endormir dans son empreinte, de ne pas me réveiller. Vivre désormais tiendrait de l'abject. Je voulais me coucher mais je n'ai pas osé, j'ai quitté la chambre et me suis assis sur une marche de l'escalier, j'ai attendu.

Le lendemain, on a pu le voir à la morgue. Il était calme et froid. Ce n'était plus lui, aussi je ne lui ai pas demandé pardon. Je l'ai embrassé sur le front quand même, mais par une sorte de lâche superstition. Je me suis retourné en sortant de la pièce, il ne me regardait pas, c'était fini. Pierre-Henri m'a rejoint dans l'antichambre de la mort, blême. J'ai vu qu'il commençait à perdre des cheveux. Maman et papa sont apparus en parlant à voix basse ; tous les deux à bout, ils se disputaient, incapables de donner à la mémoire de mon frère ce qu'ils n'avaient jamais pu lui donner de son vivant. Antoine était mort, je ne pourrais plus jamais regarder la crèche avec lui, bercer l'enfant Jésus, je l'avais abandonné, il était mort par ma faute, ma connerie de névrosé.

— Elle est enceinte, a susurré Pierre-Henri.

— Quoi ?

Je l'ai interrogé du regard, je ne comprenais pas.

— Anne-Sophie… De deux mois. Tu es le premier à le savoir.

Il était fou de me dire ça, là. Je ne savais quoi répondre, j'aurais voulu hurler, tout casser, j'ai pu balbutier :

— Bravo… Tous mes vœux…

Je pensais au petit, à mon petit frère, à ses yeux, à sa main.

— Je veux ses cendres, a exigé maman en élevant la voix, il est à moi.

— Mais Catherine, a protesté papa, tu perds la raison…

— Il est à moi, rien qu'à moi. C'est tout. Je ne veux pas d'enterrement.

— Tu ne peux pas nous imposer ça.

— Ah oui ? Et toi, tu ne nous as pas imposé ta putain ? Tu n'as pas détruit ta famille, ton fils par la même occasion ?

Il l'a giflée.

— Tu es lâche, a dit maman. Mais tout le monde le sait. Je suis la mère d'Antoine, j'ai tous les droits.

Les policiers, les employés de la morgue les regardaient, sidérés, gênés.

— Il faut faire quelque chose, m'a dit Pierre-Henri.

— Laisse-les. C'est leur histoire, leur fils.

Papa s'est tourné vers nous, quémandant notre aide. C'était hors de question, c'était lui qui nous avait conduits au désastre, à lui d'assumer, de vivre son cauchemar, chacun le sien.

— On va l'incinérer en Suisse, a déclaré maman, calme. Au plus vite. Si tu me mets des bâtons dans les roues, Jean, je te ruine. J'en ai les moyens. Laisse-moi avec Antoine, mène ta vie.

Elle s'en est allée, papa ne savait quoi faire, il était pitoyable, je suis parti à mon tour. J'ai erré dans la ville, aux alentours. Toute ma vie me revenait et je ne voulais pas, je me suis bouché les oreilles, rien à faire, j'entendais sa voix, je le voyais manger son banana-split, je me suis effondré, ce n'était pas possible. Je suis rentré à notre hôtel, me suis enfermé dans ma chambre. Vivre en société me paraissait irréalisable, recommencer à jouer la comédie, exclu. Je ne voyais pas comment trouver la force de parler, même hocher la tête me paraissait hors de portée. Sans parler de tout le reste et surtout de l'amour, je ne pouvais envisager d'être avec Brigitte Soussan, elle vivait trop, je risquais de la tuer, par peur ou horreur de la vie. Par honte de jouir. Elle était apparue au moment où le petit avait décidé de se tuer, c'était tragique. Je ne savais pas si je pouvais lui pardonner, me pardonner; je ne pouvais pas être heureux dans ses bras, je n'en avais pas le droit. Dans la nuit, le téléphone a sonné, c'était Pierre-Henri; longtemps, je l'ai entendu pleurer derrière la cloison qui séparait nos chambres. Il a fini par raccrocher.

Au matin, j'ai trouvé une feuille de papier glissée sous la porte et ces quelques mots écrits par maman: « Incinération après-demain, à midi. » En guise de repas sûrement. Je me suis recouché, j'ai regardé la télévision sans la voir, ni même l'entendre. Je savais que je m'appelais Jacques Bauchot, c'était une certitude. La seule. Mon idée, la seule, c'était de mourir, je l'avais su en dormant peut-être, ou en découvrant les mots de maman ? Il n'y avait pas d'alternative, et puis je ne pouvais pas vivre, Antoine me regardait et je ne pouvais pas. Je savais que le pardon existait mais je ne pouvais pas me pardonner, pour demander le pardon ou le recevoir, il fallait l'accepter, accepter le pardon. Ça n'avait pas de sens pour moi. Je ne savais pas comment j'allais mourir, pas me pendre comme lui, non, je ne pouvais pas. Ça me viendrait, forcément. Ou mon cœur cesserait de battre, ou peut-être que mon cerveau ne pourrait tout simplement plus fonctionner ?

J'ai vu la musette, jetée dans un coin de la pièce. J'ai quitté l'hôtel dans l'après-midi, il faisait beau, on se serait cru sur un dépliant de l'office de tourisme. J'ai trouvé une rivière qui traversait Blonay, l'ai descendue. Nous avons quitté ensemble la ville, côte à côte, l'eau était claire, elle ruisselait là sur de gros cailloux luisants, plus loin, elle s'approfondissait. J'ai ouvert la musette et sorti ma canne télescopique, sans la déplier. Tenir la canne m'a tenu, la rivière, elle, me retenait sur ma droite, était ma frontière. J'ai marché longtemps, jusqu'à ce que l'horizon soit absolument liquide… Les contours du lac Léman touchaient le ciel, le ciel l'eau. Je me suis assis sur la berge, ai contemplé la nuit venir. Quand je me suis éveillé, j'ai commencé à pêcher, l'arceau a claqué, la cuiller est revenue vers moi, m'attachant à la vie, à l'inconnu, au futur. Pas mourir comme mon petit frère, pas faire ça, non pas faire ça.

Nous sommes allés à la morgue à pied, maman devant, très parfumée, suivie de papa, les deux frères derrière. Il n'y avait que moi qui n'étais pas en deuil. Il pleuvait. Nous avons été accueillis par un homme respectable, maman lui a dit de commencer sans tarder, de lui remettre les cendres le plus vite possible. Papa avait une tête de type qui pisse au lit, c'était affreux. Le cercueil était verni, équipé de poignées en bronze. Lourd et coûteux. Une plaque en cuivre était gravée au nom d'Antoine, fixée sur la poitrine du cercueil, elle regardait le plafond. Je disais, en moi : « Adieu, petit frère, adieu. » Je pensais à la pizza, à la servante aux grosses fesses.

— Accélérez, a ordonné maman.

Le cercueil a glissé sur un tapis roulant, une porte s'est ouverte, découvrant le four. Le cercueil est entré dans les flammes, la porte s'est refermée. Un corps qui brûle, c'est long, j'en avais mal aux dents. Je suis parti sans rien dire, leur dire quoi ? J'ai été pris en stop à la sortie de la ville par des Allemands circulant dans un Combi, je ne pouvais plus penser à Antoine, vivant, mais à Paul, si. Je l'ai imaginé, si généreux, si élégant. Il devait vivre quelque part, il était obligé. Il devait vivre pour moi, il fallait qu'il vive. Les Allemands m'ont laissé, Bourg-en-Bresse passé, à l'entrée de Pont-de-Vaux, j'ai traversé le village, j'avais le sentiment d'avancer image par image, comme si j'étais dissocié du temps. Un tracteur s'est arrêté, il tirait une remorque vide qui brinquebalait et grinçait. Le conducteur, coiffé d'une casquette, le visage tanné, m'a fait signe de monter à côté de lui. Pourquoi pas ? Je ne savais pas où j'allais, il a redémarré. Le soir venait, je ne m'étais pas tué, je me demandais si j'avais eu raison. Il faudrait tenir, ça pouvait durer. Comme il n'y avait pas de cabine, il faisait froid au vent et mes yeux pleuraient… Pas besoin de me cacher, ça devait paraître normal de pleurer. Le conducteur me jetait par moments des regards en biais. Il devait se demander quel genre de muet il avait chargé. Moi, j'étais gêné de ne pas parler, mais je n'y parvenais pas, les mots se coinçaient dans ma gorge. Le conducteur a obliqué brutalement, s'est engagé sur un chemin de terre sans ralentir, m'obligeant à m'accrocher. Il a freiné au niveau d'une remise ouverte sur un côté, il a fait le tour du tracteur et m'a dit de descendre, il voulait me montrer quelque chose. Ça m'a étonné mais j'avais eu si froid que j'étais encore plus incapable de réfléchir qu'à mon départ de la morgue. J'ai sauté à terre, il est entré dans la remise, je l'ai suivi. Il s'est retourné, exhibant sa verge.

— Tu me fais une gâterie et je te donne un billet.

Je me suis mis à rire, en marchant à reculons. Je n'avais pas besoin d'argent, j'avais vingt mille francs dans l'enveloppe donnée par papa. J'ai traversé la route, continué sur un chemin et suis arrivé à un canal, j'ai respiré largement, calmé par la sagesse du paysage, toutes les odeurs de la vie aquatique, la beauté apaisée des prairies. En cheminant comme un promeneur insouciant, je suis arrivé à la Saône, elle coulait alanguie, grise, ourlée de bleu sur ses rives, teintée de lumières, de souvenirs. Plus loin, comme peint par Marquet, un appontement en bois auquel étaient amarrées trois péniches semblait fixer un point ultime, la bordure du jour, d'un périple. Cette sorte de fin inattendue m'a consolé un peu. Je n'étais pas le responsable de tout et du pire, j'étais un promeneur qui déambulait dans la vie, et la vie était aux mains de dieux multiples, de pensées gigantesques enfuies je ne savais où, je n'étais même pas un point sur le tableau, alors mon malheur trois fois plus gros que moi était orgueilleux et un peu débile. Je me suis assis sur un banc vermoulu et, en admirant la rivière, j'ai prié pour mon petit frère.

J'ai trouvé en bordure de la Saône une pension de famille, Les Belles Ablettes. Les volets verts, une tonnelle pour les beaux jours, elle semblait occuper son petit coin dans l'espace-temps, un parfum des années des congés pour tous, d'avant la télévision. La patronne m'a accueilli gentiment, m'a ouvert sa maison. Elle avait des yeux pleins de bonté, de jolies mains abîmées par le travail. Elle sentait le savon et la friture. Elle m'a dit de l'appeler Yvette, j'ai eu envie qu'elle me serre dans ses bras. Quelques hommes dînaient à la même table, dans la salle à manger à la décoration entièrement vouée à la pêche, trophées, poissons naturalisés, photographies, peintures. Un gros poêle dans un coin. Elle m'a montré ma chambre, au premier étage, elle donnait sur la rivière. Il fallait dîner, c'était l'heure. J'ai essayé de faire bonne figure, Yvette a mis mon couvert sur une petite table.

— Prévu pour les solitaires, a-t-elle dit.

Elle a déposé une carafe de vin, il avait une saveur âcre, agréable, le meilleur vin que j'aie bu de ma vie. Il faisait chaud, j'ai senti mes joues rougir. Un potage, un pied de porc en vinaigrette, un rôti braisé aux carottes et oignons, le fromage, une part de tarte aux pommes, j'ai bu tout le vin, les hommes m'ont offert un marc, je suis monté me coucher, à peu près ivre, pas triste. La chambre n'était pas chauffée, elle était équipée d'un lavabo, d'un bidet non raccordé au tuyau d'évacuation, d'un pot de chambre dans la table de nuit. Face au lit, sur le papier à fleurs, une photographie sous verre, aux couleurs retouchées, montrait un cercle d'énormes carpes posées sur des branches de sapin et des guirlandes de Noël. Un habile calligraphe avait écrit en guise de légende, à l'encre violette : « Le bal des carpes, 1957 ». Je me suis souvenu de *Jouvence*, d'Aldous Huxley, un bonhomme mangeait des viscères de carpes pour gagner une sorte d'éternité. Il y avait un bout de savon de Marseille sur le lavabo, j'ai lavé mes sous-vêtements. J'avais acheté un peu de linge à Blonay, une brosse à dents, du dentifrice. Ma musette n'était pas une valise. Je me suis lavé, l'eau froide m'a dessoûlé. Je me voyais dans la glace, c'était moi encore. Ma barbe poussait, je ressemblais à un personnage de Dostoïevski en villégiature dans un roman de Zola ou de Huysmans.

J'ai éteint la lumière, me suis couché dans la pénombre, l'édredon était aussi volumineux que ceux figurant sur les illustrations des contes d'antan, le ciel éclairait un peu les vitres, j'étais vivant. Dans la nuit, elle est venue, s'est assise à côté de moi, m'a tenu la main… Je me suis éveillé, j'ai eu l'impression qu'elle avait été vraiment là, que je sentais son odeur. Le jour a lentement coloré les carreaux de la fenêtre, je me suis levé. Le brouillard remuait la queue au-dessus de la Saône. Je me suis vêtu, j'ai descendu l'escalier sans bruit, Yvette a surgi au bas des marches. Elle avait des bigoudis, m'a dit de ne pas regarder ça. Elle m'a proposé de boire le café dans la cuisine, elle m'a servi dans un bol. Du café mélangé avec de la chicorée, pas terrible. On l'a bu à la fenêtre, debout, contemplant la nature.

— La peine, a-t-elle dit, ça finit par s'en aller, surtout à ton âge. Pardon pour le tutoiement... Tu verras...

Je l'ai embrassée sur la joue, j'ai eu honte, tant pis. Elle m'a dit que j'étais un bon garçon, m'a rappelé au moment où je la quittais.

— Il te faut une couturière.

Je l'ai regardée sans comprendre.

— Une amoureuse, elle te coudra au reste, au monde.

Dehors, le froid était vif, le parfum de l'eau était fort, j'étais vivant, c'était sûr. Je connaissais la couturière, elle me coudrait et j'oublierais ? J'ai monté ma canne, la pêche était peut-être ouverte encore si la rivière était classée en deuxième catégorie ? Dans le cas contraire, si j'étais verbalisé, je payerais et m'excuserais, mais il fallait que je pêche, impossible de ne pas pêcher. J'ai remonté la rivière en lançant, j'étais équipé assez légèrement, s'il y avait des silures, ils devaient plus ou moins ronfler. J'ai pris ma première perche dans un remous, elle a jailli, se débattant follement, agitant ses nageoires orange aux reflets de corail rouge. Je l'ai remontée, posée sur l'herbe, elle mourait lentement. J'ai fumé une cigarette, j'avais envie d'un café noir et parfumé, pour chasser le goût de celui d'Yvette. Par ici, ça devait être difficile à trouver. Avant midi, j'avais cinq perches et un black-bass d'un bon kilogramme, à grande bouche, luisant, dans sa livrée verte. Je les avais rangés dans le torchon qui ne me quittait pas.

Le petit garçon est apparu dans un rayon de soleil, il pêchait avec un gilet de sauvetage en liège fixé sur son anorak, il avait un bonnet en laine rouge, des bottes. Il était très concentré et ne m'a aperçu qu'au dernier moment. Il était beau, mon cœur s'est serré, il était beau et vivant, comme moi. Il avait une canne en bambou et devait pêcher au ver.

— Ça mord ? me suis-je enquis.

— Comme ça…

Il a soulevé le couvercle de son panier en osier qu'il portait en bandoulière, deux ablettes étaient couchées sur de l'herbe.

— Je suis obligé de partir, tu veux bien prendre mes poissons ?

Il m'a dévisagé. J'ai déballé ma pêche… Il a apprécié avec une expression de connaisseur. J'ai quitté la rivière, marché à travers champs, pris des chemins et d'autres et suis parvenu à Pont-de-Vaux. Je suis allé à la poste, me suis enfermé dans une cabine, j'ai composé le numéro, le téléphone a sonné, sonné… Personne. J'ai été boire un café, un autre. Pas fort, pas noir, mais du café… Et des cigarettes. Je me suis promené dans la ville, j'avais faim mais j'ai décidé d'attendre le soir. J'ai contemplé le port de plaisance, il sommeillait. J'aurais aimé savoir dessiner et peindre, j'aurais tenu mon journal intime avec des croquis, esquisses, aquarelles. Le temps passait différemment depuis que mon petit frère était mort, il en avait emporté un gros morceau avec lui. Je suis revenu à la poste pour téléphoner ; à la troisième sonnerie, elle a décroché :

— C'est toi Bauchot ?

Je n'arrivais pas à parler et je ne voulais pas pleurer comme Pierre-Henri.

— Je t'attends, a-t-elle promis.

Elle avait eu les mots justes, j'ai raccroché. Au soir, j'ai retrouvé Les Belles Ablettes. D'autres hommes en compagnie de dames mangeaient haut et fort, le poêle ronflait. Yvette m'a installé dans mon coin, elle m'a demandé si ça se passait bien, j'ai dit que oui. Si j'avais faim ? Pas qu'un peu. Après la soupe, il y avait du céleri rémoulade et du cervelas, du canard rôti avec des navets, le fromage, un gâteau à l'orange, je n'en avais jamais mangé, c'était exquis. J'ai bu ma carafe, un des hommes a sorti son accordéon, une dame m'a invité, j'ai dansé avec elle, bu avec eux. J'étais rond quand j'ai regagné ma chambre, heureux de retrouver l'édredon, la rivière qui coulait au bord de mes rêves.

Je suis resté une semaine aux Belles Ablettes, puis je me suis senti prêt à revenir dans le monde. J'ai embarqué sur une péniche jusqu'à Chalon-sur-Saône où j'ai dormi. Le lendemain, j'ai fait la route vers Paris à petite vitesse, et en zigzaguant. De véhicule en véhicule, à l'exclusion des tracteurs. J'ai pêché ici et là, pris une carpe de nuit, dans un étang près d'Orléans. Une belle prise, elle devait peser une dizaine de livres, pas mal pour un pêcheur du dimanche. Ce qui était troublant, c'est qu'elle avait une étiquette agrafée sur une nageoire ventrale. Et sur l'étiquette, en rouge, était imprimé « 19 ». C'était la date du jour de ma naissance. Le chiffre « 19 » ne m'appartenait pas mais quand même… Et pourquoi « 19 » ? Pourquoi pas *carpe diem* ou « Vive de Gaulle » ? Le hasard avait conçu le monde et moi avec, c'était la seule réponse. J'ai remis la carpe à l'eau, elle a fait un plat, avant de plonger dans son dédale.

Deux jours plus tard, on m'a déposé à Chaville, je suis resté sur le trottoir sans savoir quoi faire. J'avais peur d'agir, craignais de ne pas pouvoir affronter ni Brigitte Soussan, ni le Stalag, ni Orsay. Il me fallait un talisman, une… Une bonne nouvelle. C'était enfantin, un peu lâche sûrement mais pourquoi me mentir ? Je me suis vu dans une devanture, un type barbu, un peu miteux. On me regardait, je gênais la circulation des piétons, tous ces gens qui croyaient à quelque chose. C'était ça qui me manquait et je ne pourrais pas l'avouer à Brigitte Soussan, lui confier que l'amour ne me suffirait pas. Sa finalité était trop métaphysique pour moi, en tout cas à cette heure. Il me fallait une carotte, comme un âne. Je me suis mis à avancer, à errer comme je venais de le faire pendant plus de trois semaines. C'est ainsi que je me suis retrouvé à Versailles, en début d'après-midi, aimanté par la vie d'antan, les souvenirs, les traces de nos existences communes, nos rires car on avait ri, pas que serré les dents. Même lui avait ri… Pas de clef, j'ai escaladé le portail, Mme Loubet n'est pas apparue, enceinte. Le jardin avait ses habits d'hiver, il était triste, comme sans illusion. Je suis entré dans la maison par la porte qui donnait dans le salon, suis resté un instant immobile, à l'écoute. J'avais espéré l'entendre, entendre des échos de sa voix. J'ai traversé la pièce, gagné le hall où sur la table de chasse le courrier s'empilait. J'ai monté l'escalier, suis resté un instant devant la porte de la chambre où maman était enfermée dans son chagrin, j'ai pensé à nous deux, à tout ce que l'on avait vécu. J'ai entendu la gifle qu'elle avait envoyée à Motto, l'ai vue refermer le couvercle du piano au Kahler Hotel, c'était un être de légende, un monstre bien sûr.

Arrivé à l'étage des mousquetaires, j'ai hésité, puis j'ai poussé la porte de sa chambre, elle était vide. Il ne restait plus rien de lui, j'ai ouvert la fenêtre pour respirer, sinon je me serais évanoui. Je voulais un souvenir… Je ne l'aurais pas. C'était si cruel que je ne parvenais pas à me faire à cette idée. J'ai contemplé la rue et ce graffiti sur un mur, à la craie, en grandes lettres : « Reviens Jacques. » Un cœur faisait office de point final, c'était beau, si simple. Je me suis accroché au cœur, j'ai refermé la fenêtre, suis sorti de la chambre du petit, mon petit frère. Devant la porte de la chambre de maman, je me suis arrêté de nouveau. J'ai senti sa présence, elle était là, de l'autre côté. Je me suis souvenu de la chanson de Gainsbourg, du couplet qu'elle ne m'avait pas chanté :

Plus personne
Ne m'étonne
J'abandonne
C'est fini.

J'étais bouleversé, j'ai pu murmurer :

— Je ne te reverrai plus, maman. Essaye de…

Je n'ai pas trouvé le mot.

— Au revoir, Jacques, prends soin de toi.

C'était la première fois qu'elle me disait ça, je l'ai laissée. Mon dos me brûlait, comme si elle me regardait, mais elle me regarderait tant qu'elle vivrait, à sa manière, derrière une porte. En passant devant la table de chasse, j'ai accroché une enveloppe à soufflet qui est tombée, entraînant toutes les autres. Je me suis baissé pour les ramasser… J'ai vu la lettre à mon nom, c'était *son* écriture. Je n'ai pas osé la prendre, je l'ai contemplée, fou d'angoisse. Je me disais : « Qu'est-ce qu'il m'écrit ? Peut-être qu'il explique son geste ? Il me faisait une demande, voulait quelque chose ? Partir de Chantemerle ? Il souhaitait que je vienne le chercher… » J'ai fini par saisir l'enveloppe, l'ai retournée, pas d'adresse d'expéditeur. Je me suis levé et l'ai décachetée en tremblant, j'ai trouvé un bristol vierge, plié en deux. Je l'ai ouvert, dedans, il y avait le trèfle à cinq feuilles.

LE LAC BAM

Je marchais d'un bon pas, m'approchais du village du Paradou dont les toits prenaient un bain de lune. On était là depuis presque un an. Mon DEA en poche, j'avais cherché du travail et la société Graineco m'avait recruté pour son usine de la banlieue d'Avignon. Unité d'emballage aurait mieux convenu qu'usine, c'était la seule activité de l'établissement, mettre en PSM – paquet sous marque – les semences qu'elle recevait en vrac. Je ne faisais pas la moindre recherche, mon activité bien rémunérée consistait à aller visiter les clients de Graineco, à essayer d'en démarcher d'autres et à m'occuper des plaintes des consommateurs. Dans l'après-midi, j'avais visité les serres d'un cultivateur paranoïaque, il voulait faire pousser des haricots en hiver, pourquoi pas des bananes. Ça pourrissait. Il incriminait nos semences, une variété de haricots qualifiés de « Superviolet » par un commercial de Graineco – renvoyé depuis – et qui était en fait de l'« Aiguillon », variété dite « à filets », piquée à un de nos concurrents et voisin, les Graines F, de Châteaurenard… La guerre des gangs, quoi. Il manquait Eliot Ness et des mitraillettes. Ensuite, après avoir acheté un santon, j'étais allé dans un supermarché Carrefour, où le même commercial renvoyé avait écoulé des centaines de sachets de cinq cents grammes de haricots de la variété « Contender ». Malheureusement, les graines en question étaient envahies de petites bêtes qu'on appelait des « bruches » et qui, telles les souris, faisaient grimper au plafond les clientes… Ce n'était pas folichon comme occupation, assez abrutissant même, mais Brigitte Soussan se sentait bien ici en Provence, elle voulait que notre fils naisse là. Elle l'avait programmé pour l'année suivante, vers l'automne 1977. Monique Baruch, une de ses amies qui était très calée en généalogie, férue du zodiaque et de réincarnation, était péremptoire : c'était l'année de naissance de notre fils, il ne fallait pas la rater.

J'étais devenu juif à la fin de l'année précédente, pour cent cinquante livres. J'avais un certificat du Beth-Din – le tribunal rabbinique – 1097 Finchley Road, London. Je pouvais le brandir à la première rafle, il était signé par trois rabbins : Avidane Lubliner, Chaïm Weiner et Jonathan Wittenberg. Et je n'étais même pas devenu chauve, il était vrai que je dépensais pas mal en Pétrole Hahn, d'autant plus que j'adorais porter la kippa. C'était une sorte de bouclier qui empêchait le ciel de me tomber sur la tête. Je m'en coiffais la nuit, lorsque j'étais seul, comme là… Pas trop devant Brigitte Soussan qui trouvait que ça faisait un peu juif sur les bords. J'ai zigzagué entre des pins et vu quelques lactaires sanguins – *lactarius sanguifluus*, de la famille des russulacées. J'ai ouvert mon Opinel et les ai cueillis. La nuit, je pouvais vivre une autre vie, ou plus exactement, elle venait me chercher. J'avais perdu le sommeil en perdant mes frères, car Paul avait tout à fait disparu, on était sans nouvelles de lui. Pour Interpol, il était mort. Papa avait engagé un détective privé, il y avait deux ans, mais il n'avait rien trouvé, pas la moindre trace. J'attendais la nuit pour l'entendre au cas où, le voir, je voulais qu'il sache que j'étais là, j'étais attentif au moindre signe. Je ne voulais pas le laisser comme j'avais fait pour le petit. Brigitte Soussan ne savait rien de cette attente. Elle ne pouvait pas me comprendre, son origine pied-noir l'empêchait de partager quoi que ce soit, elle me voulait complètement à elle : juif et vendeur de haricots pour l'heure. Personne ne savait donc que le petit frère était venu vers moi après s'être pendu ou avant, personne ne savait que j'avais reçu une lettre de lui, c'était mon secret, mon destin. Tous les jours, je contemplais le trèfle à cinq feuilles – caché au milieu de *Jack and the Beanstalk* – et je puisais ma force dans cet acte. J'avais renoncé à m'expliquer comment Antoine était entré en possession du talisman, ce mystère résistait à toute analyse. Être juif m'aidait à supporter ma peine, à vivre, me soignait de ne pas être chrétien tout à fait et me donnait le sentiment d'être moins Bauchot, j'en avais besoin... Et si Brigitte Soussan m'avait demandé d'être musulman, je le serais devenu, la foi de l'amour était bien la seule foi. Mon seul Dieu, c'était elle. Quant au néant, c'était la vie sans Brigitte Soussan.

J'ai traversé un champ en jachère et me suis faufilé entre des cyprès qui protégeaient le cimetière du Paradou. C'était la nuit de la Toussaint, confondue par beaucoup avec la fête des morts. Je n'avais pas de tombe pour me recueillir, j'étais venu là pour ça. J'en ai choisi une délaissée, bancale. Sur la dalle, j'ai déposé les champignons, en cas de fringale *post mortem*. Et puis, c'était moins triste que les chrysanthèmes. Mes frères sont venus me rejoindre, je me suis souvenu de nos rires, des spaghettis au saucisson... Je souffrais d'être vivant, mais il fallait des vivants pour fêter les morts. Je leur ai parlé, demandé à Paul de revenir, de me faire signe, j'ai posé mon front sur la dalle. J'aurais tant aimé qu'il soit là, j'ai saisi le santon dans ma poche et l'ai posé sur la pierre, c'était un des Rois mages. Ça m'a tordu le ventre, je lui ai dit de veiller sur Antoine et les morts inconnus de cette tombe. J'ai fini par quitter le cimetière, allumé une Marlboro, que j'ai fumée assis sur une souche. J'ai entendu le murmure de l'Arcoule, la rivière coulait à quelques centaines de mètres à vol d'oiseau. C'était comme si je la voyais, la pêche m'avait sauvé d'être vivant, je ne savais pas combien de temps ça durerait.

J'ai marché un quart d'heure avant d'apercevoir la silhouette biscornue du mas Barriol. Au premier coup d'œil, il nous avait séduits, délabré, mais à l'écart sur une pente, entouré d'arbres fruitiers et de cigales. Pas de téléphone, une cuisine, une pièce attenante, une chambre, une salle de bains rudimentaire, trois francs six sous de loyer. J'étais toujours très amoureux de Brigitte Soussan que je ne pouvais me résoudre à appeler Brigitte Bauchot, bien que nous nous soyons épousés pour le meilleur en 1974. Brigitte Soussan était Brigitte Soussan, du début à la fin. J'ai avancé dans le couloir en faisant attention de ne pas me prendre les pieds dans tous les pièges, de ne pas ébranler les étagères qui tenaient par la grâce du Saint-Esprit et sur les planches desquelles se bousculait un foutoir invraisemblable. Brigitte Soussan et moi étions de la même race des bordéliques impénitents, des ramasseurs de n'importe quoi, des collectionneurs de tout et rien. C'était avec elle que je m'étais mis à accumuler, peut-être pour me remplir de tout ce que je n'avais pas eu ? Principalement l'amour de mes parents. Me venger, sans manger, de mes privations et régimes divers ?

J'ai poussé la porte, elle dormait dans un rai de lune, sa tête posée sur l'oreiller parfumé au jasmin, elle disait qu'une Juive tune qui n'aimait pas le jasmin, c'était une hypothèse irrecevable. Elle aimait le sirop d'orgeat, la citronnade agrémentée de fleur d'oranger, le poisson grillé et sa *tatsitira*[1] o-bli-ga-toire, les sandwichs au thon, à condition qu'ils soient faits avec du pain italien. Pour Pessa'h, elle disposait des feuilles de salade à toutes les portes… Je l'aimais tant, je l'aimais au point que ses défauts me faisaient sourire, et je les aimais. Comme à chaque fois, j'étais très ému de la retrouver, c'était elle qui me faisait vivre et respirer, qui donnait un sens à *tout ça*. Elle a prononcé « Manoah » dans son sommeil, c'était mon prénom juif, elle ne le prononçait que rarement, à chaque fois ça m'émouvait. En la contemplant, j'ai pensé au petit Isaac qui se fabriquerait dans son ventre nacré, si doux. J'avais envie de le voir, de le serrer dans mes bras, de lui donner tout, tout ce que je n'avais pas reçu. Plus tard, sa main dans la mienne, on irait tous les deux…

— Je t'attends Isaac, ai-je chuchoté. Viens, viens vite.

Elle a souri dans son rêve comme si le petit était venu se déposer sur son pétale… Je venais d'assister au mystère de la germination ? Un jour, il dirait « maman » et peut-être que ça me guérirait d'une partie de ma peine… Des « maman », j'en avais tant prononcé, j'avais tant espéré en eux, en elle.

On essayait de fabriquer Isaac depuis qu'on était arrivés ici, rien de comparable au temps que Gutenberg avais mis à concevoir sa machine à imprimer mais il ne vivait pas avec

1. Mélange cuit de piments verts, d'œufs et de tomates auquel on ajoute de l'huile d'olive, du persil, des zestes de citron… Et plus !

une Juive tune. Brigitte Soussan s'impatientait. Parfois, elle touchait la photographie de Bourguiba qui était *magique* pour elle – et quasiment casher. C'était Bourguiba, sa photo, qui avait fait venir les règles de Brigitte Soussan en 67, après la guerre des Six-Jours… Alors… Alors j'attendais, j'espérais son cri quand elle me l'annoncerait : « Bauchot ! Bauchot ! Je suis enceinte, tu entends ? Je suis enceinte, viens là mon goy que je te pompe… » Elle me l'avait juré : dès qu'elle serait enceinte, elle reprendrait les fellations interrompues par le mariage. Je m'en fichais des pipes. Je voulais Isaac, je voulais son sourire et ses yeux, je voulais qu'il nous guide vers les prairies fertiles que j'avais toujours espérées.

Le jour s'installait sur le visage de Paul Gauguin, la reproduction de l'*Autoportrait au Christ jaune* était punaisée dans notre chambre, face à notre couche. Brigitte Soussan vénérait le peintre, aimait se réveiller en contemplant cette œuvre si belle qu'elle m'encourageait à comprendre que j'étais humain, malgré tout. Parfois, le visage de Gauguin me faisait penser à ceux de mes frères disparus, je les imaginais avec les traits de celui qui se définissait comme un « sauvage ». Ses couleurs me faisaient fermer les yeux, m'aveuglaient par leur beauté. J'ai ramassé le paquet de copies qu'avait oublié ma chérie et suis allé la rejoindre. C'était à peine huit heures au méridien de Greenwich, le trois cent huitième jour de l'année. Salvador Allende aurait dû finir son mandat présidentiel aujourd'hui mais l'histoire était passée par là. Juchée sur un piquet, une corneille me regardait comme si elle voulait faire le remake des *Oiseaux*. J'ai déposé les copies sur le siège passager avant, à côté du cartable et du paquet de Kent. J'ai refermé la portière, contourné le capot de la Dragée – une vieille Austin Cooper vert et crème, qui calait à la moindre flaque d'eau, car son ventre traînait à terre. Brigitte Soussan m'a enlacé, m'a dit que j'étais mignon, que j'étais sa soupière, son carrosse… J'ai senti sa menotte introduire quelque chose dans ma poche. Lorsque Brigitte Soussan ne parlait pas, ne commentait pas, on pouvait s'inquiéter. Elle s'est séparée de moi comme si je brûlais un peu… Comme si j'étais un chouïa pestiféré. Je l'ai dévisagée, elle a détourné les yeux. Dans la poche, j'ai trouvé une feuille de papier pliée, une ordonnance pour un spermogramme.

— Je sais que tu as le sperme le plus riche du monde, mais on en aura le cœur net.

Pour la première fois, j'ai senti une distance entre nous, ça m'a glacé. J'ai tenté de faire bonne figure…

— Je t'ai laissé une notice dans la salle de bains et puis…

Elle n'a pas continué, une notice explicative ? *Et puis ?* Une part de « boulou », son gâteau du matin ? Une photo d'elle nue ? Elle est montée dans la Dragée, a manœuvré et est partie à Avignon où elle professait, sans foi, l'anglais dans une institution catholique. Sa foi, c'était Isaac et peut-être moi, au moins un peu. L'Austin a cahoté sur le chemin qui conduisait à la route, avant de disparaître dans le virage. Brigitte Soussan ne m'avait pas fait un signe de la main comme d'habitude. J'étais malheureux et en colère ; je me suis coiffé de ma kippa, pour me protéger mais c'était trop tard. Une lézarde était apparue et je n'y pouvais rien. Je me suis assis sur le muret en pierres sèches et j'ai observé le drame au microscope, et si j'étais stérile ? Isaac ferait quoi ? Papa, lui, était au moins revenu des camps pour nous engendrer. Moi je n'avais à revenir de nulle part, ça serait impardonnable. Je me suis réfugié dans la rancœur : de quel droit m'imposait-elle ça ? Elle ne m'avait pas demandé mon avis, c'était méprisant, injurieux. Seulement, je l'aimais trop, je ne pouvais pas lui en vouloir longtemps. Elle agit toujours ainsi, me suis-je dit, c'était sa nature et j'avais tort de monter sur mes grands chevaux, de m'indigner. Elle avait raison, c'était bien que nous sachions et c'était évident que je n'étais pas stérile, je le savais au fond de moi. Le bâtard frisé a posé son menton sur ma cuisse, sa chaleur était douce, il levait les yeux vers moi, semblait m'interroger.

— On va s'en sortir, ai-je promis.

Je lui ai caressé la tête, j'avais dû avoir un ancêtre chien, c'était à peu près sûr. J'ai jeté un regard sur le *Chamaecyparis* nain que j'avais planté, on ne resterait pas là assez longtemps pour que je le voie devenir une sorte de bonsaï géant, mais c'était ma façon de faire du land art, que je rapprochais de la manipulation génétique. La paléontologie et Roch Dambert m'avaient conduit à m'intéresser au clonage, c'était certainement vain car si j'étais stérile, je ne pourrais pas me cloner… Je ferais quoi ? Brigitte Soussan se lasserait, se donnerait à un Juif tune. Comment je pourrais supporter de ne pas pouvoir donner la vie, comment ? Si j'étais stérile, je ne pourrais même plus pisser, j'aurais le sentiment que ma verge était morte… Huit heures quinze… J'avais un rendez-vous vers les dix heures près d'Eyragues, un type qui voulait des conseils sur les haricots, quelles variétés planter au printemps ? Une question passionnante. Il fallait que je m'active, que j'aille dans la salle de bains et je n'en avais pas envie. J'ai trouvé la notice des laboratoires Saada et le *et puis* prononcé par Brigitte Soussan : un « réceptacle à recueil de sperme pour spermogramme », un petit pot en plastique transparent dans lequel on pouvait s'attendre à trouver des œufs de lump… Mais ça ne me faisait pas rire. J'étais incapable de me branler. Je me suis rasé et lavé sans ôter ma kippa, installé au volant de ma voiture de fonction, une 404 grise, le capot graisseux, trois cent mille kilomètres au compteur. Elle a démarré bruyamment, en tremblant, comme si elle était atteinte de la maladie de Parkinson. Je m'étais renseigné, c'était normal, le bruit de renâclement, aussi, c'était la distribution. Au-dessus de cent, la vibration qui faisait claquer les dents aux vitres et au volant, c'était le pont. Parvenu sur la route, j'ai mis le cap sur Avignon. Je pensais au prélèvement de sperme, j'avais honte d'avance… *Le recueil du sperme se fait par masturbation, chez soi ou dans une pièce isolée et discrète du laboratoire…* Je n'y arriverais pas. J'ai quitté la route, me suis garé sur un chemin. J'ai serré le volant de toutes mes forces, mes phalanges étaient blanches, mon alliance… Je me suis écroulé sur le volant pour pleurer. J'aurais pu rester là mille ans, c'est un vieux monsieur qui m'a réveillé en toquant contre la vitre que j'ai ouverte.

— Je peux faire quelque chose pour vous ? a-t-il demandé.

Je n'ai pas eu la force de lui dire qu'il venait de le faire, d'une mimique, je l'ai rassuré. Il s'en est allé, poussant une bicyclette sur le porte-bagage de laquelle était attaché un fagot de bois mort. Une image de solitude et de pauvreté, de dignité aussi. Dignité qui me manquait, je me trouvais pleurnichard et mou. Je me suis regardé dans le rétroviseur intérieur, avec ma kippa, j'avais bien la mine d'un malheureux castré par sa mère, mais maman avait fait bien plus que me castrer. D'après Pierre-Henri, en train de devenir chauve comme moi j'étais devenu juif, elle s'était enfermée dans un cloître, en Bourgogne. La question : avec L'Heure Bleue et Hegel ou sans ? Tout ça était trop triste, cette famille était une catastrophe. Il faudrait que j'aille au cimetière, vérifier si le santon était encore là. J'ai allumé une cigarette, je n'avais pas le courage de me masturber, ni ici ni ailleurs. Pas envie, c'était obscène d'être obligé de… Et pourtant, je devais le faire, ça me révoltait. J'ai opté pour les laboratoires Saada – la pièce isolée et discrète –, je pourrais toujours changer d'idée en route… Mais elle ne me le pardonnerait pas. Et après le prélèvement, je pourrais me consacrer aux haricots… Tout un programme. J'étais bien loin de vivre le rêve de *Jack and the Beanstalk*, à la place, je vivais ma vie.

C'était presque neuf heures, j'ai rejoint la route sur laquelle je me suis engagé. J'étais en train de passer la troisième, lorsque la Dragée a surgi en face. Surpris, j'ai freiné. L'automobiliste qui me suivait n'a pas apprécié. J'ai ouvert ma vitre, Brigitte Soussan a stoppé à ma hauteur.

— J'ai fait demi-tour à Avignon, a-t-elle dit, je m'en voulais à un point… Pardonne-moi, je suis trop moi, c'est la faute de maman.

Nonette… Mon Dieu, protégez-nous d'elle. Elle était terrifiante, l'image d'une mère juive, une image vivante, c'était le problème. Tout le monde devait souhaiter sa mort, y compris elle-même, mais elle mourrait en 2100, et encore…

— Attends-moi plus loin, je te rejoins.

Elle a démarré violemment en hurlant qu'elle m'aimait. Je l'ai attendue à un kilomètre de là, à l'entrée d'un terrain de sport rachitique. Elle a surgi, freiné comme on freine dans les films policiers, la Dragée s'est mise en travers. Je n'ai pas eu le temps de mettre la main sur la poignée de ma portière, elle est entrée dans la 404, je ne sais pas de quelle façon, a réussi à s'asseoir sur moi, a ôté ma kippa, m'a embrassé. On était proches, si proches, elle m'a dit qu'elle connaissait toutes mes rides, que sans moi, elle mourrait. Elle a réussi à s'asseoir à côté de moi, a contemplé le paysage à travers le pare-brise et a dit tout bas :

— "Chaque jour au petit lever du soleil, la lumière était radieuse dans mon logis. L'or du visage de Tehamana inondait tout l'alentour et tous deux dans un ruisseau voisin nous allions naturellement, simplement comme au paradis, nous rafraîchir"[1].

D'ordinaire, l'entendre dire Gauguin me comblait, mais là je me suis senti mal à l'aise, plongé dans un soir des tropiques peint par lui, le Sauvage... Je devais être trop compliqué pour vivre heureux. Nos mains se tenaient, nos cœurs battaient à l'unisson, c'était un poème merveilleux qui nous réunissait et je n'en profitais pas comme j'aurais dû.

— Un jour, j'écrirai, ai-je déclaré.

Ça m'avait échappé, j'ai eu honte. Mais le vœu avait franchi la barrière du tabou, il était plus fort que moi. J'avais lu trop d'ordonnances, je voulais guérir de ça, écrire autre chose...

— Tu sais de quoi j'ai envie, Bauchot ?

— ... De mulet grillé ?

— De ta queue, viens.

Plus tard, on a fumé une cigarette, côte à côte, j'étais toujours triste mais je le cachais.

— Les écrivains, a-t-elle affirmé, sont les êtres les plus malheureux du monde, les mains toujours propres quoi qu'ils écrivent. C'est pour ça qu'ils sont alcooliques ou qu'ils se droguent, ils ne savent pas ce qu'ils font.

Elle a claqué un baiser sur ma joue et est sortie, après m'avoir, sans le savoir, un peu tranché la tête. La Dragée a disparu, à mon tour, j'ai repris la route. Le problème, me semblait-il, n'était pas d'avoir les mains propres ou sales, mais d'avoir les mains justes. Le problème était celui du génie, en avoir ou pas. Arrivé à Avignon et après avoir poussé la porte des laboratoires Saada, les dents serrées, j'ai confié mon réceptacle et son contenu à une secrétaire médicale qui n'a pas éclaté de rire.

1. « Voyage autour de l'île », in *Oviri*.

J'avais les joues rouges, brûlantes… Mais c'était fait. Place de l'horloge, un clown tenait un éléphant en laisse, ce n'était pas une hallucination, mais de la réclame pour un cirque. Le gros prisonnier a fait caca, façon de protester, de se moquer. J'ai éclaté de rire. Un quart d'heure plus tard, j'étais à Eyragues.

Mon client m'attendait en buvant du Pastis 51 sous une véranda aux vitres sales. Il avait un peu la dégaine d'un playboy après la fête, une fête qui sentait sous les aisselles. Une femme, qu'il m'a présentée comme sa « copine », a posé sur la table qui collait une planche avec des rondelles de saucisson huileux. J'ai eu envie de foutre le feu, j'en avais marre des haricots, ça me menait où ? J'ai décliné l'invitation à déjeuner en leur compagnie, arpenté avec lui le terrain sur lequel il voulait planter nos semences. Il m'a raconté sa vie, un bar à Buenos Aires, de l'import-export à… Je n'en avais rien à fiche. Il foirait tout, foirerait les haricots, porterait une moumoute avant cinq ans. Je lui ai assuré que d'ici une huitaine, je lui enverrai un mémo détaillé. Je suis remonté dans ma 404, mon haleine puait l'anis, le ratage intégral, il fallait que je me secoue. Ou que je décroche, que j'oublie… J'ai opté pour cette solution. Une irrésistible envie d'eau, de l'entendre, la voir. J'ai acheté du pain dans une boulangerie qui fermait. Je l'ai humé, l'ai mangé en conduisant. Je me suis rappelé le pain de jadis, lorsque j'allais en vacances chez mon parrain, il était marqué à la craie, son odeur était un peu acide. Comment écrire ses souvenirs ?

J'ai dépassé Rognonas et suis arrivé sur la Durance, elle était gonflée, au bord de la crue. Je me suis garé derrière une ruine. J'ai pris ma musette et ma canne télescopique dans son étui. Je me suis assis sur la berge, l'eau avait des reflets jaunes, elle était épaisse, mêlée de terre. J'ai émietté du pain autour de moi, un moineau n'a pas tardé à venir picorer, les oiseaux étaient directement menacés par la pollution mais personne n'en parlait, ni de la pollution non plus. J'avais le sentiment que 68 avait enterré l'avenir en même temps que la pensée, je ne le disais à personne, évidemment. La révolution de mai était sacrée. J'ai commencé à lancer en passant sous un pont, je n'ai pas harponné un corps au costume rayé, mais l'arceau de mon moulinet a claqué et j'ai retrouvé instantanément ce sentiment qui me faisait oublier tout le reste. J'ai remonté la rivière en rêvant, ou plus exactement, mon esprit a rêvé, dissocié de moi. Moi, je lançais le leurre sans penser, je vivais, c'était tout. Je vivais sans m'en préoccuper, n'étais pas inscrit dans l'annuaire, étais libre comme un taxi sans client. Ma cuiller a accroché je ne sais quoi, j'ai été obligé de couper le fil, de m'en séparer. Je me suis accroupi pour choisir une nouvelle cuiller… Et j'ai vu le bout de tissu bleu à rayures rouges, dans l'eau, noué à une branche morte. Je me suis souvenu du Noir hiératique et de sa cravate Christ Church. Tout le temps, le passé venait me chercher, me proposait des rébus, des associations. Roch Dambert, en m'offrant la pêche, m'avait ouvert à perpétuité la porte du cabinet d'autoanalyse.

J'ai refermé la boîte à cuillers, me suis assis sur une pierre, ça n'allait pas, je me le cachais, ne voulais pas le voir. J'avais voulu que mon amour pour Brigitte Soussan soit une solution, il n'y avait pas de solution à la condition d'être, hormis la solution finale. Qu'est-ce que je souhaitais ? Porter une kippa et élever trois enfants en vendant des haricots ? Mon but était-il de créer de nouvelles variétés de haricots ? Ce que je pouvais faire, me lançant ainsi à corps perdu dans une révolution sémantique sur la nature du haricot vert… J'ai plié ma canne, suis revenu à la civilisation, à la réalité. Les mains sur le volant, j'ai regardé l'alliance, elle m'unissait à celle que j'aimais, elle promettait la fidélité, évoquait la fertilité. C'était quinze heures passées, j'aurais aimé être Gauguin, mais n'étais que moi. J'étais amer et il y avait de quoi, je n'irais jamais aux Marquises. C'était triste, j'étais incapable de trouver mes couleurs. J'ai décidé de rentrer au bercail, personne ne se rendrait compte que je n'avais pas travaillé et dans le cas contraire, je n'en avais rien à faire. Graineco était un trou noir qui m'avait absorbé et peut-être son champ gravitationnel m'empêcherait-il de m'en échapper ?

J'ai fait demi-tour et roulé vite pour m'absorber dans la conduite, ne pas penser… Mais c'était impossible. J'ai vu l'auto-stoppeur au dernier moment, je l'ai dépassé. Il était coiffé d'une sorte de Stetson. J'ai freiné et reculé, il avait mon âge, les cheveux longs, la barbe, un sac en laine en bandoulière. En me penchant, j'ai baissé la vitre avant, côté passager, et lui ai demandé où il allait. À Beaucaire – il avait l'accent allemand. Fini le Blitz et la *Totaler Krieg*[1], dorénavant l'Allemagne exportait ses hippies et ses Mercedes. Je lui ai dit de monter, il s'est assis à côté de moi, j'ai démarré. Il sentait le patchouli, c'était un peu obligé pour un hippie digne de ce nom… Mon humour à deux balles, je pouvais me le carrer où je pensais. Et moi, je sentais quoi ? L'échec ? Envie de fumer, j'ai pris une Marlboro et lui ai tendu mon paquet, il s'est servi et a allumé nos cigarettes avec un Zippo.

1. « La guerre totale », 18 février 1943, allocution de Joseph Goebbels.

— Vous habitez la région ? s'est-il enquis.
— Depuis quelque temps…
— Moi, ça fait trois ans bientôt.
Il était comme moi le pauvre vieux, il fallait parler, le silence pouvait vite être insupportable.
— Vous faites quoi ? Si ce n'est pas indiscret.
— Je travaille pour vivre.
Pas un mot sur les haricots.
— Et vous ? ai-je demandé par politesse.
— Je suis amoureux.
Je m'en suis voulu de ne pas avoir répondu comme lui, j'ai écrasé ma cigarette pour me donner une contenance.
— Elle va bientôt accoucher.
J'ai pilé, il a manqué emboutir le pare-brise.
— Sortez.
— Mais quoi ?
— Foutez le camp, merde !
Ce qu'il a fait en me disant que je n'étais pas cool. J'ai refermé la portière et démarré en hurlant :
— Font chier les Allemands ! Font chier !
J'en tremblais, j'ai essuyé mes lèvres, j'en avais marre. Je voulais autre chose, je voulais… Je l'avais dit à Brigitte Soussan. Elle m'avait entendu, mais, moi, je n'étais pas sûr de m'être écouté le dire. J'avais vingt-cinq ans, déjà. Un jour, si je ne me bougeais, je serais passé à côté. J'aurais vécu par défaut, à l'économie, impardonnable pour un fils de banquier. J'ai traversé Les Baux-de-Provence, pris la route d'Arles que j'ai quittée pour m'engager sur le chemin de terre. Devant le mas Barriol, il y avait une SM gris métallisé, les vitres teintées, c'était une des dernières produites. J'ai stoppé en écrasant avec fureur la pédale de frein. C'était une journée de merde

du début à la fin, je craignais le pire. Je me suis approché de la SM, me suis baissé, papa était affaissé sur le volant… Ah non ! Il n'était pas venu pour mourir là. J'ai ouvert la portière brutalement, il s'est éveillé, l'air idiot, il avait bavé, ressemblait à un poupon grotesque.

— Quoi, ai-je râlé, furieux. Quoi ? Tu veux me dire quoi ? Me présenter quelqu'un ?

J'ai eu honte de moi… Il a eu du mal à s'extraire de son joujou, il avait pris dix ans en dix mois, était blême ; de la sueur perlait sur son front, la fièvre sûrement. Il a allumé une Gauloise, en clignant des yeux, j'aurais dû avoir pitié mais je n'y arrivais pas. À mon tour, j'ai allumé une cigarette, j'aurais voulu partir, le laisser là.

— Il faut que tu ailles à Kongoussi, en Haute-Volta.

Je n'ai pas commenté, pourquoi pas à Bakou en Azerbaïdjan ou… Il était essoufflé, pauvre papa. Il était à bout, ne savait pas comment dire ce qu'il avait à dire, et comment ne pas me souvenir du Pharamond ?

— Un cadavre à la morgue, a-t-il expliqué. C'est peut-être ton frère, il a ses papiers… sa médaille de baptême…

J'en avais marre ! Je voyais Paul, il me souriait… Pitié. Papa pleurait silencieusement, c'était insupportable. Je l'ai pris par le bras et entraîné vers le mas Barriol, comme un paquet. J'avais envie de le tuer et de le sauver. Le soir venait, la cuisine était dans la pénombre. J'ai tiré une chaise pour lui, pris deux bières dans le réfrigérateur, en s'ouvrant il a éclairé la pièce. On devait être laids, pitoyables. J'ai tendu une canette à papa et me suis adossé à l'évier. Il a bu au goulot, roté. Ça m'a fait rire, lui aussi ; on en pleurait. J'ai décapsulé deux autres bières, il m'a dit qu'il avait un cancer des reins, qu'il n'en avait pas pour longtemps.

— J'ai cinquante-deux ans, j'ai bien vécu… Ce n'est pas grave.

— Non, j'ai répondu, ce n'est pas grave. Ce n'est rien… Juste ta mort.

J'aurais dû pouvoir le consoler, lui dire… Mais ça me paraissait vain, les camps avaient gagné, ils l'avaient eu, pas de grâce. Les camps gagnaient *for ever*, ils auraient notre peau à nous tous.

— J'ai rêvé de toi, a-t-il dit.

Il m'a regardé, semblait heureux et calme.

— Tu pêchais, assis, à la mer peut-être ? Tu t'es tourné… Avec une expression de surprise, et puis de joie.

Il s'est tu, la canette dans la main… Enfin, il était lui, de nouveau lui, pour moi peut-être ? Lui pour moi, comme un cadeau d'adieu, un présent qui me tuait, car papa, c'était mon dieu d'enfant, mon Tout.

— Mon rêve s'est arrêté là mais je savais que tu étais heureux, plus qu'heureux, un sentiment indicible, ça m'a fait du bien… Et puis, hier soir, Interpol m'a appelé… Je ne peux pas y aller, je n'ai pas la force.

J'ai ouvert les volets pour faire quelque chose, ne serait-ce que pour tourner le dos, ne pas voir sa misère. Un étourneau est entré dans la cuisine, a voleté, avant de s'élancer retrouver les anges et les cieux.

— Tu te souviens ? a dit papa.

Je me souvenais, ah oui papa. Je t'aimais, je t'aimais tant. Je ne t'avais pas fait de poème, ne t'en ferais pas, ou juste un très simple : « Tu étais mon père. »

Je ne sais pas combien de temps nous sommes restés dans la cuisine, silencieux, puis il m'a dit qu'il devait être tôt à l'hôpital le lendemain, est-ce que je pouvais conduire ? Il ne s'en sentait pas capable. Même sa mort devenait banale. Sans pouvoir embrasser ma Juive tune, j'ai donc pris le volant de la SM, papa sur le siège passager comme un souvenir funéraire dérobé dans une tombe égyptienne. Mû par une impulsion irrésistible, j'ai stoppé dans le virage, suis sorti de l'habitacle. L'obscurité qui poignait m'a serré la gorge dans sa main bleue, le mas Barriol semblait être un point-virgule jeté là par distraction et si ça se trouvait, c'était là que j'avais vécu la plus belle partie de ma vie.

Papa dormait lorsque j'ai refermé la portière, allumé les phares. J'ai eu le sentiment que… J'avais dû oublier quelque chose… Arrivé sur la route, j'ai bouclé ma ceinture et dès que j'ai pu, j'ai roulé trop vite, c'était grisant. J'avais un peu envie de mourir. Nous tuer papa et moi du même coup n'aurait pas été si stupide que ça. En tout cas, lui revenait aux camps en première, mais il y revenait. C'était évident qu'il était fichu, il allait disparaître et je saurais quoi de sa vie, de ses pensées ?

Je fumais des cigarettes à la file, comme un écrivain dans la nuit, ma page blanche, c'était le bitume, le bitume encore, les panneaux, les lignes jaunes… Mais la question : « Un homme stérile est-il encore un homme ? » revenait, revenait sans cesse. Et quand elle ne revenait pas, Paul revenait, revenait.

J'ai poussé la voiture à plus de deux cent vingt, pour rien, sinon pour une sorte d'extase. Je me suis arrêté pour faire le plein. J'ai laissé papa. J'arriverais à Kongoussi et je serais face au corps de mon frère… J'en étais malade. J'ai bu un café, suis allé vomir aux toilettes. J'ai fumé une cigarette dehors, dans le froid, l'éphémère réalité des tôles et des vitres. Une femme en compagnie d'un homme m'a souri discrètement, pourquoi je ne m'enfuyais pas avec elle ? J'étais pris au piège, c'était sûr. Il faisait froid dans l'habitacle aux vitres embuées, il dormait ou était mort. Ça puait, il s'était peut-être pissé dessus ? Je l'ai touché, il a marmonné je ne sais quoi. Je lui ai dit qu'il était con et laid, il ne m'a pas répondu. J'ai démarré, enclenché la climatisation, le désembuage : ça ne changerait rien, Paul m'attendait dans son costume de macchabée.

Papa s'est éveillé lorsqu'un gros-porteur jailli d'Orly a pointé sur nous son visage aux yeux obliques.

— Je serai là avec toi, je penserai à toi, à vous.

Je me suis engagé sur une bretelle qui conduisait à l'aéroport. Trop tard pour que nous parlions. D'ailleurs, on n'avait jamais vraiment parlé. Notre rapport avait été une succession de silences et de coups de théâtre, de rideaux tombant sur des derniers actes à répétition.

— Vous serez riches, a-t-il dit, enfin… Aisés.

— S'il te plaît…

Je me suis garé sur un parking, il m'a donné une enveloppe – comme à chaque fois – et mon billet pour un vol Paris-Ouagadougou qui partait le lendemain à huit heures. Il m'avait aussi réservé une chambre, nous sommes sortis de la SM, je l'ai enlacé.

— Merci, papa.

— De quoi ?

Oui, de quoi ? Il a pris ma place et la belle voiture a glissé comme une ombre d'argent, je lui ai tourné le dos. Il y avait vingt mille francs dans l'enveloppe, je le savais, au toucher. J'ai rejoint le Hilton avec ma petite valise, celle que j'avais pour ma cure à Châtel-Guyon et à La Bourboule, mais pas de M. Vasseur pour me conduire en 403 par-dessus les flots, reconnaître le corps de mon frère. J'ai eu le droit à une chambre double au quatrième, aux sourires destinés aux plénipotentiaires de la banque Bauchot. Je ne voulais plus bouger, j'ai commandé un triple whisky *on the rocks*… Une salade César, du bordeaux, des Marlboro. J'ai attendu en contemplant les avions garés sur le littoral des pistes, les pistes elles-mêmes s'envolant sans cesse vers l'horizon. J'avais la pétoche d'aller en Afrique, j'avais toujours eu une sorte d'aversion pour ce continent, la peur des insectes, des maladies, et je devais y aller sans vaccin et je savais que l'anagramme d'insecte était inceste. Ça ne changeait rien, la piqûre de la mère ou celle de la mouche tsé-tsé faisaient des dégâts mortels. J'ai bu le whisky en marchant, me remémorant la liste mortelle : moustiques divers, anophèles plus particulièrement, scorpions, blattes grosses comme des côtes de bœuf… Le paludisme, la tuberculose, la polio, la maladie du sommeil – parasitose à transmission vectorielle. La bilharziose, et puis la diphtérie, la fièvre Q, la peste pulmonaire, les fièvres hémorragiques, l'aspergillose, une bonne grippe, une salmonellose banale, la giardiase, l'ascaridiose, la shigellose, la trichinose, la dracunculose, la… J'en oubliais plus de vingt, sans parler des maladies sexuelles, des serpents, zébus et compagnie. C'était simple : pas se laver, pas manger, porter une moustiquaire… Et ce que j'avais oublié, c'était ma kippa, restée dans la 404. Il ne faudrait pas que le ciel me tombe sur la tête. J'ai écrit une lettre à ma Juive tune, dessiné des cœurs, des fleurs. Mais je l'ai déchirée, j'étais ivre et pris de vertige, quelque chose m'aspirait, me projetait dans une autre histoire.

Au soir, la ville virait au rouge, la grande croix noire de l'église fendait le crépi jadis blanc, un prêtre s'est engouffré dans le bâtiment, tirant son ombre comme une traîne. Des enfants marchant au pas chantaient l'hymne national, serrant contre leurs torses des bâtons en guise de fusil :

> Fière Volta de mes aïeux,
> Ton soleil ardent et glorieux
> Te revêt d'or et de fierté
> Ô Reine drapée de loyauté !

Les petits soldats ont fait le tour du rond-point et ont piqué vers la nuit, le chauffeur du taxi, M. Kamagaté, a refermé le capot de sa 404 diesel. La deuxième panne depuis Ouagadougou, à moins de cent vingt kilomètres. Ma 404 de fonction était en comparaison une voiture neuve. M. Kamagaté m'a souri et a dit que tout était arrangé.

— *Problem Tara*, a-t-il assuré en dioula anglicisé qu'il a traduit, pas de problème. Peugeot number one.

M. Kamagaté était un homme de langues, en plus d'être un mécanicien et un pédagogue hors pair, il m'a raconté pendant le trajet la Haute-Volta, ses ethnies, ses langues, ses religions, le commerce, la débrouille, les femmes, la bière… Il était un peu épuisant. Il a hélé un homme comme nu, noir et luisant, perlé d'argent. Il chevauchait un antique vélo avec une caisse de poissons sur le guidon et une autre sur le porte-bagages. M. Kamagaté et le cycliste ont engagé une conversation en mooré et français. En même temps que je sentais le poisson, j'ai senti le lac Bam et ai pensé à ce tableau de Fautrier, cette assiette de poissons bleus, aux reflets hypnotiques. Je frôlais la panique, venais de vomir le poulet frit que j'avais mangé en route. J'aurais aimé être un enfant, ne pas avoir de décision à prendre. Ne pas être contraint de voir le corps de Paul, aurais-je la détermination, le courage nécessaires ? Mais papa me l'avait demandé, n'avait pas parlé de Pierre-Henri comme s'il n'avait pas envisagé l'hypothèse que mon frère puisse se charger de la mission. Les lueurs des braseros mêlées à quelques éclats électriques semblaient contenir la réalité, le présent de la ville, dans les frontières d'un songe aux effluves d'opium qui exagéraient certains détails, par exemple cette femme à la robe verte avec sa corbeille pleine de carottes portée sur la tête, l'énorme Frigidaire échoué au bord de la chaussée de terre. Sur un mur recouvert d'affiches publicitaires, le visage de BB, qui, du *Mépris*, jetait son regard atone sur la cité nègre.

— Quand l'électricité marchera mieux, a marmonné M. Kamagaté, ils partiront, tous ceux qui pourront… Ils ne pourront pas accepter de se voir aussi pauvres… *Fiat lux… Lux fuit*[1].

C'était énigmatique, voulait-il dire que le manque de

1. *Fiat lux, et lux fuit*, « Que la lumière soit, et la lumière fut ».

lumière leur permettait d'accepter leur sort ? Quant à la formule latine... Je me demandais s'il n'y avait pas dans son esprit une confusion entre le luxe et la lumière ? Mais la lumière était bien un luxe, comme Dieu. M. Kamagaté a freiné, s'est arrêté à proximité d'une bâtisse d'un étage éclairée par une ampoule, le panneau sur lequel avait été écrit « Gendarmerie » en toutes lettres pendait au-dessus de la porte d'entrée ouverte et encadrée de deux drapeaux nationaux aux couleurs défraîchies, comme en berne.

— Je vous attends pour rentrer à Ouaga ? Je vous prends la moitié du trajet aller, c'est une affaire... *Business is business.*

Lorsqu'il m'avait chargé à l'aéroport, je n'avais pas voulu me prononcer pour le retour à Ouagadougou, au cas où il aurait été un mauvais chauffeur, ou d'un commerce pénible... Il était plutôt formidable, mais le retour me paraissait problématique, je ne savais pas ce qui se passerait si le corps était celui de Paul... Je devrais peut-être rester sur place ? J'ai donc dit à M. Kamagaté de rentrer sans moi.

— C'est arriéré ici... Vous ne vous rendez pas compte.

Il n'a pas insisté, je lui ai donné les quinze mille francs CFA demandés à l'aéroport – cent cinquante francs français. Je n'avais pas discuté le prix, l'argent des camps ne marchandait pas. Je suis sorti de la voiture avec ma valise, M. Kamagaté a fait demi-tour. J'ai regretté et failli le rappeler... Finalement, je suis entré dans la gendarmerie. Derrière un comptoir en bois peint en gris, un gendarme suait, le ventilateur ne marchait pas. Le standard téléphonique revêtu de bois jadis verni et muni d'une manivelle datait des années quarante, au mieux. Le gendarme s'est levé et m'a salué militairement :

— Brigadier Diakité... Monsieur Bauchot, c'est ça ?

Papa et Interpol avaient dû signaler mon arrivée. Le brigadier a fait le tour du comptoir, m'a salué derechef. Il m'a montré un banc et m'a proposé d'attendre un peu. Il a disparu, c'est là que j'ai enfin remarqué l'homme menotté au piétement métallique d'un autre banc, cela le forçait à se tenir penché.

— Je me suis fait prendre, a-t-il dit, avec un sourire. Je serai plus malin la prochaine fois. Vous avez une cigarette ?

Je me suis levé et ai voulu la lui mettre entre les lèvres, il m'a montré sa poche de chemise.

— Pour tout à l'heure, ils vont me frotter les oreilles. Si je pleure et les supplie, peut-être que j'aurai pas d'amende ? C'est possible, Dieu est partout.

Une araignée qui portait ce qui ressemblait à un scorpion a traversé la pièce à toute vitesse, disparu. J'allais m'asseoir lorsque le brigadier est apparu en compagnie d'un supérieur forcément. Je n'y connaissais rien en galons, mais il arborait des médailles et une expression d'autorité. Il m'a salué et s'est présenté comme l'adjudant Ouédraogo. Il a fait le tour du comptoir, s'est baissé et a posé devant moi une boîte en fer rouillé avec des restes d'un décor publicitaire pour les biscuits Lu. Je savais qu'il ne pouvait pas y avoir là les restes de mon frère mais je me suis mis à trembler, j'ai agrippé le rebord du comptoir. Comme un prestidigitateur l'adjudant a ouvert la boîte. J'ai détourné les yeux… Me suis forcé à regarder. J'ai vu une pièce d'identité maculée de taches sombres, une chaîne en or. L'adjudant s'est emparé de la chaîne à laquelle était accrochée une médaille de baptême, une Vierge. Il me l'a tendue, je l'ai saisie. J'ai attendu un peu pour avoir la force et je l'ai retournée. En lettres anglaises, était écrit :

Paul, Marie Bauchot.
17 janvier 1963.

J'ai incliné le front sur mon poing qui tenait la chaîne et la médaille. Quand j'ai rouvert les yeux, j'ai vu l'adjudant Ouédraogo dans mes larmes. Il s'est excusé de m'infliger ça, m'a montré la carte d'identité, au nom de mon frère. Je me souvenais de cette photographie, il avait dix-sept ans.

— Pourquoi les dates de naissance ne correspondent pas ?

— Sur la médaille, c'est sa date de baptême.

Il a hoché la tête comme si ma réponse était d'une pertinence inouïe.

— Je suis obligé de vous reprendre…

Il s'est tu, embarrassé ou à court de mots. Je lui ai rendu la chaîne et la médaille que j'ai embrassée.

— Ça vous sera restitué à la fin.

Il n'a pas achevé sa phrase et m'a demandé d'apposer ma signature sur plusieurs documents, je ne sais pas ce que j'ai signé. Il a refermé la boîte, l'a rangée, s'est excusé de nouveau de m'imposer ça, m'a dit qu'ils allaient m'accompagner à la morgue pour que je reconnaisse le corps. J'ai demandé deux minutes, j'ai pris une cigarette dans mon paquet, le lui ai proposé à contretemps. Il a hésité, s'est servi, a enlevé son képi. J'ai tendu mon paquet au brigadier qui a accepté à son tour. Il a allumé nos cigarettes avec un Dupont en argent, a ôté son képi à son tour. L'institution devait être préservée du cancer du fumeur. Je me suis assis sur le banc, face au prisonnier qui semblait dormir. J'ai regardé le sol en ciment, maculé de taches, constellé de mégots ; sans cesse, je voyais des images de Paul. Pourquoi étais-je en vie ? Pour le voir mort comme j'avais vu Antoine ? Je me suis levé, l'adjudant a écrasé sa cigarette sur le sol, je l'ai imité. Il fallait que je tienne le coup. Nous sommes sortis de la gendarmerie, moi entre eux deux. Des gamins ont commencé à nous suivre, des femmes, quelques hommes. Tous étaient excités, un gosse m'a tiré par la manche et m'a demandé si j'étais le frère du mort. Le brigadier lui a donné une taloche et ordonné de se conduire dignement. Ça n'a rien changé, au contraire. On avançait entourés d'une foule qui ne faisait que croître, c'était de plus en plus pénible. J'allais comme un boxeur vers le ring, une nuit de match, les tempes bouillantes, en plein vertige. Un effroi sans nom, je ne pouvais pas voir mon frère mort, je deviendrais fou. Mais je ne pouvais pas fuir… Et je ne voulais pas. Nous sommes parvenus au coin de deux rues, face à une baraque composite, faite de tôles de parpaings, de banko – le torchis de la région, m'avait expliqué M. Kamagaté. Un panonceau lumineux proclamait : « King Kongassi, tout article. » L'adjudant a clamé :

— De la dignité, sinon, je verbalise, rien au-dessous de cinq cents francs, à bon entendeur, salut.

Ils se sont tus, me scrutaient avec une innocence avide d'horreur.

— Écartez-vous ! a tonné l'adjudant, faites place ! C'est une confrontation, c'est grave.

Il m'a pris par le bras, la foule s'est ouverte comme une plaie saignante, découvrant l'entrée de King Kongassi, une ouverture faite à la va-comme-je-te-pousse et sur laquelle un rideau métallique devait s'abaisser pendant les heures de fermeture. Un homme nous attendait, le crâne rasé, la peau plus claire. Un Malgache ? Il portait un costume marron, sans chemise, les pieds nus dans des tongs. C'était comme si je m'accrochais au moindre détail pour ne pas être emporté par le flot d'épouvante qui me serrait la gorge au point que je n'arrivais plus à déglutir. Pas ma kippa pour me protéger. L'adjudant m'a présenté l'homme au costume marron :

— M. Rakoto… *Le subrogé gérant* de la morgue provisoire.

Il m'a salué en inclinant la tête. Derrière lui, sur les étagères, ou pendant du plafond, j'ai distingué toutes les marchandises possibles et imaginables, pneus, vêtements, drapeaux, transistors, conserves, sodas… Il nous a priés de le suivre, le brigadier est resté en faction devant l'entrée du drugstore. Je marchais entre M. Rakoto et l'adjudant, des perruques suspendues m'ont caressé le cou, j'ai mordu ma lèvre pour m'empêcher de crier. On a longé une rangée de batteries raccordées à des câbles électriques. M. Rakoto a ouvert une porte métallique avec une clef, choisie dans un trousseau qui en comptait une cinquantaine. Il a ouvert la porte, déclenché l'électricité, s'est tourné vers moi. J'ai avancé jusqu'au seuil, découvert une pièce sans ouverture, avec un congélateur, des fûts d'huile de moteur, des pièces mécaniques… Des couronnes mortuaires aux fleurs artificielles. M. Rakoto s'est emparé d'une bouteille de Pastis 51, en a versé dans trois gobelets en carton, m'en a tendu un, un autre à l'adjudant qui semblait avoir blêmi. M. Rakoto a bu son verre d'un trait, je l'ai imité. Ça m'a brûlé la gorge. M. Rakoto a fermé les yeux, soulevé le couvercle du congélateur, ça s'est mis à puer. Il a maintenu le couvercle levé, en regardant de côté, il suait.

— Le cadavre était en mauvais état quand on l'a trouvé, s'est excusé l'adjudant. Alors…

Il m'a fallu plusieurs secondes pour arriver à bouger, j'ai fermé les yeux comme M. Rakoto avait fait, me suis penché. Puis je me suis décidé à regarder. Il était enfoui dans des glaçons et pains de glace. Seule sa tête sortait. Il avait le visage déformé, presque noir, une partie du crâne était enfoncée. Je ne pouvais absolument pas reconnaître mon frère dans *ça*. J'étais perdu. Affolé. Pourtant, je devais savoir, être sûr, pour moi, pour papa, Pierre-Henri et peut-être maman. Ça reposait sur moi, j'étais le chef de famille, bien loin de Versailles et des camps. J'ai essayé de réfléchir, une idée s'est imposée. C'était la seule solution. J'ai enlevé comme j'ai pu les glaçons et pains de glace qui recouvraient le torse du mort. J'ai été obligé de forcer, des morceaux de tissu adhéraient aux glaçons, et même un lambeau de peau. Finalement, le torse est apparu, bleu et rougeâtre, gonflé. Pas de « love » tatoué au-dessus du sein, ce n'était pas mon frère, j'étais heureux à un point inimaginable, j'aurais pu danser.

— Ce n'est pas lui, ai-je bafouillé… Ce n'est pas lui !

Je riais. M. Rakoto a refermé le couvercle, il riait lui aussi.

— Vous êtes sûr ? a insisté l'adjudant.

— Mon frère était tatoué au-dessus du sein.

J'étais tellement heureux, tellement. M. Rakoto nous a servi deux doigts de Pastis, la lumière s'est éteinte. J'ai liquidé mon Pastis. M. Rakoto a juré, il a parlé en je ne sais quelle langue, a traduit pour moi : « C'est le singe. Il n'en fait qu'à sa tête. » Les singes… On a quitté la pièce. La foule nous attendait, bizarrement silencieuse, l'adjudant a déclaré fort que ce n'était pas lui.

— C'est un autre, a-t-il précisé.

— Un autre ? ont répété en chœur plusieurs femmes, comme si c'était un refrain.

J'ai remercié les gendarmes et M. Rakoto. Paul devait être mort, on lui avait volé sa médaille, ou il l'avait donnée avec son élégance de prince, il était si bon, il était mort, c'était sûr, je ne le verrais plus, à moi de le conserver dans mon âme, de raconter si je le pouvais sa légende. Mon chéri, mon frère si beau. Paul était mort, j'avais tenu sa médaille dans ma main. Je n'avais aucune idée de ce que je pouvais faire maintenant à Kongoussi, au début de la nuit. Je ne savais même pas s'il y avait quelque chose qui ressemblait à un hôtel, j'aurais dû téléphoner à papa, mais j'en avais marre. Je n'avais pas non plus envie de téléphoner à Brigitte Soussan, j'avais besoin de trouver une sorte de rien, un immense rien. J'avais manqué de ce rien, depuis toujours. Ce n'était pas le vide que j'avais tant de fois traversé dont j'avais besoin, non, c'était rien. Le problème, avec le langage, c'était qu'il dénaturait toujours la pensée, il nous dénaturait tout court. Je déambulais sans savoir où j'allais, j'entrevoyais des visages, des corps, j'entendais des paroles, des rires, mais je glissais sur ces perceptions, c'était comme si j'étais devenu mon inconscient ou qu'il était devenu le tout. Une femme a chanté et je me suis souvenu que la foi existait, comme les poussins et les huîtres. Plusieurs pirogues étaient échouées sur la berge du lac Bam, de l'une d'elles provenait une lueur. Je me suis approché, j'ai aperçu un corps, un visage, celui d'un gosse au torse maigre et aux yeux comme peints. Il était beau comme un guerrier innocent et devait avoir une quinzaine d'années ; il m'a souri, est devenu grave.

— C'est votre frère, alors ?

— Non.

Il s'est signé.

— Comment s'appelle-t-il ?

— Paul.

Il s'est signé derechef. La pirogue, à la proue arrondie, était taillée dans un tronc à grosses veines, certainement du caïlcédrat qu'on appelait aussi acajou du Sénégal, les Français en avaient mis partout dans leurs colonies, pour ombrager rues et avenues. De Dakar à Hanoï. Je me suis emparé d'une des cannes, munie d'un moulinet rudimentaire, j'ai vu les vifs dans un bidon d'huile découpé. J'ai songé à Roch Dambert et lui ai dédié cet instant. Le ciel ne me tombait pas sur la tête, j'avais oublié que j'étais en Afrique, oublié ma peur, ma valise à la gendarmerie. Le gosse a soufflé la mèche de la lampe, fait quelques pas vers l'eau quasiment invisible et s'est agenouillé, je l'ai imité sans réfléchir et j'ai prié, moi qui ne croyais pas. J'ai entendu du bruit, le gosse poussait la pirogue, je l'ai imité, compris qu'il fallait que je monte en premier, pour lui laisser manier la longue perche qu'il a plongée dans la vase… Le lac Bam me contemplait de son regard au silence obscur et j'ai su qu'il m'attendait depuis toujours.

À l'aube, plusieurs grands capitaines aux écailles d'argent agonisaient au fond de la pirogue, j'étais ivre de faim, la rive, ourlée de silhouettes de constructions rudimentaires, apparaissait lentement.

— Zimtenga, a commenté le gosse. C'est là qu'on habite, canton de Batenga.

L'histoire me recrachait ailleurs ; différent, c'était sûr.

— Je m'appelle Hyacinthe.

— Jacques.

En voyage sur la plus vaste étendue d'eau du pays, plus de trente kilomètres, on ne s'était pas parlé de la nuit. Le retour *sur terre* devait réactiver les habitudes de la vie en société. J'ai sauté sur la berge, tiré la pirogue que le gosse poussait. J'ai pensé que par là on pourrait trouver de l'or et qu'il ne fallait surtout pas que ça se sache. Il fallait sauver l'Éden. On a vidé les poissons, Hyacinthe les a jetés dans une brouette rudimentaire, qu'il s'est mis à pousser. Nous avons rejoint une piste en terre rouge et âpre, bordée par des acacias Sénégal, dont l'exsudat servait à produire la gomme arabique. Sur une butte herbeuse, des taureaux fins et musclés nous ont contemplés comme des princesses fières de leurs diadèmes, des cornes en forme de lyre. De nouveau, j'ai songé à Roch Dambert, c'était le seul avec qui je pouvais partager l'instant. J'étais fébrile, sentais l'aventure, son corps, son sang. L'impression d'avoir trouvé ma terre, c'était troublant. Là-bas, sur la gauche, une grappe de margousiers splendides tels des chênes centenaires a attiré mon attention.

— Quand on brûle leurs feuilles sèches, a expliqué Hyacinthe, les moustiques partent.

Et avec les graines, on pouvait faire un insecticide redoutable et un vermifuge. J'ai entrevu des murs derrière les feuillages et les troncs, ils semblaient être en grès rose.

— La maison du Hollandais, a déclaré Hyacinthe, elle est à vendre, si vous êtes riche… Il y a même des vitres.

La piste faisait un virage pour retrouver le village à même pas deux cents mètres, et là, à perte de vue, sur des hectares et des hectares, un moutonnement vert, une plantation. Il ne fallait pas déconner… Je me suis approché. Des haricots, des milliers de plants, certainement pour l'export, alimenter les marchés de Noël à Paris et ailleurs. Je me suis baissé, c'étaient des « Garonel », ils seraient bons à ramasser d'ici trois semaines. Une ombre a glissé sur les feuilles. Je me suis retourné pour voir la fille la plus belle de ma vie. Ma main droite s'est souvenue du trèfle à cinq feuilles lorsqu'elle l'avait cueilli jadis, c'était étrange, presque inquiétant, comme si un sortilège se démasquait.

— Rose-Phœbé, a dit Hyacinthe faisant les présentations, ma jumelle.

— Rose tout court, l'a-t-elle repris. Mais je ne suis pas rose, je suis noire, marron.

Elle a ri, un rire clair, communicatif. Elle a parlé en mooré à son frère qui a haussé les épaules. J'ai cru voir des bonsaïs, mais c'étaient des baobabs nanifiés par des chèvres qui vaquaient sans pâtre, sans clochettes.

— Je savais que vous viendriez, a-t-elle assuré.

— Ne fais pas ta sorcière, s'est moqué Hyacinthe. Tu ne savais rien du tout.

— Si. Je savais qu'un *nasaara*, un Blanc viendrait. Je l'ai rêvé quand j'étais toute petite.

J'étais venu là pour trouver Paul et j'avais trouvé... Il m'a semblé me voir de nuit accoster, et Rose qui m'attendait sur la rive rouge et d'encre... J'ai tressailli et suis revenu en plein jour, elle me scrutait avec une acuité étrange :

— Ah la tristesse des Blancs... Pourquoi tu es triste ?

— Pas "tu", l'a reprise Hyacinthe. Un peu de politesse quand même.

— Mais si, ai-je bredouillé, tu... Et c'est vrai que je suis triste... Mais plus maintenant.

J'étais incohérent, tant pis.

— Attention, a prévenu Hyacinthe, elle devine tout. Elle connaît le *wak* mieux que personne.

Je ne comprenais pas...

— Le *wak*, la magie... Souvent, la mauvaise.

— Moi je fais du *wak* rose, a dit Rose interrompant son frère. Du *wak* blanc comme la magie blanche.

Elle me troublait tant que je ne savais où regarder, elle en était consciente et cela me gênait de plus en plus.

— Je connais votre tourment, a-t-elle poursuivi, innocente comme une grenade dégoupillée. N'ayez pas peur... Je suis là.

— Menteuse ! s'est écrié Hyacinthe.

— Ah bon, ai-je marmonné, abasourdi.

— Il se guérira.

— Comment ça ?

— Vous le savez.

Pas du tout ! J'étais complètement chamboulé. Elle a éclaté de rire. Hyacinthe a vissé son index sur sa tempe pour me signifier qu'elle était folle, il a empoigné les brancards de la brouette et en avant.

— Et vous ? a-t-elle dit.

— Moi ?

J'étais complètement paumé, la faim, l'absence de sommeil, et puis…

— C'est quoi votre petit nom ?

— Jacques, a répondu Hyacinthe. Laisse-le tranquille, sinon il va te chicaner.

Il a dit quelques mots en mooré.

— Mauvaise langue ! a-t-elle protesté, et puis il ne fera pas ça.

Elle a ri en me dévisageant, elle avait tout d'une ogresse débonnaire et irrésistible qui s'apprêtait à mettre sa proie dans son sac.

— Tu ne me battrais pas, quand même ?

— Ne le tutoie pas ! s'est indigné Hyacinthe.

— Mais si, mais si. Tutoyez-moi, je ne suis pas si vieux que ça…

— Tu es vieux, a dit Rose, mais il y a plus vieux. Comment s'appelle ta femme ?

— Brigitte.

Elle a chantonné la chanson de Dario Moreno « Brigitte Bardot, Bardot, Bardot » en me jetant des regards et je me sentais transpercé.

— Elle est belle ?

— Oui.

— Plus belle que moi ?

Hyacinthe a voulu lui donner une taloche qu'elle a évitée.

— Alors ? Plus belle ?

— Non.

— C'est moi la plus belle ?

— Oui.

Elle a levé les bras en l'air, en signe de victoire. Trop belle. Hyacinthe m'a dévisagé et souri. Je m'en fichais d'être un âne, je me sentais libre et con à cent pour cent. Ça me faisait du bien, j'avais trop voulu être intelligent. On est passés à côté d'un champ de tomates en train de mûrir, de quelques anacardiers – j'adorais les noix de cajou – et on est entrés dans Zimtenga : une trentaine de cases, de baraques comme à jamais inachevées. On s'est dirigés vers la plus imposante, entourée sur deux côtés de murets d'inspiration mauresque en banko ouvragé. La maison était prolongée d'une grange dont le toit en paille de mil était porté par des poteaux tout tordus en bois sculpté. Assis, un homme écrivait avec application dans un cahier posé sur une table pliante en fer, il a levé la tête et s'est levé. Il était vêtu à l'européenne, mince, sans âge, donnait l'impression d'être sûr de lui, de son autorité. J'ai pensé qu'il devait être le chef du village.

— Mon père, a dit Hyacinthe, non sans respect.

Au même instant, je me suis rendu compte que je n'aurais pas dû être là, j'aurais déjà dû téléphoner, prévenir papa, Brigitte Soussan, être en route pour Ouagadougou… Je me suis souvenu du spermogramme, j'ai croisé le regard de Rose tout court… J'ai eu l'impression qu'elle m'entendait penser. Je n'étais plus au paradis, j'étais bien revenu sur terre, en enfer. Des devoirs, des contraintes, des mensonges et des peurs.

— Il faut que je sois au plus vite à Kongoussi, ai-je balbutié, puis à Ouagadougou… Pardon… Je suis impoli.

J'étais mortifié, honteux, en colère contre moi, je me sentais prisonnier du passé, de ma vie. Je n'avais même pas laissé le père de Hyacinthe parler, c'était de la goujaterie. Il m'a dévisagé longuement, puis a dit à Hyacinthe de sortir la Mobylette et de me ramener à Kongoussi. Je me suis de nouveau excusé, présenté, je lui ai tendu la main qu'il a prise, après un temps.

— Jean-Michel Ouédraogo. Je sais pourquoi vous êtes venu, c'est pénible… Bien plus même.

Il s'est signé. Rose me scrutait, grave. J'ai détourné le regard. Moby Dick me rattraperait toujours, me ramènerait sur les voies rouillées pour que je ne me rassasie jamais de son image infernale. Hyacinthe est apparu poussant la Mobylette. Des yeux, il a interrogé son père qui lui a donné son assentiment d'un mouvement de la tête.

— Dans une heure vous serez à Kongoussi, je ne vous retiens pas, je sais que vous êtes pressé et ne veux pas vous forcer la main.

— Encore pardon, ai-je bredouillé, et merci.

Hyacinthe a poussé la Mobylette dont le moteur a pétaradé, il l'a enfourchée, je me suis installé derrière lui sur la selle biplace. Il a démarré, je n'ai pas regardé en arrière. Quelques instants plus tard, elle a surgi en haut d'une butte, au bord de la piste, telle une divine figure de proue. Je n'ai pas sauté, pas couru vers elle. Elle a disparu ou c'était moi ? J'étais désemparé, déchiré, découpé en cent petits bouts à vif. J'aurais voulu rester, c'était idiot. Pourquoi ? Pour la pêche ? Je délirais, j'avais oublié ma peur de l'Afrique, des maladies innombrables qu'on pouvait y contracter ? M'installer ici et puis quoi encore ! Je regardais le lac jaune, la terre rouge, le ciel si bas. J'aurais dû sauter de la Mobylette et lui parler. De quoi ? De Graineco, des conséquences d'une éventuelle stérilité sur mon rôle de père ? Non, je n'aurais pas été obligé de parler comme en France. Tout le monde pouvait changer, même moi. J'aurais pu l'écouter pour me souvenir de sa voix, de ses lèvres, du froncement de son nez ou… On est arrivés à Kongoussi, j'avais mal aux fesses. J'étais amer, vindicatif. Hyacinthe s'est arrêté pour laisser passer un troupeau de moutons et de chèvres.

— Vous reviendrez avec vos cannes ? s'est-il enquis en se retournant vers moi.

Sa ressemblance avec Rose m'a décontenancé, il lui ressemblait trop à cette heure. J'ai bredouillé un oui. Ma réponse m'a surpris mais il était vrai que sa question affirmative était bizarre. Je ne reviendrais pas, ça me rendait méchant, j'étais ligoté au passé.

— Je vous arrête où ?

Je me suis souvenu de ma valise, lui ai indiqué la gendarmerie. Il a redémarré.

— Comment sais-tu que je reviendrai ?

Il n'a pas répondu, peut-être qu'il n'avait pas entendu ? Il a stoppé devant la gendarmerie, j'étais gêné. Je ne savais pas comment le dédommager, il me scrutait.

— On sait ce qu'on veut, a-t-il fini par répondre.

Ça m'a paru d'une profondeur… C'était une réponse concise qui me renvoyait dans mes incertitudes, rouvrait les lèvres de mes gentilles blessures de nanti. Par impuissance, j'ai voulu le dédommager avec le fric des camps, mais il a bien sûr refusé, je m'en suis voulu et l'ai remercié parce qu'il allait partir et je ne voulais pas, je voulais… Pourquoi voulais-je le retenir ? Pris dans mon cercle vicieux, je n'ai pas vu arriver le sourire sur son visage. Il se moquait de moi ?

— Tu te souviens de ton premier poisson cette nuit ?

Toute ma vie ! Je ne m'attendais pas à cette question, ni au tutoiement qui impliquait un rapprochement. En fait, il était en train de me pêcher ! Carrément.

— Tu peux l'oublier ?

— Non.

Il a souri, il m'avait ferré, c'était un professionnel. Si je ne pouvais pas oublier les écailles en pierre de lune de mon premier capitaine, comment pouvais-je l'oublier elle ?

— J'attendrai là où j'étais hier, a-t-il dit, grave… Là où on a prié ensemble.

Il a démarré et je n'ai pas eu à l'esprit de le saluer, j'étais en perdition. Il m'attendait… Mais non, pauvre con ! Mais non, je ne reviendrais pas. Je suis allé récupérer ma valise, l'homme menotté au banc dormait tranquillement. J'ai signé d'autres documents, l'adjudant m'a répété que nous récupérerions les effets de Paul. Ils seraient envoyés à l'adresse… Je n'ai pas eu la force de lui dire que papa allait mourir, qu'il valait mieux les expédier à Pierre-Henri, moi j'étais hors jeu définitivement. Lorsque j'ai quitté la gendarmerie, un homme m'attendait dans une 403 diesel chargée d'un bric-à-brac invraisemblable, il s'est proposé de me conduire à Ouagadougou pour vingt mille francs CFA, je ne me suis pas demandé comment il avait su que tel était mon souhait, n'ai pas discuté le prix. La voiture puait le gasoil, la sueur, les épices… La fiente. Du coffre entrouvert, j'entendais le caquètement horripilant de poules entassées dans des cages. Je me suis évanoui sans qu'il s'en aperçoive, la soif, la faim, et le reste. Dès que j'ai pu, j'ai acheté deux canettes de Coca, les ai bues, mangé du poulet frit que je n'ai pas tardé à rendre.

On est arrivés vers les dix-sept heures, j'ai retenu une place pour le lendemain, un vol Air France, Ouagadougou-Orly.

Le chauffeur m'a conduit jusqu'à un hôtel en plein centre de la ville, il a tenu à m'accompagner à la réception, certainement pour percevoir une rétribution quelconque. J'ai obtenu une chambre climatisée, être seul me semblait vital. J'ai pris une douche avant de téléphoner, impossible de joindre papa à l'hôpital, il était en traitement. On a accepté de lui transmettre un message. J'ai pu prévenir Pierre-Henri. Brigitte Soussan n'était joignable qu'à son travail, qu'elle avait quitté ; ça m'arrangeait. J'ai contemplé l'avenue, en essayant de faire le vide, le fameux vide Bauchot. On a frappé à la porte, c'était mon triple whisky *on the rocks*. En cherchant de la monnaie pour le garçon d'étage, j'ai trouvé « la chose ». Ça m'a violemment troublé, je l'ai serrée dans ma main gauche, ai tendu un billet au garçon d'étage, refermé la porte, ouvert ma main... C'était une minuscule statuette de trois centimètres de haut, une femme. Une mèche de cheveux y était accrochée. J'ai posé le plateau, me suis assis sur le lit avec le verre de whisky et l'amulette... Rose, c'était elle ? Comment avait-elle fait ? Ou c'était Hyacinthe qui m'avait glissé ça dans la poche ? J'étais fasciné, tout se mélangeait dans mon esprit, le trèfle, Rose, le lac Bam, la terre mystérieuse découverte de l'autre côté. J'étais épuisé, même pas envie de boire. Je me suis allongé, j'ai éteint la lumière. La ville s'amusait et dansait, pleurait et crevait de faim, je l'entendais, comme mon cœur et son rire clair.

Je me suis éveillé encore plus crevé, mal à la tête, ma main a cherché l'amulette, ne l'a pas trouvée. J'ai déclenché la lumière, pas d'amulette. J'avais rêvé ? Mais pourtant, j'étais persuadé de l'avoir tenue, contemplée. J'ai allumé une cigarette, ma première depuis la veille. J'étais triste, j'aurais pu m'arrêter de fumer, je le savais. Je fumais pour me venger de moi-même, un acte suicidaire. Ridicule. J'ai regardé sous le lit, pas d'amulette ; dans les draps, non plus. Une illusion de plus. J'ai bu le whisky qui avait un goût d'eau. J'ai pensé au suicide, c'était peut-être la seule solution pour m'en sortir, échapper à la Gestapo qui ne lâchait pas l'affaire, nous aurait tous, Antoine, Paul, papa, tous, les uns après les autres. J'ai déambulé dans la chambre, je n'arrivais pas à me raccrocher à une pensée qui me donne envie de vivre, Isaac était caché dans les limbes, il ne me souriait pas. J'ai chantonné *Black Trombone*, pauvre maman… Le verre s'est cassé dans ma main, je me suis assis dans le fauteuil, le sang coulait, je me suis laissé faire.

« Je ne suis pas mort », si j'avais écrit, ç'aurait pu être un titre pour une autobiographie. Un médecin m'a recousu, j'ai pris l'avion le lendemain comme convenu. Papa m'attendait à Orly, sur une chaise roulante poussée par un brancardier. Je me suis baissé pour le serrer dans mes bras, il redevenait tout petit avant de mourir. Il a demandé au brancardier de nous attendre à l'ambulance. Je lui ai raconté ce qu'il avait à savoir, il m'a serré la main longtemps, m'a dit que s'il s'était occupé de Paul… Il pleurait. Je résistais, tentais de refouler mon émotion. Il m'a souri et a dit que lorsqu'il m'avait vu bébé, il avait pensé que j'étais un vieux sage revenu sur terre.

— Tu t'es trompé, ai-je répondu.

— Tu as le temps…

Il a allumé une cigarette, moi aussi. Je l'ai poussé, on ne s'est plus parlé. Tout était dit. Il m'a guidé jusqu'à l'ambulance, de nouveau, je me suis baissé pour l'embrasser, les mots sont sortis de moi :

— Tu as une dernière volonté, un souhait ?

— Que tu m'aimes… Que tu fasses ce que tu veux.

C'était mal parti. J'ai pris un taxi pour Versailles, le Stalag avait été vendu, pas la maison de famille, papa ne s'y résolvait pas. La demeure était poussiéreuse et glaciale, je l'ai laissée et suis allé errer dans la ville de mon enfance, un irish coffee au Welcome, les Illustres n'étaient pas là, devaient regarder la télé en famille. Plus tard, j'ai fait quelques tours d'auto-tamponneuses, le plancher de fer sur lequel les voitures évoluaient m'a fait de la peine comme si je me regardais dans une glace et ne voyais que des ombres. Ma main droite me lançait à cause des points de suture, mais ils étaient réels au moins, j'aurais préféré être mort, voilà la vérité. Il me semblait être parvenu au bout du bout. Deux filles me rentraient dedans en riant, leurs yeux pleins de néons.

J'ai acheté des frites et des saucisses, les ai mangées en marchant, comme un fantôme. Je suis arrivé devant la demeure de Roch Dambert, il me ramenait à lui toujours. J'ai allumé une cigarette, c'était un cimetière où je me donnais le droit de fumer. Une fenêtre s'est éclairée quelques instants, j'ai espéré le voir, l'entendre, mais la fenêtre s'est éteinte comme une bougie, tout était froid de nouveau. Une chimère de plus ? Je n'avais pas le courage de sonner au portail, je connaissais Roch Dambert, il n'aimait pas les solliciteurs, les faibles et les pleurs.

Je suis revenu à la maison. Trouvé à la cave une bouteille, du pommard premier cru « Les Grands Epenots », 1966. J'aurais préféré cinquante centimètres de Black Russian alignés devant moi dans leur tenue de café gelé. À la guerre comme à la guerre, j'ai bu le pommard dans la cuisine, assommé par le silence où résonnaient tous les échos de nos vies. Plus tard, je suis monté à l'étage, par provocation, pour voir si je pouvais résister aux souvenirs. Je suis entré dans la chambre de Paul. Je me suis assis sur son lit et le chagrin m'a bousculé. Ah mon frère, si tu savais comme je regrettais tes yeux, ta voix, je ne pourrais pas t'embrasser une dernière fois, il faudrait que je vive avec ce manque, avec le doute. Et si là, tu vivais et avais besoin de moi ? Comment faire ?

J'ai humé ses vêtements, son oreiller car le lit était fait à vie. Des vers d'un poème[1] de Jacques Rigaut se sont rappelés à moi :

> Il y a ceux qui font de l'esprit.
> Il y a ceux qui font l'amour,
> ceux qui font pitié.
> Depuis le temps que je cherche à faire
> quelque chose !
> Il n'y a rien à faire : il n'y a rien à faire.

Pour faire quelque chose, j'ai fermé la lumière, Jacques Rigaut, lui, s'était suicidé. J'ai essayé de dormir dans ma chambre, je me suis éveillé en sursaut. C'était le petit qui était venu me parler, j'en étais certain, je tremblais. Je me suis levé, j'ai osé pénétrer dans sa chambre, le spectacle de ce vide m'a démoli. J'ai descendu l'escalier, la porte de la chambre de maman était fermée, zone interdite. J'ai déambulé au rez-de-chaussée en fumant pour ne pas être trop seul, je n'aurais pas dû aller à Kongoussi, pas dû traverser le lac Bam, il y a des rives qu'il ne fallait pas atteindre. Je savais que j'étais stérile, c'était le prix du voyage, que mon frère était mort, que l'Éden existait et que son huis était clos pour moi, c'était aussi le prix du voyage. J'ai pris des somnifères de l'an… J'ai dormi jusqu'à

1. *Demande d'emploi.*

midi. J'ai quitté la maison, hagard comme un clochard surpris par le dégrisement et se rendant compte enfin de la réalité de sa misère. Une heure plus tard, gare de Lyon, je suis monté dans le Mistral pour Marseille. J'aimais ce train, d'habitude son luxe et son confort un peu surannés me faisaient rêver, mais là, je restais avec mon histoire triste, j'attendais le pire sans pouvoir sauter en marche, m'échapper : j'étais prisonnier et j'avais envie de crier, de me taper le front. Je suis allé boire et manger n'importe quoi au wagon-restaurant. Je me suis vu, je ne sais pas où, peut-être dans le regard de la vie elle-même ?

J'ai pris un taxi à la gare Saint-Charles, Marseille paraissait frissonner dans le vent, un homme masqué a écrasé sa face de carême contre une vitre. J'ai sursauté. Le chauffeur a dit que si les tarés étaient à l'asile, Marseille serait vide. Il pleuvait un peu, une poubelle était renversée sur la chaussée, un garçonnet qui riait courait devant ses parents en gesticulant. Plus tard, je me suis fait arrêter au croisement, j'ai payé le chauffeur qui a fait demi-tour, son taxi ne réveillerait pas Brigitte Soussan. J'ai empoigné la poignée de ma petite valise et j'ai marché vers le mas Barriol invisible, c'était une façon de *profiter* de quelques minutes de plus de cette solitude dans laquelle je m'étais réfugié ou plutôt dans laquelle j'avais sombré. Il y avait tant d'étoiles qu'elles semblaient joncher le chemin, je me suis arrêté pour fumer, faire le point, mais j'avais perdu le nord. J'étais extrêmement angoissé, comment ferais-je pour affronter la situation ? Je regrettais d'exister. Le mas Barriol est apparu, comme un décor, il manquait des santons, une jolie histoire à raconter aux enfants au bord de la nuit.

J'ai ouvert la portière de la 404, trouvé ma kippa dans la boîte à gants, m'en suis coiffé, espérant des réminiscences de joie et de confiance. Elles sont venues timidement, je me suis demandé si ce n'était pas moi, qui, par mimétisme, voulais le désastre, reproduire l'histoire familiale ? J'ai tressailli, il m'a semblé voir l'amulette sur la banquette. Je m'en suis emparé... Ce n'était qu'un fragment d'écorce. Je me suis souvenu de Rose, j'ai entendu son rire qui a résonné sur le lac Bam.

J'ai ôté ma kippa et suis entré dans la maison. Brigitte Soussan était couchée en chien de fusil, je l'ai rejointe sans bruit. D'ordinaire, je l'aurais enlacée, là, j'étais bloqué, peu à peu j'ai su qu'elle ne dormait pas. Tout près l'un de l'autre et si loin, c'était pénible. Impossible de parler, je n'en trouvais pas la force, mes mots étaient collés par ma rancœur, c'était horrible de se sentir aussi amer que je l'étais. Je savais bien que je n'avais rien à reprocher à ma chérie, ça ne changeait rien, je lui en voulais. Et elle ? Pourquoi ne parlait-elle pas ? J'avais la réponse, nous ressentions la même chose, l'ennemi c'était elle, c'était moi. Je me suis mis à compter lentement pour ne pas exploser. J'avais dépassé soixante lorsqu'elle a dit sans se retourner et à voix basse :

— "Jacques Bauchot a été soigné pour un syndrome néphrétique, avec lésions de glomérulonéphrite membrano-proliférative. Cette affection était considérée irréversible à l'époque. J'ai essayé sur Jacques un traitement immuno-dépresseur, il a guéri complètement à la suite de ce traitement. Mais à cette date, nous ne connaissions pas encore une des complications de ce traitement, surtout lorsqu'il est effectué à l'adolescence : une destruction de la fonction gonadale, avec perte des spermatozoïdes ; mais la fonction sexuelle reste normale. Jacques Bauchot est donc atteint d'une stérilité par azoospermie. Professeur Gilbert Lagrue."

Je l'ai prise dans mes bras, elle s'est retournée, ses seins contre mon torse. J'aurais pu lui reprocher d'avoir contacté Lagrue mais non, c'était elle, c'était comme ça qu'elle vivait, était. Je serrais les dents pour ne pas pleurer, stérilisé à la deuxième génération par les camps, je ne pouvais pas donner la vie.

— Il y a une probabilité que tu puisses faire un enfant, elle existe, mais…

Une chance sur un million ou… J'ai essayé de me conduire comme un homme, je l'ai caressée, repoussant les vilaines idées, la complaisance à ma détresse. Je l'ai pénétrée mais peu à peu j'ai débandé, et je me suis retrouvé devant la vérité : je n'étais pas un homme.

LA FOSSE

On devait partir dans l'après-midi rejoindre le mas Barriol, c'était le 2 janvier 1977, l'année où mon fils devait naître. Je n'avais pas envie de sortir de la chambre, mais j'en avais marre de ne pas bouger pour ne pas réveiller Brigitte Soussan – envie d'un café et puis pisser, c'était naturel, même pour un homme comme moi. Seulement Nonette, le monstre-mère, m'attendait forcément, avec ses extra-gros bonnets et sa teinture blonde de blonde. Finalement, je me suis décidé et elle m'est tombée dessus dans le couloir qui menait aux toilettes, elle a jailli de son antre, la cuisine, m'a barré le passage telle une grosse poupée imaginée par un détraqué. Elle puait un mélange de N° 5, de poudre avec laquelle elle se tartinait la face, de relents d'épices et de folie juive tune.

— Il faut vous en aller, vous comprenez ? Ça ne peut pas durer.

J'ai acquiescé, cela ne l'a pas freinée, elle a poursuivi :

— Brigitte ne vous demandera pas une grosse rente, mais il faut que vous la laissiez vivre avec un Juif normal, qui sait faire des enfants, vous... Vous me comprenez ? Elle ne peut pas être femme avec vous, c'est la honte pour elle et pour la famille, les Soussan, ça compte... Ou alors ?

— Ou alors ?

J'avais l'impression de jouer dans une comédie à l'italienne, de donner la réplique à un Alberto Sordi bouffi et travesti. Elle a fait un pas vers moi, j'ai eu peur qu'elle me touche avec son corps, peur de lui mettre un pain dans son nez de canard.

— Ou alors, a-t-elle répété plus bas, vous trouvez du… Vous voyez ?

— … Non.

— Du sperme.

Il m'a semblé que j'avais mal entendu, ce n'était pas possible…

— Votre frère, c'est l'aîné, il est jeune encore, il doit en avoir ? Ou votre père, mais il va mourir, il doit être… Comme vous. Ou même un ami… Vous voyez ?

J'ai hoché la tête… Je voyais, oui, je voyais.

— Comme ça, l'honneur est sauf et Brigitte ne vous trompe pas, c'est important pour le… Je me suis renseignée, vous mettez le sperme dans une canule, au bout d'une seringue, vous l'injectez et le tour est joué, ni vu ni connu, même à la cuiller. On aura un petit à montrer à la synagogue, enfin ! Les commères en seront pour leurs frais.

— Vous voulez que je masturbe mon frère pour mettre enceinte votre fille ? ai-je bredouillé, me retenant de lui coller une tarte. C'est ce que vous voulez ? À la main ou…

— Ne faites pas le malin, vous devriez avoir honte d'être incapable. Honte d'avoir voulu être juif, vous n'êtes rien qu'un pauvre goy sans rien dans la culotte.

Elle s'est tue, je me suis retourné pour voir ma chérie d'antan, si belle. On s'est fait un baiser qui m'a donné horreur de vivre, un baiser de couple désabusé. Nonette l'a appelée à elle, pour manger le boulou et le reste, j'ai souri et déclaré que j'allais acheter des cigarettes, tout ça pouvait être drôle à condition d'aimer l'humour juif tune et le goût de la ciguë. J'ai ôté ma kippa, manqué m'en défaire, la poser sur le banc, partir. Je l'ai glissée dans ma poche. Le sacrilège était trop fort, me débarrasser d'elle, c'était carrément me séparer d'années de bonheur, de reconstruction, d'amour. J'essayais de chasser de ma pensée les horreurs proférées par Nonette, ça me donnait envie de dégueuler. Et même de me la couper. Je regardais mes mains et les imaginais, non pas ensanglantées par un quelconque crime, mais gluantes.

C'est là que je me suis souvenu du jour où Francis Couillard, l'inventeur de la machine à fesser, m'avait diagnostiqué une blennorragie, une heure auparavant j'avais cassé la queue du Manneken-Pis : tout se tenait dans l'histoire de Jacques Bauchot. Je suis entré dans un bar PMU. J'ai commandé un Pernod-rhum, le serveur m'a regardé, puis a obtempéré. Il s'en fichait, il en servait tant et tant des clients qui buvaient. Je suis resté là un moment, j'ai descendu deux verres en fumant. Je me sentais bien en compagnie de tous ces hommes qui essayaient d'oublier comme moi leur vie. Mais il me fallait l'affronter, j'étais coincé dans une nouvelle histoire de famille, sans L'Heure Bleue, sans incontinence mais avec la stérilité et le couscous à la place… Les ciseaux de Nonette qui m'avait répudié, renvoyé de la synagogue.

— C'est pas rien, m'a dit un voisin de comptoir d'un air entendu.

J'ai hoché la tête, je partageais son avis. J'ai commandé un saucisson-beurre, un ballon de rouge. Cela faisait quatre ans que je n'avais pas mangé de porc. J'ai fini mon sandwich en revenant chez les Soussan, je n'étais plus juif mais ils ne le sauraient pas, j'aimais Brigitte Soussan mais le savait-elle encore ? C'était incroyable comme on parvenait à l'irrémédiable assez facilement, sans effort. Ils mangeaient, Brigitte Soussan a évité mon regard, Nonette m'a accueilli avec force simagrées, ça faisait semblant à fond, le beau-frère a raconté ses blagues, tout le monde a rigolé, moi aussi… Au point où j'en étais. J'ai chargé la 404 de Graineco et vers les trois heures, Brigitte Soussan et moi au volant, nous avons quitté Nonette qui faisait des signes et envoyait des baisers sur le trottoir, il aurait fallu que la voirie passe et la balaye, l'avale à l'aspirateur… Et puis après aux ordures ou en faire du compost casher. Conduire me permettait d'accepter la situation épouvantable, tout ce qui n'était pas dit. On était sur l'autoroute, vers Avallon lorsque Brigitte Soussan a dit que je faisais chier.

— Tu te conduis comme un imbécile.

— Dis-moi qui je dois branler, ta mère hésitait…

Elle a glissé sa main dans ma braguette.

— Tu m'écoutes ? Dis, tu m'écoutes ?

C'était plus fort que moi, j'ai souri.

— Ma mère, je n'y peux rien. Laisse-la où elle est.

— Mais tu lui en as parlé. Je ne suis pas d'accord.

— Allez, laisse ton orgueil à deux balles… C'est lourd pour moi aussi. Ce qui t'affecte, m'affecte. Il n'y a pas que toi sur terre, Jacques Bauchot. C'est bon ?

— … Oui.

— Bien… Tu vas te débrouiller, on va avoir un fils, une fille. On l'a dit, on le fait. Tu es le chef de famille ou pas ?

— Je le suis.

— Tu vois que tu bandes, petit souillon… Tu bandes donc tu souris, tu écoutes ta femme, c'est ça ? Il ne faut pas faire la gueule à ta femme, si belle. Bon, écoute : ton père est sorti des camps, tu peux sortir de ton problème, tu peux vouloir avoir un fils. C'est juste ta volonté qui est en question. Mais peut-être que ta nature de fils de famille t'en prive ?

Je l'aimais, je l'aimais, elle était brutale, mais juste. Oui, ma nature de fils à papa ne m'avait pas armé pour affronter les difficultés, me battre. Oui, j'avais réussi à survivre mais c'était Brigitte Soussan qui m'avait trouvé, pêché. Avant de la connaître, je végétais gentiment au Stalag, et après qu'avais-je fait à part finir mon DEA, faire l'amour et vendre des haricots ? Ma stérilité était la partie désormais visible du problème. Elle a retiré sa main : l'introspection ne faisait pas bon ménage avec la bandaison, aurait pu dire Brassens. Elle a posé sa tête sur mon épaule, un grand bonheur est venu à mes lèvres, à mon cœur, il fallait que j'oublie mon orgueil pour protéger ma famille, défendre le petit Isaac. Mon amour était ma seule richesse. Je trouverais un moyen, une façon pour que dans le ventre de ma chérie, il germe. Puis, je signerais l'œuvre d'un autre, comme un faussaire.

Le 13 janvier, à la sortie de Forcalquier, j'ai perdu le contrôle de la 404 que j'ai encastrée sous la remorque d'un camion militaire à l'arrêt de l'autre côté de la chaussée ; dans un éclat de lumière, j'ai vu le visage de maman se confondre avec le néant. Elle m'avait eu. Je me suis réveillé quinze jours plus tard, l'infirmière était noire et je l'ai appelée Rose, elle s'appelait Brigitte ! Comme une sorte de dédale, et j'étais égaré dedans, pantelant. Envie de vomir, un désespoir immense. Ce qu'il y avait d'étrange, c'était que je ne mettais pas en doute que j'étais bien moi, Jacques Bauchot. Je n'étais pas sûr que ça soit un accident, pas tout à fait. Les anxiolytiques et les joints, que je fumais en cachette depuis mon retour de l'antre de Nonette, avaient joué leur rôle, la chaussée glissante et mon envie de mourir, le leur. Je souffrais beaucoup, j'ai gémi. Dans cette plainte, il y avait tous mes malheurs, c'était la première fois que je m'abandonnais devant quelqu'un. Maman ne m'avait pas eu mais je devais affronter encore, tout le temps. Je devais faire face et vivre : j'en avais MARRE.

— Pitié…

C'est moi qui avais parlé, demandé grâce. Je souffrais terriblement, c'était insupportable. L'infirmière m'a promis qu'elle allait arranger ça, quelques minutes et je ne sentirais plus rien. Le rêve, enfin, plus rien. J'ai eu le droit à la morphine, ce n'était pas suffisant pour calmer ma culpabilité, mon désespoir. Je m'exprimais avec difficulté, tremblais. J'avais soif. J'aurais voulu boire, arracher le goutte-à-goutte, boire au goulot des litres d'eau. Mon corps me faisait souffrir mais mon âme bien plus, j'avais un problème de temps, de chronologie, je ne savais pas bien si on était hier, demain, hier, aujourd'hui… Maintenant. Brigitte Soussan est apparue et a disparu, j'étais trop fatigué, bien trop. J'ai dormi et me suis éveillé en retenant un cri, le sentiment de me soustraire à la mort qui me retenait en me serrant le torse dans ses pattes invisibles. Envie de… Obligé de demander le bassin, simple et insoutenable ; la toilette pour parachever mon humiliation. Je me sentais impuissant de toutes parts, j'étais réduit à avoir besoin des autres pour tout, bientôt pour une éjaculation, j'étais quoi, au fait ? Qui ? La morphine m'aidait à être moins moi, c'était pas mal. J'avais soif mais je ne voulais pas boire, pour ne pas uriner dans le haricot ; cependant avec le goutte-à-goutte, je buvais de force, on me gavait. J'étais enfin devenu une oie. Sortir un jour de l'hôpital m'angoissait, je ne parviendrais plus à donner le change. Des blouses blanches et bleues avec des têtes et des membres se sont agglutinées autour de moi. J'aurais voulu avoir l'ancien pulvérisateur Fly-tox avec sa pompe à la poignée en bois et me débarrasser de ces mouches en les aspergeant. L'une d'elles, assez prétentieuse, m'a déclaré que j'avais eu un traumatisme crânien, une jambe cassée, un avant-bras, une clavicule, trois côtes, une fracture bénigne de la hanche. Il ne m'annonçait pas un cancer de la verge, j'avais de la chance. Je me suis rendormi ou j'ai fait semblant, peu importait, j'étais dans le coaltar et ça pouvait être pratique, je pouvais me retrancher, tirer le rideau, vivre dans mon petit cloaque personnel.

C'était le soir, je ne savais plus combien de jours avaient passé, on m'avait séparé du goutte-à-goutte, de la morphine. Je souffrais toujours mais pas au point de passer par la fenêtre. J'avais fait quelques pas avec des béquilles et une aide-soignante. Je pensais sans cesse à papa. Il fallait que je sois mobile le plus vite possible, je ne pouvais pas rater sa mort, c'était impensable. Je ne pouvais pas rater toutes les morts, être aux abonnés absents et rester en arrière, à faire des cauchemars, à visiter toutes les morgues de la planète pour reconnaître des corps sans maîtres, comme de pauvres chiens perdus.

Brigitte Soussan est entrée une nouvelle fois, vêtue d'une robe rouge. Elle était belle comme un vestige, ça m'a fichu un coup sur la tête.

— Ça va mieux, Manoah ?

Je lui ai souri en guise de réponse, je lui mentais pour ne pas lui infliger mes douleurs, ma dépression de nanti. Elle s'est assise à côté de moi, ne m'a pas dit la lettre que Gauguin avait adressée à André Fontainas et où il avait écrit «… Si j'arrive, sinon à guérir, à ne plus autant souffrir…/… Je me remettrai à l'œuvre pour tâcher de terminer sainement l'œuvre que j'ai commencée.» Moi, j'étais voué à être faussaire, peut-être parce que j'étais fils de banquier ? Je ne pouvais que profiter des taux de change, de l'argent des autres ? Elle a saisi ma main, l'a tenue, ainsi son sang se mêlait au mien et une fois de plus, elle m'a ému, m'a fait comprendre que je vivais grâce à elle. Mais la peur était là, rôdait, Paul était où ? Si papa mourait, là ? Non, c'était interdit. Je saurais voir, entendre son appel, j'irais à plat ventre s'il le fallait. Derrière les vitres, le crépuscule s'embrasait dans une splendeur qui m'écrasait, combien de petits enfants attendaient le jour ? Et combien de moi-même ? J'ai croisé le regard de ma femme, comment ne pas penser à notre rencontre ? À la volubile séduction de celle qui m'avait saisi avec le grappin de ses beaux bonnets, ses bolas au bout si dur.

— Je t'aime, a-t-elle chuchoté, mais je ne suis que moi.

Oui, Brigitte Soussan, tu n'étais que toi et une nouvelle fois, tu m'entraînais dans ton gouffre, c'était si beau d'être toi. Elle m'a caressé le front et m'a quitté en me disant d'avoir confiance… Je m'en voulais de ne pas lui avoir demandé comment elle allait, de ne pas m'être intéressé à elle. Je ne me préoccupais que de moi, et encore. Je végétais dans ma déprime, c'était inacceptable. Dans la nuit, j'ai eu envie de déféquer, je ne voulais pas sonner, appeler. J'ai réussi à m'asseoir sur le lit, à pivoter, poser mes pieds sur le sol et j'ai pu m'emparer des béquilles, me lever. J'étais redevenu une sorte de bipède. J'ai trouvé ma kippa, mon paquet de cigarettes dans mon blouson. Je suis allé fumer dans le couloir, le jardin était muet, comme mes mains, mes ongles. Elle m'avait appelé Manoah, à cet instant mon nom m'évoquait Gauguin et j'ai eu l'impression d'être peint par le Sauvage, d'être figé à vie sur une toile, de ne plus pouvoir sortir du cadre. La cendre tombait dans ma main, je vivais sans m'en rendre compte. J'ai baissé les yeux sur ma kippa, elle sentait un tout petit peu les caresses, les petons de Brigitte Soussan, un tout petit, tout petit peu son amour.

Je suis revenu dans ma chambre, allais refermer la porte lorsque j'ai entendu crier, une plainte déchirante, quelqu'un mourait. Une infirmière a surgi, s'est précipitée, engouffrée dans la chambre où l'homme s'en allait. Je ne pouvais plus bouger, étais fasciné, partageais la mort avec lui. Il s'est tu. Quelques minutes se sont écoulées, l'infirmière est ressortie. Elle est allée s'appuyer contre un mur pour pleurer, son corps secoué de soubresauts. Je ne savais plus que faire, elle a dû sentir ma présence, s'est retournée et m'a observé, puis est partie dans les ombres.

J'ai regagné mon lit. À peine installé, j'ai songé que ma chérie avait pu me tromper, son : « Je t'aime, mais je ne suis que moi » résonnait avec une ambiguïté que je n'avais pas ressentie sur le coup. N'était-ce pas en somme des excuses ? Le pêcheur inconnu me remontait, j'avais beau me débattre, j'avais mordu à l'hameçon. La jalousie m'a brûlé le ventre. Elle l'avait fait pour nous, pour Isaac ? « Se taper la tête contre les murs », ce genre de phrase toute faite avait dû naître dans les soupçons d'un jaloux, la méfiance devenait sa substance ; il vivait de ça. J'avais honte du cours de mes pensées, un courant de boue dont j'étais la source. J'ai essayé de fermer le robinet pour ne pas perdre le peu d'estime que je m'accordais encore. J'ai tourné la tête, derrière les vitres, un cortège de nuages a surgi dans le ciel, il allait au pas derrière un long corbillard aux reflets violets, j'ai frissonné. Ça n'allait pas du tout, ce n'était pas une colombe d'accord mais… Il était peut-être à la fin ? Peut-être qu'il avait peur ? Qu'il était seul ? Sa maîtresse ne pouvait lui suffire, même si elle était là à ses côtés. Il fallait que quelqu'un de sa vie passée soit présent, témoin, sinon ça serait un lâche abandon. Une honte pour des générations et des générations. Il nous avait donné la vie, et bien plus. Je ne me trompais pas, ne me montais pas la tête, il m'attendait.

Je me suis relevé comme j'ai pu, me suis habillé ; ça a été très pénible. Je suis sorti, j'ai marché un peu. Le couloir m'a paru sans fin, j'étais épuisé. Un peu plus tard, je me suis vu dans la glace de l'ascenseur, j'avais l'air d'un yaourt périmé. Les portes se sont ouvertes et je suis tombé nez à nez avec Brigitte… Brigitte, l'infirmière… Elle m'a toisé, stupéfaite.

— Vous ne m'avez pas vu, l'ai-je implorée, s'il vous plaît.

J'ai claudiqué pour sortir de la cabine, le hall était désert.

— Vous allez où comme ça ?

— Voir mon père.

— Mais comment…

Je ne m'en étais pas préoccupé.

— … De toute façon, vous ne pouvez pas. Je ne peux pas vous laisser partir, je suis infirmière.

Elle ne savait comment me faire changer d'avis, devait penser que c'était forcément un cas de force majeure.

— Il le faut. Croyez-moi, je suis obligé. C'est maintenant ou jamais.

Elle m'a dévisagé, prête à céder.

— Mais si vous souffrez ? Si vous avez besoin…

— Je trouverai tout à Paris. Il suffit d'un taxi pour y aller, je pourrai même dormir.

— En taxi ? Avignon-Paris ?

— À cette heure, il n'y a que cette solution.

Elle a hoché la tête et assuré qu'elle m'en appelait un, qu'elle préviendrait le chauffeur que c'était une longue course et de venir me chercher ; je l'ai remerciée.

— Je suis une dinde… Je me fais toujours avoir.

Elle a pénétré dans la cabine de l'ascenseur en me prévenant qu'elle ne m'avait pas vu, qu'au cas où, elle le jurerait. Elle ne voulait pas d'ennuis à cause de moi, je lui ai juré que je ne lui en causerais pas. J'ai attendu en m'adossant à un pilier qui me masquait en partie. Un homme est apparu plus vite que je ne me l'étais imaginé. Je me suis montré. Il m'a rejoint, ne m'a même pas demandé si c'était moi car ça ne pouvait être que moi.

— Deux mille francs, a-t-il dit en guise de formule de politesse.

Une sacrée somme, mais en Suisse les Bauchot avaient plus du poids de Nonette en lingots d'or, sans parler du reste. Dans mon portefeuille, j'avais encore l'argent que papa m'avait donné pour aller à Kongoussi, je n'y avais pas touché. Je lui ai donné ce qu'il voulait en billets de cent francs.

— Vous êtes confiant, a-t-il remarqué. Et où à Paris ?

— L'hôpital Cochin.

— Quelqu'un de votre famille ?

— Mon père.

Il m'a soutenu jusqu'à sa voiture, une 504, m'a aidé à m'installer sur la banquette arrière. Ce n'était pas aisé, douloureux, mais ça me regardait. Il a démarré, je lui ai demandé si ça ne le dérangeait pas que je fume, il m'a répondu qu'il déglinguait deux paquets de Gitanes par jour, alors… Je me suis laissé aller, j'ai pensé que cette impulsion qui me guidait vers papa était absurde, mais j'étais obligé d'y céder.

— C'est bizarre la vie, a-t-il affirmé. Elle fait ce qu'elle veut, on n'y peut rien.

J'étais plutôt de son avis, malgré Schopenhauer.

— Je suis tombé amoureux, a-t-il continué, sans m'en rendre compte… Une fille rencontrée à une soirée chez des amis.

Il me scrutait dans le rétroviseur intérieur.

— Ça s'est installé doucement, piano, je croyais que j'aimais toujours ma femme, enfin aimer… Vous, vous êtes jeune, mais moi moins, j'ai passé les trente-cinq. Alors l'amour ça devient une sorte d'habitude, comme de prendre tous les jours le même train à la même heure pour aller bosser. Tout part avec le temps, on se laisse aller quoi.

Au début j'avais trouvé amusant de l'écouter raconter ses tourments amoureux, une façon d'oublier que j'avais mal à peu près partout, mais maintenant, je me sentais concerné, j'avais envie de savoir. Je finirais au courrier du cœur des Anciens de l'hôpital Broussais. Comme un vrai conteur, il s'est tu assez longuement, me laissant dans l'expectative. En me contorsionnant pour trouver une position plus acceptable, j'ai senti quelque chose de dur dans la poche de mon blouson, j'ai espéré que ça soit l'amulette. C'étaient mes clefs. Ça m'a frustré, j'étais idiot de m'accrocher à ce genre de bêtise, l'amulette n'avait jamais existé. J'ai tourné la tête et j'ai *vu* Rose-Phœbé, assise sur la banquette, ça m'a violemment troublé, je devenais psychotique, rejoignais maman. Je me suis souvenu de ce que Rose m'avait dit : « Je connais votre tourment, n'ayez pas peur… Je suis là. Il se guérira. »

— Je me suis mis à penser à elle, a repris le chauffeur, chassant Rose-Phœbé et me donnant envie de le pincer. Au début, ça m'a surpris et peu à peu ça m'a angoissé. Je ne faisais plus que ça. J'ai été me confesser pour parler à quelqu'un, et en parlant au prêtre, j'ai su que j'allais essayer de la revoir, sinon je deviendrais fou… Vous imaginez la suite…

— Non. Dites ?

Je m'en suis voulu mais c'était plus fort que moi, il fallait que je connaisse l'histoire.

— Je quitte ma femme, c'est la guerre, elle va me dépouiller mais je m'en fous, je suis amoureux. Elle s'appelle Claire.

Plus tard, j'ai fermé les yeux et j'ai vu l'amulette de très près et puis Rose-Phœbé, Rose tout court. C'était un rêve mais la traversée du lac Bam et l'arrivée de l'autre côté semblaient en être un aujourd'hui. Lorsque je me suis éveillé, l'aube frottait son ventre blanc sur les arbres de la forêt de Fontainebleau. Un cerf, dans une trouée d'ombre et de lumière, contemplait son règne éphémère. J'ai croisé le regard du chauffeur dans le rétroviseur intérieur.

— On en sait beaucoup en regardant un homme qui dort.

— Par exemple ?

— Vous êtes tourmenté.

— Qui ne l'est pas ?

Il a souri, il m'énervait, je n'aimais pas savoir qu'il m'avait vu dormir, c'était intime. J'étais embarrassé d'avoir partagé mon sommeil avec lui mais il n'y pouvait rien en fait. Nous n'avons plus parlé jusqu'à l'hôpital Cochin. Il s'est garé et m'a dit qu'il m'accompagnait. J'aurais souhaité être seul, mais il était vrai que j'étais en mauvais état, sortir de la voiture a été un vrai calvaire. À la réception, j'ai su qu'il vivait et j'ai éprouvé un fort sentiment de soulagement. Le chauffeur m'a accompagné au troisième jusqu'à la guérite des infirmières. Il m'a laissé, me souhaitant du courage. Une infirmière m'a escorté jusqu'à la chambre qu'occupait papa, elle m'a prévenu qu'il n'en avait pas pour longtemps, qu'il était intransportable, que si j'avais besoin de quoi que ce soit… Elle m'a quitté en me disant que ma mère était allée se reposer un peu. Ma mère ? Ça ne sentait pas L'Heure Bleue… J'ai entrouvert la porte, eu l'impression de voir sa réplique en cire. Le visage de papa était celui d'un masque mortuaire. C'était banal et éculé mais j'ai retenu mes larmes. Je suis entré, la fatigue et la douleur me sont tombées dessus. Mais il vivait, j'étais là. J'aurais souhaité qu'il ouvre les yeux, pour qu'il me voie, c'était un peu enfantin. J'étais là, c'est ce qui comptait, j'avais eu raison d'écouter mon instinct. Je me suis assis mais j'ai senti que je risquais de m'assoupir, alors je suis resté debout, ça me fatiguait mais regarder papa était important. Je comprenais là combien sa stature avait joué sur ma vie, l'avait modelée ou modifiée selon comment on pensait le rôle du père. J'aurais voulu lui faire une omelette, la manger avec lui, en buvant une bière et en fumant. J'aurais voulu passer une semaine avec lui, c'était trop tard.

— Je te demande pardon, ai-je murmuré. Je t'ai insulté à plusieurs reprises ou méprisé. Je ne me rendais pas compte de ce que je faisais…

Il était plus facile de parler à quelqu'un d'à peine présent, et les morts étaient certainement ceux qui écoutaient le mieux les regrets, les confessions. Je l'observais en essayant de construire un musée autour de lui, de ce que je voyais de lui, à cette heure. Une pièce noire et lui, en photographie, ou peint. Son image grand format accrochée au centre d'un mur, mais à l'instar de Dieu, il n'avait peut-être pas d'autre image que lui-même, son nom était son image ? J'avais tellement eu besoin de lui et je l'avais eu si peu. Il disparaissait dans ses ruines mais je ne lui en voulais pas, c'était mon père. Celle que j'avais vue au Pharamond est entrée, j'ai tressailli, elle était moche, vieille, plate, pas parfumée. J'ai manqué la prier de me laisser seul avec lui mais c'était injuste et cruel, malhonnête. Elle avait autant le droit que moi d'être là.

— Je n'ai rien fait pour lui, ai-je dit.

Ça m'avait échappé, tant pis, il couchait avec elle, elle connaissait donc tout de moi.

— Il était fier de vous.

— Pourquoi ?

— Il disait que vous lui ressembliez…

Elle parlait de lui au passé… J'étais revenu des camps dans le même état que lui mais moi j'allais rester vivant encore un peu, le temps de foirer tout ce que je pouvais, je masturberais un donneur de sperme pour mettre son éjaculation dans le ventre de celle que j'aimais. Si ce n'était pas un échec intégral… Elle m'a demandé si je voulais du café. Elle m'en a servi dans le bouchon d'une bouteille thermos qu'elle m'a tendu. Elle avait un mazagran en faïence de Limoges, blanc à filet d'or ; c'était curieux de la voir déballer ça ici.

— Il me l'a offert.

Elle m'a ému, elle allait se retrouver seule, jetée du train sur la voie. Son café était odorant, du moka, mais il m'a assommé, mes jambes ne me portaient plus. Je me suis assis sur un des deux sièges, j'ai dû m'endormir immédiatement. Je voulais fuir sûrement, tenter l'aventure avec papa, qu'on se tire ensemble avec nos reins malades et le reste.

Je l'ai entendu gémir, la chambre était obscure, j'ai mis quelques secondes à reprendre conscience, savoir où j'étais. Je me suis levé, c'était dix-huit heures quinze, je m'en souviendrais. Elle n'était pas là, lui avait le visage éclairé par une lampe de veille, il a ouvert les yeux. Enfin, il me voyait, j'étais là pour lui. Il ne partait pas sans moi, j'étais enfin là. J'ai balbutié :

— Papa… Papa, c'est moi.

Un masque de douleur a écartelé ses traits, il a de nouveau gémi et dans sa plainte, a dit :

— Paul… Paul…

Il s'est tu d'un coup, j'ai su qu'il était mort.

Il a été enterré trois jours plus tard à Versailles, au cimetière des Gonards, sans maman mais avec le N° 5 de Nonette. Si Brigitte Soussan m'avait tenu par la main comme au temps de notre bel amour, je ne me serais pas éclipsé quelques instants pour m'isoler, fuir ma solitude, tout ce deuil bourgeois, ces dizaines de kilos de regrets, de fleurs. Un peu plus loin, je me suis appuyé contre le mur d'un tombeau et j'ai vu, gravé sur une stèle : « Albertine Minot », l'institutrice aussi blanche que son imperméable. Je me suis mis à chialer, ah oui, j'en avais marre. En sanglotant dans ma cachette, j'ai su pourquoi j'étais revenu sur les traces de Roch Dambert, le soir où j'avais vu une lumière s'allumer dans son palais, pourquoi j'avais souhaité lui téléphoner et même pourquoi il était dans ma vie, à cette place d'exception : pour suppléer à ma faiblesse, pour être le père de mon fils. Le problème, c'était que je n'oserais jamais lui demander.

En brinquebalant comme un cloporte, vautré sur mes béquilles, j'ai été retrouver la bandera : la banque Bauchot et associés, la famille Bauchot – ses pendus, disparus, absents –, la famille Soussan – ses problème de sperme et de cholestérol –,

Michèle Goffrion – la maîtresse du défunt et son avocat, en vue du procès concernant la succession. Et puis quelques anciens compères de Neue Bremm, de Porta Westfalica ou de Nordhausen, je ne savais pas les distinguer les uns des autres. Et même je m'en fichais, les rayures n'étaient plus à la mode. J'étais épuisé par les cinquante mètres que je venais de faire, j'avais forcément les yeux rouges mais ici c'était chic, je me suis serré contre Brigitte Soussan, je ne pouvais pas m'en empêcher, comme une fleur se tournait vers le soleil. Bientôt, ça a été mon tour de lancer mon souvenir sur le cercueil de luxe, moi j'ai jeté le trèfle à cinq feuilles.

J'étais accablé par mon acte mais j'avais dû en passer par là, il fallait que je proteste. En ne me reconnaissant pas, à Cochin, il m'avait exclu de sa chair, m'avait porté le coup de grâce. J'étais le fils de personne, sans ascendance ni descendance, plus misérable qu'un paria. Pierre-Henri, Anne-Sophie et Marie-Charlotte, leur fille, sont venus prendre congé de moi. Anne-Sophie était enceinte, l'année précédente, elle avait fait une fausse couche. Elle ressemblait un peu à Nonette en blonde naturelle, mais elle se parfumait à l'eau bénite. Mon frère m'a enlacé, il m'aimait, c'était vrai. Seulement tout nous séparait, à commencer par notre histoire de famille. La mort de papa lui donnait enfin une place d'aîné, lui permettait d'avoir cette stature qui lui avait tant manqué, il reprendrait peut-être la banque ? Pourvu qu'il soit heureux, c'était tout ce qui comptait. Il m'a aidé à faire quelques pas de côté pour nous mettre un peu à l'écart, il était embarrassé et j'ai décidé de l'aider.

— Occupe-toi de tout, lui ai-je dit. S'il te plaît. Décide selon tes convictions et tes intérêts, ne te préoccupe pas de moi. Tu as mon accord pour toute décision que tu prendras.

Cela lui a fait plaisir, il vivrait son rêve au centuple : sur chaque billet de banque, il y avait la tête d'un homme. Fouquier-Tinville pouvait se rhabiller, lui, Pierre-Henri Bauchot, prononcerait des peines capitales par centaines de milliers.

— Merci, Jacques. Dis, tu peux enlever ton truc ?

Je n'ai pas tout de suite saisi.

— Ça fait trop juif, a-t-il chuchoté.

Il parlait donc de la kippa…

— Je voudrais te présenter au conseil.

— Le conseil ? ai-je répété en ôtant ma kippa.

— Celui de la banque.

— Ah oui…

Une idée s'est imposée à moi, c'était le moment. Je me sentais prêt, pas du tout honteux.

— Tu me donnerais ton sperme ?

Il a tressailli et a bafouillé qu'il ne comprenait pas.

— Je suis stérile.

— Ah merde ! Pauvre vieux…

Il n'a pas pu s'empêcher de sourire – Malraux ressurgissait –, j'étais définitivement évincé, mis au ban et ridicule. Il s'est repris et a feint d'être affreusement peiné. Je ne lui en ai pas voulu, la vraie douleur avait été de jeter le trèfle à cinq feuilles.

— Si tu acceptes, ai-je dit, ça sera un peu comme si c'était moi. Comme si j'étais le géniteur, on a le même sang.

J'en doutais un peu mais je ne pouvais plus reculer.

— Oui, oui… Mais comment ? C'est…

— Tu te masturbes dans un préservatif, mettons… Et puis moi, je me débrouille.

— … Bien sûr. Tu me laisses réfléchir, parce que c'est…

Pauvre Pierre-Henri, je l'avais mis dans l'embarras et je voyais là tout l'affreux comique de la situation, ce n'était pas possible. Lui dans son coin à se… Et moi… Il m'a guidé jusqu'à un groupe de messieurs qui attendaient les dividendes poliment. Il m'a présenté, j'ai serré des mains, rien entendu des formules bien tournées qu'on me servait avec des gants blancs. J'ai enlacé mon frère, lui ai dit que je l'aimais. Je le pensais. J'ai rejoint le clan Soussan qui m'avait attendu. Je me suis excusé mais Nonette a dit que les affaires, c'étaient les affaires. Une banque, c'était une banque, l'argent, c'était sérieux comme la foi. Elle me faisait les yeux doux, on pouvait me pardonner ma stérilité, mes origines chrétiennes et goy : papa mort, j'étais en or massif. On a quitté le cimetière, Brigitte Soussan me tenait le bras, nous marchions à quelques mètres de l'arrière-train de Nonette, le destroyer du convoi.

— J'ai donné ma démission, a dit Brigitte Soussan. Courant mai, je suis libre. Je te propose qu'on s'installe chez vous, le temps qu'on trouve un appartement. D'accord ?

Je ne lui ai pas reproché sa décision prise sans concertation, c'était sa manière d'agir. Je me tirerais avec joie de Graineco, cependant je ne comprenais pas pourquoi nous quittions le mas Barriol, la Provence ?

— On trouvera plus facilement ici, a-t-elle poursuivi.

Elle parlait des donneurs de sperme, bien sûr. C'est vrai qu'au Paradou, c'était plutôt la prostate qu'on pouvait espérer.

— Tu sais, a continué ma Brigitte Soussan unique avec un sourire merveilleux, Monique a refait nos thèmes et pense que 1978 est peut-être encore mieux pour Isaac que 1977. Je ne t'en avais pas parlé pour respecter ton deuil.

Nonette s'était arrêtée et m'a pris l'autre bras, avec une avidité de piranha.

— Dites-moi, Jacques, dites-moi… Que pensez-vous du Vésinet ?

En comparaison du Vésinet, Saint-Cloud ou Versailles, c'était le Bronx… Et ce que j'en pensais, elle s'en fichait un peu beaucoup.

— Pour Isaac, a affirmé Brigitte Soussan, c'est bien.

— Charly a une belle affaire, a renchéri Nonette. Une très belle affaire.

Charly Gafsou, un sien cousin : à l'époque du tout à l'ouest, on l'aurait enduit de goudron avec les plumes qui allaient avec et pendu séance tenante.

— Avec deux millions, c'est fait, a assuré Nonette.

J'ai hoché la tête. Elle me scrutait, elle avait dû être un équipement de radiographie dans une vie antérieure.

— Et avec trois millions ? ai-je susurré, non sans perfidie.

— Trois millions… Ah oui, avec trois millions…

Elle m'a souri, le visage illuminé par une joie merveilleuse.

— Vous verrez avec Brigitte… Les maisons, ça concerne les femmes.

Elle jubilait, j'ai même eu peur qu'elle fasse une attaque. La 404 de Graineco nous attendait, Brigitte Soussan a pris le volant vers le sud et c'est ainsi qu'on a laissé le corps de papa, sans plus rien dire.

LE PARKING

C'était déjà la nuit, l'air était tiède, doux et parfumé. J'ai fermé la porte du mas Barriol et j'ai caché la clef sous le pot en terre, le propriétaire la trouverait là. J'ai regardé le *Chamaecyparis* nain et lui ai dit adieu, il ne m'a pas répondu. J'aurais aimé que le bâtard vienne se frotter à moi comme un gros chat, mais non. Tout le monde s'en fichait, sauf moi. Je me sentais accablé. Depuis mon accident, j'avais l'impression d'être privé d'air, d'avoir un poids sur la poitrine, celui de mon angoisse. De ma culpabilité, de tous mes échecs. J'avais la jambe raide encore, j'ai rejoint Brigitte Soussan avec l'aisance d'un sous-officier arthritique à la retraite, elle m'attendait assise sur le siège passager de la camionnette J7 qu'on avait louée pour rapatrier notre barda à Versailles. Elle ne m'a pas entendu arriver, relisait *Portnoy et son complexe* en anglais. J'étais tellement à vif que j'ai pris ça pour une critique silencieuse de notre sexualité, on faisait l'amour très rarement et je débandais presque tout le temps. Je me suis installé au volant, elle a tourné la tête vers moi, m'a regardé avec cette bonté qui parfois la transfigurait et me faisait perdre les pédales. Ses lèvres ont prononcé sans le moindre son : « Je t'aime, Manoah. Tout va s'arranger. » J'ai quitté la cabine, fait le tour de la camionnette par l'arrière et suis venu lui baiser les pieds, ses jambes. J'ai remonté sa robe pour embrasser ses cuisses si douces, enfouir mon visage dans sa culotte, aucun dieu n'avait pu avoir la perversité de me priver de pouvoir mettre ma destinée dans le ventre de celle que j'aimais. J'étais tellement triste de ne pas pouvoir, tellement que personne ne saurait l'écrire ou le dire. Les mots étaient aussi impuissants que les dieux mais comment définir celui qui ne parvenait à invoquer ni les mots ni les dieux ?

Je me suis redressé, ses lèvres étaient rouges telles des cerises, je les ai embrassées en essayant de ne penser qu'au baiser. Je savais que dans son sac à main, elle avait des préservatifs, la seringue, la canule et même une cuiller, je le savais parce que je l'avais fouillé. C'était peut-être ma vraie nature qui se révélait ? Mon membre inutile m'avait ouvert la porte du harem où je pointerais comme eunuque. Je contemplais les yeux de ma chérie et elle, elle me cachait quoi ?

J'ai démarré en laissant, comme Brigitte Soussan, ma portière ouverte. Un peu plus tard, j'ai aperçu l'ondoiement de l'Arcoule, j'ai ralenti. Je n'avais pas pêché depuis le lac Bam, je n'avais plus la foi. Je ne remplirais plus le panier vide d'un petit garçon, n'offrirais plus mes poissons. J'ai accéléré pour m'éloigner des grands capitaines aux reflets roses. Brigitte Soussan a fermé sa portière coulissante et s'est mise à lire avec une torche, penchée sur le livre comme sur un poupon et j'imaginais ses beaux seins lorsqu'elle les offrirait au bébé et je me sentais privé, exclu. Comment ferais-je pour tenir ma place de père, moi qui ne pouvais l'être que par substitution ? Où était mon origine dans cette fable ? Je n'avais plus envie de voir sourire Isaac, ça rimait à quoi ?

— Pourquoi ne pas adopter un enfant, ai-je dit, sans oser la regarder.

J'y avais songé plus d'une fois, elle a éteint la lampe torche.

— La possibilité qu'on ait un bébé est quasiment nulle. Je ne veux pas d'un enfant de quatre ou six ans. Je veux notre bébé. Je le veux dans mon ventre, ainsi il sera notre fils. S'il n'est pas dans mon ventre, il sera de nulle part. Dans mon ventre, il deviendra nous. À chaque seconde, je lui ferai savoir que tu es son père et moi sa mère.

Elle était si belle, si délicate que son bébé serait forcément le mien, dans son ventre elle ferait bien ce miracle. J'ai freiné et stoppé à un carrefour où un panonceau faisait la publicité d'une boîte de nuit, Le Casanova. Brigitte Soussan m'a jeté un regard interrogateur.

— Maintenant, tout de suite… Tu veux ?

Elle savait ce que je proposais : le parking du Casanova était connu, les libertins s'y retrouvaient, tous ceux qui voulaient du sexe.

— D'accord… D'accord, Jacques. Tu as raison, qu'on en finisse, qu'on se libère de ça.

J'ai braqué à droite et on s'est dirigés vers Mérindol. Je roulais lentement, pour me faire à l'idée. Je ne connaissais rien au sexe. Pendant quelques années, j'en avais profité mais de manière très innocente, au fond. Brigitte Soussan avait dû s'emmerder avec moi, et maintenant j'allais à la rencontre de ce que je n'imaginais pas vraiment. J'avais essayé de lire *Les cent vingt journées de Sodome* mais j'avais pris peur, senti que ce n'était plus vraiment de la littérature à laquelle je tentais de faire face, mais une forme de fascination morbide ou mortelle, je ne savais pas quel mot choisir. J'avais pensé qu'on ne pouvait pas lire ce livre mais qu'il lisait en nous, longtemps j'avais senti *son* regard sur moi, c'était effrayant.

— Comment faire ? ai-je marmonné. Tu as une idée ?

Elle a ri nerveusement et m'a répondu qu'elle n'était pas une habituée.

— On va improviser, a-t-elle suggéré.

Je n'osais même pas y penser mais j'avais lancé les dés. Il fallait sortir du cul-de-sac dans lequel on était depuis des mois, de jour en jour notre passion s'étiolait, c'était honteux. On allait vite faire le gosse et continuer la vie d'avant quand Gauguin nous contemplait. Se débarrasser de tout ce qui était *la fabrication*, passer à la suite.

— Je ferai comme si je n'étais pas là, a-t-elle promis, je penserai à toi. À toi et à lui.

Lui, Isaac ou le baiseur ? J'ai ralenti avant d'arriver au parking, j'avais peur, envie de fuir, de crier. Elle a ouvert sa portière, j'ai supposé que c'était pour que les voyeurs puissent mater. Je n'y aurais pas songé. J'ai rétrogradé et suis entré au pas sur le vaste parking en terre, encastré dans une forêt de pins méditerranéens et surplombé par la boîte de nuit à laquelle on accédait par un escalier. Des dizaines de carrosseries clapotaient dans le reflet des néons. Un homme s'est mis à courir à la hauteur de la portière ouverte de ma chérie, j'ai surpris sa face de suif où luisait une étrange abnégation. On était bien arrivés à destination. Je me suis garé entre deux véhicules, quelques ombres ont surgi furtivement, j'ai éteint les phares pour ne pas les voir, les écraser. Brigitte a saisi ma main dans la sienne, on s'est dévisagés, et, comme dans une vie brutalement illustrée par des images : j'ai vu une femme qui ne pouvait pas sauver un homme, elle lâchait sa main et il allait se noyer dans les remous.

— Je vais faire au mieux, je t'aime, Manoah…

Cet éclat d'amour à cet instant de corruption, ah c'était insupportable, une amertume sans synonyme. Elle m'a tendu une boîte de préservatifs. J'ai quitté la cabine en ayant envie de pleurer. Je suis resté sans bouger, les yeux fermés. J'avais peur de devenir fou. Je me suis adjuré de passer à l'action. J'ai fait le tour de l'avant de la camionnette dont la cabine était éclairée. J'ai manqué fuir ou leur taper dessus. Ils étaient deux et se masturbaient en regardant Brigitte Soussan qui lisait, les cuisses ouvertes, *Portnoy* à la lumière de sa torche. Pourvu qu'elle ne me voie pas et que je ne la voie pas, même si je la voyais… Mais j'oublierais, je ferais tout pour, j'ai demandé de l'aide à je ne sais qui. J'ai dit pitié mais je l'avais déjà dit à l'hôpital, il n'y avait pas de morphine sur le parking.

— Vous pouvez me donner votre sperme ? ai-je bafouillé.

Ils ne m'ont pas répondu.

— Je vous l'achète, ai-je proposé, fort.

— Combien ? s'est enquis l'un des deux hommes.

Il avait une tache de vin sur la joue.

— … Cinquante francs.

J'avais répondu sans réfléchir, je ne savais pas combien ça valait, plus sûrement un million ou cinq. En vérité, j'aurais tout donné pour être fertile, mon âme en plus, même si elle ne valait pas cher.

— D'accord, a répondu celui à la tache de vin. Mais c'est cent. Cent balles ou que dalle.

J'ai hoché la tête, mais il ne me regardait pas, il regardait ailleurs bien sûr.

— Arrêtez de parler, a protesté l'autre… Je vois plus rien.

— Tu le veux où ? m'a demandé le vendeur.

Je lui ai tendu un préservatif, il s'en est emparé. C'était simple, très, très simple.

— La monnaie, a-t-il réclamé.

Je lui ai tendu les billets. Ça n'a pas duré longtemps, assez quand même pour avoir envie de mourir. J'ai frémi de honte et de dégoût lorsque j'ai eu le préservatif dans la main. Je me suis forcé à agir. J'ai rejoint Brigitte Soussan, elle m'a dit de faire vite, m'a pris le préservatif des mains, s'est écrié :

— Que ça, merde !

Je n'en pouvais plus, j'ai plaqué mes mains sur mes oreilles.

— C'est pas le moment ! s'est énervée Brigitte Soussan, aide-moi au lieu de faire ta crise... Vite !

Elle m'a tendu la seringue, j'ai eu le sentiment de m'apprêter à commettre un sacrilège.

Plus tard, j'ai fouillé dans le fourgon, je tremblais de toutes parts. J'ai trouvé le pack de bières, j'en ai décapsulé une et suis allé me laver les mains dehors à la Heineken. Je ne voulais rien voir, plus rien voir. Je suis revenu dans la cabine, j'ai décapsulé deux autres canettes, en ai tendu une à Brigitte Soussan. On ne se regardait plus, nous avions perdu nos visages. J'ai vidé la canette dans un état d'absence sidérant, puis je me suis mis à rire, elle m'a imité. Elle riait pourquoi, elle ? Nos regards s'évitaient, on rigolait comme deux cons. J'ai démarré, reculé en marche arrière avant de sortir du parking ; j'avais les mains poisseuses, la bière.

— Pourquoi tu ne parles pas, Jacques ? Merde, c'est toi qui as eu l'idée. Pourquoi tu fais cette tête ?

— Pardon.

— Ça ne sert à rien de dire pardon. Tu n'es jamais content. Tu prends ça au tragique alors qu'on pourrait le prendre…

— Comment ? Dis-moi ?

— Nécessité fait loi, non ?

Je ne parvenais pas à reprendre pied.

— Je t'aime, je t'aime. Mais je ne sais pas si je pourrais.

— Quoi ? Assumer ? C'est ta famille, merde. Tu fais quoi pour elle ? Te plaindre ? Pousser tes jérémiades ?

Je me suis arrêté dans un bled, à côté d'une fontaine. Sans couper le moteur, je me suis lavé les mains, le visage. Le J7 a démarré, Brigitte Soussan au volant. Je n'en suis pas revenu, me suis mis à courir.

— Oh, arrête ! Arrête, ne fais pas ça !

Rien à faire, la camionnette s'éloignait, prenait de la vitesse. De nouveau, j'ai éclaté de rire, puis je me suis mis à marcher. J'ai quitté le village. Je n'arrivais pas à réfléchir, saturé d'images épouvantables, de pensées discordantes. Je poussais du pied une bagnole miniature perdue par un gosse, rouge comme les lèvres de ma chérie, ma chérie qui avait écarté les cuisses pour que des salopards se masturbent et après j'avais… J'ai levé les yeux et aperçu des feux rouges, elle m'attendait ? J'ai accéléré le pas. Lorsque je suis arrivé à une dizaine de mètres, elle a démarré.

— Va te faire foutre ! ai-je hurlé. Pars ! Tu n'as pas honte d'avoir fait ce que tu as fait !

Elle a pilé, sauté sur la route et en pleurant s'est accrochée à moi pour me griffer le visage, me bourrer de coups. La camionnette s'est arrêtée toute seule, un peu penchée, les roues de droite dans le fossé. Ma chérie s'était pendue à moi comme mon petit frère et je l'aimais et la détestais de moins en moins. Elle sanglotait, une voiture qui venait en sens contraire a freiné à notre hauteur, le conducteur a sorti sa tête comme le bon Samaritain. Je l'ai encouragé à foutre le camp, à aller se faire mettre ailleurs. Il est parti en me souhaitant de crever. Ma chérie s'était calmée, pleurait dans mon giron, je la portais comme si j'avais enfin eu mon bébé, mon bébé femme, par la grâce de mon membre et de mes hormones, je n'étais plus impuissant, j'étais amoureux, elle était à moi, ses cils, à moi tout entière.

— Jacques, je ne pourrais pas oublier, c'est affreux, comment on va faire, comment ? S'il naît, je vais penser... Ah, Jacques, qu'a-t-on fait ?

Une voiture nous a frôlés, dans une clameur méchante. J'ai pris conscience de la situation, du danger. J'ai posé Brigitte Soussan sur le talus, je me suis mis au volant. J'ai coupé les phares qui faiblissaient. Le moteur a bien voulu repartir. Après plusieurs tentatives malheureuses, j'ai réussi à ramener la camionnette sur la route ; après, je suis allé chercher ma femme.

— Je pue, a-t-elle dit, je pue. Il faudrait m'enlever la tête, la mémoire... Tout.

Je l'ai aidée à s'installer dans la cabine, j'ai démarré.

— On va se laver dans la Durance, ai-je dit.

C'était à quelques kilomètres. On n'a plus parlé, je me suis garé sur un chemin qui se terminait en cul-de-sac dans des broussailles. J'ai allumé un feu. Nous nous sommes déshabillés sans nous regarder mais elle m'a donné la main pour entrer dans la rivière. C'était doux et rassurant. Elle a crié puis s'est mise à nager. L'eau froide m'a redonné confiance, nous nous sommes réchauffés près des flammes. Je l'ai caressée, ses tétons étaient durs comme des pierres.

— Tout se nettoie, ai-je assuré. Je veux lui acheter son premier nounours, interdit à quelqu'un d'autre de le faire.

Elle m'a souri, comme si j'étais toujours moi, celui qu'elle avait charmé. On s'est caressés, il me semblait que j'allais pouvoir tout oublier, que la Durance et nos deux cœurs réunis avaient purifié ce qui devait l'être... On était fous, la folie n'avait pas forcément un destin joyeux, mais on était embarqués dans le train fantôme, j'espérais ne pas faire trop de cauchemars, ne pas me souvenir du type avec sa tache de vin. Pourvu qu'Isaac… En enlaçant ma princesse, j'ai prié pour que le bébé ne vienne pas, de toute ma force. Je ne voulais pas qu'il soit issu de *ça*, ah non.

LA TACHE

— Je crois qu'il bouge, a dit Brigitte Soussan.

Elle a pris ma main et l'a posée sur son ventre, si doux, si tiède, légèrement gonflé.

— Tu le sens ?

Je n'ai rien senti, à part toute la vie de Brigitte Soussan.

— Il s'est peut-être endormi ? ai-je marmonné pour dire quelque chose.

J'ai pensé à celui à la tache de vin, j'ai serré les dents pour repousser cette horreur.

— Je suis sûre qu'il a bougé. Je vais appeler maman, il ne faut rien laisser au hasard.

Trois heures du matin, c'était la fin août.

— Il a presque dix semaines, a ajouté Brigitte Soussan, c'est un sacré gaillard à mon avis.

Elle m'a embrassé, s'est levée. Elle était vêtue d'un tee-shirt kaki frappé d'un « Tsahal » en lettres blanches, elle était sexy, très sexy. Elle a traversé le bureau de papa qu'on squattait en attendant que Nonette et le cousin Charly Gafsou nous trouvent la maison qui ferait pâlir toute la communauté. Nonette en avait maigri, m'adulait. Pour tous, le petit était venu par la grâce du Tout-Puissant, si certains en doutaient, dont Nonette, ce n'était pas exprimé. Tout le monde était satisfait, y trouvait son compte… Surtout Charly Gafsou, il me vénérait, pensait à la suite, à la vente de la demeure familiale, quartier ultra-chic, dix pièces, un grand jardin avec un original du Manneken-Pis : une montagne de fric.

Tandis que Brigitte Soussan composait le numéro du monstre, j'ai quitté le squat pour fumer, ne pas entendre la mère et la fille. Je n'allais plus aux étages, la présence de mes frères, l'absence de ma mère me prenaient à la gorge. Quant à papa… Il nous avait laissé la jouissance de son échec, bien sûr que ça finirait par nous détruire, lentement, à la petite semaine. Je me suis promené dans le jardin, à chaque pas, les souvenirs venaient m'agripper dans leurs relents. Habiter provisoirement ici était une bourde phénoménale mais je m'en fichais un peu. J'étais malhonnête, je faisais tout pour croire à notre but : Isaac, une vie juive. Du pipeau ! Le visage de l'homme me poursuivait sans cesse. C'était lui le vrai père d'Isaac. Je déclarerais sa naissance, il serait mon fils, tout serait truqué. Je prenais des anxiolytiques en cachette, fumais des joints, mangeais des boulettes de hasch. Je faisais croire à Brigitte Soussan que j'étais sur une piste, que je montais une affaire, qu'il me fallait du temps. Elle me croyait ou plutôt elle ne se souciait pas de ça, seul Isaac comptait. Elle était obnubilée, j'imaginais que c'était normal. Elle pensait que nous l'avions *fait*, elle en était de plus en plus persuadée. Je n'osais pas lui rappeler la vérité car moi-même je la refusais. Je fuyais mon visage car celui de l'autre se substituait au mien, c'est lui que je voyais, le vrai père aux cuisses nues. Je fuyais les gens, la ville, les lieux publics. J'en avais marre des Juifs tunes, marre du boulou, du couscous, du poisson grillé et de la fleur d'oranger. Marre de tout et je ne pêchais plus. Je ne voulais pas gâcher de beaux souvenirs avec mon présent.

Je me suis approché du Manneken-Pis, il pissait toujours sans queue, comme moi. Je l'avais définitivement perdue sur le parking du Casanova. J'ai vu quelque chose luire dans le bassin, je me suis penché, c'était une cuiller en cuivre. J'ai plongé la main dans l'eau et m'en suis saisi. Je l'ai examinée comme une relique et c'en était une. Dessus était gravé en lettres invisibles : « Je t'attendrai toujours. RD. » J'ai tout oublié, ma bassesse, ma peine et ma haine. Quelqu'un m'estimait, quelqu'un que je vénérais. Depuis combien de temps la cuiller était-elle là ? Je ne pouvais pas le savoir, elle n'était pas oxydée mais le cuivre était verni. Je ne me souvenais pas si, à mon retour du lac Bam, j'avais visité le jardin. Alors la cuiller avait pu être déposée dans le bassin hier comme il y a des mois et des mois. Mais elle était là où il était apparu avec son étui pour protéger sa canne en bambou refendu, le jour où il m'avait initié à la pêche ; il m'attendait, j'en étais persuadé.

Brigitte Soussan était encore au téléphone avec sa mère, elle parlait du repas de fête pour la naissance d'Isaac. Dans une demi-heure, Nonette accourrait, viendrait se coucher comme un gros chien dans son panier, un des Chesterfield du salon. Ainsi à pied d'œuvre, elle pourrait sauter dans ses mules dorées, et, dès le matin, gaver sa fille, son petit-fils et son gendre bien-aimé et riche comme Crésus ou presque. J'ai prévenu Brigitte Soussan que j'allais me promener, elle a opiné de la tête. J'aurais pu lui déclarer que pour Noël, j'allais abattre un sapin à Fosses-Reposes, qu'elle m'aurait souri et dit : « À tout à l'heure, chéri. » J'ai passé un pantalon, une chemise à manches courtes, des espadrilles, et j'ai quitté la maison. La ville était déserte, ils étaient tous au bord de la mer ou dans les propriétés familiales. Je marchais lentement car je ne savais que faire. Roch Dambert était un seigneur, pouvais-je débarquer chez lui comme ça ? L'heure ne me posait pas de problème parce que je pensais que c'était le genre de détail auquel il n'attachait aucune importance, alors que le port de chaussettes blanches par un individu du sexe masculin le rendait au mieux moqueur. Mais pouvais-je me permettre de venir le déranger simplement parce que j'avais trouvé la cuiller ? Pour moi, la réponse était oui, même si je savais d'avance que je risquais de me trouver devant un abîme, Roch Dambert était unique, pensait et agissait comme personne d'autre. Je risquais fort d'être sidéré par ce qu'il allait me proposer, me faire entrevoir. Il pouvait très bien ne rien dire, ou me proposer de jouer aux fléchettes ou au ping-pong. Peu importait, il voulait que je vienne, je voulais le croire et je venais ; il serait là, il serait là pour moi.

Derrière les grilles sa demeure était obscure, je n'étais pas venu là pour reculer. J'ai décidé de tenter ma chance par la porte qu'utilisait Roch Dambert. S'il m'attendait, il aurait forcément imaginé que je passerais par là. Elle s'est ouverte, j'étais aussi excité qu'un gosse par l'aventure. Le kiosque était bâché, pas mon cœur et mes souvenirs. Je revivais en me rapprochant de celui qui ne m'avait pas oublié. La lune éclairait les herbes folles qui avaient envahi le jardin abandonné. Impression de mystère, de danger, j'ai pensé au *Chien des Baskerville*, mais je me suis rassuré : il n'y avait pas de brouillard et Nonette ne traînait pas par là. Je suis parvenu devant la porte de l'appartement de Roch Dambert, j'ai frappé longtemps, par coups brefs. En vain. J'ai décidé de manœuvrer le loquet, la porte s'est ouverte ; je l'ai entrebâillée et ai appelé. Pas de réponse. Je suis entré dans une pièce peinte en noir, la lumière semblait provenir du sol. Une coupe en porcelaine si fine, si blanche qu'elle paraissait translucide était posée sur l'unique meuble, une table basse hors d'âge, en bois de santal, certainement de l'époque de la dynastie Liao. Sans savoir pourquoi, je me suis souvenu de la communion, des hosties offertes dans le ciboire. Trois marches conduisaient au reste de l'appartement. Je les ai gravies pour pénétrer dans une autre pièce peinte en blanc.

Il était de dos, assis dans un fauteuil médical équipé d'un goutte-à-goutte, face à un tube néon. Ça ne pouvait être que lui, il m'attendait depuis combien de temps ? Je m'en suis voulu à mort. J'ai prononcé son prénom, il n'a pas répondu. Lentement, j'ai fait le tour de sa chaise. C'était lui, il m'a vu et a souri. Il était livide, très amaigri, pieds nus, vêtu d'un costume gris, d'une chemise blanche à col Mao, ce qui m'a étonné. D'un geste, il m'a montré une chaise Wassily en cuir noir. Je m'en suis emparé, l'ai posée face à lui. Il m'a fait comprendre de la rapprocher encore, ce que j'ai fait. Puis je me suis assis, j'avais peur. Il me souriait toujours avec une bonté indicible, ses yeux étaient embués. Il a pris mes deux mains, les siennes étaient glacées. J'ai senti mes larmes couler, je pleurais tout, tout mon sort. Je pleurais ses mains, ses larmes, sa vie. Ce qui était abominable, c'était que j'étais calme, presque heureux. J'étais enfin avec mon ami, mon seul ami. Après des années et des années, j'étais avec lui. Enfin tous les deux. Le néon s'est éteint, on est restés dans la blême obscurité, liés par nos mains et nos âmes, je ne parlais pas parce que je n'étais pas à la hauteur. Roch Dambert méritait mieux que mes pauvres mots, et puis il était assez intelligent et fin pour savoir tout ce que j'avais à dire. Et puis, il n'y avait rien à dire. Plus tard, il a murmuré :

— Adieu, Jacques.

J'ai compris qu'il avait subi une trachéotomie et que le col Mao servait à cacher ça. J'ai eu le courage de l'enlacer et de lui dire adieu, adieu, Roch. Je l'ai laissé. J'avais perdu mon ami, celui qui m'avait fait croire que la vie était un conte, une belle histoire. Au moment de sortir, je me suis figé. Quelque chose m'avait échappé, j'étais passé à côté de quoi ? L'image est venue à mon esprit : la coupe posée sur la table. Cela ressemblait bien à une mise en scène de mon idole, maître en la matière.

Je me suis retourné lentement. La coupe était éclairée par le néon, luisait. J'espérais, j'espérais tant un miracle, même un tout petit miracle. J'ai avancé hypnotisé par mon attente. Je n'ai pas baissé les yeux tout de suite mais quand je l'ai fait, j'ai vu le haricot et me suis souvenu de ce qu'il avait dit : « Quand tu auras le haricot, plante-le. Plante-le pour nous deux. » Il avait réussi : il y aurait une suite à *Jack and the Beanstalk*.

La mission confiée par Roch Dambert me terrifiait, je ne me sentais pas autorisé à planter quoi que ce soit, moi qui étais incapable de semer ma graine et avais été contraint d'avoir recours à celle d'un autre. Si j'avais cru au diable, je l'aurais accusé de m'avoir conduit sur le parking du Casanova pour y trouver l'enfer. Je suis sorti du wagon à la gare Versailles-Rive-Droite, comme un employé, comme papa revenant de la banque, jadis. J'avais passé la matinée au Louvre puis j'avais vu *Annie Hall* qui était sorti en salle ce jour, 7 septembre 1977. Je suis passé sur le pont qui enjambait les voies, j'ai essayé de ne pas penser à Buciflet, à mon enfance qui croyait en l'avenir, elle. Je ne l'avais pas décidé, consciemment en tout cas, mais j'ai emprunté la rue Beauvau comme pour revenir en arrière, La Trattoria n'existait plus, remplacée par une papeterie, mais Antoine et Roch Dambert m'ont contemplé derrière la vitrine. Si la nuit froide avait été une guillotine, sans gémir, j'aurais posé ma tête dans sa lunette pour que la lame me libère une bonne fois pour toutes. Peu de temps après, je suis arrivé devant le portail qui était ouvert. La porte d'entrée de la maison aussi, j'ai appelé, personne ne m'a répondu. Je suis entré dans le bureau de papa en déclenchant la lumière, une large tache de sang s'étalait sur le drap, elle racontait l'histoire. Je n'ai pas pu m'empêcher d'être tout d'abord soulagé, même content. Elle recouvrait la tache de vin, le visage de l'homme, j'espérais qu'il était mort, saigné comme un porc. J'étais soulagé, content. C'était odieux mais vrai, j'étais débarrassé de mon cauchemar. Puis j'ai compris que celui qui était mort, c'était Isaac. J'ai plongé ma face dans mes mains pour cacher ma honte. Face, car j'étais duplice, il y avait l'autre côté, pile. Je suis resté longtemps ainsi, puis l'idée a percé le blindage du coffre… Et si… Et si elle était morte, elle ? Pauvre con ! J'ai bondi, tenté d'appeler chez les Soussan, personne. J'étais affolé. J'ai essayé de réfléchir. Je suis parvenu à la conclusion qu'elle devait être à la clinique Mansart, celle recommandée par son gynécologue. J'y suis allé en courant, les passants me regardaient, un homme qui courait, par ici, ça ne se faisait pas. Et je rabâchais : « Mais elle est peut-être morte ? Et toi tu te réjouissais… » Et je voyais son sourire, son corps, ses cris d'extase, ses murmures et ses regards, son rire et ses mains, ses talons menus. Je suis arrivé à bout de souffle dans le hall de la clinique, manquant renverser Nonette, échevelée, en pleurs, du rimmel sur ses bajoues. Elle m'a écarté de son chemin en me bousculant, avec une expression de dégoût et d'horreur. J'ai monté l'escalier, suis arrivé dans sa chambre, elle regardait par la fenêtre, j'allais m'avancer lorsqu'elle a dit :

— Ne m'approche pas.

Je me suis senti statufié, ce moment, je n'avais pas voulu le vivre, mais n'avais-je pas tout fait pour en arriver là ? Peut-être que j'aurais dû aller chercher ses mains, ses lèvres et son pardon, je ne savais pas, je ne savais pas.

— Tu l'as tué, a-t-elle affirmé sans me regarder.

Elle avait raison, je l'avais tué par ma stérilité, je l'avais tué en tant qu'idée d'un amour merveilleux, je l'avais tué et retué. Je n'ai pas tenté de me justifier, j'en étais incapable. J'attendais le coup fatal, impossible de bouger, toutes mes racines étaient là.

— Casse-toi, a-t-elle conclu, tournée vers la fenêtre.

Elle m'avait donné rendez-vous, c'était la fête des morts. Elle était assise à une table, derrière la vitre du Coq Hardi, comme une œuvre d'art exposée au public trop désargenté pour l'acquérir. Elle était vêtue de noir et fumait, songeuse. Cela faisait cinq semaines que je ne l'avais pas vue. J'ai mis du temps à me décider à entrer, finalement je l'ai rejointe. Elle a levé les yeux vers moi, puis les a baissés. Je me suis assis, je me souvenais de nos fantômes, de notre première rencontre. Elle a porté sa tasse à ses lèvres qui m'avaient aimé et a bu, à côté de nous des gens endeuillés parlaient d'héritage, deux amoureux se couvaient des yeux. J'ai allumé une cigarette, commandé un café pour tenter de me réveiller du mauvais songe. Elle a écrasé sa cigarette et a regardé autour d'elle, sauf moi. Le serveur m'a apporté mon café, il était amer. Dans la glace, c'était nous deux mais ça ne voulait plus rien dire, c'était en train de sombrer sans bruit dans l'oubli. Elle a allumé une autre cigarette, je l'ai imitée.

— Un million, ce n'est pas beaucoup… J'ai cru en toi, Jacques.

Au moins tout ce gâchis valait quelque chose.

— Mon avocat te contactera, a-t-elle ajouté, plus vite ça sera terminé, mieux ça sera.

Elle a déposé quelques pièces, s'est levée et est partie sans plus rien dire. Un des endeuillés m'a regardé, friand de scandale à deux balles, je lui ai fait un doigt d'honneur, il a détourné les yeux. J'ai commandé un whisky *on the rocks* et l'ai contemplé, sans le boire. Plus tard, j'ai quitté à mon tour Le Coq Hardi. Un peu plus loin, j'ai ôté ma kippa et l'ai posée sur un banc. Si quelqu'un passait par là, quelqu'un qui avait peur que le ciel lui tombe sur la tête, un ex-néphrétique par exemple, il pourrait s'en coiffer, il verrait bien. Je suis revenu dans la maison qui avait tout vu, toutes nos faillites. La cuisine était devenue mon univers, je me suis assis, j'ai posé les mains sur la table. J'étais dans un état catatonique, pas triste, absent à cent pour cent. Le prestidigitateur m'avait mis dans son chapeau pour me faire réapparaître à son gré, transformé en cheval à bascule ou en femme à barbe. J'ai fait tomber je ne sais quoi, ça m'a réveillé. Je me suis baissé et il m'a semblé voir le fétiche, l'amulette, je ne savais plus comment nommer cette illusion. Je suis passé sous la table, l'ai cherchée et pas trouvée bien sûr. En me relevant, je me suis à moitié assommé. Ça m'a fait rire, il fallait être dingue mais somme toute, je l'étais. J'ai jeté le hasch et mes cigarettes dans les toilettes, vidé la bouteille de whisky entamée dans l'évier. Je savais ce que je faisais, j'avais choisi. Il ne me faudrait pas beaucoup de temps pour régler mes affaires, et après…

Je suis arrivé à Kongoussi, un an jour pour jour après l'avoir quittée. J'avais mes cannes, quelques vêtements, de l'argent parce que j'étais fils de banquier, ça pouvait servir. C'était déjà la nuit, avant de descendre de la 404 de M. Kamagaté, j'ai ouvert ma main et regardé le haricot. J'ai sûrement souri. J'ai marché à travers la ville, je respirais, ça faisait si longtemps que ça ne m'était pas arrivé. Hyacinthe m'attendait comme il l'avait dit au bord du lac Bam obscur et splendide ; mon cœur a alors battu autrement, j'arrivais, ah, j'arrivais enfin. On s'est enfoncés dans les ténèbres, j'étais heureux, faisais corps avec la pirogue, le mouvement de balancier que lui imprimait le gosse. J'aurais aimé savoir dessiner, peindre, je n'aurais qu'à essayer d'écrire. Ainsi, j'ai disparu comme mes frères, mais je vivais.

En 2012, une relation du passé m'a contacté. On va l'appeler le Haricot. On s'était tout juste côtoyés en 1970, à Versailles. Il souhaitait me voir. Il est venu avec une bouteille de whisky en présent et est reparti avec. Il m'avait énervé, ennuyé. Mais pourquoi avait-il voulu me retrouver ? Je l'ai oublié. Un an plus tard, il est revenu. À peine arrivé, il a réclamé de l'alcool. Le verre en main, il m'a proposé d'écrire sa biographie. Je lui ai répondu que je ne faisais pas ça. Je pouvais l'orienter vers un confrère. Il a insisté. Agacé, je lui ai demandé s'il avait lu au moins un livre de moi : deux, dont un à moitié. Ça m'a amusé. Il était juste un peu fou. Je pouvais prendre un peu de temps. Je l'ai écouté, j'étais captivé. Il y avait dans son histoire des éléments romanesques qui m'ont happé. Une drôlerie, une tristesse, une allégorie incroyable sur la prédestination, sur le rapport père-fils, sa beauté, sa tragédie, ce que le fils partageait de force avec le père, ce qu'il poursuivait consciemment ou pas du chemin du père, ce qu'il en rejetait. Le père, le fils, la filiation, le nom, l'identité, c'est capital pour moi.

J'ai senti qu'il m'était possible d'écrire un roman à partir de ces éléments, un roman, pas une biographie. Si j'écrivais un roman, il aurait ses propres ambitions, désirs, projets. Il trahirait l'histoire de celui qui voulait que je raconte sa vie. Le Haricot m'a quitté brusquement, un rendez-vous oublié. Dans la cour, il m'a dit qu'il était devenu juif et citoyen burkinabè… Comme tout le monde quoi.

En refermant la porte, je me suis rendu compte que je n'avais pas son numéro de téléphone. Il ne me restait plus qu'à espérer qu'il me recontacte. Et ce n'était pas certain. Je m'en voulais, il m'avait ferré. J'ai attendu trois mois… Et il a sonné à la porte en disant qu'il passait dans le quartier. Je déteste être surpris mais ce n'était pas l'heure de ramener mes principes et mes manies. Je n'ai pas perdu de temps, je lui ai dit que j'étais prêt à accepter mais à mes conditions : j'écrirais un roman, je serais parfaitement libre. Je raconterais son histoire à ma manière. Il m'a donné son accord, ce qui était étrange au fond. Ou alors il avait une prescience de ce que je pouvais écrire ? Je lui ai donné rendez-vous dans un an. Il m'a fait livrer une documentation. Toute sa vie dans une dizaine de boîtes à chaussures. Photographies, ordonnances médicales, lettres, factures, poèmes de l'enfance. J'ai sélectionné certains documents, ils me permettraient d'avoir une base de réalité, me serviraient de fil conducteur pour au moins une partie du récit. Je me suis installé face à mon ordinateur mais les mots ne sont pas venus. Je refusais l'obstacle, je n'étais pas lui, j'étais moi et pourtant je ne pouvais pas l'être complètement puisque j'étais censé écrire la vie d'un autre, ou plus exactement m'en inspirer et surtout parler à sa place. Comment faire pour incarner la voix du Haricot tout en étant moi, avec mes buts, mes désirs conscients ou inconscients ?

J'ai fini par avoir une idée. J'ai trouvé dans sa documentation un petit texte de lui sur le jardin de la demeure familiale à Versailles. Trois lignes. J'ai écrit ses mots, ils sont apparus sur mon écran : le greffon. Je suis resté immobile, à lire les mots, les entrer en moi, c'était le jardin où j'avais joué. J'entendais le bruit de la fontaine, elle aurait une histoire, une histoire dans l'histoire. Je marchais dans le jardin, je me sentais bien, en paix. Je m'appelais Jacques Bauchot. C'est ça, un nom simple pour une histoire qui me faisait palpiter, elle était là, elle m'attendait, je me suis mis à écrire : « Après un grand silence qui m'a fait battre le cœur pour toute la vie, je me suis éveillé. J'ai touché mon visage, mon crâne pour me rassurer. » Le double s'était mis en place de lui-même, sans que je le veuille. Le livre commencerait comme ça, de nuit. C'était lancé. Bientôt le père et le fils iraient dans le jardin, le père trouverait... J'écrivais. J'étais lancé à fond, je voulais raconter cette histoire.

J'ai été Jacques Bauchot pendant onze mois. Le Haricot a été subjugué par *La fête des mères*, il l'a lu trois fois de suite : c'était ça, exactement ça, c'était lui, c'était son histoire. Je lui ai dit que je ne pouvais pas signer le livre Morgiève, je le signerais Jacques Bauchot, celui qui avait écrit. Le Haricot n'y voyait aucun inconvénient : il avait son livre. Renaud Delourme a accepté de l'éditer à Carnets nord. Le livre est passé complètement inaperçu, il a dû se vendre à quelques dizaines d'exemplaires. Je n'en ai pas été affecté. Je suis passé à autre chose. Je suis redevenu moi. J'ai écrit d'autres histoires mais quand ça allait mal, j'allais me réfugier aux Belles Ablettes. Une pension de famille au bord de la Saône, là où Jacques Bauchot avait trouvé le réconfort, le courage d'oublier, de dépasser son chagrin.

En 2022, j'ai rouvert la *Fête* et j'ai retrouvé Jacques Bauchot. L'histoire m'a saisi, emporté. Elle était romanesque comme une alliance passée à ton doigt. Je ne pouvais pas la laisser toute seule, je ne pouvais pas l'abandonner. Je ne pouvais pas me dissocier d'elle. Mon double dans le miroir, c'était elle. Le double de Jacques Bauchot, ce n'était pas le Haricot mais moi, Richard Morgiève. J'ai corrigé certaines erreurs, coupé ici et là, changé des mots, ajouté tel ou tel passage. Je l'ai fait sans avoir besoin d'un greffon, j'étais Richard de toutes parts, demain comme hier… L'amour, que l'amour, nos yeux, ma vie et la tienne… Nos souffles et nos rêves, nos beaux espoirs, l'amour, que l'amour. Il n'y a pas d'éternité pour l'amour mais des romans pour le raconter.

Richard Morgiève

Ce livre a été une aventure formidable. Je tiens à remercier Joëlle Losfeld et Christelle Mata pour leur soutien et leur engagement à mon égard. Je remercie aussi Renaud Delourme, je n'oublie pas notre complicité passée.

Œuvres de Richard Morgiève (suite)

Cueille le jour, Robert Laffont, 1994.
Sex vox dominam, Calmann-Lévy, 1995. Réédition, Pocket, 1998.
Mon beau Jacky, Calmann-Lévy, 1996. Réédition, Serpent à Plumes, 2002.
Legarçon, Calmann-Lévy, 1997.
Tout un oiseau, Pauvert, 2000.
Ton corps, Pauvert, 2000.
Ma vie folle, Pauvert, 2000. Réédition, Pocket, 2002.
Deux mille capotes à l'heure, Pauvert, 2001. Réédition, Pocket, 2005.
Ce que Dieu et les anges, Pauvert, 2002.
Full of love, Denoël, 2004.
Vertig, Denoël, collection Roman français, 2005.
Miracles et légendes de mon pays en guerre, Denoël, collection Roman français, 2007.
Cheval, Denoël, collection Roman français, 2009.
Mouton, Carnets Nord, 2010.
United colors of crime, Carnets Nord, 2012.
Boy, Carnets Nord, 2014.
Love, Carnets Nord, 2015.
Martyrium, La Dragonne, collection Curiosa, 2015.
La trilogie (*United colors of crime*, *Boy*, *Love*), Carnets Nord, 2017.

Préface

Jean-Patrick Manchette, *Lettres du mauvais temps. Correspondance 1977-1995*, La Table ronde, 2020.

Composition : Entrelignes (64)
Achevé d'imprimer
par CPI Firmin-Didot
à Mesnil-sur-l'Estrée, en novembre 2023
Dépôt légal : novembre 2023
Premier dépôt légal : juin 2023
Numéro d'imprimeur : 177659

ISBN : 978-2-07-302757-3/Imprimé en France

629066